KB123383

정본 한국 야담전집

정본 한국 야담전집 03

학산한언
동패락송
잡기고담

鶴山閑言·東稗洛誦·雜記古談

정환국
책임교열

해제

이 책은 조선후기 야담집 총 20종의 원전을 교감하여 새로 정본을 구축한 결과물이다. 또한 2016년도 한국학 분야 토대연구지원사업으로 선정된 〈조선후기 야담집(野談集)의 교감 및 정본화〉의 최종 결과물이기도 하다. 이 연구 사업이 선정될 당시 계획서에서 조선후기 야담집의 존재 양태가 복잡한 데다 어느 본 하나도 완정하지 못한 만큼 정본화가 필요하다는 점을 강조했었다. 잘 알려져 있듯이 조선후기 야담집은 거개가 필사본으로 존재하고 있으며, 다종의 이본을 양산하면서 축적되어 왔다. 그러다보니 그 자체가 하나의 활물(活物)처럼 유동적이고 적층적인 형태를 취하고 있다.

이는 동아시아 고전 자료 중에서도 유별난 사례이자, 조선후기 이야기문학의 역사를 웅변하는 면모이기도 하다. 한자를 공유했던 동아시아 어느 지역에서도 찾아볼 수 없는 이 필사본의 난립은 조선조 문예사에서 특별히 주목할 사안이지만, 한편으로는 이 때문에 해당 분야의 접근이 난망했던 것도 사실이다. 다양한 필사본과 이본들의 존재는 원본과 선본, 이본의 출현 시기 등 복잡한 문제를 던져주었을 뿐만 아니라 애초 원전 비평을 어렵게 하였다. 그럼에도 야담에 대한 이해와 접근은 무엇보다 원전 비평이 선결되어야 했었다. 물론 이런 문제의식과 고민, 그리고 일부 성과가 없었던 것은 아니다. 그렇지만 특정 야담집에 한정한 데다 그 방식 또한 온전한 방향이 아니었다. 그러다보니 조선후기 야담은 동아시아에서 우리만의 서사 양식으로, 또 조선후기 사회를 밀도 있게 반영한 대상으로 주목을 받았으면서도 원전에 대한 이해는 상대적으로 미진하기 짝이 없었다. 그러니 우리의 야담 연구는 어쩌면 첫 단추를 꿰지 않은 채 진행되어 왔다고 해도 과언이 아니다.

사실 이 작업은 전체 양이나 이본 수로 볼 때 일개인의 노력으로는 거의 불가능한 연구 영역이라 하겠다. 더구나 우리의 학문생태계에서 교감학이 활성화된 적도 거의 없었다. 자료의 상태와 양은 물론 정립할 학문적 토대가 취약한 터라 해당 연구의 출발 자체가 난망했던 터다. 그럼에도 이제 이 연구를 하지 않을 수 없다는 책임감으로 연구팀을 꾸려 감행을 하게 된 것이다. 본 연구팀은 한국 야담 원전의 전체상은 물론 조선후기 이야기문학의 적층성과 그 계보를 일목요연하게 드러내고자 이본간의 교감을 통한 정본 확정의 도정을 시작한 것이다. 일단 이 자체로 개별 야담마다 완전한 자기모습을 복원할 수 있게 되었다고 자부한다. 이제 고전문학뿐만 아니라 전통시대 역사와 예술 등 한국학과 인문학 전 영역의 연구에서 야담 자료가 더 적극적으로 활용되리라 믿는다. 나아가 이 책은 동아시아 단편서사물의 집성 가운데 중요한 결과물의 하나가 될 것이며, 자연스레 한국 야담문학에 대한 관심도 제고될 것으로 기대된다.

그러나 본 연구가 기획되던 시점부터 스스로 던지는 의문이 있었다. 다른 고전 텍스트의 존재 양태와는 달리 야담의 경우 이본마다 나름의 성격과 시대성을 담보하는 만큼 이를 싸잡아 정본이라며 특정해 버리면 개별 이본들의 성격과 특징이 소거되는 것은 아닌가, 이 정본은 결국 또 다른 이본이 되고 마는 것은 아닌가. 이런 점을 고민하지 않을 수 없었다. 이 고민 끝에 우리는 '동태적 정본화'를 추구하기로 하였다. 정본을 만들기는 하지만 개별 이본의 특징들이 사상되지 않도록 유의미한 용어나 문장, 그리고 표현 등을 살리는 방향이었다. 대개는 주석을 다양하게 활용하여 이를 해결하고자 하였다. 말하자면 닫힌 정본이 아닌 열린 정본의 형태를 추구한 것이다. 이런 방식은 지금까지 시도된 예가 없거니와, 야담의 존재적 특성을 잘 반영하면서 새로운 교감학의 실례가 됐으면 하는 바람도 있다. 그러다보니 일반 교감이나 정본화보다는 품이 훨씬 더 많이 들어갔다. 이 과정을 소개하면 이렇다.

먼저 해당 야담집의 주요 이본을 모은 다음, 저본과 대조본을 선정하였다. 저본의 경우 선본이자 완정본이면서 학계에서 이미 인정되고 있는 본들을 감안하여 선정하였다. 대조용 이본은 야담집에 따라 그 수가 일정하지 않은바 최대한 동원 가능한 이본을 활용하되, 이본 수가 많은 경우 중요도에 따라 선별하였다. 다음으로, 저본과 대조이본을 교감하되 저본의 오탈자와 오류는 이본을 통해 바로잡았다. 문제는 양자 사이에 용어나 표현 등에서 차이가 있지만 모두 가능한 경우였다.

이때는 주로 저본을 기준으로 하되 개별 이본의 정보를 주석을 통해 놓치지 않고 반영하였다.(이에 대한 구체적인 사례와 처리 방식은 〈일러두기〉 5번 항목 참조) 그러나 저본과 대조본 사이의 차이를 모두 반영한 것은 아니다. 분명한 오류이거나 불필요한 첨가 부분은 자체 판단으로 반영하지 않았다. 이는 본 연구팀의 교감 기준에 의거했다. 그러나 실로 난감한 지점들도 없지 않았다. 이본 중에는 리라이팅에 가까운 내용들이 첨입되어 있거나 다른 방향으로 이야기를 끌어가고자 하는 사례도 있었기 때문이다. 이런 경우 꼭 필요한 경우만 반영하여 주석에 밝혔다. 이런 교감 과정에서 예상치 못한 상황에 직면하기도 하였다. 일반적으로라면 으레 오자나 오류로 보이는 한자나 단어가 의외로 빈번하게 등장하였다. 이를 무시하려고 했으나 혹시나 하는 마음에 자의와 출처를 다시 확인해 보니 뜻밖에도 해당 문장에 어울리는 경우가 적지 않았다. 독자로서 교감 부분을 따라가다 보면 왜 이런 것들을 반영했을까 싶은 부분이 있을 텐데, 대개 이런 경우이니 유의해 주었으면 한다.

위와 같은 사례나 문제들 때문에 최선의 정본을 확정하는 과정은 참으로 쉽지 않았다. 그럼에도 이를 최대한 반영하고자 노력하였다. 그 결과 해당 야담집의 개별 이본들의 성격이 정본으로 흡수되면서도 어느 정도 자기 색깔을 유지할 수 있게 되었다. 이 20종의 결과물은 다음과 같다.

1책	어우야담(522)	6책	기문총화(638)
2책	천예록(62) 매옹한록(262) 이순록(249)	7책	청구야담(290)
3책	학산한언(100) 동패락송(78) 잡기고담(25)	8책	동야휘집(260)
4책	삽교만록[초](38) 파수록(63) 기리총화(146)	9책	몽유야담(532) 금계필담(140)
5책	계서잡록(235) 계서야담(312)	10책	청야담수(201) 동패(45) 양은천미(36)

*( )는 화소 수

위 가운데 지금까지 원문 교감이 이루어진 사례는 『어우야담』(신익철 외, 『어우야담』, 2006), 『천예록』(정환국, 『교감역주 천예록』, 2005), 『청구야담』(이강옥, 『청구야담 상·하』, 2019)과 『한국한문소설 교합구해』(박희병, 2005)의 일부 작품이 있었다.

이 교감물들은 본 연구에 일부 도움이 되기도 하였다. 그러나 애초 교감의 방식이 다를뿐더러, 동태적 정본화를 구현한 것도 아니었다. 따라서 해당 야담집의 원전 교열은 이 책에서 더 정교해졌다고 자부한다. 이 외의 야담집은 그동안 몇몇 표점본과 번역본들이 나왔지만, 한번도 이본 교감을 통한 정본화가 이루어진 사례는 없었다.

한편 위 열 책의 구성은 대체로 성립 시기 순을 따랐다. 다만 『파수록』 등 일부 야담집은 성립 시기를 확정하기 어렵거나 불확실한 데다, 분량 등을 고려하다보니 온전한 시기 순 편재가 되진 않았다. 이 점 참작하여 봐주기 바란다. 또한 「검녀(劍女)」로 유명한 『삽교만록(霅橋漫錄)』의 경우 개별 화소가 대개 필기적인 성격이어서 전체를 실을 수 없었다. 그래서 불가피하게 야담에 해당하는 화소만 뽑아 초편(抄篇)하였다. 덧붙여 원래 연구팀의 정본화 대상 야담집으로 『박소촌화(樸素村話)』가 포함되어 있었다. 하지만 『박소촌화』는 흥미로운 화소들이 없지 않으나 기본적으로는 필기집에 해당한다. 이런 이유로 이미 교감을 마쳤음에도 이 책에서는 제외시켰다. 그러나 이 때문에 향후 과제가 생겼다. 즉 『박소촌화』류 같은 필기적인 성격이 강하거나 인물 일화적인 내용의 저작을 조선후기 야담의 외연으로 삼아 정리할 필요성이다. 이 또한 방대한 양이다.

이렇게 해서 최종 수록된 야담집은 20종 10책이며, 총 화수는 4천 2백 여 항목이다. 화소 숫자로만 봐도 엄청나다. 그런데 이 숫자는 다소간 진실을 감추고 있다. 순전한 독자적인 이야기수를 가리키는 것이 아니기 때문이다. 이미 기존 연구에서 지적되었고 그 양상이 어느 정도 밝혀졌듯이 하나의 이야기가 여러 야담집에 전재(轉載)되고 있다. 실제 20종 안에 반복되는 공통된 화소의 빈도는 예상보다 높다. 그럼에도 독립된 이야기 화소는 약 1,000개 정도로 상정된다. 또한 좀 더 서사적 이야기군은 300가지 안팎으로 잡힌다. 여기에 다종의 야담집에 빠짐없이 전재됨으로써 자기 계보를 획득한 작품은 150편 내외로 볼 수 있다. 다시 말해 이 150편 조각으로 조선후기 사회현실과 인정세태의 퍼즐은 다 맞춰진다고 보면 될 듯하다.

물론 한 유형이 여러 야담집에 전재된다고 해서 이것을 '하나'로만 볼 수 없다는 점이 조선후기 야담 역사의 중요한 특징이기도 하다. 한 유형의 다양한 전재는 고정된 것이 아니라 리트머스 종이마냥 번져나갔기 때문이다. 단순한 용어나 표현의 차이뿐만 아니라 배경과 서사의 차이로 나가는가 하면, 복수(複數)의 화소가 뒤섞여 또 다른 형태를 구축하기도 하였다. 이런 변화상은 실로 버라이어티하다. 같은 화소가 반복된다 해서 내버릴 수 없는 이유이거니와 오히려 더 주목해 볼 사안이다.

아무튼 이것으로 조선후기 야담과 야담집의 전체상은 충분히 드러났다고 판단된다. 다만 조선후기의 야담이라고 할 때 모두 이 야담집 20종 안에 들어있는 것은 아니다. 야담 중 완성도 높은 한문단편이 집약된 『이조한문단편집』에도 일부 수록되었듯이, 이외의 문집이나 선집류 서사자료, 기타 잔편류에도 흥미로운 야담 작품이 잔존하고 있기 때문이다. 하지만 해당 자료는 야담집이 아니어서 이 책에 반영할 수 없었다. 조만간 이들 잔존 자료들만 따로 수집, 정리하여 부록편으로 간행할 예정이다.

사실 이 연구는 3년 동안의 교감 진행과 2년간의 수정 보완을 거친 결과이지만 그 시작은 2013년 1월부터였다. 그보다 앞선 2007년 동국대학교 대학원 고전문학 수업에서 처음 『청구야담』의 이본 대조를 해 볼 기회가 있었다. 그때 교토대 정선모 박사(현 남경대 교수)를 통해 그동안 학계에 알려지지 않은 교토대 소장 8책본 이본을 입수할 수 있었다. 검토해 보니 선본이었다. 실제로 어떤 차이가 있는지 궁금하여 주요 이본과의 교감을 시작한 것이다. 약 8편 정도를 진행했는데, 이 수업을 통해 『청구야담』 전체에 대한 교감이 절실함을 깨달았다. 그 후 이때 교감을 경험한 대학원생들을 중심으로 2013년 1월부터 『청구야담』의 이본 교감과 정본 확정, 그리고 정본에 의거한 번역을 시작한 것이다. 이 연구를 진행하면서 조선후기 야담집 전체로 확대해야 된다는 점을 명확히 인식할 수 있었다.

이런 과정을 통해 이 책이 나오게 된 것인데, 막상 내놓으려 하니 두려움만 엄습한다. 나름 엄정한 기준과 잣대로 정본의 원칙을 세우고 저본과 이본 설정, 이본 대조와 원문 교감 등을 진행하여 정본을 구축하려 했고, 이 과정에서의 오류를 최대한 줄이려고 했다. 그럼에도 한문 원전을 교감하는 데는 오류의 문제가 엄존한

법이다. 최선의 이본들이 선정된 것인가, 정본화의 방향에선 문제가 없는가, 향후 개별 야담집의 이본이 더 발굴될 여지도 있지 않은가? 활자화 과정 중에 발생하는 오탈자 여지와 표점의 완정성 문제도 여전히 불안을 부추긴다. 그럼에도 질정을 달리 받겠다는 다짐으로 상재한다. 독자제현의 사정없는 도끼질을 바란다.

이 결과물이 나오기까지 많은 분들의 협업과 도움이 있었다. 은사이신 임형택 선생님과 고 정명기 선생님은 좋은 이본 자료를 제공해주셨다. 감사한 마음을 이본의 명칭에 부여한 것으로 대신하였다. 본 사업팀에 공동연구원으로 이강옥 선생님과 오수창 선생님이 함께하였다. 각각 야담문학 전문가와 역사학 전문가로 진행 과정에서 고견을 제시해 주셨다. 이채경, 심혜경, 하성란, 김일환 선생은 전임연구원으로 3년 동안 전체 연구를 도맡아 진행해 주었다. 이들의 노고는 이루 다 말할 수 없을 지경이다. 마지막으로 대학원 과정부터 함께한 동학들을 잊을 수 없다. 남궁윤, 홍진영, 곽미라, 정난영, 최진영, 한길로, 최진경, 정성인, 양승목, 이주영, 김미진, 오경양은 2013년 이후『청구야담』교감과 번역에 참여하였고, 일부는 본 사업팀의 연구보조원으로 참여하여 원문 입력과 이본 고찰에 기여하였다. 그리고 이들 모두 최종 교정 작업에 끝까지 함께 하였다. 특히 과정생인 이주현, 유양, 정민진은 교정 사항을 반영하는 일을 도맡아 주어 큰 힘이 되었다. 이들이 없었다면 이 책은 나올 수 없었다. 다행히 이 10여 년의 과정은 우리 모두에게 소중한 경험이자 학문적 자산으로 남게 되었다. 이제『청구야담』번역을 마친 우리들은 이 정본을 가지고『동야휘집』의 번역을 시작할 것이다. 아마도 이 번역은 앞으로 10년은 족히 걸릴 것이다. 이래저래 이 책은 이제 나와 나의 동학들이 동행할 텍스트의 유토피아가 되었다.

끝으로 이제는 진행하기도 어렵고 수지도 맞지 않는 거질의 전집 출판을 흔쾌히 받아 준 보고사 김흥국 사장님과 촉박한 시일임에도 정성스럽게 만들어 준 이경민 대리를 비롯한 편집부 관계자 분들께 미안하고 고맙고 감사하다는 마음을 전한다.

2021년 8월

연구팀을 대표하여 정환국 씀

차례

일러두기

1. 이 자료집은 조선후기 야담집 총 20종을 활자화하여 표점하고, 이본을 교감하여 정본화한 것이다.
   - 해당 20종은 다음과 같다. 『於于野談』, 『天倪錄』, 『梅翁閑錄』, 『二旬錄』, 『鶴山閑言』, 『東稗洛誦』, 『雜記古談』, 『雪橋漫錄(抄)』, 『破睡錄』, 『綺里叢話』, 『溪西雜錄』, 『溪西野談』, 『紀聞叢話』, 『靑邱野談』, 『東野彙輯』, 『夢遊野談』, 『錦溪筆談』, 『靑野談藪』, 『東稗』, 『揚隱闡微』.
2. 저본과 이본(대조본) 설정 과정은 다음과 같다.
   - 개별 야담집마다 저본을 확정하고 주요 이본을 대조본으로 삼았다.
   - 저본의 기준은 야담집마다 상이한데, 기존의 이본 논의를 참조하여 본 연구팀에서 최종 확정하였다.
   - 이본의 경우, 야담집마다 존재하는 이본들을 최대한 수렴하되 모든 이본을 대조본으로 활용하지는 않고 교감에 도움이 되는 주요본을 각 야담집마다 2~6개 정도로 선정하였다. 이본이 없는 유일본의 경우 다른 자료를 대조로 활용하였다.
3. 활자화 과정은 다음과 같다.
   - 개별 야담집의 저본을 기준으로 활자화하였다.
   - 원자와 이체자가 혼용되었을 경우 일반적으로 활용되는 이체자는 그대로 반영하되, 잘 쓰지 않는 이체자는 원자로 대체하였다.
   - 필사상 혼용하는 한자의 경우 원자로 조정하거나 문맥에 맞게 적절하게 취사선택하였다. 대표적으로 혼용되는 글자들은 다음과 같다. 藉/籍, 屢/累, 炙/灸, 沓/畓, 咤/吒, 斂/歛, 押/狎, 係/繫, 裯/稠, 辨/卞, 別/另, 縛/縳 등
4. 활자화와 표점은 다음과 같은 기준에 의거하였다.
   - 개별 야담집의 권수에 따라 이야기를 나누고 이어지는 작품들은 임의로 넘버링을 통해 구분하였다. 권수가 없는 야담집의 경우 번호만 붙여 구분하였다.
   - 원문의 한자를 최대한 반영하였으나 최종적으로 판독이 불가능한 글자는 ■로, 공백으로 되어 있는 경우는 □로 표시해 두었다.
   - 원문의 구두와 표점은 일반적인 기준에 의거하였다. 문장 구두는 인용문(“ ” ‘ ’), 쉼표(,), 마침표(.?!), 대구(;) 등을 활용하였다.
   - 원문의 책명이나 작품명의 경우 『 』, 「 」 등으로 표기하였다.

• 원주로 되어 있는 부분은 【 】로 표기하여 구분하였다.

5. 정본화 과정은 다음과 같다.
   - 개별 야담집마다 저본과 대조 이본을 엄선하여 교감하되 모든 작품들의 정본을 구축하는 것으로 목표로 하였다. 각 야담집의 저본과 대조본은 해당 야담집의 서두에 밝혀두었다.
   - 저본과 이본은 입력과 이해의 편의를 위해 각 본의 개별 명칭을 쓰지 않고 저본으로 삼은 본은 '저본'으로, 이본으로 삼은 본은 중요도에 따라 '가본', '나본', '다본' 등으로 통일하여 대체하였다. 대조본 이외의 이본을 활용한 경우 '다른 이본'으로 구분하여 반영하였다.
   - 저본을 중심으로 교감하되 이본을 적극적으로 활용하여 가장 이상적인 형태를 구축하고자 했다. 이 과정은 오류를 바로잡은 것에서부터 상대적으로 나은 부분을 선택하는 방향으로 이루어졌다. 그 기준은 다음과 같다.

     ① 저본의 오류가 확실할 때: '~본에 의거하여 바로잡음'
     ② 저본이 완전한 오류는 아니나 이본이 더 적절할 때: '~본 등에 의거함'
     ③ 저본에 빠져있는데 이본을 통해 보완할 경우: '~본 등에 의거하여 보충함'
     ④ 저본도 문제는 없으나 이본 쪽이 더 나을 때: '~본 등을 따름'
     ⑤ 서로 통용되거나 참조할 만한 경우: '~본 등에는 ~로 되어 있음'
     ⑥ 저본을 그대로 반영하면서도 이본의 내용도 의미가 있을 때도 주석을 통해 밝혔음.
     ⑦ 익숙하지 않은 통용된 한자나 한자어가 이본에 있는 경우도 주석을 통해 반영하였음.
     ⑧ 저본과 이본으로도 해결되지 않는 오류는 다른 자료를 활용하여 조정하였음. 이 경우 상황에 따라 바로잡기도 하고, 그대로 두되 주석에서 오류 문제를 적시하기도 하였음.
     ⑨ 기타 조정 사항은 각주를 통해 밝혔음.

학산한언 鶴山閑言

• 저본 및 이본 현황

저본: 장서각본(야승 21책)
가본: 동국대본(야승 28책)
나본: 아천문고본

1.

戊戌仲夏，三淵翁入城，一日，至三淸洞朴泰觀士賓家，安兄國賓，素與淵翁善，邀余同往，始得拜焉．余曰："平生景仰，而雪岳遠矣，無以進謁，今幸承顏．" 翁曰："所處旣深，勢固然矣．" 時余頻懷質問之事，而座中如李丈尙泰及主人與安兄，皆長者，談笑雲興，而翁亦酧荅翩翩，不小間斷．余以少年後生，終不得間，蓋亦勝會也．始士賓，出洪世泰行詩，乃近作也．淵翁考之，書三下，曰："此人行詩非所長也．" 安兄亦裒出其所作「觀棋說」，翁殊展讀，隨意点打，不小讓，曰："此非得意作也．" 前有石甃小塘，極澄澈，翁頻顧稱之，曰："城中得此不易，士賓棄喧就靜，買得此屋，可見韵士情趣．" 仍論史劉項事，而衆說交進，無以詳悉，但記翁言，"高祖常敗，其秉心積慮也專，項羽常勝，志旣驕益縱弛，其謀散而力衰，勢也，所以爲漢之誅也．" 且論當世文士魚有鳳·李瑋·李德壽文，曰："舜瑞之文，雖無氣力可觀，而欲求疵病，亦無可搿出者．至於格法波瀾，渠又不爲矣．伯溫時有奇處，而其論說不能分明，爲可欠．李德壽似蒼朴，其如一松木片，何哉?" 又謂，"申靖夏之文，無實旨，徒欲以炯波色澤飾，出無實之言，反不如醫藥·風水之學術，猶有實事之可據也．" 又言，"文章之妙，在於援引重複，如『中庸』，'今夫天斯昭昭之多'以下之說，言益疊而意益切，此可見古人作文之法．且如『詩傳』，亦稱人之美，而只稱其容貌之好，冠服之飾，而其愛悅之意自切．其旨意含蓄深遠，而諷誦有味，此後世文章之所不能及也．" 又言，"稽康「養生論」，非特立論之好，文章亦甚佳妙，如'齒居晋而黃，麝食栢而杳'云者，眞格論也．" 又顧謂左右曰："士賓於人，無所不愛，未有區別，其道乃墨翟也．" 仍笑曰："末世墨翟，亦未易也．" 又曰：凡人性情行事，各有所長，如士賓每事脫畧，是脫畧爲所長．吾故人李世龜，凡事愼密牢實，出行雖數日程，日用瑣物，無不持去，錐針線繩皆隨，是愼密其所長耳．" 吾族叔父辛正，卽以朝服適至，以士賓爲姪女壻，故來訪，族叔父醉甚．淵翁笑曰："兄從何處飮而醉若是?" 仍謂座中人曰："此人少時風貌如玉，才華出類，名聲籍甚，如吾輩望之若天上人. 豈意嶒嶝場屋, 以酒爲業, 仍不長進? 今皓首薄宦, 汩沒紅塵, 反不如吾輩逐山水隱遊自適, 眞可惜也!" 鄭元伯畫在壁上, 翁睇視良久, 曰: "元伯之寫, 肆筆揮洒, 而見天趣, 此筆亦佳也." 日將午, 自內出壺饌頻豊, 翁飮啖殊健, 且曰: "吾出而得會心人, 有如許說話, 歸而胸中若有所得, 足以忘病忘飢云." 日向西, 翁起去, 其言說之多, 不止於此, 而年月旣久, 盡忘之而難記耳. 余嘗聞, 淵翁容貌黧底, 今見之, 容貌甚淸朗, 又聞其冠服蔑弊, 今見冠服皆新潔, 竊訝人言. 及翁去, 李丈曰: "此人新自山中來, 則顔貌淸潤白皙, 住城稍久, 則已黃黑顧顄頞, 眞麋鹿之性也." 余疑始解. 蓋其談論明爽, 色笑樂易, 無一点塵俗氣, 直欲長對不離矣. 其後十餘年, 『三淵集』出, 見「辛孺人哀辭」及十首詩, 其中有曰: '灎灎小塘素葉浮, 移時談史老賓留. 美醞佳肴簾間出, 更覺山家韻味幽.' 宛然當日事也. 蓋翁亦以此會爲一勝事也.

2.

余嘗聞金承旨濟謙之言, 曰: "農岩凡作文字也, 先定其間架本末, 取小紙, 草成一本然後, 始入思硏磨, 寫出便好, 間從篋笥間, 得見其走草, 則只取連脉語不分明者, 多有之. 三淵之有作也, 必向壁而臥, 沈吟若隱疼, 戶外或有謦咳者, 必呵禁不許入. 二公文思, 蓋俱淹滯云." 李伯溫璋, 農岩門人也. 余嘗問伯溫, 農岩文字間有似白香山者, 伯溫曰: "農岩晩年, 以香山詩文, 簡率有情致, 故常愛看之云."

3.

『農岩集』出, 金時敏與諸友生, 同看互相嗟賞, 極愛重之. 一日, 時敏往見淵翁, 曰: "小子輩眼目論之, 農岩先生文章, 似優於尤庵, 未知如何?" 淵翁曰: "年少輩何輕易言之? 吾兄文章雖高, 豈能當尤翁耶? 譬如屋宇, 吾兄之文, 如山水淸絶之處, 構得數十間精舍, 塗傳精細, 丹艭鮮新. 望之而奇爽, 入其中, 而窺其房樓, 則錦綺珍異之物, 處處委積. 尤庵之文,若大宮府千門萬戶, 氣像宏杰, 而入其中見, 其種種制度, 無所不備, 而但間未修葺, 有未精者耳. 然大小之不相敵, 何哉?"

4.

有一友生, 嘗拜三淵, 言科工述作之艱, 三淵曰: "君若於科文, 已曉蹊逕, 何不讀書? 昔者, 李睡村相公, 治擧業時, 余往見之, 時方臨科期, 公讀朱文. 余曰: '科期臨迫, 何不治科工而讀此?' 公曰: '此亦科工也.' 且曰: '吾每篇限讀十遍, 今垂訖讀畢, 可以語矣.' 讀盡篇然後, 始掩卷打話. 及庭試, 試榜出, 公名果居第三." 睡村李相國畬也.

5.

金沙川榦, 淸苦力學, 近世罕比. 有一門生, 嘗問先生, "於讀書, 亦有一膝之工否?" 公曰: "吾嘗上寺讀書, 自暮春至季秋, 凡七個月, 不解帶, 不脫笠, 未嘗鋪衾臥寢. 讀書夜深欲睡, 則以兩拳相累置額其上, 睡欲深, 額便欹墜, 覺而起讀, 日以爲常. 始入山時, 見播種方始, 及出山, 已穫而食云." 蓋公誠篤之志, 固卓乎難及, 而亦其精力旺厚, 有非凡倫之所可及者, 存焉.

6.

余考諸史傳, 帝王豪傑之生, 自有其地. 湯生於亳, 漢高祖·曹操·朱溫, 皆沛人, 項羽·皇明高皇后, 宿遷之人, 劉裕·徐知誥[1], 彭城人, 皇明太祖, 濠州人, 濠亳·彭城·宿遷, 皆徐州之地, 而相距皆不過百餘里. 周文王·隋文帝·唐高祖·太宗, 皆出於岐間, 漢武帝·皇明世宗, 生於南陽, 晉武帝·宋太祖, 生於洛陽. 故帝王所生之地, 後必復生, 而其才傑輔翼者, 隨而幷生, 如山東之相, 山西之將, 有必然者矣. 此豈其人之祖先墳山,

---

1) 誥: 저본에는 '浩'로 나와 있으나 가본에 의거하여 바로잡음.

盡是名龍奇穴，而子孫福祿一時隆盛如此哉? 是不過山川秀異之地，旺氣回薄則玆繁，命世之人而同時幷生者，莫不乘運而起，比如甫田膏沃之處，得雨勃興者，悉嘉禾也. 若此地者，一境旁近，都是吉祥之氣. 夫何論其間，陽居陰宅之或佳或不佳也?

7.

余嘗見『灣府記聞』一書，乃義州人崔台甫所作也. 其中有云: "去壬午[2]歲，有漢人王興，隨華使來，登統軍亭，四望歎曰: '山明水麗，必有奇異之地.' 遂緣崗而行數百步，至主山，指點曰: '七年王氣，應於此地矣.' 不期，壬辰年建行宮翊原堂，而此則王氣之說果驗，而王興之術，亦異矣." 又云: "崇禎後庚戌歲，余以灣裨，陪節使赴燕行，到高平界，望西南大野，中有一石碑. 高幾二丈，臺石之高亦數尺，前面大書'大虜就殲處'五字，後面亦書'成都王興識'五字，無年月日所記，未知王興無乃壬午來登統軍亭者耶? 復記於此，以俟後人知之." 此台甫之所作[3]，而庚戌距今七十二年矣. 其間未聞，有大虜敗殲於山海外，而王興之碑，亦無復見者，豈有惡之而踣破者? 未可知也.

8.

凡前世圖讖秘錄，多不知其所自出，此非特術士所爲，亦有世有神人異士，自能前知. 如伊川所謂王子眞能預知未來事，是也. 我國鄭古玉碏，亦嘗如此，自言，"我非有術數，自能知之." 蓋自古得道者，多如此. 蜀李意期者，其地人傳世，見之，劉先生將伐吳，迎意期，問: "伐吳吉凶?" 意期求紙，畫作兵馬器仗極象，乃一一裂壞，曰: "咄!" 又畫一大人，掘地埋之，乃徑還去. 如皇明密櫝圖繪，亦此類也. 此雖誠意伯所留者，誠意時

2) 午: 저본에는 '子'로 나와 있으나 이본에 의거하여 바로잡음.

3) 作: 나본에는 '錄'으로 되어 있음.

明於占候推步, 而非得道者也. 其時異人, 如周顚仙·張三丰·鐵冠道人等, 皆顯於世, 皆是以逆覩未然. 高皇君臣, 旣得遇之, 豈不密問預知邦運休咎卜年長短也? 誠意豈受之於斯人歟?

9.

元順帝至正九年己丑, 棗陽張氏婦生男, 甫周歲, 暴長四尺許, 容貌異常擁腫, 如俗所畫布袋和尙. 及至辛卯, 紅巾韓山童倡言, '天下大亂, 彌勒佛下生.' 江淮翕然信之. 至乙未六月, 皇明太祖, 以皇覺寺沙彌, 入於郭子興, 得兵勢. 不數年, 定都金陵, 平定江南, 帝王之暴興, 未有如此者. 布袋之異, 彌勒之謠, 蓋符於此. 元·明之間, 乃天地陰陽變易之一大運也, 先見之兆, 豈偶然哉! 然謠言煽動, 甚惑民心, 所當切禁.

10.

漢之興亡, 用符讖; 唐之興亡, 用外夷; 宋之興衰, 用道家; 明之興衰, 用佛道. 漢高祖旗幟皆赤, 以鬼母赤帝之讖, 而其失之於王莽, 亦以四方符祥之獻也. 光武之興也, 用赤伏符, 而其失之於魏, 以當塗高讖也. 唐高祖之起兵也, 借力突厥, 至玄宗失之於祿山, 及肅宗之中興也, 賴回紇之來援, 代宗又失河朔於諸蕃將. 宋太祖得陳圖南, 知歷數在躬, 而眞宗仍崇尙道敎, 及至徽宗, 以此失國. 皇明太祖, 以皇覺寺沙彌, 定有天下, 而建文被淄逃禍, 太宗用衍術靖難. 故創業之君, 作事發謀, 不可不愼, 其初不爲子孫之缺, 禍福亦必同之, 此自然之理也.

11.

崇禎皇帝, 慈仁恭儉, 有志致治, 而卒至於喪亡, 豈勝悲痛? 其禍專由朝廷無人, 此蓋魏忠賢專國, 遂殺天下賢士幾盡, 其布列內外者, 都是貪濁闒茸之徒耳. 一有才俊, 厠乎其間, 則必擊而去之, 以一明睿, 而莫能容焉. 故流賊移檄遠近, 有曰: "君非甚暗, 孤立而煬蔽恒多, 臣盡行私比黨，而公忠絶少，甚至賄通官府，朝廷之威福，日移利入戚紳，閭里之脂膏盡竭.” 又言，“公侯皆食肉紈袴，而倚爲腹心；宦官悉吃糠豕犬，而借其耳目，獄囚累累．士無報禮之思，征斂重重，人有偕亡之恨.” 人讀之者，無不扼腕．及賊逼近畿，帝集百官，使之各獻攻守之策，而無一人出意見發謀者．帝長歎而起，曰：“朕本非亡國之君，而諸臣皆亡國之臣也!” 蓋人材之消亡，朋比之滋甚，未有如明末者；綺紈之爲腹心，征斂之虐民生，未有若明末者．此皆朝無一二忠鯁可仗之臣，貫樹國綱，擧賢斥邪，愛養民庶之致也．雖緣大勢已傾，憂疑吝且而未之決，是亦帝英武不足，如宋欽宗然，李綱之計，而不能決用也．嗚呼！國無人焉，則如元氣旣爍，百病俱作，雖萬金良藥莫療，必死之人，前車之覆，豈非後車之監耶?

12.

中州本禮義之邦，其思漢之心，久而益切．雖兵威迫脅薙髮，而其爲士子之心，終無以力制，則其托於黃冠·濶袖·長髮者，幾半天下．康熙以英雄之才，四十一戰，堇能鎭定，此康熙遺詔耳．然而雍正之時，獨有曾靜[4]之流，相率而起，而有陸桴亭·呂晩村等集，皆切切思漢之語，乃不少顧忌，刊布流行，以至於我國，其民情所在可知也．且如曩者勅使書山，題浮碧樓詩，曰：‘風物獨依舊，山河猶帶羞.’ 蓋雖服事之人，其心實恥之耳．數年前，唐船到瓮津，其中有一能詩者，以一律呈水使，其下二句，曰：‘故國誰怜鐘簴變，殊方還媿姓名通．千秋周顗新亭淚，空洒滄溟水不窮.’ 余又聞濟州牧之言，曰：“有唐船漂到本州，可三十餘人，其時勅使勃多時出來，使舌人喩唐人，曰：‘今聞勅使出來，汝輩可速上去，隨使行還國.’ 唐人輩皆怒，曰：‘我等雖薙髮胡制，乃大明遺民，豈甘與犬羊同行? 只願留此爲民，不願上去.’ 濟牧曰：‘此非州官之所，敢擅留也.’ 唐人手祝，乞留不已，及臨發，皆號慟若就死地，其情甚可悲云.” 余見蘇州人王敬思

---

4) 靜: 저본에는 ‘正’으로 나와 있으나 의미상 바로잡음.

於南別宮, 書問其地風俗, 則亦以書對曰: "戶戶素封, 家家絃管, 不羨榮達, 不求仕宦." 其意亦可知也. 蓋中士之爲左袵, 雖至百年之久, 而其名爲士者, 皆讀先王先聖之書, 凡禮樂文物之具, 義理尊攘之下, 纖悉森列於胸中. 其所含痛忍恥, 當如何? 特畏之而不敢發耳. 苟有皇明遺裔衆所共知者, 出而一呼, 則今雖百年之後, 必有風動而雲集者矣. 或曰: "自古, 未有國亡百年而更興者也." 曰: "不然! 天下事變, 有不可以一槪論也. 劉裕是漢楚元王交之後孫, 固太上皇之裔也, 元順帝乃宋德祐帝之孫, 而其子孫世長沙漠, 史臣以爲太祖仁厚之報也. 今華人之思大明, 若是其切, 雖百年之後, 安知其不再興也?"

13.

世謂我國人物微瑣, 不能與中國人才相抗, 此由山川無雄偉之致, 恐未必然也. 我國之人, 入中華有名者, 在唐甚多如泉, 男生蘇文之子, 黑齒常之百濟之將, 金仁問新羅王子也, 高宗時皆爲名將. 在玄宗時, 有高仙芝·王思禮·王毛仲, 皆高麗人, 而俱大有名. 稱文章之士, 則如崔文昌·李牧隱·李益齋之流, 卓然名於一代. 方外士, 則金可記之爲仙, 義天之成佛, 皆載於中國人傳記, 此等人雖出於偏邦, 何遽不若中國之人? 且如金庾信·乙支文德·安市城將·姜邯贊之輩, 又皆名震華夷, 可謂不世之人傑也. 世傳, 唐人謂, '朝鮮水無千里, 野無百里, 所以英豪不產.' 此輩獨非英豪耶? 唐李懷仙高麗人, 改名正己, 代宗時, 據有全齊, 傳其子納. 及其孫師古, 至師道而亡, 此雖藩鎭之跋扈者, 而亦非步丘之地所禀生者也.

14.

宇文泰·高歡, 眞敵手也. 歡見泰異其狀貌, 旣送而復追, 泰知歡必追, 疾馳出關, 固已各相嘿識之矣. 及治兵相攻, 其勝負又相當. 泰之墮馬也, 賴李穆扶馬而幸免; 歡之失馬也, 賴陽順授馬而幸免. 泰之見窘於彭樂也, 以一言動其心而得免; 歡之殆死於賀拔勝也, 因段韶[5]射其馬而得逸. 當此之時, 二人之不死, 天也. 此不可復言其雄武智畧, 而天之使此二人, 事事相對, 有若戲劇者然. 泰較歡有優者, 以識度過之, 蓋不專尙武力. 又文之以儒術, 法度制作彬彬, 有長久之謨, 故其子毓·邕, 皆守其家法, 蔚然爲賢主. 若歡則徒詐力而已, 不復有文治, 修潤之政, 其諸子皆狂悖禽獸耳, 終不免爲周所滅. 故其但任權譎者, 雖有轉移山川·制伏鬼神之能, 莫能保有家國.

15.

夫子曰: "士而懷土, 不足以爲士." 故君子以遊覽區宇, 恢廣胸襟爲務. 是以, 子長歷盡天下, 康節遍走四方, 子美事齊趙之遊遨, 太白窮吳楚之山川, 此皆非有不得已之事, 而往來萬里之間, 無異戶庭出入, 此大國之風也. 且如魏萬訪靑蓮於江南, 契順謁東坡於海外, 是非有所干求, 而特以愛慕之故也, 豈不奇哉? 至於西洋國利瑪竇, 欲究觀天地之大, 泛海八年, 冒入萬里風濤, 入中國, 留止於東粤, 此尤[6]奇之奇者也. 我國之人, 雖云有志, 若非作官及有事, 其能出於數百里外者, 寡矣. 其胸中之所存, 可知. 古人所謂'不朽事業', 其可責之於此等人耶?

16.

'夫子不語怪力亂神', 非謂其非理也, 蓋以其不足訓學者也. 天地之間, 無所不有, 特其習見者爲常, 罕接者爲怪, 惟多見博識洞觀幽奧者, 物不能眩焉. 故夏禹圖像, 天下怪物於九鼎, 夫子稱詩曰: '多識草木鳥獸之名.' 丹萍皓骨之對, 石砮羵羊之告, 皆聖人博稽之識也. 故窮物之情, 而盡物之理, 『太平廣記』之作也. 宰相李昉等, 皆名賢也, 博收天下今古述錄, 編輯以進, 豈將以庬雜之事導君也! 蓋欲使人君, 備知天地間人情物理·幽明變化, 不出戶而盡知之, 其意深矣. 貴在乎約之以禮.

---

5) 韶: 저본에는 '詔'로 나와 있으나 의미상 바로잡음.

6) 尤: 저본에는 '又'로 나와 있으나 나본을 따름.

17.

成廟朝時, 湖南興德縣化龍里, 有吳浚者, 士族也. 事親至孝, 親歿, 葬於靈鷲山, 結廬墓側, 日啜白粥一甌, 哭泣之哀, 聽者隕淚[7]. 祭奠常設玄酒, 而有泉在山谷中, 極淸甘, 距可五里. 吳君日必親自提壺汲之, 不以風雨寒暑小懈. 一夕, 有聲發自山中如[8]雷, 轉一山盡撼, 朝起視之, 則有一泉湧出廬側, 淸潔甘洌, 一如谷泉, 往視谷泉, 已竭矣. 遂取用庭泉, 得免遠汲之勞, 邑人名之'孝感泉'. 廬在深山之中, 豺虎之所宅, 盜賊之所萃, 家人甚憂之. 旣過小祥, 一日, 忽見一大虎, 蹲坐於墓[9]前, 吳君戒之, 曰: "汝欲害我耶? 旣不可避, 任汝耳, 但我無罪." 虎便掉尾低頭, 俯伏而跪, 若致敬者. 吳君曰: "旣不相害, 何不可去?" 虎卽出門外, 伏而不去, 日以爲常, 至於撫弄, 若家犬豕. 而每當朔望, 虎必致一大鹿或山猪於墓前, 以供祭需, 周年而[10]不一闕矣. 猛獸盜賊, 仍以屛[11]跡, 及吳君闋服還家, 而虎始去. 其他孝感異跡甚衆, 而泉·虎事, 特其最著者也. 其時, 道臣上聞於朝廷, 成廟特命旌閭, 賜束帛, 吳君年六十五卒, 贈司僕正, 邑人享之鄕賢祠. 今上卽祚, 深患近來院宇之弊, 命撤甲午以後祠宇, 興德儒生, 列君[12]孝行以聞, 上命獨不毁, 亦曠典也. 其祠近頹傷弊, 吳君之後泰運, 具其事, 來告于太學. 請自太學行簡通于本邑鄕校, 令其章甫, 同力修葺. 吾以得聞, 東漢時, 蜀人姜詩[13]事母至孝, 母好飮江水, 又嗜魚膾. 時妻龐氏, 去舍六七里, 汲江水以繼, 詩身[14]作供膾. 一日, 舍側忽湧甘泉, 味如江水, 每朝躍出雙鯉, 以供其用. 赤眉弛兵而過, 曰: "驚大孝, 必觸鬼神." 光武拜詩爲郎中. 又見『稗海拾遺』云: "曺曾魯人,

---

7) 淚: 나본에는 '涕'로 되어 있음.
8) 如: 저본에는 빠져 있으나 나본에 의거하여 보충함.
9) 墓: 나본에는 '廬'로 되어 있음. 이하의 경우도 동일함.
10) 而: 저본에는 빠져 있으나 나본에 의거하여 보충함.
11) 屛: 나본에는 '避'로 되어 있음.
12) 君: 나본에는 '規'로 되어 있음.
13) 詩: 저본에는 '時'로 나와 있으나 나본에 의거하여 바로잡음.
14) 身: 저본에는 '力'으로 나와 있으나 나본을 따름.

事親盡禮，亢旱井池[15]皆竭，母思淸甘之水，曾跪而操甁，則甘泉自湧.” 吳君之事，與此若合符契[16]．益曰：“至誠感神.” 傳曰：“誠未有不動者.” 信哉！孝感泉至今尙在，觱沸瀅澈，邑人愛護以石築云. 此誠自有東國所未有之事，奇哉奇哉！

18.

宣廟[17]朝，嶺南三嘉縣陸洞村，有士人鄭玉良，事母至孝. 母嘗病，冬月思食生棗，不可得. 玉良立於庭，號泣終夜，翌日，庭中忽生棗樹一[18]株，皆結白棗，瑩然耀日．玉良摘取進之，母食之，積痼之病，忽若雲捲. 孝感之事，一時喧傳. 孟宗竹筍[19]，王薦冬芃，皆知其信然. 玉良後入仕，歷任五邑，皆有治績. 其里本有書院，其棗樹至今留在庭中，其五代孫纘爲宗孫，其餘支孫，幾半一境云.

19.

李壕小字宗禧，家本湖西全義縣也. 九歲値闔[20]室遘癘[21]，其父母·婢僕，一時病臥，獨宗禧未痛. 其父光國，痛已久，而未退熱，氣窒者二日，全身蹙冷而無省視者. 宗禧獨自遑遑，蹙起病婢，急煮米飮訖，將刀破斫[22]四指，血注椀中，滿椀殷赤，用箸啓父之齒，攪和連[23]灌. 用半椀已，自[24]氣息微微出鼻口，兒驚喜，遂盡用一椀，父乃蘇發語聲，幸得生. 其翌日向晡，氣又窒如前，兒號泣禱天，又亂斫衆指於几上，血大出，一病婢見

---

15) 池: 저본에는 '地'로 나와 있으나 나본에 의거함.
16) 符契: 나본에는 '符節'로 되어 있음.
17) 廟: 저본에는 '祖'로 나와 있으나 나본을 따름.
18) 一: 나본에는 '七'로 되어 있음.
19) 筍: 나본에는 '笋'으로 되어 있음.
20) 闔: 저본에는 '閤'으로 나와 있으나 나본에 의거함.
21) 癘: 저본에는 '病'으로 나와 있으나 나본을 따름.
22) 破斫: 나본에는 '斫破'로 되어 있음.
23) 連: 나본에는 '速'으로 되어 있음.
24) 自: 나본에는 '有'로 되어 있음.

之, 驚呼扶擁, 兒亟揮之, 使去婢, 毋驚動家衆, 和血於粥, 又進一椀. 方進粥時, 忽聞室中有呼云: "宗禧! 汝誠感上天, 冥府已許汝父之生, 汝其放心, 勿悲慟." 家中內外病臥者, 莫不聞之, 皆曰: "長湍生員聲也!" 長湍生員, 卽宗禧之外祖尹㦗, 其死已久矣. 其父遂得生, 卽退熱, 日向蘇完, 而其母亦繼瘳. 宗禧事, 無不稱道藉藉. 里人遂狀報于本邑, 邑倅大奇之, 列其孝行於監營, 道伯李聖龍, 命給復聞于朝, 旌其閭. 宗禧今年三十二, 來居京師阿[25]峴, 余嘗見之, 貌端潔莊雅士也. 夫親病斷指者, 多矣. 今以九歲兒行之, 不計身命, 不求聲聞, 不知痛苦. 粹然出天之孝, 宜其感動神明續父之命也!

20.

仁同士人趙陽來者, 善占筮, 多奇驗. 同鄕有武人赴擧, 詣趙卜行吉凶, 趙作卦訖, 咄曰: "君行當被虎囕, 然又當捷科! 死而得科, 世亦有之乎?" 仍題占辭, 曰: "月明山路, 虎狼可畏." 武人聞之大怖, 欲止不行, 趙生曰: "得科無疑, 且可發行, 虎狼[26]果難避, 雖在家, 烏可免乎?" 武人然之, 遂發行. 行兩日, 至一無人之地, 適日暮月上, 忽有一賊躡後, 猝然直前, 曳下武人於馬上, 搤其吭, 踏其胸, 拔長釖, 擬之者數次. 武人曰: "汝之所欲財也, 吾之行具, 衣服及馬, 任[27]汝所取, 何必殺我? 我非汝父母之讐, 何至於是?" 賊曰: "吾豈欲汝財者耶? 非我父母之讐, 吾豈有此擧哉?" 武人曰: "吾一生未嘗殺人, 豈有與汝作讐之理?" 賊曰: "試思之." 武人曰: "吾年少時, 嘗怒一婢子, 杖之而忽死, 此外, 未嘗有由我死者." 賊曰: "吾卽婢之子也! 吾自母死後, 爲人收養, 至於長成, 志未嘗一日忘汝, 汝雖未知有吾, 吾之伺間, 久矣. 今幸得遇於此, 吾豈捨汝?" 武人曰: "然則任汝所爲." 其奴齵齖良久, 擲釖退而伏地, 曰: "今玆相釋

25) 阿: 저본에는 공백으로 되어 있으나 이본에 의거하여 보충함.
26) 狼: 나본에는 '啌'로 되어 있음.
27) 任: 저본에는 빠져 있으나 나본에 의거하여 보충함.

矣, 主可以行矣!" 武人曰: "汝旣以我爲讐, 何不遂殺而釋之?" 奴曰: "吾聞之, 主雖殺吾母, 旋卽悔之, 每至死日, 設食以祭, 此恩亦不可忘也. 主殺奴婢, 爲奴何敢報也? 顧此結在心曲, 思欲一洗, 今旣搤主之項, 擬以白刃, 雖未相害, 志可以少伸矣. 以奴淩主, 至於此地, 罪亦難赦, 小人今死於[28)]主前." 武人曰: "汝眞義士也, 何可死也? 可與我同上京, 吾當善視, 豈可復懷此事?" 仍問其名, 奴曰: "小人名虎狼, 但奴搤主吭, 而豈復爲奴也?" 遽引釖自決, 仆于地. 武人大驚錯愕, 不覺兩淚之泉湧也. 至近村, 言其故, 一村皆驚, 出力收瘞. 武人上京, 果捷嵬科, 趙生之卜, 其妙驗如此, 而虎狼事, 不可謂之不義. 事同貫高, 而此非尤爲焯然可記者耶!

21.

許察訪烇, 滄海公之從子也. 風儀魁梧, 氣義卓犖, 名公巨卿, 莫不折節下之, 如申平川琓, 常執子弟之禮. 公嘗有事於西關歸時, 早晨發行, 去前店不遠, 忽見路上, 有鹿皮囊墮在. 公命僕取進, 見其中, 卽銀封可數百兩, 掛之鞍上. 至店飯訖, 仍留不發, 使僕候於門外, 察人有求覓者. 日過午, 有一人長身魁健, 而衣服鮮華, 騎肥馬馳突而至, 歷問: "店中有得鹿皮大囊者乎? 當厚報意." 色極蒼黃[29)], 公聞之, 召入問其所失, 其人曰: "囊有銀三百兩, 縛在卜鞍上, 而馬甚悍驁, 橫走奔逸, 不得已下馬, 控而馳之, 囊忽墜[30)]地, 不知失之何處. 然而過我去者得之, 而當必止[31)]於店, 故試爲歷問, 而恐未可得." 公出囊授之, 且曰: "三百銀非細貨也, 故吾[32)]不發而待求者, 果得汝幸矣." 其人得之, 大感動, 叩謝無數, 且請曰: "行次非世間人也! 此本已失之物, 願分半獻之." 公笑曰: "吾若利

---

28) 於: 저본에는 빠져 있으나 나본에 의거하여 보충함.
29) 蒼黃: 나본에는 '倉荒'으로 되어 있음.
30) 墜: 나본에는 '墮'로 되어 있음.
31) 止: 나본에는 '至'로 되어 있음.
32) 吾: 저본에는 빠져 있으나 나본에 의거하여 보충함.

此, 自可持去, 何必待汝還之? 士夫本不如此, 汝無復言[33]." 其人懇請獻之者甚苦, 公不得已叱退之. 其人坐而視囊, 默然良久, 忽發聲大哭, 叫叩號慟, 哀動旁人. 公大怪之, 問其故, 久之, 其人止哭, 而對曰: "嗟呼! 生員是何人, 我是何人? 耳目口鼻同也, 言動起居同也, 此心胡爲不同? 公獨爲善如彼, 我乃爲惡如此, 思之至此, 豈不可大慟也者[34]? 我本强人也, 此去數十里之地, 有富室, 我乘夜入室, 偸出此銀兩[35]. 而恐其追蹤, 駄之此馬, 從山谷小路, 蒼黃疾驅, 未暇緊縛此囊, 及出大路, 馬又橫走, 遂牽轡馳走, 而不覺墜失. 當此之時, 吾心之慝惡, 當如何哉? 今觀行次之僕馬行裝, 亦太酸寒, 而視此若糞土, 且求其主而還之, 以我視公, 其媿慚恨痛, 又當如何? 此所以不覺聲淚之俱發, 自今此心大改矣, 願爲公僕, 以沒吾身耳." 公曰: "汝之改過, 誠大善, 又何可爲僕?" 其人曰: "小人常民也, 此心旣改, 非公之從, 而當誰從也? 願勿拒之." 仍問公誰氏及其鄕里, 且曰: "小人當還銀[36]本主, 與妻兒共來執役, 以觀公之行事, 改做人是圖矣." 乃拜起, 招公之僕, 至店肆, 買酒肉而饋之, 卽去. 公亦發去, 數日至松都板門店, 其人與妻及一子, 載家産於兩馬, 已追及矣. 公大奇之, 問處銀之由, 曰: "直抵其家, 招其主還之矣." 仍隨公, 至廣州之雙橋村, 置屋廊底, 執役甚勤. 出入常隨, 其忠篤, 無與比[37]者. 公甚愛之, 遂老死於其家, 其名忘之. 公之外曾孫李維傑, 言之如此.

22.

柳參判淰, 全昌尉觕子也. 嘗定女婚, 盛備婚具, 置於內室樓上, 而樓中又有大甕, 滿儲旨酒. 一日, 柳之內外, 室中同寢, 忽有歌聲如在耳邊, 諦聽之, 發自樓上. 柳公大驚, 急蹵起婢子, 燃燭持之, 呼召衆婢, 上樓看

33) 言: 가본에는 '焉'으로 되어 있음.
34) 也者: 나본에는 '者也'로 되어 있음.
35) 兩: 저본에는 빠져 있으나 가본에 의거하여 보충함.
36) 銀: 저본에는 빠져 있으나 이본에 의거하여 보충함.
37) 與比: 나본에는 '如此'로 되어 있음.

之, 則有一大漢, 鬅髮赤面, 醉倚衣袱. 一手持瓢, 一手鼓髀, 凝睇瞰人, 而歌曰: "平沙落岸, 江村日暵, 漁舟歸, 白鷗眠. 何處一聲, 長笛醒醉夢." 慢調寥亮, 屋樑可撼, 歌而復歌, 罟無聞覩. 上下莫不驚駭, 結縛投下樓囪, 致之庭中, 兀然醉倒, 訊之而不對. 黎明視之, 是居在不遠之地, 素常民之不潔者也. 柳公笑曰: "此是盜賊中豪傑也." 遂解而逐之. 偸財與酒, 均是賊心, 而酒興勝其財欲, 則猶有疎曠之義. 柳公釋之, 是矣.

23.

聞冬至使朴文秀, 在玉河舘時, 一目國使臣亦在焉. 一目橫在兩眉間, 睛黃甚猛, 服裝詭[38]異, 贈朴一詩, 曰: '海外名區但耳聞, 豈知萍水會燕雲. 乾坤不見[39]華夷別, 肝膽何曾楚越分. 莫使嘶工頻[40]致語, 宜將華舌細論文. 歸期政在鶯花節, 到處烟霞却[41]憶君.' 朴不爲酬[42], 以爲有華夷二字也. 夷則一目自道也, 未知果可嫌否? 吾見天下地圖, 有一目國·穿胸國, 心竊異之, 疑在海外極邊, 與中原路絶不通, 今來貢於彼. 有詩文與華無異, 所謂'車同軌書同文', 信然矣. 人皆兩目, 而彼獨一目, 是乃天地偏氣之所生也. 推此可知其他, 而形旣得偏, 氣心亦焉得其全氣?

24.

吉貞女, 西關寧邊人也. 其父本府鄕官, 而女卽其庶女也. 父母俱歿, 依其從父, 年二十而未嫁, 以織紝針線, 自資養焉. 先是, 京畿仁川地有申生命熙者, 年少時, 得一異夢, 有老翁携一女, 年可五六歲, 而面上有口十一, 可驚怪. 翁謂生曰: "此他日, 君之配也, 當與終老!" 乃寤, 甚異之. 其後, 年踰四十, 喪其室, 中饋無主, 意緖凄凉, 亦嘗[43]約聘卜姓, 而每齟

---

38) 詭: 나본에는 '怪'로 되어 있음.
39) 見: 나본에는 '是'로 되어 있음.
40) 頻: 가본에는 '頗'로 되어 있음.
41) 却: 나본에는 '久'로 되어 있음.
42) 酬: 저본에는 '酹'로 나와 있으나 나본에 의거하여 바로잡음.

齬未諧. 適有知舊出宰寧邊, 生往從遊焉. 一日, 又夢前見老翁, 率其女十一口者來, 而已長成矣. 曰: “此女已長, 今歸之君矣.” 生愈怪之. 久之, 自內衙, 命府吏貿納細布, 吏曰: “此有鄕官處女織細布, 爲極品, 名於境內, 今所織將斷手云, 姑俟之.” 已而買納, 其細盈鉢, 而纖潔精緻, 世所罕有, 見者莫不奇歎. 申生知其爲庶, 便有卜納之意, 厚結邑人之與女家親切者, 使之居間, 女之從父, 果樂聞之. 生卽備幣具禮, 造其家, 女非特織紝之工, 姿容甚美, 擧止閒冶[44], 鬱有京洛冠冕家儀度. 生大喜過望, 始悟十一口爲吉字也, 深感天定, 有素情義益篤. 留數月, 辭還故鄕, 約以非久迎歸. 旣還, 事多牽掣, 荏苒三年, 不[45]得踐言. 關河迢遞, 音信亦斷, 女之群從族黨, 皆謂申生不可復恃, 潛謀賣送他人. 女操持彌篤, 雖戶庭出入, 亦必審焉. 時女所居之鄕, 與雲山地, 只隔一崗, 而女之從叔居焉. 是時, 雲山倅, 武官年少者也, 亦謀置別房. 每問[46]於邑人從叔者, 欲以此女應之, 出入官府, 謀議綢繆, 旣以涓吉矣. 又請於倅, 以錦綺等物, 傳授於女, 使作婚日衣裳. 從叔遂[47]來訪, 殷勤存問, 仍曰: “吾子娶婦, 婚期不遠, 亦欲製新婦之衣, 而家無裁縫者, 願爾蹔[48]來相助.” 女答曰: “我有君子來留巡營, 我之去留, 須待其言, 叔家雖近, 旣是他邑, 則決不可率意去來.” 叔曰: “若得申生之諾, 則可許否?” 女曰: “然.” 叔還家, 僞作申生之書, 勉以敦族, 促其往助. 蓋其時, 趙尙書觀彬, 方按西關, 生有連姻之義, 往留焉. 叔以其久而不來, 謂[49]已棄之, 設計如此. 女旣得僞書, 不獲已往焉. 刀尺針線之勞, 已數日, 而女未嘗與其家男子接話, 惟勤於所事. 一日, 從叔邀其倅, 將使偸窺, 以質其言. 女雖聞其來, 安知其有意? 及暮擧火, 叔之長子謂女曰: “妹常面壁就燈,

---

43) 嘗: 나본에는 ‘當’으로 되어 있음.

44) 冶: 저본에는 ‘治’로 나와 있으나 나본에 의거함.

45) 不: 나본에는 ‘未’로 되어 있음.

46) 問: 나본에는 ‘詢’으로 되어 있음.

47) 遂: 가본에는 ‘又’로 되어 있음.

48) 蹔: 나본에는 ‘暫’으로 되어 있음. 서로 통함.

49) 謂: 저본에는 빠져 있으나 나본에 의거하여 보충함.

此何意也? 爲勞多日，可暫休相對語.” 女曰: “我不知疲，安得休[50]? 主但坐言，我有耳自聽.” 其子嬉笑而前，將女斡之使回坐，女作色怒，曰: “雖至親，男女有別，何無禮至此耶?” 是時，倅屬目窓隙，幸一覩面，大驚喜. 女則怒不已，推窓而出，坐後廳，憤忿殊甚. 忽聞廳外有男子聲，曰: “此吾所覰見，雖京中佳麗，未易敵也.” 女始知爲倅也，心掉氣結，昏倒良久而起. 及明，將撥棄奔歸，叔始以實告，且曰: “彼申生者，家貧年老，非久泉下之人，家且絶遠，一去不來，其見棄明矣. 以汝妙齡麗質，自當歸於富貴家，今本邑倅，年少名武，前塗萬里. 汝何可待望絶之人，以誤平生也?” 甘言危辭，且誘且脅，女憤愈加，氣愈厲，罵愈切，不復論嫡庶之分. 叔計無所生，且恐得罪於倅，與諸子謀，齊進投女，前挽後推，囚之於夾室，嚴其局鐍[51]，菫通飮食，以待期日，令倅劫納. 女但於室中號泣叫罵，不復食者累日，形悴聲澌[52]，不能作氣. 而旁見室中，多生麻，取以纏身，自胸至脚，將以防變也. 已而改慮，曰: “與其徒[53]死凶賊之手，曷若殺賊與之俱死，以償吾冤. 且可强食，先養吾氣耳.” 始女見囚時，得一食刀藏在腰間，人未之知也. 計旣定，謂叔曰: “今力已屈矣，惟命是從，幸厚饋我，以瘳[54]久飢.” 叔半信半疑，然心甚喜，但以大飯美饌，從隙連進，所以慰誘之者甚至，女食兩日，氣已充壯，而其夕卽婚日也. 倅來留外室，叔始啓戶，引出女，方貼身戶內，見戶開，持刀躍出，迎擊其長子，一聲跌仆. 女乃號呼跳踼，不計男女長幼，遇則斫之，東西隳突，夫誰能禦? 頭破面壞，流血滿地，無一人敢立於前者. 倅見之，神魂飛越，[55] 肝膽俱墜，未暇出戶，但於戶內，牢縛窓[56]環，莫知所爲. 女蹴踏窓闥，手足俱踴，奮力擊窓，窓盡破，極口大罵曰: “汝受國厚恩，享此專城，

---

50) 安得休: 저본에는 공백으로 되어 있으나 나본에 의거하여 보충함.
51) 鐍: 나본에는 '鑰'으로 되어 있음.
52) 澌: 저본에는 공백으로 되어 있으나 나본에 의거하여 보충함.
53) 徒: 저본에는 빠져 있으나 나본에 의거하여 보충함.
54) 瘳: 나본에는 '療'로 되어 있음.
55) 神魂飛越: 나본에는 '神飛魂越'로 되어 있음.
56) 窓: 저본에는 '戶'로 나와 있으나 나본을 따름.

當竭力拊民，圖酬吾君．而今乃殘害生靈，漁色是急，締結本邑之凶民，威刦士夫之小室，是禽獸之所不如，天地之所不容．我將死汝手，必先[57]殺者與之俱死!" 惡言[58]如鋒刃，烈氣凜雪霜，叫罵之聲，震動四隣．觀者皆至，遶屋而[59]匝，莫不嘖嘖歎嗟，有爲之搤捥，有爲之泣下者．是時，叔之父子，匿不敢出，倅但在室中，屈伏頓顙，百拜哀乞稱，'以實不知別室之貞烈如此，而爲此賊民所誑，以至此境，當殺賊以謝，別室萬望宥恕.' 卽囑其吏，搜索其叔，旣至坐之馬鞍，忿罵勃鬱，重杖擊膝，至血肉披離．始堇出門戶，疾驅歸官．時隣人已通于其家，卽來迎去，遂具其事顚末，走告申生．監司[60]聞之，大驚且怒，而寧邊府使時武人也，循雲山之囑，女以拔刀斫人，報營請重治．巡使行關，嚴責卽啓，罷雲山倅，終身禁錮，捉致其從叔父子，嚴施刑訊，流之絶島．盛其僕從，迎女至營，深加賞奬[61]，厚贈遺之．申生卽與其妾上京，居於阿峴，數年歸仁川舊居，勤於理家[62]，遂至富饒，人益賢之．申生年乙丑生，而今尙强健[63]，不甚衰老．柳上舍應樣，生之比隣，而交分頗深，備知其事，言之如此．古之烈女，多殺身成仁，使人莫不慘傷悲激，而鮮有以福履終之者．此女旣以身表壯烈於一世，又從君子同享富壽，鷄鳴相警之樂，百年是期，貞義福厚[64]，豈不兩得之乎? 其盛矣哉!

25.

廉時道吏胥也，居在漢師壽進坊，性素信實廉介，爲許相積之傔從，甚見寵信．一日，許謂時道曰: "明曉，有使喚處，必早來." 其夜，時道與其徒

57) 先: 저본에는 '是'로 나와 있으나 나본을 따름.

58) 惡言: 나본에는 '爽言'으로 되어 있음.

59) 而: 저본에는 '百'으로 나와 있으나 나본을 따름. .

60) 監司: 나본에는 '巡使'로 되어 있음.

61) 奬: 나본에는 '激'으로 되어 있음.

62) 理家: 나본에는 '治家'로 되어 있음.

63) 强健: 나본에는 '康健'으로 되어 있음.

64) 厚: 나본에는 '慶'으로 되어 있음.

飮博, 就睡甚濃, 不覺日已明矣. 急起奔赴路, 過濟用監鴟峴, 見路傍空垈, 立一古木, 木下茂草間, 有一青袱[65]微露. 就見, 則封裹甚密, 擧之甚重. 納之袖[66]中, 走到社洞許家, 以晩來請罪, 許曰: "已用吏先到者, 汝何罪焉?" 時道退至廳下, 開視封裹, 則有銀二百十三兩, 內袱重襲. 時道自語曰: "此重貨也, 其主失之, 其心之憂遑如何, 而我可掩而有之乎? 且無端橫財, 在小民非吉祥也. 旣不可携歸於家, 不如納之相公." 遂將銀就許, 告之故而請納, 許曰: "爾之所得, 何有於我? 且爾之不取, 我何取之耶?" 時道慙而退. 俄而, 許召謂曰: "數日前, 吾聞兵判家有馬, 其價二百銀, 而光城府院君家, 將買之云, 意失[67]此銀耶? 汝試往問之." 兵判卽淸城金公也. 時道依其言, 翌日往謁焉, 淸城問來現之意, 時道曰: "久未謁爲問候來耳." 仍曰: "貴宅寧有所失物耶?" 金公曰: "無有也." 遽呼廳下蒼頭, 曰: "某奴持馬去已兩日, 而尙無回報, 何也?" 蒼頭曰: "某也稱有罪, 不敢進現耳." 金公嗔曰: "是何言也? 速捉入!" 蒼頭押一奴, 跪於庭, 且拜且言曰: "小人有罪, 萬死難赦." 金公問其故, 奴曰: "小人往齋洞光城宅, 受馬價, 而忽失之矣." 金公大怒, 曰: "奴之詐至此, 汝乃弄奸沈沒而來誑我耶?" 亟呼大杖, 將撲殺, 時道仍請暫停刑, 而俾陳失銀之由. 金公悟而更訊, 奴曰: "始持馬到光城宅, 相公命奴盤馬馳驟, 曰: '果奇駿也!' 且嘉其肥澤, 曰: '此馬爾之所喂耶?' 對曰: '然.' 相公歎曰: '人家奴僕, 有如此忠篤者, 誠可嘉也.' 仍呼之前, 曰: '爾能飮呼?' 曰: '能.' 相公命一大椀酌紅露旨烈[68]者, 連賜者三, 卽計給銀二百兩, 且加以十三兩, 曰: '此賞爾善喂馬也.' 小人辭出, 日已夕矣. 醉甚不能成步, 行未幾, 倒臥路旁, 不知爲[69]何處. 向夜微醒, 忽聞鐘聲, 遂强起而歸, 都不知銀封所落, 罪犯如此, 自知當死, 所以咨且不敢現." 時道始陳

65) 袱: 나본에는 '褓'로 되어 있음.
66) 袖: 저본에는 '裏'로 나와 있으나 나본을 따름.
67) 意失: 나본에는 '豈夫'로 되어 있음.
68) 烈: 나본에는 '冽'로 되어 있음.
69) 爲: 나본에는 '如'로 되어 있음.

得銀來謁[70]之由, 卽歸取銀以進, 封誌及數, 果如所失者也. 金公大歎異之, 曰: "汝非世人也. 然此本已失之物, 今以其半賞汝, 汝其勿辭." 時道笑[71]曰: "使小人有貪財之心, 當自取不言, 其誰知之? 旣非其有, 惟恐或浼, 何有於賞?" 金公不覺瞿然[72], 改容不復言賞銀事, 咨嗟重複, 呼酒勞之, 奴罪得以快釋. 時道辭出, 有一年少女, 從後疾[73]呼, 曰: "願承小[74]留!" 時道顧問其由, 女曰: "俄者亡金者, 吾之兄也. 吾倚而爲生, 今賴承得生, 此恩當何報? 吾入告[75]于內夫人, 極歎異[76]之, 命賜酒饌, 所以請留耳." 卽設席廊下, 旋入擎出一大盤, 羅以珍羞美醞, 時道醉飽以歸. 及庚申, 許以罪賜死, 時道突入, 持藥欲分飮之, 都事曳出逐之. 許旣死, 時道狂奔號慟, 無復世念, 仍棄家, 放浪遨遊山水. 有族兄在江陵地, 往訪則已爲僧, 不知去處. 仍遊楓岳, 至表訓寺, 問居僧曰: "吾欲依歸空門, 必得高僧爲師, 誰可者?" 咸曰: "妙吉祥後孤菴守座, 卽生佛也. 時道往見, 果有一僧趺坐入定. 時道前伏, 具陳誠心服事之意, 且請剃髮, 辭旨懇切, 僧無聞覩. 時道堅伏不起, 日已昏暮, 僧忽曰: 架上有米, 何不炊?" 起視, 果有米, 炊食如命. 夜後前伏至朝, 僧又命之食, 如是者五六日, 僧終不言. 而時道意稍弛, 出菴逍遙, 見菴後有茅屋數間, 入其中, 只見一幼女, 年可二八, 甚有姿色. 時道不禁愛戀之情, 遽前抱[77]持, 欲犯之, 女於懷衽間, 拔出小刀, 欲自裁. 時道驚怕, 遂止, 問其所從來, 女曰: "吾本洞口外村女也. 男兄出家於此山, 師此菴僧, 母以菴僧神人, 問女之命云, 以女四五年大厄, 若絶棄人間, 來寓於此菴之傍, 可以度厄, 且有佳緣. 母信其言, 縛茅於此, 獨與女留住爲數年計, 母今蹔還舊居,

---

70) 來謁: 저본에는 빠져 있으나 나본에 의거하여 보충함.

71) 笑: 저본에는 빠져 있으나 나본에 의거하여 보충함.

72) 瞿然: 나본에는 '悚然'으로 되어 있음.

73) 疾: 저본에는 빠져 있으나 나본에 의거하여 보충함.

74) 小: 나본에는 '少'로 되어 있음.

75) 告: 나본에는 '言'으로 되어 있음.

76) 異: 저본에는 빠져 있으나 나본에 의거하여 보충함.

77) 抱: 저본에는 '拘'로 나와 있으나 나본을 따름.

而遽爲人所迫, 在此死境, 是豈所謂大厄耶? 旣無父母之命, 雖死何可受汚? 雖然此事非偶, 神僧佳緣之言, 必亦[78]爲此. 男女旣一相椄, 更何他歸, 當矢心相從. 但俟母之歸, 明白成親, 不亦善乎?" 時道異其言, 從之, 辭歸菴中, 僧又無所言. 其夜, 時道一心憧憧, 只在此女, 無復聞道之意, 專俟翌朝母言之許. 及朝睡起, 僧忽起立, 大詬曰: "何物怪漢, 撓[79]我至此, 必殺乃已!" 取六環杖, 將奮擊, 時道狼狽, 而走佇立菴外. 久之, 僧復招至前, 溫言諭之, 曰: "觀汝狀貌, 非出家之人, 菴後之女, 終必爲汝婦. 但從此直去, 勿小踟躕, 雖有小謷[80]福祿, 自此始矣." 書給八字'以姓得全, 鵲橋佳緣'. 時道涕泣辭出, 表訓寺坐席未煖, 忽有譏捕軍突出, 緊縛囊頭, 馱載疾馹. 不數日抵京, 具三木下獄. 蓋是時, 許獄多株連, 追捉親近傔從, 而時道緊入招辭故也. 及金吾鞫[81]坐, 淸城適按獄, 諸宰列坐, 邏卒捉時道入焉. 時就訊者多, 淸城不省, 其爲時道也. 一次平問後, 復下獄, 適淸城傳餐婢, 卽亡金奴妹也. 見時道鬼形着枷, 大驚歸告夫人, 夫人大矜惻, 抵簡於淸城以警告. 淸城始覺, 卽命押入時道, 畧語無驗, 乃曰: "此本義士, 其心事吾所深[82]悉, 豈與於逆謀者耶?" 卽命解釋, 時道纔出門, 亡金奴將新鮮衣服, 已候之矣. 遂同歸其家, 接待極甚備[83], 給貲本及馬, 使之行商, 廢著而已. 聞許之甥侄申厚載爲尙州牧使, 往謁焉. 時適七月七日, 所謂牽牛織女相逢烏鵲成橋之日, 旣入州境, 適日暮, 馬忽疾馳而去, 從僻路, 入一村家. 時道落後隨入, 則馬已縶在廐中, 而見一女理織絲於中庭, 避入屋中. 時道欲解馬紲, 則有老嫗自內而出, 曰: "何必解紲? 馬則知所歸矣." 時道茫然, 莫曉其意, 拜且請曰: "未曾拜現, 莫省主母之所諭, 謂以馬知[84]所歸者, 何也?" 嫗邀

78) 必亦: 나본에는 '亦必'로 되어 있음.
79) 撓: 나본에는 '搖'로 되어 있음.
80) 謷: 나본에는 '驚'으로 되어 있음.
81) 鞫: 저본에는 '訇'으로 나와 있으나 이본에 의거하여 바로잡음.
82) 深: 나본에는 '甚'으로 되어 있음.
83) 甚備: 나본에는 '其意'로 되어 있음.
84) 知: 저본에는 '之'로 나와 있으나 나본에 의거함.

之坐, 曰: "吾將言之." 忽聞囪裏有哽咽聲, 嫗曰: "何泣也? 豈喜極而然耶?" 時道益疑之, 亟請厥由, 嫗曰: "豈於某歲客遇一女於金剛山小菴之後耶?" 曰: "然." 嫗曰: "此吾女也, 今泣者是也! 亦知菴僧之所自來耶? 此則君之江陵族兄也. 素以神僧, 徹視無際, 知將來毫釐無差, 嘗指吾女, 謂我曰: '此女與吾族弟廉某, 有因緣, 而弟從今以後, 有數年大厄, 若來依於我, 可以度厄. 而自致成姻, 然亦未同室, 其同室在於嶺南尙州地, 某年某月某日也.' 吾故將女就僧, 欲度厄, 而君果來過, 吾適出, 未及見. 厥後, 僧棄菴移去, 不知所向, 吾之子, 亦來寓此地寺宇, 吾故隨來在此, 及至此日, 固知君之必來也." 因呼女出見, 久之, 女出來, 果是楓山所覩者也. 顔狀益豐美, 時道不覺感愴[85], 而女悲喜交幷, 但揮涕而已. 俄進夕飯, 珍饌盛列, 皆豫備者也. 是夕, 遂成親, 僧所言八字之符, 皆驗矣. 時道留數日, 往謁尙牧, 言其事顚末, 尙牧大異之, 厚贈遺之. 時時道之前妻, 死已久矣, 而家則托族人守之, 時道遂與其女及母, 歸京復居於舊宅. 時道之名, 播於搢紳間, 而淸城之所以顧護者甚至, 家頗饒實. 皆稱以廉義士, 與其妻具享福壽, 時道年八十餘死, 今其諸孫, 尙在安國洞.

26.

光海時, 有薛生者, 居靑坡, 富辭藻, 尙氣節, 業科而數奇不利. 嘗與楸灘吳公允謙, 甚善. 癸丑, 癈母變作, 生慨然謂楸灘曰: "倫紀滅矣, 焉用仕? 子能與我同隱乎?" 楸灘辭以父母在不可遠去, 閱月復過, 生已去, 不知所之. 逮反正後甲戌, 吳公按節關東, 巡到杆城, 汎舟永郎湖, 忽於烟濤杳靄之間, 有挐舟而來者, 及近視之, 乃薛生也. 公大驚, 延入舟中, 喜極若從雲霄墜, 問其所居地, 曰: "我居在襄陽治之東南, 可六十里, 名曰'回龍窟', 深僻人迹罕到, 但距此不遠, 不半日可往還, 請公同往." 公從之,

---

85) 愴: 나본에는 '悵'으로 되어 있음.

薄晩抵山, 屛導從用僧牽輿入谷, 崎嶇數里, 有蒼崖陡立如削, 奇形壯駭目, 而中拆成門, 左右淸流, 瀉出石門之傍, 乃回龍也. 石路自崖坼處, 右折而上, 屈曲巉岩, 援葛攀木而進, 始有窟焉. 低甚, 懸身傴僂而入, 旣入, 別洞天也. 地甚寬平, 田土膏沃, 人居亦多. 桑麻翳菀, 梨棗成林, 生之居, 當窟內之中心, 極華邃. 引公上堂, 薦以山味珍蔬奇果, 香甘甚異, 人蔘正果肥大如臂, 相携出遊林巒泉石, 奇怪壯麗, 愈入兪絶, 不可名狀. 公怳然, 若入方丈, 自覺軒冕之爲穢也. 公謂生曰: "山水淸絶, 固隱居之所, 宜有家計不饒, 山中何以辨此?" 生笑曰: "吾嘗遊處往來之地, 不獨此也. 吾自辭世以來, 恣意遊觀, 未嘗一日閑. 西入俗離, 北窮妙香, 南搜伽倻·頭流之勝, 凡東方山川之以絶特聞者, 足殆遍焉. 遇適意處, 輒蒼茂而築焉, 闢荒而耘焉. 居或二年, 或三年, 興盡輒移而之他. 以此, 吾所居山之奇·水之麗, 田廬之華曠, 十倍於此者亦多, 但世人莫有知者." 公見生之僮僕, 皆俊美, 多習於管絃, 問之, 皆生之妾也. 美姬歌舞者十數, 皆妙麗, 公益奇之. 見生得意, 自顧塵界爲之歔欷, 出涕作詩, 贈之. 留至二日, 始啓行約生, 曰: "後必訪我於京師." 其後三年, 生果來過公, 公適柄銓曹, 欲薦而爵之, 生恥之不辭而去. 後公乘暇, 踰嶺訪生於回龍窟, 則已爲墟矣. 生則不知所去, 人無知者, 公大歎異惆悵而返云. 余聞薛生事於李槎川, 記之如此, 其後得見吳尙書道一所著『西坡集』, 亦有「薛生傳」, 與余所錄, 大同小異. 薛生豈非東國之異人哉? 此宜垂示不朽耳. 道一楸灘之孫也.

27.

李澤堂, 少時多病, 癈擧業, 專意調養, 家在砥平白鴉谷, 近龍門山. 嘗携『周易』, 栖龍門, 乃邁守[86]沈潛硏究, 輒至夜分. 有一僧, 負木取食, 單鉢幣衲, 僧所不齒. 每夜, 澤堂篝燈讀書, 衆僧盡睡, 而獨此僧, 借燈餘

86) 邁守: 저본에는 공백으로 되어 있으나 나본에 의거하여 보충함.

光, 織屨不寐. 一日, 公思索甚苦, 至於侵曉, 僧口內獨語曰: "年少書生, 以不逮之精神, 强欲求索玄微, 徒費心力, 何不移之科工?" 公微聞之. 翌日, 引僧至僻處, 以夜所聞者, 詰之, 且曰: "師必深知易者, 請學焉." 僧曰: "貧丐庸僧, 豈有知識? 但見生員工夫刻深, 慮有傷損, 有云云. 至於文字, 素所蒙昧, 況所謂易乎!" 公曰: "然則何以云玄微? 師終不可以隱我, 卒敎之." 懇叩不已, 僧曰: "措大須於易所疑處, 付籤, 俟我於僻處!" 公大喜, 將所疑晦, 逐一付標, 約僧於樹林茂密之中, 或衆僧盡睡之際, 從容質問, 僧剖析微妙, 出人意表. 公胸中爽豁, 如抉雲覩天. 旣卒篇, 公以師禮待僧, 然在衆中漠然, 若不相識. 及公下山, 僧送之至山門, 約以明年正月訪公於京師. 及期僧果至, 公延之內齋, 留三日, 僧爲公推命論定平生, 且曰: "丙子兵禍當大起, 必避地於永春, 可免. 某年, 又當與公遇於西關, 幸識之." 遂別去. 其後, 値丙子之亂, 公奉慈堂, 避入永春安過. 及位至卿宰, 奉使西關, 遊妙香山, 僧徒舁藍輿, 其居前一人, 卽此僧也. 顔狀康壯, 一如在龍門時, 公喜甚, 及入寺別掃一室, 延僧榣手歡甚, 命別具素饌饗之. 留三日, 極意款討, 上自國事, 下及家私, 細悉無遺. 公亦仍聞道要, 旣別, 更不復遇.

28.

洪儁, 牙山大同村人也. 嘗遊金剛山, 於外山遇一僧, 獨行甚忙, 問其所向, 答曰: "所居甚遠矣." 洪欲從之, 僧曰: "此非脚力甚健, 不能至也." 洪固請, 僧上下看良久, 曰: "足行矣!" 遂與同行, 從僻路升降, 不知爲幾里, 踰一峻嶺, 抵一沙峰下, 僧曰: "此沙軟甚, 移足稍緩, 則沒至膝, 但學我運步數數, 可免此患." 生促步隨僧, 行至上頭, 路繞山腰, 至一處路斷, 下臨絶壑, 惝然神悸, 對岸相距可丈許. 僧超然跳升[87], 無難也. 生無計從之, 僧卽於其半崖, 懸身仰臥, 令生躍身投於其懷中, 生依其言一

87) 升: 나본에는 '適'으로 되어 있음.

跳, 僧便拘[88]住. 遂從此進盤回崎嶇, 到一處, 卽一別界也. 景物奇麗, 田疇肥沃, 有人居數十家, 皆僧徒也. 豊屋相接, 泉石回匝, 而滿洞皆梨樹, 家家積粟, 人人殷實. 以生外客能至, 甚貴愛, 互[89]相延去, 循環供饋. 可一月餘, 生欲歸, 將尋舊路, 其僧曰: "舊路則可來而不可去, 此自有路可出." 卽編蒿作兩薦, 持[90]以導出洞, 行數里, 涉一峻嶺, 其下則一磐石側臥淨滑, 不見其所極. 僧將一薦與生, 而自將其一, 各着於背, 臥磐石上, 動搖流下, 良久始下至地, 前有一峰, 秀色[91]嵯峨, 峰上有一圓石, 其上有對峙如兩角者. 僧曰: "生員欲見一奇事否?" 卽上走峰頭, 將一石子, 叩其如角者久之, 如角者漸屈磬[92]折, 俄而縮入. 又[93]叩其一, 屈縮又如前者, 生仰問: "此何物?" 僧曰: "此爲大螺, 俗名鼓箫, 素在高山絶頂上, 我國取作軍中吹器." 自此, 幾行三十里, 出於高城地. 僧曰: "此洞名梨花洞, 花開時, 滿洞晃朗如雪朝云." 余遇楓山僧, 言, '有廣袖山, 卽[94]淮陽·通川兩邑間路, 自楓山墨喜嶺, 歷鐵伊嶺而往, 若自金城, 則歷牟飛脫·新安驛·泥濘[95]橋而入, 由谷中行可十里, 開一洞, 周可二三十里. 僧徒三十餘, 作大屋, 大耕積粟云.'

29.

鄭北窓磏, 在楊州掛蘿洞, 閉門修養十餘年. 一夕, 氣上于面, 紅赤如棗, 而公强支危坐, 子弟列坐憂遑, 公命之盡出去. 子弟中一人, 穴窓窺見公, 又戒之曰: "旣令出, 則又何窺視, 以害於我也?" 其人卽止, 衆方環坐廳中, 使一婢, 煮藥將進之, 婢忽驚呼曰: "請看空中!" 諸人仰視, 則北窓立

88) 拘: 나본에는 '抱'로 되어 있음.
89) 互: 저본에는 '而'로 나와 있으나 나본을 따름.
90) 持: 나본에는 '負'로 되어 있음.
91) 秀色: 나본에는 '雪色'으로 되어 있음.
92) 磬: 나본에는 '罄'으로 되어 있음. 서로 통함.
93) 又: 나본에는 '復'로 되어 있음.
94) 卽: 나본에는 '庇'로 되어 있음.
95) 濘: 나본에는 '瀉'로 되어 있음.

在空裡，容顔瑩白如玉，冉冉[96]漸上，而已，入於雲際，杳然無覩．卽入室見之，則公倚自衾枕之上，兀然若睡，而無復紅赤之色，朗潤異常．及擧尸就棺，輕若空衣，皆知爲解化矣．北窓外曾孫蔡上舍德潤，言之如此．

30.

進士李光浩，卽任判書埅之姑母夫也．其娣有積年痼疾，欲爲醫治，博攷方書，因[97]悟道妙，多異常事．飮水一盆於廳上，臥轉數次，據高處倒身吐出，謂之洗滌臟腑．又常稱遠遊，僵死數日，始甦．一日，謂家人曰："吾今遠出，月餘當還，請一親友，代守吾身，必善待之．"言訖氣絶，食頃復生起坐，謂其子曰："君必不知我也，我與君父心交也．君父適有遠行，邀我守身，幸勿訝焉．我嶺南人也．"其言語擧止，非李君也．李君之妻子，供奉甚謹，然不敢入內也．如此月餘，一日忽仆地，已而，開眼起坐，其言語氣貌，卽李君也．妻兒雖[98]是欣懽，習以爲常，亦不甚以爲異之也，然多危言妄說．孝廟朝，坐事受刑，獨無血有白膏如乳．李君之友壻權某，在南堂山村【卽京江也】，是日晡時，李君往權家，主人不在，只有兒輩．取筆書於壁間障子上，曰：'平生仗忠孝，今日有斯殃．死後昇精魄，神霄日月長．'書畢，倏起出門，行數步，沒不見．其家大驚，俄而凶音至云．先是，李君有千佛圖一幅，不省其爲奇筆，有一僧望氣而至，請見李君之書畵，至佛圖，拜跪雙擎，曰："天下絶寶也！願公以此施捨，當有厚報．"李君卽與之，且問其爲絶寶者，僧取水噀於幅上，炤以日光，則千佛堇如螻蟻者，眉目活動．僧於囊中，探藥一掬，授之，曰："此神藥也！每朝用冷[99]水，磨服三丸，服盡，非但久視，亦福祿隆盛．過三則必有大害，愼之．"其藥，大如痲子而黑．李君素有宿病，依方服之，數三服而積痼都

96) 冉冉: 나본에는 '苒苒'으로 되어 있음. 서로 통함.
97) 因: 가본에는 '自'로 되어 있음.
98) 雖: 가본에는 '卽'으로 되어 있음.
99) 冷: 저본에는 '令'으로 나와 있으나 가본에 의거함.

祛，黧黃韶潤，體力輕健，李君大樂之．服垂盡餘十數丸，忽忘僧戒，幷磨盡服．其後，僧又至，大歎咤曰："不用吾戒，其不免乎！" 及死，其友人自南中來者，遇李君於稷山路上，布袍款段，容色凄慘，班荊而坐，款討如平昔，友人問其所往，則答以他辭．至京，聞之君死，日卽稷山握手之夕也．任尙書伯胤鼎元氏，言之如此．蓋李君所修內煉之法，道通於出神遠遊，忽化白液，則亦可謂成矣．然道以形全爲貴，僧戒不導，豈非大可恨者耶？

31.

忠州進士金義之言．數十年前，有一僧住杆城乾鳳寺，貧窮能爲本寺負木僧，常止宿廊舍，衆所不齒．供柴之餘，淡然更無所爲，衆亦不知其有異也．然有一沙彌隨之，常使宿食於上房，住寺數年，忽別去，往遊湖西，仍留公州文甲寺．過一年後，沙彌思之，自乾鳳往訪此僧，獨居寺旁一孤菴，爲守坐精進工夫，亦令沙彌止宿於大寺．一日寒甚，沙彌念其師往焉，望見菴中，火光騰上，甚怪之，及近而見窓，火光晃朗，俄滅復起．沙彌驚甚忙甚，開窓，則見師口中吐出大塊，如大楪搽，已而，吸之不見．其明滅者，此也．沙彌大驚，問曰："師必得道，而吾未之知也，何修致此？願敎之．" 師曰："汝固庸人，何可傳吾法？然不可使不知之也．吾之所修，卽煉金丹之術也．丹成，自然有此光景，吾雖死，非眞死也．眞身長留字宙之間，更無生死之憂，汝何足以盡知之？吾之死期，當在某年某月某日某時，汝謹識之，善爲茶毗，汝亦當於某年間歸化．" 沙彌自此，益敬肅奉，及至死期，師沐浴安坐而逝．時夜，滿洞晃然如白晝，出舍利無數，造浮屠莊之云．

32.

成虛白俔，曾在玉署，受由南歸，其還也，時適炎夏，傍溪有樹蔭甚美，下馬憩焉．忽有一客，騎驢而至，一小童執鞭隨之，客下驢，亦就樹蔭息．

成與語久之，覺飢，將命食物，客亦命小童取來一柳盒，盒開中有一小兒蒸之爛熟．小童又進小瓢，有酒若血，虫[100]蛆盈滿，又泛數莖[101]草．客分裂兒肢體，擧以啖之，若珍味．盧白大駭，問："此何物也?"客曰："靈藥也．"盧白嚬蹙斜睨，不敢直視，客忽以兒一肢，勸盧白食，盧白[102]曰："如此之物，素不能食．"客又擧瓢，曰："此則可飮否?"又辭如前，客笑而引飮盡，取草細嚼，以兒餘存者，與小童，童坐林下食之．童坐處蔽不見，盧白托以便旋，問童曰："汝主人何人，而住在何處?"童曰："不知也．"盧白曰："豈有奴不知主者?"答曰："吾隨行已數百年，尙不知爲誰某也．"盧白益驚，固問之，童曰："疑是純[103]陽!"曰："俄者[104]所食，何物也?"曰："千歲童蔘[105]也．""酒中草何名?"曰："靈芝也．"盧白驚悔，就拜客前，曰："俗眼矇昧，不識大仙之[106]降臨，禮節頗簡，死罪死罪．然今玆之奉緣，亦非偶，童蔘·靈芝，猶可得嘗否?"客笑謂童曰："俄物尙有存者乎?"童曰："纔已盡食矣．"盧白刳心懊恨，而莫如之何．客起揖將行，童問所向，客曰："今向㺚川[107]，時日已西矣．僕緊速馬行!"客驢瘦小，而行亦不甚駛，轉眼之間，已杳然矣．盧白促[108]馬追之，纔踰一峴，已不見矣．盧白手自錄甚詳，爲其家秘[109]藏．黃北青㦙之次子某，得見之小冊細書[110]者，誦之於李上舍某，某語於余如此矣．蓋此說以古談行，未知眞有是事．今盧白之錄如此，豈非大可異者乎?其酒豈非所謂朱草汁耶?嘗見『抱朴子』云："朱草善生名山岩石下，刳之汁如血，狀如小棗，長三四

100) 虫: 저본에는 빠져 있으나 나본에 의거함.
101) 莖: 저본에는 '茶'로 나와 있으나 나본을 따름.
102) 食盧白: 저본에는 빠져 있으나 나본에 의거하여 보충함.
103) 純: 저본에는 빠져 있으나 나본에 의거하여 보충함.
104) 曰俄者: 저본에는 '上有可者'로 나와 있으나 이본에 의거함.
105) 蔘: 저본에는 '參'으로 나와 있으나 나본을 따름. 서로 통용됨.
106) 之: 저본에는 빠져 있으나 나본에 의거하여 보충함.
107) 川: 저본에는 '州'로 나와 있으나 나본에 의거함.
108) 促: 저본에는 '從'으로 나와 있으나 나본에 의거함. 가본에는 '縱'으로 되어 있음.
109) 秘: 나본에는 '私'로 되어 있음.
110) 書: 저본에는 빠져 있으나 나본에 의거하여 보충함.

尺，枝葉皆赤，莖如珊瑚．以玉及銀金，投其中，便可丸如，歲[111]久則成水，名爲玉醴，服之長生云．"

33.

文有采，尙州人也．有至行，曾居父憂墓廬三年，迹不到家．服闋始歸，則其妻黃失行，産一女，文生黜之，黃仍逃匿．黃之族誣生殺之，訴官榜訊，不得其實，拘囚七年．趙尙書正萬，爲牧使時，知其寃譏，捕得黃女，杖殺之．生遂釋之，仍棄家，栖止山寺，行辟穀法，不食十餘日，一食輒進五六升，行步如飛，日行四百里．冬夏一單衣，不知寒暑，常着木屐，周游四方，然玉貌紅頰，儀度端雅，見者皆悅之．庚戌冬，至海州神光寺，大雪．生服單衣袴，而略無寒色，僧皆異之．及設食，辭而不食，夕將寢，僧引就煖處，又辭而處冷地，獨坐徹曉不寐．時雨雪不止，留三日，而不食不眠，僧輩皆知爲異人，齊進言曰："此寺雖貧，豈無一時供進之資？而生員留三日不食，寺僧有何得罪？願聞之．" 生笑曰："我亦多食，諸僧必欲食我，各以一掬米，合炊以來．" 數十僧各出米若干，可一斗，作飯以進，生洗手，取飯作塊，擧而呑之，旋啜煮醬，須臾而進盡，諸僧莫不驚怪．生食畢將去，首僧發一健步者，踵其後，生至石潭書院，拜謁而題名尋院錄，僧始知爲文有采也．生行步迅速飄倏，僧度不可追，遂歸云．此則神光寺僧之言也．癸丑臘，楊根李孝大者，遇生於五臺山月精寺，自言，'皆骨山爲渠之大休歇處．' 留寺七日，入皆骨，此爲李槎川之言也．乙卯閏四月，余遊皆骨，在表訓寺，僧徒言，"有文居士者，再昨年來住此寺，行止異人也．今春，忽不知去處，自言欲往關西云．" 余之自皆骨歸也，楊州路上，遇一居士，自香山來者，言，"有文居士兩班也，在金仙臺，十餘日不食，手携一唐板冊，讀之不掇，容顔甚潔白云．" 己未冬，又於槎川家，見洪百昌所錄，曰："文有采喜讀『黃庭經』，出入起居，常背之；行

111) 歲: 나본에는 '泥'로 되어 있음.

動坐臥, 常念之, 讀已萬遍. 歲乙卯, 入楓岳, 淹於白華菴, 一日, 解其經, 付往衲大師華月堂, 上摩訶衍, 趺坐經冬, 便翛然而逝. 其經則留在外山瀑布菴, 而其傳討必於華月堂, 意亦不偶爾. 生居常戴蔽陽子, 衣葛袍, 着木屐, 而其行如飛, 性喜靜厭喧鬧, 非僻處空菴, 則不處焉. 秋冬之交, 一上絶頂廢寺, 而雪積路塞, 便無聲息, 諸僧皆云: '處士必凍死.' 以至春回雪瀜, 卽往訪之, 則生以單[112]布衫, 厚積落葉, 蕭然危坐, 顔色數腴, 無凍餒意. 獨坐無人, 念誦之聲, 鏗然如出金石. 或有問者, 卽缺有□師[113], 欲與論難, 答云: '只能讀, 不知旨.' 終不與酬酢, 莫能測其淺深. 自白華移處摩訶, 未幾而逝, 藁葬于拜岾已多年, 而無返葬之人云." 金百鍊曰: "聞楓山僧言, 文生一日別置一房, 命衆僧勿近, 夜半忽聞, 屋壁盡坼, 若霹靂聲, 而室內通明如白晝, 光徹大房. 僧徒盡驚, 就見則文生目已瞑, 蓋解化也." 其所謂大休歇處, 果如其言, 而乙卯, 西關之行, 其亦去而卽還也. 金仙臺, 卽韓無畏遇郭致虛之處也. 文生豈亦見『傳道錄』乎? 其所讀唐板, 可知爲『東華篇』也. 余見『彭祖經』, 稱青精先生得道者, 已過五百年, 能終歲不食, 亦能一日九食. 明初張三, 半日行千里, 辟穀數月, 亦能日啖數斗, 隆冬臥雪中. 此皆服氣所致, 與內煉金丹, 門路懸別, 文生所修, 豈此法耶? 以此解化, 例有屋裂聲.

34.

金世麻, 寧邊人也. 早從異人, 學修鍊法, 寒不衣絮, 飢不茹穀, 入妙香山, 徜徉於淸凉·雪嶺之間, 殆四五十年. 西關人, 皆以神仙目[114]之, 入其境, 問金神仙家, 樵童饁婦, 莫不指示焉. 其神貌不踰中人, 而淸癯無俗様. 一日所啖, 只松葉數匙和淸水而已. 夜則徹曉, 危坐不寐, 至五更, 必出戶, 盤桓於階庭, 小焉, 輕步入室, 惟恐傍人知之. 又精於推命, 多

112) 單: 가본에는 '草'로 되어 있음.

113) 師: 저본에는 빠져 있으나 가본에 의거하여 보충함.

114) 目: 나본에는 '號'로 되어 있음.

奇中, 自言, "讀『黃庭經』, 僅九[115]千餘番, 欲入中毗盧, 讀萬遍而還云[116]." 年六十餘, 而着木屐, 行懸崖絶頂, 疾捷如飛, 僧輩奉如神明. 所傳多靈異涉誕, 或秘之. 後至金剛楡岾, 坐化, 踰年, 其舍侄返骸而去. 余始聞於任平康鼎元矣. 其後, 安東文士權禰, 傳其詳如此.

35.

雲峰進士安克權言. 曾與數少年, 遊智異山, 至咸陽君子寺, 寺僧言, "此有一奇異可觀事, 進士欲見之乎?" 安君問其所以奇異者, 僧曰: "此寺之下, 有地名堂坪村, 有一老人, 年一百五歲, 極輕健, 地上仙也." 安君與同伴, 依其所指, 往訪入其家, 有老人斑白, 年可五六十, 持箒掃庭. 安君曰: "此是百歲翁耶?" 老人曰: "然." 安君曰: "吾欲見百歲翁, 幸通之." 老人邀坐廳上, 卽入室, 已而, 赤笠紅帶, 斗擻精神而出, 曰: "吾是百歲翁也." 安君曰: "百五歲信乎?" 翁曰: "百二歲矣." 安君曰: "鬢髮半白, 極異事." 翁曰: "七八十歲, 髮盡白, 而近百之後, 紺髮衆生, 成此蒼白矣." 仍脫笠露頂, 果有玄髮繞頂, 可愛精神筋力少無衰耗之態. 問其所啗, 則日食一升, 酒則三四甌, 蓋少時壯士也. 長子年八十, 已傴僂篤老, 長孫年六十餘, 亦皤皤之翁也. 其曾孫年皆三四十, 內外曾玄凡百餘人. 有妻年八十餘, 乃其後妻也. 復有次妻, 年近六十, 而百歲尙不癈房事云. 安君壯之, 問其所修, 曰: "別無所爲, 而自然輕健, 渠亦自怪云." 其子孫皆列居一里之內, 多饒給者, 競以酒饌佳味, 供養甚厚, 無慮無憂, 自在自娛, 眞地仙也. 問其姓名, 曰: "李季江也!" 安君之見, 已過十年, 今之存沒, 未可知, 而蓋亦世所罕有者也.

36.

南趎中廟朝人, 家世簪纓, 年十九登第, 官止典籍, 入文衡之薦. 自幼多

---

115) 九: 나본에는 빠져 있음.

116) 云: 저본에는 공백으로 되어 있으나 나본에 의거하여 보충함.

異蹟, 就學於塾師, 每早朝挾冊而去, 多[117]不至塾師家. 家人詗之, 中路入樹林, 中有一精舍, 一人踈雅無塵氣. �必入見講質, 至日昃而歸, 家人詰之, 不明言. 其後, 學修煉之術, 及登第, 遭己卯士禍, 謫谷城, 因留家焉. 嘗送奴持書, 入智異山青鶴洞, 見一彩宇, 極華麗. 有二人對碁局, 一則雲冠紫衣, 玉貌都麗, 一則乃老僧, 而形甚古健. 奴留一日, 受答而還, 始以二月入山, 草木未敷, 及出山, 乃九月初也, 野中穫稻. 人皆知趎已得仙. 及卒年三十, 擧棺甚輕, 家人復開視之, 無尸體, 而棺蓋上板內, 有詩一聯, 曰: '滄海難尋舟去迹, 青山不見鶴飛痕'云. 而村前耘田者, 聞空中天樂寥亮, 仰見, 南君騎白馬, 在雲中冉冉而上[118], 良久無所見. 三年內, 自空中投書, 與家人者纍焉, 過三年後, 不復有書. 忠州進士南大有, 其[119]旁孫也, 言之如此.

37.

徐花潭敬德, 雖以理學有盛名, 亦異人也. 車天輅『五山說林』, 記其父軾之言, 曰: "花潭病重危谻, 軾往省之, 花潭命之近坐, 曰: '吾有一異事, 未發口, 今將死矣, 事不可以終泯, 今傳於君. 吾嘗於某年, 往見智異山, 將登天王峯, 筮之爻辭甚異, 謂從者曰: '今行必逢異人.' 及登山, 將半憩於松下, 俄而, 雲影垂映, 仰見一丈夫, 被羽衣, 躡雲立於空中. 年可三十許, 腋下有毛雙垂, 可尺餘, 擧手揖, 曰: '九轉之術, 上可白日昇天, 中可揮斥八極, 下可頤坐千春, 子能從我遊乎?' 余曰: '吾已知子之訪我也. 但術則誠高矣, 我學孔子者也, 不願受.' 其人歎[120]曰: '道不同, 不相爲謀. 吾亦知子之高矣.' 擧手而電滅. 其時我與其人相問答, 傍人皆[121]莫之見云.'" 軾花潭之弟子也, 弟子傳師之言, 子又傳父之言, 豈可謂虛妄?

117) 多: 저본에는 '果'로 나와 있으나 나본을 따름.
118) 上: 저본에는 빠져 있으나 나본에 의거하여 보충함.
119) 其: 저본에는 빠져 있으나 나본에 의거하여 보충함.
120) 歎: 나본에는 '笑'로 되어 있음.
121) 皆: 저본에는 빠져 있으나 나본에 의거하여 보충함.

38.

仁廟朝, 有一僧, 遊行至關東. 忽被賊株連, 捉入官庭. 持一鉢囊, 爲官搜點, 得小卷, 題名'洛東傳道錄'. 邑倅見而異之, 釋其僧, 致其書於澤堂, 澤堂爲之作序, 而傳於世. 『海東傳道錄』曰:

唐開成【文宗年號】中, 新羅人崔承祐·金可紀·僧慈惠三人, 遊學入唐. 可紀先中進士, 官華州參軍, 轉長安尉, 承祐又中進士, 爲大理評事, 俱相與遊終南. 有天師申元之, 在廣法寺, 慈惠適寓於是, 深相結知, 二公因以紹介, 每相過從甚款. 一日冬, 深山逕雪積, 二公到山房, 留話從容. 夜三皷, 元之忽曰: "鐘離將軍來耶?" 俄有, 客開窓而入, 虯鬚皤腹, 不帶不履, 顧眄殊偉. 三人退伏戶下, 將軍曰: "何客耶?" 元之曰: "此皆新羅人." 將軍命之坐, 進茶款洽. 元之曰: "佛敎流布已滿三韓, 獨我淸淨之道, 尙未之傳. 羅[122]邦之人, 無福而然也, 在吾敎亦欠[123]事. 余觀此三人, 皆有仙骨, 可以誨, 今夜委以道兄決之." 將軍笑曰: "吾見三人, 已大悉矣. 但新羅國道敎無緣, 更過八百年, 當有以還返之旨, 宣揚於彼. 其後, 道敎益盛, 佛敎漸微, 地仙二百, 或拔宅, 或昇擧, 以弘大敎. 此三人生非其時, 若欲學仙, 留於中華, 則吾當指訓!" 元之謂三人曰: "大師之誨切至, 君等更盟天以受." 三人卽拜北斗, 步罡祝天以誓, 將軍曰: "三人俱以微星, 下降謫人間, 不作神仙, 當爲將相. 公等各各盡誠受持, 力行不懈." 因以『靑華秘文』·『靈寶畢法』·『金誥』·『八頭五嶽訣』·『內觀玉文寶籙』·『天遁鍊磨[124]法』等書, 付之, 且授以口訣, 拂袖去. 元之大喜, 遂置三人於石室, 修煉內丹, 躬自供給, 凡三年丹成. 可記·慈惠不出, 而承祐從李德裕於西京兼塩鐵判官數年, 李公謫崖州, 因致仕歸國. 慈惠亦從, 而可記堅志不還. 八月, 舟至海中, 忽颶風飄至大島, 有持節仙官, 逆於船頭, 曰: "正陽眞人有書, 付二公." 坼看, 乃鐘離書也. 令還其所授經訣, 曰:

122) 羅: 저본에는 '維'로 나와 있으나 가본에 의거함.

123) 欠: 가본에는 '大'로 되어 있음.

124) 磨: 의미상 '魔'가 되어야 함.

“爾等緣薄，自壞大道，夫何言乎？然東國八百年後，弘明大道，必藉傳授，乃可入門．爾等所授口訣及伯陽『參同契』·『黃庭經』·『龍虎經』·『清淨心法經』，行於世者，可傳燈，相付一線以登傳，爾賴此功，超登上眞也．” 二公涕[125]泣，以五種仙典，拜授仙官，俄失其島．及返國，惠公入五臺山，而承祐拜官，屢陞太尉，以口訣，授文昌侯及李淸．淸入頭流山，修煉得道．承祐九十三卒，五種書悉皆誦付淸，淸昇去，其弟子僧明法得之，質疑於惠公，盡得其要．惠公百四十五歲，入寂於太白山，法公亦三十二解去，以法授上洛君權淸．淸佯狂詭，爲僧修煉，得道去隱於頭流山．孤雲學士，俱在於此山，隱現無方．逮元朝，有偰賢，自上國來，遊見上洛於般若峰，拜而請師，得其正法，修之於雉裳山，垂成而屢敗者凡四．路遇一衲於西臺，自言，‘惠公弟子明悟和尙，仍以煉魔法敎之．’ 八年乃成，欲解而晤公之法，留待可傳者，遂易姓名，曰‘金孤雲’．趙石澗云仡，遇之於俗離山，得其法．後偰公多往來江原·慶尙道，敎小兒『小學』·『通鑑』百餘年，人不識．正統初年，見梅月堂於春川，知其利器，引以稍誘之，金公方銳志，斯世不能省焉．過數年，金公不於得世，爲僧自放，偰公卽獲於寒溪山，授以道要．金公修之一年，丹成，偰公卽水解上昇．金公遂入金剛山，抱一[126]九載，乃下人間，復還俗，以『天遁釼法』·『鍊魔眞訣』，付洪裕山．又以『玉函記』內丹之要，授鄭希良，『參同』·『龍虎』秘旨，悉敎尹君平，示寂於俗離山．後七年，尹公又遇梅月堂於松京，曰：“欲以丹學授徐敬德，往來玆二年矣．” 其後，尹公成道，以其道付頤川校生郭致虛，今在妙香山，莫蹤之．鄭公之學，授僧大珠，大珠佯狂，乞于通都．鄭磏·朴枝華，得其旨，俱成仙解去，今無傳．洪公初授密陽孀婦朴氏，受道爲尼，名妙觀，傳張世美，世美亦爲僧，修煉復還俗．解去時，授市人姜貴千，貴千傳於張道觀，今失所在．僕不幸生晚，不及覩梅月堂，又不獲摳衣三仙翁，追想遐風，每自歎羡天下愛道．乃於丙辰夏，逢郜公於香山，

125) 涕: 저본에는 빠져 있으나 가본에 의거하여 보충함.

126) 抱一: 저본에는 공백으로 되어 있으나 『海東傳道錄』에 의거하여 보충함.

以僕可與語, 留話於金仙臺十六日, 且曰: "君九年乃可成道, 道付囑不在君身生前, 而在吾身後, 不在下賤, 而在上大夫, 聰明智慧, 文章之士, 亦不在僻壤, 在於京輦之下. 君早嘗殺人命, 貪財好色, 罪過深積, 道成四十年, 當在塵寰, 備受艱厄, 以償玄律然後, 乃可上昇. 留封口訣十六條, 致於李姓人, 則自可宣揚玄化, 況八百年已屆其數乎! 仙子之出, 當賴此, 不墜正陽一線之脉, 勉之勉之!" 因忽不見. 僕遂於金仙臺, 剃髮休粮, 以修少日, 不早出家, 多傷慾障, 年已過五十二, 不能速成, 坐禪十七朔, 乃得丹基. 烹煉三年, 乃結靈昭, 又九年方完功行, 今年九十四歲. 傳我道者, 生于功行方完之年, 離順境, 入于逆境者, 在我解去之日, 得我秘訣, 勿使秘之, 尋其人, 商確旨意, 一心奉持, 則同入至道矣. 噫! 人身難得六道, 相尋有志之士, 及時孜孜努力無怠, 誠一之極自有來敎者, 亦有頓悟處. 我之求人, 甚於人之求我也, 可不勉哉! 天已證錄, 道已默孚, 雖欲自專, 不可得也; 雖欲付他, 亦不得也. 毋過秘之傳之其人, 毋妄泄之以續天年. 太上嚴譴, 悔之毋及, 吐一大事, 因錄了矣. 歲萬曆庚戌十月二十四日, 紫元軿玄眞人, 奉天臺得陽子, 上黨韓無畏, 臨解謹記.

書于德川郡校, 後僑居此下, 有十六條口訣. 澤堂李公所錄曰:

癸未秋, 奉使赤城·茂州也. 西還, 偶與主簿金諿, 談其勝槩, 余言, "赤裳山, 古有道人煉丹之迹." 余仍問見何書, 金答以曾見此書, 卽『傳道錄』也. 于一山人處, 余固求得之, 金復以『金丹口訣』來投, 或謂金誑我如唐道士嫺士大夫, 此非也. 我本以不攻異端, 老病垂死, 金又拙文寡聞, 決不能贋作此書. 此書文字平順, 而語不張皇, 又非文士僞撰, 故疑其爲一箇隱逸人所記也. 近復見中朝新刻來『神仙通鑑』, 則有金可記從申元之學仙事迹, 可記之名, 已見唐詩, 在崔孤雲之前. 此書, 言可記與崔承祐同學進士, 我國所記, 則承祐之命, 在崔孤雲之決, 此不可知也. 而二人之入唐登第, 則不誣矣. 嘗欲考求年月, 驗其眞, 妄傳之, 好事者病臥東山, 精力未到, 取以贈太白山人, 使莊僻處, 以俟可傳之人焉. 大明亡後四年丁亥孟夏日, 澤堂識.

又『澤堂集』中, 有「茂朱赤裳山城護國寺碑文」, 曰: "此山於地誌, 只稱裳山, 蓋取諸形, 俗稱赤裳. 又有偰道人煉丹事迹, 見於『傳道秘記』, 今不具載云." 於此, 可見秘錄之傳, 實自於澤堂, 而其作說宣揚, 又如此, 則'宣揚玄化', 信不誣矣. 得陽子在丙辰年, 果爲五十二歲, 在庚戌爲九十四歲, 則是爲丁丑生矣. 庚戌在萬曆爲三十八年, 而卽是年解化去世, 野史中八十坐化云者, 蓋爽實也. 九年方完功行, 則其間又入于五臺山, 亦異矣. 鶴山子曰: "『海東傳[127]道錄』, 韓無畏所作也." 余見一野史, 言, "韓無畏西京儒生, 少時好任俠, 擅西京官妓. 一日, 殺妓夫, 避仇入關西寧邊, 遇熙[128]川校生郭致虛, 學秘方, 汎濫仙佛, 年八十, 雙眸炯然, 鬚髮如漆. 許筠爲遠接使從事官, 時無畏爲順安訓導, 筠與之語, 知其爲異客, 要共宿, 問學仙之方. 無畏曰: '爲仙之道, 勿作陰謀秘計, 刑殺無辜, 勿欺誣人, 勿營財見窮困人, 勿惜財常淸淨, 勿近女色玩好.' 無畏鰥居四十年, 因一家窘乏, 辱身爲訓導, 以救朝夕, 年八十無病坐化, 葬於順安. 後五六年, 所親者, 過於香山, 容色不老, 問曰: '人言公死, 何容顔之勝昔?' 無畏曰: '傳者謬也.' 一說, 無畏入五臺山, 煉丹解化云." 蓋無畏戒筠之言, 切中筠之心術, 其已知筠之終, 必以陰秘欺誣貪淫之惡, 喪其身也. 其錄中所言, 得道諸人, 著於他說, 多可證者矣. 『續仙傳』謂, "金可紀, 新羅人, 賓貢進士, 服氣煉形, 俄擢第, 葺居於終南子午谷. 復三年航海歸本國, 復來, 衣道服入終南, 務行陰德. 唐大中【宣宗年號】十一年十一月, 忽上表言, '臣奉玉皇詔, 明年二月二十五日, 當上昇.' 宣宗極異之, 賜官女四人·香藥·金彩, 又遣中使, 專伏侍. 其日, 果有五雲鸞鶴, 笙簫金石, 羽蓋瓊輪, 幢幡滿空, 仙仗極衆, 昇天而去. 朝列士庶, 觀者塡隘山谷, 莫不瞻禮歎異."『唐詩選』[129], 有「章孝標送金可紀歸新羅」詩, 云: '登唐科第語唐音, 望日初生憶故林, 風高一葉飛魚背, 湖淨三山出

---

127) 傳: 저본에는 '僡'으로 나와 있으나 의미상 바로잡음.

128) 熙: 저본에는 '頤'로 나와 있으나 의미상 바로잡음.

129) 唐詩選: 저본에는 '唐選詩'로 나와 있으나 의미상 바로잡음.

海心.' 可紀之歸故國, 又以八月信然, 而此云'堅志不還', 蓋與二人同歸, 而獨復來耳. 是豈以東方靈氣未敷, 不宜於超度, 而獨終南爲靈界, 且依大師易爲力故耳. 申元之嘗顯名於唐, 玄宗時, 宮女張雲容, 餌其丹, 及死, 煉形太陰其復生也. 田師稱以田叟, 復來助之, 其有申元之則信矣. 慈惠卽義相大師, 而承祐亦羅季名賢也. 崔文昌之隱頭流. 一野史云: "谷城南趎, 異人也. 嘗命家僮, 入智異山青鶴洞, 致書于其所親. 僮旣至, 果見畵閣精麗, 一道人姿容甚美, 與老僧對棊, 旣修謝. 又付送青玉棊子, 僮來時九月, 未及出洞, 乃人間二月也. 知之者曰: '此孤雲, 而僧則玄俊也, 孤雲之母兄也.'" 上洛君未知爲何人, 而「南宮斗傳」云: "斗遇一僧於路, 引見權眞人於雉裳山在茂朱, 亦僧也. 教以煉丹垂成而敗, 其出山也, 教以餌黃精, 拜北斗. 斗之師, 姓權而又僧, 且遇衲之事, 煉丹之地, 見敗之蹟, 何其一與偰公同也? 偰公能易姓名, 而十六訣中有云: '入寰久不見效, 逐日拜北斗致誠, 自然有陰祐.' 眞君曰: '得經籙尸解等法者, 爲南宮列仙.' 南宮固仙府, 而斗是久未見效者, 豈以是爲姓名, 將以自力耶?" 然則權眞人, 豈非所謂上洛, 而僧則爲明晤, 斗亦安知非賢耶? 車天輅, 又記其所傳羽人之說, 則頭流者, 固神仙窟宅也. 趙云仡, 麗末托膝攣, 棄官隱居, 時號異人, 其亦有所授乎? 一說, 金悅卿在寒溪時, 有一士從學. 每夜東峰出去, 其人潛踵之, 東峰至一盤石上, 與一人對坐, 言笑款密, 而遠莫之聞, 此豈偰公傳道之時耶? 傳稱'東峰五十九卒, 殯三年將葬, 面如生人, 以爲成佛', 其道成明矣. 盧菴知時事, 將亂欲遯, 與一僧甚密, 五月五日, 僧至鄭公, 托以溺水, 與之逃去, 隱現無常. 北窓素異人, 自解外國及鳥獸音, 靜居三日, 洞知百里外事. 在楊州, 瞑坐十餘年, 無疾而逝, 時謂尸解. 朴枝華, 入金剛山, 七年修道, 年八十餘, 遇壬辰亂, 投水坐化, 豈亦偰公水解之法耶? 尹君平, 武人也, 以軍官赴京, 遇異人授以『黃庭經』, 解修煉之方, 道術甚高, 八十餘死, 尸體甚輕, 如空衣, 蓋亦尸解也. 洪裕孫, 亦多異事流傳, 致虛善幻術, 呼風喚雨云. 李清·明法·大珠·妙觀·張世美·姜貴千·張道觀, 無所著見矣.

若何謂上大夫, 未知何人. 果當之, 而十六訣傳行, 自於澤風堂, 則'致于李姓'云者, 蓋有以也.

39.

太白山浮石寺後小菴中, 有義相大師示寂像. 菴中有三株樹, 名仙飛, 花葉如杻, 能開三色花. 義相示寂時, 植杖於菴外, 曰: "此當生枝葉, 其未枯時, 當是吾不滅時." 今至千餘年, 開花敷葉, 榮落與凡木同, 而在菴屋簷內, 長可丈餘, 不承雨露, 丈許之外, 不復加長. 退溪先生詩板, 訂[130] 其異, 曰: '枝頭自有曺溪水, 不借乾坤雨露恩'云. 光海時節, 鄭造斷取一株作杖, 其後斷處, 生枝滋長, 不十年, 依舊與旁株齊, 而但滿限之後, 不復加長, 其亦靈怪[131]哉!

40.

余近得見『康節數』一冊, 乃康熙末山陰人所作也. 其卷首自言, "余人間之偸歲人也. 始崇禎初, 知天下將亂, 卜地來居, 於今已年過二百五十一矣. 嘗與縣宰李稙游行, 至鐘離山下, 距山五里, 有康節祠. 祠後有寺, 見一雙髫童, 見我輩, 穿林越壑而去, 怪詢之, 寺僧曰: '此童不知住在何處, 每當水陸齋, 供時必來, 自請滌[132]器, 數百事, 片時滌盡, 咸極瑩淨, 滌訖而去. 問其年, 不對.' 嘗置一函於佛前, 封鎖甚固, 戒僧勿開, 惟待李稙至許開. 及李稙至開函, 乃『康節數』也. 且算李稙終身休咎甚悉, 更無他語. 遂將出歸, 共習之, 妙驗云. 童實異人, 而授書李稙, 必有深意, 第其見而驚走, 於法有不合相見者耶? 李命亦必合仙, 而二百五十歲人, 眞地仙也. 雖生存可也, 修養引年, 信不誣矣."

---

130) 訂: 나본에는 '證'으로 되어 있음.

131) 靈怪: 나본에는 '靈異'로 되어 있음.

132) 滌: 저본에는 '條'로 나와 있으나 가본에 의거함.

41.

歲癸卯，先祖文莊公延謚宴，行於龍潭縣，余往焉．時道伯及鄰邑守令多會，盛設妓樂．過宴後三日，又龍潭族叔父弧辰也，連日張樂，甚覺聒耳．時庭試迫近，與族兄旌善倅，忙急上來，至弓院，遇公山倅李衡坤，曰：“倅與我家，累世契好，談話及音樂好否？” 李倅曰：“飽聞無如我，我年十九時，先人以杆城宰，與舍族叔父，同捷謁聖科．時祖母在杆城，姑母崔相國□□夫人，因[133]兩父榮親之行，同往覲焉．崔相時爲翰林，而嶺東守令，適多族戚親舊，慶宴之設，本郡妓隣近妓女來者，無慮百輩，風樂數部．宴筵旣罷，夫人卽領百妓衆樂，作海山之游，自號‘女仙’．余獨陪行，始自本郡淸澗亭，歷高城之海山亭·三日浦，至于叢石亭，又南至于襄陽洛山東臺．及歸稅郡衙，迨一月有餘，極海岳之壯觀．每一登臨，樂音歌響，掀動海天，洞庭勻天，當不過此，夫人豈不誠眞個女仙哉？夫人大欣樂，以爲死無所恨．吾曾經此，故今已近三十年，而歌樂之響，尙若徹耳矣.” 吾曰：“婦人之有此遊，千古以來，獨夫人耳．若律之以法家禮範，則恐未穩當，然亦可謂婦人之豪爽有風流者，夫人豈前世女仙謫降者耶？” 李倅默無語．

42.

蘭雪軒許氏，以婦人[134]，富於詞[135]藻．其詩辭[136]固淸絶，而如「白玉樓上樑文」，信仙語也．但以自號景樊堂，世人謂以景慕杜樊川，甚譏[137]之．樊川雖有風流文采，豈閨幃婦女之所可慕者耶？蓋唐時有仙女樊姑者，號雲翹夫人，漢上虞令劉綱仙君之妻也．仙格絶高，爲女仙之冠，有傳在『列仙錄』．蘭雪之[138]所慕者，此也，而謂以景慕樊川，其受誣辱極矣．『

---

133) 因: 가본에는 ‘同’으로 되어 있음.

134) 婦人: 나본에는 ‘婦女’로 되어 있음.

135) 詞: 저본에는 ‘辭’로 나와 있으나 나본을 따름.

136) 辭: 나본에는 ‘詞’로 되어 있음.

137) 譏: 저본에는 ‘汎’으로 나와 있으나 나본에 의거함.

大明詩選』, 多載朝鮮詩, 而許氏亦景樊堂稱之. 余閔士夫家婦女公然被垢汚, 玆爲之解.

43.

金處士聖沉, 歿堇十餘年. 始五歲, 患痘雙瞽, 而性極慧悟, 其父敎以書典, 文理旣達, 日隨人聽讀, 一聞輒誦, 遂博極群書. 乃作文蒼茂, 詩亦淸絶, 有『潛窩集』二卷. 其妻洪氏, 萬迪之女, 長潛窩一歲, 亦五歲而瞽. 然有純孝至行, 學『小學』·『內訓』及他書史, 一讀不忘, 亦能作詩, 詩極警絶. 與潛窩作配五十餘年, 治家敎子, 皆有法度, 蔚爲高族[139]師範, 此誠前世所未聞也. 李公秉淵, 爲之作異人傳.

44.

靈光有一蔡姓士人, 業文頗勤, 終無所成. 晩有一子, 不復敎書, 所望者, 唯成長繼嗣也. 子未及長而父死, 然家頗饒, 雖不學而能守世業. 一日, 里正來示郡牒, 請聞辭意, 蔡取看久之, 還擲辭以不知. 里正咄曰: "名爲士子, 而乃不知一字耶? 如許[140]士子, 何異犬羊?" 蔡大慚恨, 不敢出一聲. 時年四十, 鄰有訓蒙學長, 蔡生卽挾『史略』初卷, 往[141]而請學, 學長曰: "君年豈初學之時耶?" 蔡生曰: "年雖晩, 識字則幸矣, 子但敎我!" 學長敎以天皇氏一行, 兼字與義, 生讀訖, 輒忘之, 又敎又忘. 學長曰: "此不可敎也!" 辭之, 蔡生起拜苦請, 乃復敎, 終日屹屹, 堇得曉去. 至三日始來, 學長曰: "何遲也?" 生曰: "患未能熟." 曰: "讀幾遍?" 生曰: "但以菉豆三升爲計耳." 旣皆誦訖, 又敎'地皇氏'·'人皇氏', 讀頗順利. 翌日卽來, 而菉豆之數, 減至半升, 其後日漸向勝. 蓋至誠所發, 文竅自開故也.

---

138) 之: 저본에는 빠져 있으나 나본에 의거하여 보충함.
139) 高族: 저본에는 '族高'로 나와 있으나 가본을 따름.
140) 如許: 저본에는 '許如'로 나와 있으나 나본에 의거함.
141) 往: 나본에는 '詣'로 되어 있음.

讀至半卷, 文理大達, 旣讀盡七卷, 又讀『通鑑』全帙, 誦之[142]精熟. 旣博通四書三經, 讀凡七年, 而以四書[143]疑中進士, 又五年以明經登第, 時年五十二也. 未久, 爲[144]縣宰, 搜[145]訪里正, 已死而有子在矣. 召而謂之曰: "我非汝父之辱, 何以至此? 恩實大矣." 遂率赴其任留之屢月, 供餽甚厚, 及其歸也, 給以數馱. 蔡屢佩章符, 品至緋玉. 雖因人所激, 如[146]無志氣, 亦不能[147]致此. 有進士李運復之言, 如此.

45.

車天輅, 字復元, 父軾, 學於花潭, 以文名於世矣. 天輅文辭浩汗[148], 而詩尤雄奇, 雖精麤相雜, 而立就萬言, 滔滔不窮, 無敢敵者. 宣廟末, 天使朱之蕃來, 朱是江南才子, 雅有風流, 所到之處, 詞翰輝耀, 膾炙人口. 朝家極選儐使, 李月沙爲接伴, 李東岳爲延慰, 而其幕佐, 皆亦名家大手. 沿路唱酬, 至平壤, 朱使臨夕, 下「箕都懷古」五言律百韻, 於儐幕命趨, 曉未明製進. 月沙大懼, 會諸人議之, 皆曰: "時方短夜, 非一人所能, 若分韻製之, 合爲一篇, 庶可及乎!" 月沙曰: "人各命意, 不同湊合, 豈成文理? 不如專委一人, 惟車復元, 可以當之." 遂委之, 天輅曰: "此非旨酒一盆, 大屛風一坐, 兼得韓景洪執筆, 不可." 月沙命具之, 設大屛於廳中, 天輅痛飮數十鐘, 入於屛內, 韓濩於屛外, 展十張連幅紙[149]大花牋, 濡筆臨之. 天輅於屛內, 以鐵書鎭, 連扣書案, 鼓動吟諷. 已而, 高聲大唱曰: "景洪書!" 逸句俊語, 絡繹沓出, 濩隨呼卽書, 俄而, 叫呼震動, 跳蕩踊躍, 鬅髮赤身, 出沒於屛風之上, 迅磨驚猿, 不足比也. 而口中之唱,

---

142) 之: 저본에는 빠져 있으나 나본에 의거하여 보충함.
143) 四書: 저본에는 '書四'로 나와 있으나 이본에 의거함.
144) 爲: 나본에는 '調'로 되어 있음.
145) 搜: 나본에는 '生'으로 되어 있음.
146) 如: 나본에는 '苟'로 되어 있음.
147) 不能: 나본에는 '不敢'으로 되어 있음.
148) 汗: 저본에는 '洋'으로 나와 있으나 나본을 따름.
149) 紙: 나본에는 빠져 있음.

水涌風發，濩之速筆，猶未暇及．夜未半，而五律百韻已就矣．天輅大呼一聲，蹴倒屛風頹然，一赤身骯髒[150)]也．諸公取其詩，聚首一覽，莫不奇快．鷄未鳴，而呼通事進呈，朱公卽起，秉燭讀之，讀未半，而所把之扇，鼓之盡碎，諷詠之聲，朗徹於外．平朝對儐使，歎賞嘖嘖，蓋其嘉豪思之奇壯，又愛筆法之神妙．由是，朱公深重，我人朝鮮文章之大著於中土者，實蘭嵎之力居多．夫天輅之詩才，固[151)]世所罕，有但其輕佻狂蕩，豈可責以繩墨者哉？然當此之時，華國之需，不可不藉於此輩，則捨短取長，詎非良工之能耶？一說，天輅一日詣月沙，月沙曰："如吾詩何如？" 天輅曰："相公之詩，警[152)]如太華峯頭玉井蓮，花爛熳耀日盛美，可勝言哉！" 月沙喜，且曰："五山之詩，何如？" 曰："小人之詩，如聚鐵百萬斤，作一大鎚[153)]，不論山川木石，馳走亂打，莫不摧糜耳．" 月沙曰："然則玉井之蓮，亦被其踐破[154)]乎？" 天輅曰："無怪矣．" 天輅自負其才，放誕無忌如此．至今俗言，謂人輕妄之甚者，必稱'車天男'，天輅之爲人，可知．

46.

崔簡易岦，其始爲古文，人不奇之，幸見知於盧蘇齋，以長聲價．及隨使价，入天朝，於事大文字，下語得宜，見許於禮部，仍以我東文章宗匠自居．文法務爲高簡，以壓時輩，然其才力，本不優贍，又未嘗學問．文則短於理致，詩則病於晦澁[155)]，其所膾炙一時，如延興宴席之律．及'劒能衡斗誰看氣'，'磬殘石竇晨泉滴'，等十數詩外，多是荊棘糠粃，令人不欲愛看，何足擅文章之權？始岦以使命入燕[156)]京，首謁王元美，時在職任劇務，聞岦東國文士，卽延款接，亦不廢公事，一府文案堆積左右者，如

150) 骯髒: 나본에는 '骯髒'으로 되어 있음.
151) 固: 나본에는 '同'으로 되어 있음.
152) 警: 나본에는 '譬'로 되어 있음.
153) 鎚: 나본에는 '椎'로 되어 있음.
154) 踐破: 나본에는 '殘破'로 되어 있음.
155) 澁: 저본에는 '涉'으로 나와 있으나 나본에 의거함.
156) 燕: 저본에는 빠져 있으나 나본에 의거하여 보충함.

阜丘. 一邊酬客, 一邊題判, 十數吏迭告文狀, 囒喈[157]如蜩螗, 而元美判決如響, 衆筆齊掃, 頃刻雲空. 岦思素淹滯, 見此大歎服矣. 及出其所著一卷, 以求敎, 元美披閱一遍, 謂岦曰: "有意於作者之體可嘉, 但讀不多聞見, 未廣才力不逮, 須歸讀「原道」五百遍, 宜有益矣." 岦遜[158]謝, 而內深慚之. 及歸館, 又有人來傳李于鱗之文, 聲牙奇僻, 不能句讀, 心已生惕. 及聞于鱗秦關所作詩, 曰: '蒼[159]龍遠掛秦天雨, 鐵[160]馬長嘶漢苑秋.' 益歎其雄妙, 蓋'鐵馬'之擧頭啓口, 果似嘶者, 誠妙矣. 然如是者無幾, 乃莫敢望焉, 而遂欲模倣, 殊不知無美. 才識瞻博, 而專務蹈襲, 不知輕重, 操縱之法, 而全無眼目. 于鱗務尙鉤棘, 險[161]僻粧撰爲體[162], 無一眞實, 自得元美, 晩乃覺悟悔恨, 便歸於浮[163]率靡弱之體. 于鱗之二十年, 雄壯一世者, 終見反者, 四起詆訶, 莫有餘力. 岦之所畏者, 豈眞見其可畏者耶? 今人之尙以簡易爲文章之宗者, 亦如簡易之畏王·李也. 岦自謂, "文章自奉不可草草, 帳用綺羅月椎一牛." 權石洲韠問: "今世詩人文丈先數, 何人意欲見推也?" 岦瞑目久之, 曰: "老夫死後, 未知誰當先之." 其自矜大如此. 然岦之文, 實不如月沙之滂沛精實, 且知文之本旨. 蓋岦之文,[164] 務爲侈飾不凡, 其爲詩, 常欲寓巧意奇崛, 所以鮮天然眞意, 好者少, 而不好者多, 而豈文章之本旨哉?

47.

韓濩, 嘗隨朝天使, 往燕[165]京. 時有一閣老, 以烏段作一障子, 揭[166]之華

---

157) 囒喈: 나본에는 '龐略'으로 되어 있음.
158) 遜: 나본에는 '雖'로 되어 있음.
159) 蒼: 저본에는 '石'으로 나와 있으나 이본에 의거함.
160) 鐵: 나본에는 '石'으로 되어 있음. 이하의 경우도 동일함.
161) 險: 저본에는 '驗'으로 나와 있으나 나본에 의거하여 바로잡음.
162) 體: 가본에는 '捧'으로 되어 있음.
163) 浮: 저본에는 '膚'로 나와 있으나 나본에 의거함.
164) 實不如月沙之滂沛精實……蓋岦之文: 저본에는 빠져 있으나 나본에 의거하여 보충함.
165) 燕: 저본에는 공백으로 되어 있으나 나본에 의거하여 보충함.
166) 揭: 나본에는 '掛'로 되어 있음.

堂之上, 集天下名筆能書者, 將厚賞之, 濩亦往焉. 障子煥爛動輝, 而解鼠鬚筆, 浸於璃琉椀泥金之中, 以筆名者數十人, 相顧莫之敢進. 濩筆興勃然不自抑, 進而執筆, 攪弄於泥金之中, 忽揚筆濺之, 灑落繡[167]障. 觀者大驚, 主人大怒, 濩曰: "毋慮也! 吾亦稱爲東方名筆也." 乃把筆起立, 奮迅揮灑, 眞草相雜, 極其意態, 灑落金泥, 皆在點畫之中, 無一遺漏, 神妙奇逸, 不可名狀. 滿堂觀者, 莫不叫絶咨嗟, 主人乃大喜, 設宴待之, 厚有贈遺. 由是, 濩名大著於中華. 國人以安平大君及濩之筆, 示之於華人, 善知筆法者, 求其評品, 其人題之, 曰: "安平之筆, 如九苞鳳雛, 常有雲霄之夢; 韓濩之筆, 如千年老狐, 能偸造化之迹." 宣廟甚愛濩筆, 常命書入, 賞賜甚多, 珍羞累下, 遂爲東方筆家之第一. 然濩筆, 終帶俗氣, 豈若安平之高逸? 余嘗見政府大屛風, 有安平所書李白五言古詩, 字大容楪, 豪逸遒麗, 鳳已老而淩九霄, 不但夢而已. 農巖金公曰: "安平體則松雪, 畫則鐘·王." 信哉言也! 濩豈有鐘·王畫耶?

48.

鄭謙齋敾, 字元伯, 善繪畫, 而尤妙於山水, 世稱'三百年來丹靑絶品', 求者如麻, 而酬應不倦. 余亦以北里同閈, 得其山水三十餘張, 常珍愛之. 一日, 余詣槎川李公, 見其架上, 堆積唐板, 牙[168]籤環之壁上. 余曰: "戚丈【有戚誼故也】唐板書, 何如是多也?" 李公笑曰: "此爲一千五百卷, 皆吾自辦者也." 已而, 又曰: "人誰知皆出於鄭元伯? 北京畫肆, 甚重元伯之畫, 雖掌大片紙之畫, 莫不易以重價. 吾與元伯最親, 故得其畫最多, 每於燕使之行, 無論大小, 卽付之, 以買可觀之書, 故能致如此之多." 余始知中原之人眞知畫, 不如我人之徒取名也. 又聞一親知言, 有一中路家錦裳, 適[169]來謙齋家, 爲肉汁所汚, 自內甚憂之. 謙齋使之持來, 所汚頗

167) 繡: 나본에는 '滿'으로 되어 있음.
168) 牙: 나본에는 '與'로 되어 있음.
169) 適: 나본에는 '近'으로 되어 있음.

廣, 卽令去其襞積, 而洗其所汚, 莊之外舍. 一日, 日氣淸爽, 而畫興大作, 乃發彩硯, 展錦幅, 大繪楓岳於其中, 燦爛纖悉, 精彩流動. 而餘存者有二幅, 更畫海金剛, 極奇妙, 眞絶寶也. 其後, 錦裳之主來, 謙齋曰: "吾適畫興發動, 而恨無佳本, 聞君家錦裳來在, 取作畫本, 移來萬二千峰於其中. 君家婦女, 必大驚駭, 奈何?" 其人亦知畫格, 不勝忭喜, 携其裳歸,[170] 治[171]珍羞一大具而進之. 莊其大者, 以爲家寶, 以其二幅, 隨使行入京[172], 指詣畫肆[173]. 適有蜀僧從靑城山來者, 見之, 大加嗟賞, 稱以絶寶, 乃曰: "方成新刹, 欲以此供, 伏願以銀百兩買之." 其人許之, 將輸價之際, 又有南京一士, 見之, 曰: "吾當增價二十兩, 請以歸我." 僧大怒曰: "吾已輸[174]價, 買賣已決, 豈有士子見利忘義如此者乎? 吾亦添價三十兩!" 遂出百三十兩, 取其畫, 投之火中, 曰: "世道人心, 至於如此, 若貪此, 與此人何異?" 乃拂衣而起[175], 畫主亦不取, 百三十兩價, 只以五十兩, 歸云. 余以此事, 嘗問於謙齋曰: "此事, 信有之乎?" 曰: "何至於是? 然亦不甚辨, 似必有之." 又謙齋一日, 比曉睡覺, 忽有一[176]人來, 叩門, 延之入, 乃一所親舌人也. 持一佳箑進之, 曰: "今將赴京[177], 委[178]來告別, 願公暫加揮灑, 以賁鄙行, 幸甚!" 時東窓已白, 朝氣甚爽, 謙齋乃作海水, 飛波怒沫, 洶湧澎湃, 而着一小船於波面一邊, 風帆半遮[179], 視之杳然. 舌人謝之而去, 及入京肆, 肆主把玩不已, 曰: "此必晨朝所作也! 精神多在風帆上." 以扇香一樻, 易之. 舌人歸而計香得五十枚, 長皆數寸. 以此, 譯官輩得謙齋之畫, 皆視以奇貨矣. 洞中一家, 嘗買得謙齋

---

170) 携其裳歸: 나본에는 '致謝僕僕歸'로 되어 있음.
171) 治: 나본에는 '致'로 되어 있음.
172) 京: 나본에는 '燕'으로 되어 있음.
173) 肆: 저본에는 '師'로 나와 있으나 나본에 의거함.
174) 輸: 저본에는 '論'으로 나와 있으나 가본을 따름.
175) 起: 나본에는 '去'로 되어 있음.
176) 一: 저본에는 빠져 있으나 나본에 의거하여 보충함.
177) 京: 나본에는 '燕'으로 되어 있음.
178) 委: 나본에는 '玆'로 되어 있음.
179) 遮: 저본에는 '週'로 나와 있으나 가본을 따름.

畫金剛帖於槎川家, 用錢三十兩及良馬, 價可四十兩云. 其爲世[180]所珍, 如此. 然謙齋之家, 實貧, 雖經數邑, 至老, 食祿常患不給, 豈非介士哉? 謙齋治易甚專, 深透邃奧, 亦不自衒, 人鮮知之, 獨以畫顯, 亦可嘅也. 然聖上甚重其畫, 常以'謙齋'呼之, 其亦榮矣. 謙齋壽至八十四, 爵至腦金, 子孫亦多, 可謂福人. 我伯氏嘗得一扇, 謙齋畫桃源圖, 甚精細, 而題之曰'八十二歲翁作', 字如絲毫, 其精神之旺, 又如此, 可異也!

49.

孟監司胄瑞, 愛山水遊. 少時, 嘗入楓岳, 窮探至幽深處, 有一菴, 極精潔. 老僧一人, 年百餘歲, 容貌古健, 執禮虔恭. 孟公甚異之, 仍留宿, 將叩其所得, 僧忽召其沙彌, 謂曰: "明日, 卽吾師之忌日也, 可設齋供." 沙彌曰: "唯." 明曉, 設蔬食, 老僧哭之甚哀, 孟公問曰: "上人之師何名, 而道之高[181]如何? 願聞之." 老僧悽然久之, 曰: "公有問之, 何用隱諱? 吾非朝鮮人也, 來自日本, 師亦非僧, 卽士人也. 始吾之出來也, 在壬辰之前, 本國選吾等八人, 皆深於計慮, 驍勇絶倫者. 使分掌朝鮮八道, 凡朝鮮之山川夷險, 道里遠近, 關隘衝要, 務要遊歷諳記, 凡朝鮮人之智略材勇名者, 皆殺之後, 始許復命. 八人共習鮮語, 旣熟, 出來東萊倭館, 變作朝鮮僧之服, 將發之際, 相議曰: '朝鮮金剛, 靈山也. 必先往[182]此山, 祈禱然後, 可分散也.' 遂同行十餘日, 始抵淮陽地, 見一士, 着木屐, 跨黃牛, 出自山谷. 同行一[183]人曰: '吾輩連日尋寺, 不見食, 久[184]不喫肉, 氣力甚微, 不如殺此人, 而屠食其牛然後, 前進似好.' 皆曰: '善.' 遂同進, 將擊士人, 士人曰: '汝輩何敢乃爾? 汝輩倭國間諜, 豈吾不知當盡殺之?' 八人大驚, 拔刀齊進, 士人騰躍超, 忽舂拳飛脚, 疾捷如神, 頭破肢

180) 世: 저본에는 빠져 있으나 나본에 의거하여 보충함.
181) 高: 나본에는 '高下'로 되어 있음.
182) 往: 나본에는 '入'으로 되어 있음.
183) 一: 저본에는 빠져 있으나 나본에 의거하여 보충함.
184) 久: 저본에는 빠져 있으나 나본에 의거하여 보충함.

折, 死者五人, 只餘三人. 遂皆伏地乞生, 士人曰: '汝果誠心歸我[185], 能死生相隨, 不背否?' 三人稽顙輸誠, 指天爲誓, 士人領歸其家, 謂三人曰: '汝輩雖爲倭所使, 欲覘我國, 智慮淺短, 技術甚踈, 其何能爲? 今旣盟天歸服, 心之誠僞, 吾足洞知. 吾當教以劒法, 若倭兵來, 則吾可領汝輩起兵, 往守鳥嶺, 足遏賊兵, 異國附[186]動, 汝亦何厭?' 三人拜謝[187], 遂共受劒術, 旣盡其能, 服事甚勤, 士人甚信愛. 一日, 三人同宿於一孤菴, 朝起, 士人忽爲人所害, 流血盈室. 老僧入見, 驚[188]問兩人曰: '此何事也?' 兩人曰: '吾輩雖服事此人, 盡其劒術, 同來八人, 義同兄弟, 今皆爲其所殺, 今只餘兩人, 此大讐也, 其可暫時忘耶? 久欲除之, 而顧無可乘之隙, 今幸得間, 何爲不殺?' 老僧大嘖曰: '吾輩旣受再生之恩, 盟爲師弟, 恩義[189]旣深, 情同父子, 豈可復論仇怨作此事耶?' 痛哭頓仆[190], 遂前刺兩人, 皆殺之, 乃於此山爲僧. 得一沙彌, 孤坐此菴, 齒過百歲, 每想吾師才智之高, 義氣之深, 情意之篤, 愛惜無窮, 至痛在心. 是以, 當師忌日, 哀痛之情, 輒不自抑, 久而不衰." 孟公聽罷, 不勝感歎, 曰: "以尊師之明識神勇, 乃不知兩人者懷不利之心, 而終至見害, 何也[191]?" 僧曰: "吾師豈不知兩人非吉人, 而愛其才, 欲以深恩, 得其死力, 且其智足以制伏故也. 師謂'我才識出類', 愛之尤甚, 我之所以遺親戚忘故土, 而服勤不怠者, 爲此也." 孟公仍請曰: "上人之劒術, 可得見乎?" 僧曰: "吾今甚老癈, 而不試久, 而卒難爲之. 公姑留數日, 俟吾稍有心氣, 試爲之耳." 翌日, 邀孟公, 至一處, 有一栢樹, 大可十圓, 上干雲宵. 僧袖出兩物, 團圓如毬, 用繩堅縛, 去繩訖見, 兩個鐵塊, 卷帖如拳, 以手平展, 則數尺霜刃, 光如秋水, 而卷舒如紙. 僧把雙劒起舞, 始也, 顚動低昻頗遲,

185) 我: 나본에는 '伏'으로 되어 있음.
186) 附: 나본에는 '樹'로 되어 있음.
187) 謝: 저본에는 '時'로 나와 있으나 나본을 따름.
188) 老僧入見驚: 나본에는 '老僧大驚'으로 되어 있음.
189) 義: 나본에는 '蒙'으로 되어 있음.
190) 仆: 가본에는 '伏'으로 되어 있음.
191) 也: 저본에는 빠져 있으나 나본에 의거하여 보충함.

俄而, 漸見迅疾, 揮霍風生. 久之, 騰湧飄浮, 立在室中, 盤旋去來. 已而, 只見一個銀瓮, 出沒於栢樹層葉之間, 掣電閃鑠, 倏長倏短, 襲映岩壑, 遍是霜雪, 栢葉紛紛, 飛落如雨. 孟公神惙[192]魄懍, 不能正視. 其栢葉多寸斷, 而樹枝半童矣. 良久, 僧方投下, 立於樹下, 吐氣數口曰: "氣衰矣, 非復少年時也! 始吾壯時, 舞劍此樹之下, 乘多中破如細絲, 今則不然, 全葉落者, 多矣." 孟公大異之, 謂僧曰: "上人神人也!" 僧曰: "吾非久死矣, 亦不忍吾迹之永泯, 故爲公言[193]如此." 公遂辭歸. 其後數年, 公遇楓岳僧, 問之其僧, 已死茶毗云. 余閱『壬辰錄』, 有云: "江南人許儀俊, 以客商, 被擄於日本, 爲薩摩島主所愛. 聞關白入寇, 遣所親朱均旺, 投書上國邊帥, 曰: '關白[194]命對馬島主, 扮作七等人, 渡高麗[195], 相地還報云.'" 蓋此八僧也.

50.

林將軍慶業, 奇節偉略, 蓋[196]亦東方豪傑也. 見其所作日記, 云: "萬曆四十八年庚申, 得拜三水, 小農權管[197], 出遊大池邊, 忽有大蛇, 口含長物, 淸光耀日. 出而視我, 我卽脫衣投之, 蛇亦驚入水中. 數日後, 天氣淸明[198], 瑞雲凝結, 我又出見大蛇, 口含短物而出, 又解衣投之, 則蛇以物置於衣前, 因忽不見. 乃短劍而極利, 其銘曰: '三尺龍泉萬卷書, 皇天生我意何如. 山東宰相山西將, 彼丈夫兮我丈夫.'" 天生異人, 亦以神劍畀之, 夫豈偶然哉! 「林公傳」稱'大丈夫'三字, 不絶於口云, 則劍銘, 蓋公之所作也. 始將軍之赴義州也, 請於朝, 願得精兵四萬, 可以折衝固圍[199],

192) 惙: 나본에는 '懼'로 되어 있음.
193) 公言: 저본에는 '言公'으로 나와 있으나 나본에 의거함.
194) 白: 저본에는 '伯'으로 나와 있으나 가본에 의거하여 바로잡음.
195) 麗: 저본에는 '麻'로 나와 있으나 나본에 의거하여 바로잡음.
196) 蓋: 저본에는 빠져 있으나 나본에 의거하여 보충함.
197) 權管: 저본에는 '柵官'으로 나와 있으나 나본을 따름.
198) 淸明: 나본에는 '淸朗'으로 되어 있음.
199) 圍: 나본에는 '圉'로 되어 있음.

無西顧[200]憂, 朝廷不許. 及金人以大兵, 長驅而南, 公只以數千弱卒, 嬰城自守, 而虜將要乷, 以驍騎三百, 繼來渡江. 公乃選精兵馬, 皆着鐵, 邀擊於江氷之上, 棍[201]棒亂舞, 不計人馬, 疾擊之, 胡騎莫不踣斃, 遂殺要乷, 而無一免者. 金人聞之, 大畏之. 及講和而歸也, 以我兵從之, 而以公將之, 至錦州衛, 與天朝兵相戰, 使我兵居前. 公卽命卒, 矢皆去鏃, 銃皆去丸, 數密通意於天將, 天將甚義之, 狀聞於朝, 而潛送[202]畫工, 畫像[203]而去. 崇禎皇帝, 降密詔[204]嘉奬, 及歸國, 卽拜黃海兵使. 金自點甚嫉之, 誣以沈哭遠之黨, 請拿鞫. 公就拿中道逃脫, 變服爲僧, 至龍山, 結船人李武金, 稱以貿穀於海邑, 同[205]上船出大洋. 乃着戎服, 拔長釖, 號令格軍, 回鵰尾, 直向中原, 風飄入揚子江, 至和州, 烏江所在地也. 停泊和州, 刺史拘縶於獄, 狀聞於朝, 皇帝聞林慶業來, 亟命侍臣, 持銀三百兩·紅錦貂裘一領, 倍道馳下, 頒詔召之, 沿路驚動, 名聲大振. 登萊都督黃宗藝, 聞公之名, 上疏請得公共守海防, 帝乃許之, 公至登州, 宗藝極敬待. 時有劇賊, 據一海島, 攻之極難, 江南漕運之上來者, 多被劫掠. 宗藝甚患之, 謀之於公, 欲大發舟師, 使公擊之, 公曰: "此當以計取, 不用多兵, 請得一舟, 載猛卒八十名, 且得旨酒一大甕, 足矣." 宗藝依其言, 具之, 公乘風擧帆, 至其島, 下樹一大旗, 題曰'朝鮮舊將林慶業'. 棹舟近島, 島賊放砲, 讙噪盛爲之備. 公使人遙謂曰: "我朝鮮大將林慶業也. 得罪本國, 逃遁至此, 欲投大國, 而頃又與金人共擊錦州, 實未測天朝之意. 今聞, 一大將居在此島, 兵勢甚强, 延攬豪傑, 欲投身委事, 宜急告之." 賊兵走告, 賊將大喜, 曰: "林某之名, 吾亦稔聞, 是天贊我也!" 送一裨, 促其下船, 入來. 公曰: "將幕之分未定, 便是賓主也. 主人不出,

---

200) 顧: 저본에는 '願'으로 나와 있으나 나본에 의거함.
201) 棍: 나본에는 '挑'로 되어 있음.
202) 送: 나본에는 '遣'으로 되어 있음.
203) 畫像: 나본에는 '圖像'으로 되어 있음.
204) 詔: 저본에는 '韶'로 나와 있으나 이본에 의거하여 바로잡음.
205) 同: 저본에는 '乃'로 나와 있으나 나본에 의거함.

待客而坐召, 可乎?" 裨卽入告, 賊將曰: "然矣." 遂[206]率其部下頭目數十人, 具威儀出來, 一擁上船, 而列卒岸上. 賓主叙禮畢, 其將以盃盤待之, 公曰: "今旣相逢, 將永追隨, 請盡今日之歡." 又出酒[207], 酬待酒, 旣旨烈, 肴饌豊美. 公素不能飮, 以蜜水代, 連進盃, 遍及將校十餘巡, 莫不大醉昏倒. 卽命擧橋去碇, 向岸放大砲, 退却數十丈, 乘退潮擧帆, 直向登州. 命八十壯士, 盡縛賊將以下無遺, 奏凱而歸, 岸上之卒, 叫噪而莫如之何. 宗藝大喜, 斬賊訖[208]遣兵, 刷出島衆. 自此, 宗藝以師禮[209]待, 公謂, "天下賊, 不足平." 未幾, 登州副將馬弘周者, 降於金, 府兵皆變從逆[210]. 宗藝大懼, 不告於公, 乘夜逃走, 而崔鳴吉所送僧獨步者, 入於弘周, 勸公改節. 公大責, 欲斬之, 而未果. 公旣不能獨留, 欲棄府, 走欲歸京師. 金將莿山, 發兵追之, 水陸具進, 公遂就擒. 莿山欲降之, 公大罵祈死, 莿山笑曰: "汝雖欲死, 其如吾不殺何?" 乃將公之金汗庭, 公又挺立不拜, 辭氣凜然[211]. 彼之君臣, 莫不敬服嗟賞, 轉相告語, 華夷咸傾, 乃命之歸國, 而囑以不殺. 纔渡江, 自點奏卽拿來, 酷訊殺之. 上聞其死, 錯愕歎惜, 遣承旨, 宣諭於其尸, 曰: "吾則本無欲殺之心, 而治獄者誤之!" 歸國以前言, 皆出於公之日記, 而余覽之久, 不能詳悉, 只記其事之槩略, 文不必同也. 嗟乎[212]! 公眞丈夫也. 雖無所成, 但視其志耳, 豈可以成敗論英雄哉? 是時, 皇祚已盡, 金運方旺, 雖有呂·葛之才, 固莫如[213]之何矣. 然而天所以生公者, 蓋將使明本朝之誠節伸大義於天下, 使我東方, 永有辭於後世也. 其所付畀者, 夫豈細哉! 可敬也已.

---

206) 遂: 나본에는 '卽'으로 되어 있음.
207) 酒: 저본에는 빠져 있으나 나본에 의거하여 보충함.
208) 訖: 나본에는 '徒'로 되어 있음.
209) 禮: 저본에는 빠져 있으나 나본에 의거하여 보충함.
210) 逆: 나본에는 '賊'으로 되어 있음.
211) 凜然: 나본에는 '凜冽'로 되어 있음.
212) 嗟乎: 이본에는 '嗟呼'로 되어 있음. 서로 통함.
213) 如: 저본에는 빠져 있으나 나본에 의거하여 보충함.

51.

唐文士作「虯髯客傳」, 其事甚奇, 而其蹟不少, 著於史乘, 虛實未可知也. 然中原東南數千里外, 未有所謂'扶蘇國'者, 獨海東一域, 有羅·麗·濟三國, 而松嶽山下之地, 稱爲'扶蘇', 屬高麗, 在正東, 此當爲東部耳. 唐史謂, '高麗東部大人泉蓋蘇文, 性凶暴, 自稱出於水中, 入宮弑國王, 遂執國政, 蓋非東國人也.' 其傳末略曰: "有水賊, 入扶蘇國, 殺其王, 今國已定矣." 是必蘇文以舟師渡海, 入高麗, 先據扶蘇, 自稱'東部大人', 而專其國, 遠地接聞, 遂謂'扶蘇國', 而以殺王傳國, 謂之'國已定'矣. 蘇文自謂生水中, 故以泉爲姓, 入扶蘇, 故名曰'蘇文', 尤可知蘇文之爲虯髯. 其手刃國王, 若刺褐夫, 豈非噉革囊中人肝者耶? 雖讓中土於文皇, 跋扈之心, 終欲與文皇相抗, 故敢爲倔, 强以治唐兵. 然安市之役, 以天下兵力, 莫之制, 卒售其凶桀之氣, 專擅一國, 威動中華, 亦□終不可謂全未得志. 然雖伯道偏據, 有些不忍之心然後, 可以君一方. 今噉人之類, 何以享有邦國哉? 此所以不能繼麗祚耳. 其時, 李靖不來, 豈故避之耶?

52.

余見『五代史』·「蜀後主王衍傳」, 云: "方耳大口, 垂手過膝, 自顧見耳." 是漢昭烈之像也. 衍幼爲太子, 居僭位八年, 國內富安, 極其逸樂, 以至於此, 豈昭烈之後身耶? 蓋先主少時, 好音樂, 美衣食, 其娶孫夫人也, 孫權治館宇, 充以珍玩聲色, 以厚奉之, 先主樂而忘返. 孔明遺書諫之, 幸得脫歸, 而每思吳之舊遊, 至於流涕. 其後, 得蜀稱王十年, 稱帝三年, 而長在於戰爭憂勞之中, 未得一日之閒, 以留意於宴樂之間. 夫以全蜀之佳麗富厚之資[214], 實未能片時娛樂, 以解其宿心耶? 但王衍之亡也, 爲唐莊宗之所殺, 此可悲也! 然始先主與關·張, 約不願同年同月生, 只願同年同日死, 此非自殺死不能也. 兩人旣同年見殺於人, 而昭烈獨以

---

214) 資: 이본에는 '姿'로 되어 있음.

天年終，其言不酬矣．此行之所以終爲人所殺，似不偶然於是乎？宿愿已完矣，吁亦異哉！亦有吳越錢武肅王，卒已久矣，見於徽宗之夢，請還舊土甚懇．已而，宮嬪告産兒，上臨視笑，曰：“此貌甚似浙臉，以武肅浙人，而貌象似之也.” 是爲高宗，高宗都於杭州，享其湖山之樂，五十餘年，而武肅之壽八十一，高宗亦享八十一之壽，其亦異之[215)]哉！

53.

尹公忭，明廟朝文科，官至軍資正，歲在丁亥，爲刑曹正郎．時金安老當國，恣行威福，認良民爲其奴僕，一人子孫數十口，皆被秋曹拘囚．判書許沆，受安老風旨，刑訊狼藉，寃苦切酷，勢將誣服．尹公獨疑之，將彼此文案，反覆參考，知其寃枉，作一查卞之文，將欲卞白．而適當歲末，啓覆之時，公持此入達榻前，上一覽，卽斥金家，而盡釋其囚數十，蟠結之寃，一朝快伸矣．時公年已衰，後娶久無子，甚憂歎．翌年，拜肅川府使，歷辭朝紳，夕過廣通橋．時日暮微雨，忽有一老翁，拜於馬前，公不能記識，其人曰：“小人良人也．嘗爲一勢家迫脅，將壓良爲賤，無所告訴，賴公之德，子孫數十人，皆獲全保．此恩刻在心肺，常[216)]思報效，而不可得然．此後癸巳年，公當生男子，但年命福祿不甚，延長有一事，可救得者.” 仍袖出一張紙，雙手奉呈，公看之，紙上書‘癸巳生酉時男子’，其左則書‘壽富貴多男子’六字，每行書一字，而獨‘多男子’爲三字，其各[217)]有祝願之文，而虛其姓名之位．公曰：“用此何爲？” 翁曰：“兒生後，願[218)]公以此紙，卽往江原道金剛山楡岾寺，備黃燭五百雙，供佛祝願，則必有慶祥隆厚，此足爲小人之報也.” 申囑重複，公方欲問其所從來，則翁遽拜辭，仍[219)]忽不見．公大驚異，歸家深藏．及至癸巳，果生男，奇俊．公卽

215) 之: 나본에는 빠져 있음.
216) 常: 저본에는 ‘嘗’으로 나와 있으나 나본을 따름.
217) 各: 나본에는 ‘右’로 되어 있음.
218) 願: 저본에는 빠져 있으나 나본에 의거하여 보충함.
219) 仍: 나본에는 ‘因’으로 되어 있음.

躬往楡岾寺, 依翁之言, 厚設供佛, 而塡書姓名於祝文所虛之處, 薦于佛前. 祝願畢, 取看其紙, 則[220]壽字下有'可耊'二字, 富字下有'自足'二字, 貴字下有'無比'二字, 多男子下有'皆貴'二字, 凡[221]八字, 皆深靑細如毛髮, 而皆楷正, 莫知其所以然. 公尤驚異之歸, 而造櫝珍藏, 其後兒長, 是爲梧陰公斗壽也. 壽至七十八, 官至領相, 富貴自裕足. 五子皆貴顯, 昉領相, 昕·暉·暄皆判書, 旴知事, 勳業赫然, 耀當世而垂後代, 孫曾繁昌, 貂犀相襲, 蔚爲大家. 此事, 在金淸陰集「尹正墓誌」之中, 而微著其事, 不及於神怪. 尹得夔傳此事.

54.

金副率載海, 以學問知名. 嘗買得一宅, 而價可五六十兩, 本主寡婦也. 金旣移入[222], 以墻垣頹圮, 將築之, 命鍤開址, 忽得一大缸, 中有充可量[223]百兩金. 以寡婦是宅本主, 令其妻作書於寡婦, 告以[224]故而還之. 寡婦大感且異之, 躬詣金室, 謂曰: "此雖出吾之舊宅, 實久遠埋藏之物, 吾亦何可掩爲己物? 請與貴宅半分, 如何?" 金內曰: "吾若有半分之心, 可以直取, 何可歸之本主? 吾亦知非夫人之物, 而吾則外有君子, 足以理家, 雖無此物, 足保家業. 夫人無他持門者, 誰爲經紀家事? 幸勿辭焉." 固辭不受, 寡婦不敢復言, 雖持歸, 而感金公之德[225]至深, 沒身不忘.

55.

有民金姓人, 居在永平, 以採蔘爲業. 一日, 與其徒[226]兩人, 入白雲山最

220) 則: 저본에는 빠져 있으나 나본에 의거하여 보충함.
221) 凡: 저본에는 빠져 있으나 나본에 의거하여 보충함.
222) 移入: 저본에는 '入移'로 나와 있으나 이본에 의거함.
223) 量: 나본에는 '二'로 되어 있음.
224) 以: 나본에는 '之'로 되어 있음.
225) 德: 나본에는 '言'으로 되어 있음.
226) 徒: 저본에는 빠져 있으나 나본에 의거하여 보충함.

深處, 登高俯臨, 則下有岩壁, 四面削立, 如斗中, 其內人蔘最蓁甚茂. 三人不勝驚喜, 而顧無逕路可緣, 遂結草作樊, 繫以葛索, 推金姓坐其中, 懸樊而下. 金恣意採取, 作[227]十餘束, 置樊中, 兩人從上汲引採, 垂盡, 兩人便將蔘分取, 棄樊而去. 金不可復上, 四顧絶壁, 削立百丈餘, 非揷翼, 無以出. 又無可食, 只得採食餘蔘, 或有大如臂者, 不火食六七日, 氣甚充盛, 夜則宿於岩底, 百計思量, 超出無計. 一日, 望見岩上, 林木披靡, 有聲如風雨, 俄見一大蟒, 頭如巨缸, 兩目如炬, 蜿蟺下來, 直赴金之臥處, 金自以爲必死. 已而, 大蟒橫過其前, 直上樊索所下之壁, 其長可十餘丈, 而置尾於金之前, 掉之不已. 金自思曰: "此蟒見人不噬, 而掉尾如此, 豈有意於救我耶?" 遂解其腰帶, 緊縛其尾, 跨伏而牢持尾端, 一揮不覺其身之已在壁上, 而蟒則入林, 不知去處. 金怪其爲神物, 遂尋舊路下山, 則兩人皆蹲坐大樹下, 金遙謂曰: "爾輩尙留在耶?" 皆不答, 及前視之, 皆死已久矣. 其蔘則無一遺失, 金莫知其故, 下山告于兩家, 曰: "吾始與兩人, 採蔘同歸, 忽於中路, 嘔泄[228]皆死, 豈有誤食毒物者耶? 所採蔘雖均分, 而吾何忍取之?" 盡分給兩家, 以充葬需, 無一所取, 亦杜口不言此事. 兩家素信此人, 皆不疑, 返[229]尸善葬之. 厥後, 金姓人年過九十, 强壯如少年, 生子五人, 皆積粟富厚, 孫曾蕃衍, 雄於閭里. 本李聃錫家僕, 皆贖爲良人. 金年近百, 無病而死, 臨死時, 始言其事於衆子, 曰: "凡人死生貧富, 天神莫不鑑臨, 汝輩切勿生非念, 以干[230]神怒, 如兩人者也."

56.

水路朝天時, 有一名官, 充下价以行. 舟至大洋, 忽遭颶, 欲覆者累矣.

---

227) 作: 저본에는 빠져 있으나 나본에 의거하여 보충함.

228) 泄: 저본에는 '呭'로 나와 있으나 나본을 따름.

229) 返: 나본에는 '迎'으로 되어 있음.

230) 干: 나본에는 '觸'으로 되어 있음.

遂禱于海神, 自使臣以下, 書姓名投海, 若沈者將推下, 而下价之名獨沈, 不得已將下. 有一島頗近, 遂掉泊而下, 餱粮衣服, 皆優爲留置, 一船皆痛哭辭去. 使臣見島中, 有一石窟, 晝夜止宿, 粮盡, 掘食草實及根. 歲久不復火食, 遍體生毛, 長數寸, 隱然一獸也. 見水邊有物如礫, 而瑩潤有輝, 愛之, 採取[231]得七包, 而不知爲寶珠也. 留島十八年, 遇一船到泊, 乃我國船也. 使臣告之故, 而同載焉, 船[232]人見七包, 知其爲寶珠也. 共謀, 縛使臣, 割其舌, 分取其珠. 其首謀者, 以鐵索繫使臣之腰, 鐵鞭打之, 教以緣繩拜[233]舞雜戲, 如玧猱[234], 遊於場市·村落, 以爲利. 至一寺, 監司之壻某生, 適來見之, 忽氣窒昏倒, 救護方蘇, 日既昏. 生秉燭, 詣使臣所在處, 問曰: "似是人, 果何人也?[235]" 使臣以手指書掌, 欲得紙筆, 生給之, 使臣書其事甚悉, 乃生父也. 生氣絶復蘇, 卽走[236]一僧, 具告監營, 發卒詣寺, 掩捕船人及同黨, 盡誅之. 生迎父至家, 厥母尙在, 擧家傷痛, 如初喪. 年久歸家, 不復與妻同室, 孤身挾貨, 固取禍之道也.

57.

田東屹, 全州邑內中人也. 風骨秀傑, 多智略, 有鑑識. 時李相國尙眞, 居在邑隣, 獨奉偏母, 惸然塊處, 貧窮之極, 菽水難繼. 東屹年雖少, 常奇李公爲人, 傾身交結, 共爲知己, 常分財穀, 以[237]周其急, 李公甚感之. 一日, 初冬末, 東屹謂李公曰: "子之形貌, 終當貴富, 而今貧困如此, 無以濟拔. 吾有一計, 子但依而行之." 歸取五斗米及麴, 授李公, 曰: "但釀之熟, 則告我!" 李公如其言, 釀既熟, 東屹乃遍告邑人曰: "李措大雖貧, 乃賢士夫也. 奉偏母[238], 無以爲生, 今欲經紀生理, 所需者, 柳櫟木錐也.

231) 採取: 나본에는 '揀聚'로 되어 있음.
232) 船: 저본에는 '諸'로 나와 있으나 나본을 따름.
233) 拜: 나본에는 '相'으로 되어 있음.
234) 玧猱: 나본에는 '玧豫'으로 되어 있음.
235) 似是人, 果何人也: 가본에는 '似是人也, 果何人'으로 되어 있음.
236) 走: 나본에는 '去'로 되어 있음.
237) 以: 저본에는 빠져 있으나 나본에 의거하여 보충함.

爾輩須飮其酒, 每人但致柳櫟錐, 長一尺半, 五十介足矣.” 邑人莫曉其意, 然素信東屹, 又重李公, 皆許之. 東屹乃出其酒, 飮二百餘人. 數日後, 皆致柳櫟錐, 如其數, 東屹出牛馬, 盡載之, 與李公同往乾芝山下, 有一柴場, 刈草淨盡, 乃東屹土也. 東屹與公及其僕, 遍揷木錐, 入地可尺數寸訖, 謂李公曰: “此當明春可種粟.” 乃歸. 及至明春凍解, 東屹乃取早粟種, 携李公, 往拔其錐, 每穴下種七八粒, 又拉[239]新土, 略下穴中而覆之. 及至夏, 粟苗之出穴中者, 甚碩茂, 乃拔去其細者, 只留大者三四莖, 草生則刈淨之, 及結實[240]穗, 大如錐. 極穎粟打之, 出五十餘石, 李公大喜猝富. 此蓋柳櫟之汁素沃, 而入地尺餘, 則土氣全而又新矣. 經冬, 雨雪之汁, 且流入穴中, 與錐之沃汴瀣合而深漬, 則粟固茂苗種之入地也. 深則常帶潤氣, 故旣不畏風, 又不畏旱, 且種入草根之際, 去草根遠, 則草不能分其土, 故結實碩大, 此當然之理也. 東屹可謂深於農理矣. 李公方喜家計之贍, 而養親之優也. 一日, 大風起, 燒屋不能救, 積儲之粟, 盡爲燒[241]燼, 無一留者. 李公自知窮命, 無粟之福, 母子相扶一慟而已. 東屹曰: “天道固不可知也. 李措大心貌實非窮死者, 而今若此, 豈吾眼謬耶?” 時慶科庭試新定, 東屹謂李公曰: “子試入京觀光, 僕馬粮資, 吾備之耳.” 公乃以其資上京, 時公之戚叔, 有爲名官[242]者, 公往見之, 戚叔待之厚, 徵其功令文, 喜曰: “體裁緊密, 決科可必!” 厚助試具. 及入場, 果一擧魁捷, 戚叔爲辦應榜之具, 又延譽於朝中, 卽入淸選, 聲望甚重. 乃輦母入京, 始成家道. 其時, 東屹亦已登武科, 公招致東屹, 置之外舍, 與同起居, 且謂東屹曰: “君與我, 神交也. 門地非所論也, 文武間體例, 又何用也? 雖在衆人之中, 無爲過[243]恭.” 俄而, 玉署僚友數

238) 母: 저본에는 '親'으로 나와 있으나 나본을 따름.

239) 拉: 나본에는 '指'로 되어 있음.

240) 實: 저본에는 빠져 있으나 나본에 의거하여 보충함.

241) 燒: 나본에는 '灰'로 되어 있음.

242) 名官: 나본에는 '名宦'으로 되어 있음.

243) 過: 나본에는 '翼'으로 되어 있음.

人來會, 東屹欲起避, 公挽袖止, 東屹乃拜而預坐. 公謂諸僚曰: "此是吾知己之友也! 智慮材力, 大非今世之人, 將來國家必藉其力, 兄輩毋以尋常武弁視之, 深爲結知. 吾之挽留, 將爲蟠木之先容[244]也." 諸僚視東屹, 相[245]貌堂堂, 皆相顧獎賞, 深願追隨. 東屹乃徐遍往見之後, 辨偉論, 令人驚動, 諸人競相汲引, 歷職[246]通顯, 聲名赫奕[247]. 兼以活民之情[248], 能馭戎之材鍊, 一世咸推. 多歷方鎭, 至於統制使, 年亦耆艾, 子孫繼登武科, 亦爲顯揚, 可異哉![249]

58.

延陽君李時白夫人家[250], 有奴, 名彦立者, 狀貌獰狠, 膂力絶倫, 一食斗米, 常患不足. 始自遠鄕來, 雖備使役, 每稱飢乏, 懶不事事, 若一善飯, 則出而取柴, 拔木全株, 擔負如山. 主家貧窘, 無以充其腸, 且畏其獰壯, 乃放之, 任其自便. 彦立不肯去, 曰: "上典之使喚不足, 無可任使事者, 吾何去?" 其家甚患之, 不復責以任事. 居未久, 其主君某, 以疾卒逝, 獨有孤孀, 與一女, 號擗於室中而已. 無他親戚臨視者, 送終之具, 且無以治之. 彦立哭之痛, 進伏庭下, 曰: "廳下雖罔極, 旣無至親可恃者, 初終大事, 片時爲急, 豈但哭耶? 凡家間什物, 有可作錢者, 幸付此奴, 可以經紀治喪, 庶及時矣." 主母乃盡出衣服器用, 付之, 彦立只取其可獲錢者, 卽走市得錢, 盡貿襲斂之具[251]. 又買棺材精好者, 合而擔負往, 召棺槨匠, 匠人見其負四大板, 大懼, 卽隨而至, 盡心治棺. 又招諸隣婦, 一時裁縫, 送終之具, 一一精辦, 卽入棺成服. 彦立又訪問地師之得名者,

---

244) 先容: 나본에는 '光客'으로 되어 있음.
245) 相: 나본에는 '一'로 되어 있음.
246) 歷職: 나본에는 '班職'으로 되어 있음.
247) 赫奕: 나본에는 '赫翕'으로 되어 있음.
248) 活民之情: 나본에는 '治民之精'으로 되어 있음.
249) 亦爲顯揚, 可異哉: 나본에는 '遂爲顯閥, 可異也已'로 되어 있음.
250) 夫人家: 나본에는 '聘家'로 되어 있음.
251) 具: 나본에는 '資'로 되어 있음.

告以喪家, 惸孑可矜, 且進以一大具, 且請占山於近郊. 地師許之, 彥立進一馬, 自控之. 地師至一處, 占穴稱道, 彥立指占, 其龍勢·按對·砂水之疵, 誚以不合葬地, 言甚明切. 地師大驚慚之[252], 又見其形貌之猛猂, 懼其逢辱不細, 乃往一處, 告其素所秘占之地. 彥立乃曰: "此地僅[253]可用也!" 歸告主母, 擇日靷窆, 其葬需山役, 皆自主張, 無憾焉. 主母自此家事, 唯彥立是聽. 葬畢, 彥立又告主母曰: "主家喪敗貧困, 更難京居, 請往鄉庄, 治農數年, 待其稍積, 可以復還." 主母曰: "豈不善哉?" 乃搬移下鄉. 彥立明於農理, 而又强幹勤孜, 其糞田之方, 化土之法, 非比常農, 土地所出, 視他十倍. 且鄉隣莫不畏而愛之, 助役趍事, 如恐不及. 五六年間, 主家遂成大富, 彥立告於主母曰: "阿只今已年長, 當求婚處, 此當求之於京中某洞某宅, 是我宅之戚族[254]也. 小人曾謁其主君, 願得廳下一札, 求得郎材善[255]矣." 主母依其言, 作書付之, 且厚贈遺. 彥立上京, 謁其家主, 告之故, 而求郎材, 其家乃當朝名官, 喜其家之饒贍, 而感贈遺之厚, 許以盡心求之, 而顧[256]無可合者. 彥立乃買得佳梨一擔, 自作梨商, 遍入士夫家, 以陰察郎材. 行至西小門外一家, 門墻頹圮[257], 貧弊可知, 有一總角秀才, 年已長大, 頭髮鬅[258]鬆, 衣服垢汚, 而出門呼梨商. 彥立乃往, 出其梨, 秀才拔刀削皮, 連噉數顆, 又取十餘顆, 納之袖, 曰: "梨則好矣, 吾今無價, 後日更來." 彥立視其狀貌氣槪, 大不凡常, 不勝其喜, 問: "秀才是誰氏之宅?" 答曰: "此李平山宅, 平山公我之嚴親耳." 彥立乃往, 詣名官家, 告曰: "西小門外李平山家, 郎材極佳, 請緣因紹介, 以請婚." 名官曰: "李平山, 吾所親也. 其子年已長成, 而放逸不學, 人皆憎之, 以此尙未定婚, 焉用此子?" 彥立固請, 而終不許. 彥立乃

252) 之: 저본에는 빠져 있으나 나본에 의거하여 보충함.
253) 僅: 저본에는 '定'으로 나와 있으나 나본을 따름.
254) 戚族: 나본에는 '族戚'으로 되어 있음.
255) 善: 저본에는 빠져 있으나 나본에 의거하여 보충함.
256) 顧: 저본에는 '屈'로 나와 있으나 나본에 의거함.
257) 頹圮: 나본에는 '頹毁'로 되어 있음.
258) 鬅: 저본에는 '萌'으로 나와 있으나 나본에 의거하여 바로잡음.

歸, 告主母, 更裁一札, 費辭苦[259]請. 名官乃通李平山, 且言其家富實, 閨秀甚賢. 李平山, 方患婚處之不出, 聞此大喜, 乃涓吉定行. 旣過禮, 延陽少年, 踈雋行, 多跅跑, 彦立獨甚[260]奇之, 稱揚不離口, 主母喜甚善待, 所需無不致. 及廢主癸亥, 延平與金昇平諸人, 方圖反正, 聞彦立雖人僕, 大是奇才, 乃使其子延陽, 延之深室, 要與同事, 且問事之可否成敗. 彦立曰: "以臣伐君, 勸之固難, 國之將亡, 不勸亦難. 但未知公之所與同事者[261]爲人如何耳." 延陽乃留彦立於其家, 會集同事諸公, 彦立得而遍看, 謂公曰: "此皆將相之材, 事庶乎濟, 而奴則不願入矣." 卽辭去. 去後月餘, 不知去處, 延陽莫之[262]測, 甚[263]慮之. 已而來謁, 曰: "小人此去, 猶當[264]事之危, 走入海中, 求得一島, 可避世處, 土地魚鹽, 皆富足, 可畢世無憂. 事如不諧, 則可陪上典闔室入處. 今且具一舟於江上, 事若有危端, 願公卽皆出臨." 公許之. 及反正改紀, 延平三父子, 一時勳封, 尊榮無比, 益偉彦立之忠智明識, 不復以僮僕待之. 而主家乃白文放贖, 居在公州, 其子孫頗多, 皆爲良人. 其他奇事甚多, 而此奇絶特著者. 是皆李善及崑崙奴之類, 而此尤偉, 可傳於後矣.

59.

光海時, 漢師有一大賈, 常行廢着於此京, 而豪縱浪費, 負西關巡營[265]銀七萬兩, 自營或囚或釋, 艱辛營辦, 堇償五萬兩, 而尙餘二萬兩. 其時按使, 牢囚督捧[266], 而家計蕩盡, 更難用力. 賈從獄中, 上言, "身旣囚繫, 徒死而已. 公私無益, 請更貸二萬銀, 二[267]年內, 當盡償四萬, 無絲毫欺

259) 苦: 저본에는 '固'로 나와 있으나 나본을 따름.
260) 甚: 나본에는 '深'으로 되어 있음.
261) 者: 저본에는 빠져 있으나 나본에 의거하여 보충함.
262) 之: 나본에는 '知'로 되어 있음.
263) 甚: 나본에는 '深'으로 되어 있음.
264) 當: 나본에는 '慮'로 되어 있음.
265) 巡營: 나본에는 '監營'으로 되어 있음.
266) 捧: 나본에는 '促'으로 되어 있음.

負[268]." 按使壯其志, 奇其言, 給銀如數, 賈卽往沿海諸邑, 自義州始, 而訪問富室, 就其隣近而買屋焉. 華衣肥馬, 往來留住, 盡結其富人, 具美饌旨醞, 共與飮食, 富人莫不傾心愛重. 因以辨辭談說[269], 貸出銀錢, 多者百金, 少者數十金, 刻期約還, 及至期卽償, 無或遲滯. 凡西關銀錢子母家百數, 而賈循環貸償者, 幾一年, 而無一欺瞞, 諸富人益大信. 仍大得債銀, 又六七萬兩, 盡買人蔘·貂皮, 仍以其餘, 多買健馬, 盡載之, 復赴北京. 其主人[270]舊日大商, 亦好義者也, 賈說之, 曰: "若以此貨, 往南京, 則當獲百倍之利矣. 男兒作事, 成則昇天, 敗則入地耳. 爾我知心, 能從我乎?" 主人然之快許. 遂與主人, 雇一牢[271]固船載貨, 自通州發船, 得順風, 未滿十日, 達揚子江. 遇一唐人棹小船, 掠賈舟而[272]過, 賈卽與格軍健者數人, 乘耳船追之, 入小船中, 縛其人, 載還解之, 備問水之程所從入及市貨貴賤, 人心眞僞, 國禁輕重, 寇賊有無, 旣詳悉. 又厚給其人物産, 以結其心, 其人大感謝. 賈又許以事成後當重報, 其人指天爲誓, 願爲之死. 遂自揚子江, 乘潮而入, 直至石頭城下, 唐人家在江邊, 遂泊岸下. 翌日, 賈率船夫之有心計者數人, 皆以唐製衣服, 隨唐人, 入南京城中[273]. 十里樓臺, 簾幕掩暎, 皆是貨肆, 寶貨山積. 唐人引賈, 就一藥舖, 細陳, '此朝鮮人, 挾重貨, 可潛市勿泄.' 舖翁大喜, 邀來同契, 富翁約期交貨. 賈歸, 取蔘貂, 羅列於[274]舖上, 一一精新, 南京藥舖, 素重羅蔘, 舖翁輸價, 比本國可十數倍. 賈大獲財, 厚給唐人, 歸至北京[275], 以數千金與主人, 又分給十餘棹夫各千金. 遂還本國, 不過數月之間, 償

---

267) 二: 나본에는 '三'으로 되어 있음.
268) 負: 나본에는 빠져 있음.
269) 辨辭談說: 나본에는 '辯辭誘說'로 되어 있음.
270) 主人: 저본에는 빠져 있으나 나본에 의거하여 보충함.
271) 牢: 나본에는 '完'으로 되어 있음.
272) 而: 저본에는 빠져 있으나 이본에 의거하여 보충함.
273) 中: 나본에는 '內'로 되어 있음.
274) 於: 저본에는 빠져 있으나 나본에 의거하여 보충함.
275) 北京: 나본에는 '燕京'으로 되어 있음.

納巡營銀四萬兩. 又償沿海富家兼利息, 無所遺, 自享餘財累巨萬. 遂詣按使, 告其故, 餉南貨精貴者五駄, 按使大異之, 歎曰: "此眞大英雄也! 吾不失人矣." 薦之宰執, 累歷鎭將云.

評曰: "是賈誠偉矣, 其花園老卒之類也歟! 以其負七萬者觀之, 亦大跅跎耳. 兵陷之死地而後生, 觀其智勇, 足以爲將矣. 然苟非蹈死地, 烏能致此?"

60.

仁祖朝, 海西鳳山地, 有一武官姓李者. 饒於財, 而性甚豁達, 喜施與, 信人不疑, 有告急者, 傾儲無所惜, 以此家計耗敗, 至不可支. 然風骨俊偉[276], 觀者皆以榮達期之. 仕爲宣傳官, 坐事失職, 鄕居累年, 銓曹久不檢擬. 一日, 李謂其妻曰: "武弁鄕居, 官不自來, 而家貧如此, 實恐一朝塡壑. 所餘莊土賣之, 可得四百餘金, 以此入京, 官可得也. 成則人, 不成則鬼, 我欲一決." 妻亦[277]許之. 遂盡賣土, 果得四百金, 留百金付妻謀生, 以三百金上京, 健僕駿騎, 頗動人目. 至碧蹄店, 止宿, 僕方治馬食, 忽有一漢[278], 着氈笠, 衣服新鮮. 始則窺覘, 俄而入來, 與僕輩語, 意頗懇款, 僕輩悅之, 問所從來, 曰: "兵曹判書使喚蒼頭也!" 李遙聞其言, 亟召問之, 對如前. 李大[279]喜曰: "吾方求仕上京, 所望者兵銓, 汝果是兵判信任奴僕, 則其能爲我居間周旋否? 且汝之來此, 何爲?" 其人曰: "小人爲兵判宅首奴, 上典家臧獲, 多在西關. 今方受命, 收貢膳, 故今日發去耳." 李歎曰: "得爾不易, 而有此交違, 何以則有便善之策耶?" 其指之, 曰: "此不難, 請與之同入京耳. 小人受命, 辭出已累日, 而擇吉發行, 故今始出來, 上典未必知之. 今復還, 爲進賜周旋後發行, 亦未晩也. 但未

---

276) 俊偉: 나본에는 '偉麗'로 되어 있음.

277) 亦: 저본에는 빠져 있으나 나본에 의거하여 보충함.

278) 一漢: 나본에는 '一人'으로 되어 있음.

279) 大: 저본에는 빠져 있으나 나본에 의거하여 보충함.

知行中所持[280]者, 幾何?" 曰: "三百金." 曰: "堇可用之!" 遂隨而歸, 爲李定一舍館, 而傍近兵判家, 囑主人善待之, 其抑揚甚示威勢, 主人奉行[281]唯勤. 李以爲主人素知此漢, 益信之. 其漢歸家, 數日不來, 李謂已[282]背之爲, 大有[283]疑慮. 而已來見, 李喜極, 如漢王之得亡何, 問不來之由, 曰: "爲進賜圖官, 豈可倉卒耶? 有一處蹊逕甚緊[284], 而當用百金." 李[285]急問之, 厥漢曰: "大監有娣氏[286], 內主寡居在某洞, 大監極念之, 所言必從. 小人以進賜事, 告于厥宅, 則內主要得百金, 美官可立致, 進賜肯無吝乎?" 李曰: "此金之[287]用, 專爲此也, 更何問?" 卽出槖計數而付之, 僕輩疑之, 曰: "進賜不親進, 徒付此漢, 安知非詐[288]耶?" 李曰: "其爲兵判僕則明矣, 何可不信人如此?" 翌日, 厥漢來, 曰: "內主得金甚喜, 卽送言于大監, 懇請散政有當窠, 必首擬毋泛, 大監已諾之. 然必有言重者傍助然後, 益牢固矣. 某洞有某官, 素爲大監親重, 有言必從[289], 又以五十金投之, 則必喜可大得力." 李深以爲然, 令圖之. 厥漢來, 有喜色, 曰: "果樂聞矣!" 李又付以五十金, 厥漢又來告曰: "大監有小室, 國色絶愛之, 生男甚奇, 懸弧[290]不遠, 欲厚設具, 而無私儲, 甚憂之. 若又進五十金, 其感悅當如何? 寵姬干請, 尤爲深緊." 李亦善之, 卽與五十金, 厥漢持去, 卽還, 曰: "姬果大喜, 言當竭力周旋, 進賜好官, 非朝卽夕, 當坐而俟之! 然武官供仕, 冠服不可不精備, 且以五十金貿辦, 則可矣." 李曰: "此斷不可已." 仍以金托厥漢, 貿易造作, 非久, 毛笠·綺服·

280) 持: 가본에는 '措'로 되어 있음.
281) 奉行: 나본에는 '諾'으로 되어 있음.
282) 已: 나본에는 '以'로 되어 있음.
283) 有: 저본에는 빠져 있으나 나본에 의거하여 보충함.
284) 緊: 나본에는 '近'으로 되어 있음.
285) 李: 저본에는 빠져 있으나 나본에 의거하여 보충함.
286) 娣氏: 나본에는 '姊氏'로 되어 있음.
287) 之: 저본에는 빠져 있으나 나본에 의거하여 보충함.
288) 詐: 나본에는 '詒'로 되어 있음.
289) 從: 나본에는 '重'으로 되어 있음.
290) 弧: 저본에는 빠져 있으나 이본에 의거하여 보충함.

廣帶·烏靴·黃金帶鉤，一時致之，而皆極光麗．李大喜，自以爲得一葛亮，雖僕輩之始疑者，大以爲欣然[291]顒望膴仕之必至．李既具服着，卽懷刺，詣兵判家登謁，備具履歷情勢，告訴哀懇．兵判爲頷之而已，非不暇豫[292]，終無一言傾倒[293]．李以爲，'此不過兵判之常事.' 其後復往，亦不免同諸武逐隊問候而已，無賜顏款曲之意．聞有政目，則必艱辛覓見[294]，而渠之名字，少無疑似者[295]，則心甚[296]焦躁，務悅厥漢之心，來則出其囊錢，買得肥肉大酒，任其醉飽．以此，餘存者五十金，幾盡消磨．李頗悶之，問厥漢，"汝言久無驗，何也?" 曰："大監何日忘進賜，而奈有所納者，加於進賜，則尤爲緊，進賜何以得叅然? 此輩得意者已久[297]，聞後日散政，大監將擬進賜某職，此極腴官，姑俟之." 及政目出，又無聞．厥漢來見，曰："某官及內主，力請於大監，可必得，忽有大臣托以某人，不容不施，爲其所奪，當奈何? 然六月都政不遠，某司之職，財用甚饒．小人已白於內主·某官及小室，合請於大監，已快諾，此則決不失[298]，且俟." 李半信半疑，而不敢不重待，資用已罄盡矣．及至大政，奴主早起待報，望眼欲穿，而日高至午，過午至晡，且暮矣．吏·兵批已畢，而李之姓名，寂無所聞，厥漢終[299]無影響．李大悵失心，僕輩之詬議恨歎，不勝其騷耳．李雖上典，不能出聲氣，猶望此漢之復至，而前之日日來者，今過三日不至．李始大疑之，招聞主人，曰："兵判宅首奴，近忽不來，何也? 汝既情熟，何不招來?" 主人曰："此本素昧之人也! 其爲兵判家奴子，進賜明知之耶? 小人實不知之，第以渠之自稱兵判家奴子，而進賜又謂兵判

291) 大以爲欣然: 나본에는 '欣欣然'으로 되어 있음.
292) 豫: 나본에는 '借'로 되어 있음.
293) 傾倒: 나본에는 '矜惻'으로 되어 있음.
294) 見: 나본에는 '瞻'으로 되어 있음.
295) 者: 저본에는 빠져 있으나 나본에 의거하여 보충함.
296) 心甚: 저본에는 '甚心'으로 나와 있으나 이본에 의거함.
297) 久: 나본에는 '多'로 되어 있음.
298) 失: 나본에는 '實虛'로 되어 있음.
299) 終: 나본에는 '亦'으로 되어 있음.

之奴也, 小人以此信其爲兵判家奴子, 實則吾安知之?" 李曰: "汝既親熟, 知其家乎?" 曰: "不知也. 進賜既與親熟, 豈未嘗知其家耶?" 李曰: "偶未致意耳." 自後, 厥漢絶迹, 不復來. 李自念, '蕩敗家産, 盡輸於一賊漢, 都由一心之踈濶, 累代宗祀, 許多家眷, 將擧委於溝壑[300], 而族黨·鄕隣·妻子·僮僕, 怨怒誚責, 其何辭可解?' 且念, '平生桀驁之性, 豈肯作寒丐兒苟活耶?' 百爾思之, 惟有一死, 乃決於心, 遂決意捨命. 翌日早起, 卽走漢江, 脫去衣冠, 大叫數聲, 奔入水中. 水沈背腹, 已不勝懍慄, 不覺縮身, 退步停立, 靜思曰: "實難自死, 莫如爲人所打死." 遂出茫茫然[301]歸. 翌日, 早大飮酒爛醉, 錦衣·烏靴·金鉤·橫帶, 八尺長身, 昂然大步, 直至鍾街, 人人大驚, 視以爲神人. 而李方揀取衆中偉幹獰貌, 似有勇力者, 直前搏之, 飛脚大踢, 其人一聲跌仆, 急起疾走, 追之不及. 李甚慨恨, 又環視衆中有可勝己者, 將赴之, 佇立睢盱, 狀若狂者, 目之所觸, 莫不讀然[302], 迸走街上, 空無一人立. 李雖欲爲人所打死, 而人方畏爲李所打死, 死可得乎? 日已暮矣, 大悵而歸, 夜臥無寐, 欲死之外無他念矣. 又思曰: "莫如入人家狎戱其妻妾, 則打死必矣." 翌朝, 又飮酒服着, 遊歷大街, 見一屋新麗, 直入至中門, 而無阻擋者, 遂突至內廳, 只有一少婦, 年可二十餘. 花容月態, 手梳雲髻, 視之略不驚動, 問曰: "何人入人內室乎? 豈非狂者耶?" 李不答, 直上廳, 把女手, 擁頭接口, 女不甚牢拒, 而亦無一人在傍呵之者. 李極怪之, 問曰: "汝夫何在?" 女曰: "問夫何爲? 世豈有如許事? 醉狂雖不足較, 自有法司, 其速去!" 李曰: "第言汝夫所在, 我非眞醉也. 自有情事, 不得已作此." 婦曰: "所謂情事, 何事也? 願聞之." 李曰: "吾本舊日宣傳官也. 爲賊人所欺, 盡失家産, 決意就死, 而不能自死, 要人打殺[303], 故累作此等事, 而終無下手者. 今汝夫又不在, 死亦至難, 將奈何?" 咄咄不已, 婦大笑曰: "信乎?

300) 溝壑: 나본에는 '丘壑'으로 되어 있음.
301) 茫茫然: 저본에는 '忙忙然'으로 나와 있으나 나본에 의거함.
302) 讀然: 나본에는 '潰然'으로 되어 있음.
303) 殺: 나본에는 '死'로 되어 있음.

狂矣! 世豈有求死如此者乎? 公果武班淸官[304], 則以此風骨, 豈虛死者耶? 我亦有情事不得已者, 將圖他適, 而忽與公遇此, 豈非天耶?" 李問其情事, 婦曰: "妾夫本譯官也, 有正妻在室, 而聞妾之美, 又娶爲次妻, 已四年矣. 始率置一屋之內, 妻悍極妬, 而夫已老衰, 不堪其勃谿, 買得此室, 使妾移居. 夫始也, 往來宿食, 非無眷戀之意, 畏妻之妬, 數日後, 足跡甚稀, 只有數婢相守, 無異寡居者. 昨年, 夫又以首譯, 隨使行赴北, 適以事滯留北京[305], 今已周年, 未歸. 音問杳然, 莫知歸期, 獨守空房, 形影相吊, 雖喫着無闕, 而世念索然, 春風秋月, 悽傷自悼而已. 今又數婢以無照檢, 相繼而去, 只有老[306]婢相伴而多出入, 不常在家, 情事酸苦如此. 人生幾何, 而守此衰朽不相干之人, 而酷受悍婦之[307]妬, 夏之日, 冬之夜, 獨泣空閨之中. 如許情事, 與被賊欺奪而求死不得者, 何間焉? 自念, 賤身異於士族, 不可徒然枯死, 正欲別圖, 而忽有此奇逢, 此分明天意矜憐我兩人. 我實願從公, 亦何過慮耶?" 李聞其言, 始也惻然, 繼以欣然, 奈此頓無生念? 徐曰: "汝言善矣, 顧無可歸, 唯有一死耳." 婦曰: "非丈夫也. 然此會非偶, 豈無便順之道? 願自愛, 毋枉平生!" 因起入室, 持出酒肴, 親酌以勸. 李旣悅其色, 且感其言, 隨勸累吸酒, 興頗逸, 遂携女入室, 畫屛錦衾, 花茵繡枕, 蜂貪蝶戀, 極其繾綣. 枯草沾雨, 死灰復燃, 彼此喜可知也. 自是以後, 因常留住, 其生其死, 一任天公. 婦亦欲絶夫家, 不復忌畏, 但治珍衣美食, 以養武弁. 瘦顔日漸豊麗, 夜則來宿, 晝則出遊, 奄過一月, 死念漸消, 生樂轉深, 而女之風聞, 亦自難掩而已. 譯官旋歸, 書信先到, 厥婦欲同李發去, 李恥之, 不敢歸, 遲回未決. 而譯官已到高陽站, 其家屬治具出迎, 譯官問其妻曰: "次室之不來, 何也?" 曰: "次室自有別人, 何關於君?" 譯官驚問[308]其故, 妻細傳所聞.

---

304) 官: 나본에는 '宦'으로 되어 있음.
305) 北京: 나본에는 '燕京'으로 되어 있음.
306) 老: 나본에는 '世'로 되어 있음.
307) 之: 나본에는 '嫉'로 되어 있음.
308) 問: 저본에는 '間'으로 나와 있으나 이본에 의거하여 바로잡음.

譯官怒氣如山, 推擲盃盤, 急鞭駿馬, 腕懸利刀, 疾馳入來. 將欲一釖幷剪, 蹴開大門, 衝突直入, 大呼曰: "何物賊漢入我室偸我妾[309]? 速出喫釖!" 忽有一人, 推窓當戶, 冠服輝煥, 貌若神仙, 披開衣襟, 露示其胸, 嬉怡而[310]笑, 曰: "吾今日, 眞得死所矣, 汝但刺此胸!" 意氣安閑, 略不動容. 譯官纔擧眼, 不覺懔然慴震[311], 若侯景之見梁武, 氣縮口呿却, 立痴保, 不能出一語, 但嗟咄聲數. 忽擲釖, 謂李曰: "家宅·妻財, 任君所爲耳." 惘然出去, 不敢回顧. 婦時藏在壁間, 窺見其狀, 出謂李曰: "庸奴何能爲乎? 然可速去耳." 走上樓, 捧出一樻, 中有天銀三百兩, 曰: "吾父亦富室, 吾嫁時, 父以此資送, 而吾深藏秘之, 夫未嘗知. 而父死已久, 無可與謀生者, 今幸有主, 此可爲資本." 且挈出一籠, 開視其中[312], 金玉·珠貝·首飾·雜珮及錦繡衣服, 曰: "此亦數百金, 苟善運籌, 何患不富?" 速命僕馬載之. 明曉, 李遂以爲兩奴兩馬載之滿駄, 置女其上, 李隨其後, 馳歸鳳山. 譯官莫從[313]之, 而其妻幸其去, 惟恐發狀追還, 沮[314]抑寢之. 李以其資, 盡復所買之土, 且轉運居積數年, 成富室. 復上京求仕, 深懲前日, 事務周詳, 除美職, 遷歷以序, 累陞雄鎭及節度使. 厥女與偕老, 俱享福祿, 甚盛. 人以爲好施信人之效, 天道昭昭, 信不誣矣.

評曰: "改從他女, 夫之醜德; 竊取人妾, 士之惡行, 固君子之所不道. 然此兩人者, 皆出於寃極情蹙, 事成於偶然, 賤妾不足咎, 武夫無可責耳. 然有心德者不惡, 終受報靡忒, 自然之理也, 是則可取也."

61.

京中士人沈姓者, 有奴婢, 漏在善山, 得推覈盡出, 厥數[315]甚夥. 士人見

309) 妻: 나본에는 '妾'으로 되어 있음.
310) 而: 저본에는 빠져 있으나 나본에 의거하여 보충함.
311) 慴震: 나본에는 '震慴'으로 되어 있음.
312) 其中: 저본에는 '一籠'으로 나와 있으나 나본에 의거함.
313) 從: 나본에는 '縱'으로 되어 있음.
314) 沮: 나본에는 '阻'로 되어 있음. 서로 통함.
315) 數: 저본에는 '後'로 나와 있으나 나본을 따름.

一奴饒財者，有女名香丹，年十九有姿貌，納之甚寵，忘其歸．奴輩仍謀害，已定期，女知之．至其夜，女與士人，倍加昵愛嬉戱，無所不至，脫士人袍袴自着，而取其襦裳，與着士人，調諧久之．女忽却坐而泣，士人怪而問之，女俯首低聲，語曰："主有大禍迫在，今夜門外密網，難可透出，奈何?" 士人大驚，罔知攸措，女曰："此皆婢之族黨所爲，吾父莫之禁，亦與知之，然父非首謀者，猶可恕也．今吾換着主服，將以身代主，主但聞有呼女出者，卽以此服被髮蒙面，疾走而出．幸而得脫，必免吾父之死." 言訖，流涕縱橫，士人大感傷．夜將半，門外衆炬齊明，凶徒擁入，果呼女出，士人以女服被髮蒙面，躍出疾走．此村距官門不遠，士人直抵官門，大呼叩門[316)]，邑倅聞之大驚，開門呼入，則乃披髮一女子也．問之，得其曲折，邑倅則發命一將校，率以馳赴，賊徒猶未散，一一結縛，無漏失入，見其女，則已亂斫，血盈房內．蓋賊旣殺女，徐知其誤，方欲散走之際，官兵已迫，無得脫者．邑倅卽報上司，盡戮之，獨女之父，以士懇乞，倖免．噫! 此女爲其主遂其忠，爲其夫成其烈，爲其父立其孝，一擧而三綱，具矣．本邑立碑旌焉．

62.

金貴奉者，楊根南中面聖德村常民也．短小精緊，而性甚謹，願與人無忤，雖微細之事，無一欺隱，以此，鄕中莫不稱道．每當春秋講，信士族在座者，多酌酒賞之．年四十七，得病死，獨其妻在耳．死後三年，有一人自遠而至，求貴奉家，村人疑有事端，不告之其人．遂去至距村相望之地，名□亭坪，遇一嫗採野菜，誠問貴奉所在，嫗曰："貴奉果有之，而死之三年矣." 其人曰："貴奉豈有妻子可問者耶?" 嫗曰："我卽貴奉妻也." 其人曰："我卽大興【或云德山】宋都事宅奴子也．二年前，吾上典生一男，背上當中有'根楊南中面聖德金貴奉'十字，字青色而分明．上典甚異之，

---

316) 門: 나본에는 '闇'으로 되어 있음.

給我資粮, 使之往訪, 以驗其實跡, 故玆余有此問耳." 其妻聞之, 大異之, 引歸其家, 餽以飯, 又以貴奉所用食哭及烟竹等物, 贈之. 其人不受而還, 一一告于宋都事, 宋極歎異之, 知其兒之爲貴奉之後身也. 非久, 貴奉之妻來大興宋家, 遇厥奴, 請入見其兒, 厥奴曰: "此有俗忌, 不可迫見, 只可自遠路視耳." 其妻, 終日俟於門屛之間, 向晩, 女奴負兒徘徊庭際, 其妻得一遠望, 雖甚小, 而典形恰似貴奉, 其妻不勝悲感, 留一日歸. 此近來事也, 古來如此者, 甚多. 朱書曰: "或問: '佛有前後身說, 是如何?' 朱曰: '死而氣散泯然無跡者, 常也. 托生者, 是偶然, 聚得不散, 着生氣再生, 然非其常, 蓋有或然者.'" 如貴奉者, 平生無惡, 而爲神明之所錄, 可知. 如唐崔恭女, 掌文曰'盧自烈妻'云, 而旣長, 歸盧自烈. 如此者, 孰主張是? 如張掖瑞石一夜湧出, 而有文曰'大討曺大逑金', 而有石馬·石牛, 對立如玉, 非久, 司馬氏滅魏, 牛金之子, 又代司馬, 大宋之興也. 楊州人, 剖柿木, 中有文曰'天下太平', 如此文字, 又誰所爲也? 此皆史傳所載, 非誣語也. 宋兒皆上之字, 亦此類矣, 其可異矣!

63.

崔愼『華陽聞見錄』曰: "一日, 問: '地理可信否?' 先生曰: '朱子云: '山本固而末異, 水本異而末同.' 又嘗教人, 以生魚盛置水甕, 埋於壙中, 久然後開視, 而魚不死, 則地氣好矣. 又有一說者[317), '有一人新葬者, 聞擊柝聲於墓中, 厥後, 子孫喪敗, 而改遷其墓, 乃見石打棺傍皆傷.' 朱子曰: '此是地中風也.' 門人疑而問: '地上未見, 有轉名之風, 而地中乃有飄石之風, 何也?' 朱子曰: '地上渙散, 故風無力; 而地中凝聚, 故有力甚猛. 欲驗其氣者, 炷火於壙中, 火不滅, 則其地氣好矣.' 此莫非朱子之說也.'" 宋龐元英『談藪』曰: "蔡元定, 字季通, 博學强記, 通術數, 善地理學. 每與鄕人卜葬改定, 其間吉凶不能及. 貶謫[318)道州, 有贈詩者, '掘盡人家

317) 者: 저본에는 빠져 있으나 나본에 의거하여 보충함.
318) 謫: 저본에는 빠져 있으나 나본에 의거하여 보충함.

好壟丘, 寃魂欲訴更無由. 先生若有堯夫術, 何不先言去道州.' 此盡鄕中俗流, 有惡西山而疵毁, 如此也. 以西山之邃學精識, 豈必浪事發掘? 而亦不[319]無偶失者, 故仍之而指摘, 況世之庸陋無識者, 雖誇衒其術, 何足輕信, 而輒事遷窆乎?"

64.

燕·薊風俗, 人死則不葬於山, 葬於野田中, 或路旁平地. 墳形銳甚如艾炷, 年年取土, 加之一鍤於其上, 謂之加土, 不用莎覆. 士大夫四面築墻, 前開一門[320], 此所謂神道, 墓門也. 墻內, 墳[321]如立葱, 多者數十, 小者六七, 樹以白楊, 題曰'某官某人之先塋'. 如倭俗, 又不帖土封墳, 又無卜岡之[322]法, 卽籬邊道旁, 築盤陀而掩枯骨. 貴者斲石爲坎, 置尸桶其中, 覆以鎭石, 立石碑, 設欄四面, 防人. 貧賤疊石爲墳, 立木板以識之. 然靈魄安, 而其子孫之榮貴富厚, 在於其中, 地理吉凶之[323]說, 又何足取哉? 然宋時, 有閩越黃撥沙者, 善視墓, 畫地爲圖, 卽知休咎, 因號'黃撥沙'. 婺人有世患其左目者, 問之, 曰: "祖墳木根, 傷葬者左目." 果然出之, 卽愈. 且如朱子所謂'主勢之强弱', '風氣之聚散', '水土之淺[324]深', '穴道之偏正', '力量之全否', 必先此五者云者, 其擇地審愼之意, 又如何哉? 以此言之, 其葬親之地, 安可不盡其誠? 而彼南北葬法, 何爲以然也?[325]

65.

洪瀗, 學『啓蒙』於尤菴, 至'帝出于震', 先生曰: "震是長男位也, 今漢師城東地形空缺, 此是長男位虛也. 故士夫家福壽, 兄多不如其弟. 故俗

319) 不: 저본에는 빠져 있으나 나본에 의거하여 보충함.
320) 門: 저본에는 '開'로 나와 있으나 나본에 의거하여 바로잡음.
321) 墳: 나본에는 '墓'로 되어 있음.
322) 之: 저본에는 빠져 있으나 나본에 의거하여 보충함.
323) 凶之: 저본에는 '之凶'으로 나와 있으나 이본에 의거하여 바로잡음.
324) 淺: 저본에는 '濺'으로 나와 있으나 나본에 의거함.
325) 何爲以然也: 나본에는 '何爲然哉'로 되어 있음.

諺, '以士夫家兄不如弟.' 爲南峰匡伊軍, 蓋欲使掘取木覓之土, 以塡[326] 震方之空虛也. 國初, 嫌其卯方之虛, 而造山於興仁門之內者, 今見如一塊土矣. 不爲則已矣[327], 爲之而聚土作塊, 以此而能鎭空虛之方耶?" 尤翁之說如此, 而宋史徽宗時, 帝以未得嗣子爲念, 道士劉混康言, "京城西北隅地叶堪輿, 倘形勢加以小高, 當有多男之祥." 始命爲數仞岡阜, 已而, 後宮生子漸多, 帝甚喜. 然則「雪心賦」所謂, '土有餘當闢則闢, 山不足當塔[328]則塔'云者, 亦要人作之功耳.

66.

『尤菴集』·「恩津宋氏家傳」, 有曰: "圭菴先生, 被禍之日, 參奉府君神主下龕叩壁之事, 極其神異, 故吾子孫不言矣." 今則載刊於『名臣言行錄』矣. 竊想, 府君精神氣魄, 大有異於人者, 故如此, 而父子至情, 相感之理, 雖幽明無間, 如此. 余以最長房, 奉祀府君, 有年矣. 甲寅禍起之日, 亦有異事. 參奉名世良, 尤翁之高祖也. 圭菴名麟壽, 參奉公之子也. 圭菴死於乙巳士禍, 其精神氣魄, 雖高遠猶在, 而其相感之理, 亦不以親踈而有異也. 子孫之不誠於祭祀者, 眞罪人也.

67.

崔愼『華陽聞見錄』, 有曰: "一日, 語及神鬼[329], 先生曰: '有之, 宣廟朝, 有許雨者, 家有二鬼. 雖不見形色, 能作人語聲, 與人酬酢, 奴婢有偸者, 必告. 夜有男女人道, 則拍掌大笑. 其家苦之, 欲逐其鬼, 乃以朱砂作符, 付壁東, 則出聲於西, 西則出聲於南, 南則出聲於北, 北則出聲於屋樑, 屋樑則出聲於地, 隨其聲而隨付. 又作聲於空中, 曰: '爾能付籙於空中

---

326) 塡: 나본에는 '鎭'으로 되어 있음.
327) 矣: 저본에는 '笑'로 나와 있으나 이본에 의거하여 바로잡음.
328) 塔: 나본에는 '培'로 되어 있음. 이하의 경우도 동일함.
329) 神鬼: 나본에는 '鬼神'으로 되어 있음.

耶?' 以此無計可逐. 一日, 許雨問: '世人多尙鬼, 覡擊鼓享神鬼, 果能致福否?' 鬼答曰: '鬼亦如人, 必聚於[330]饋餉之家, 每至而每享[331]則喜, 一不餉, 則必怒而致害. 莫如初不餽之, 而無喜無[332]怒.' 又問曰: '鬼亦有死乎?' 鬼曰: '有死也, 以[333]蝙蝠煎水和飯以食之, 則死.' 許家依其言, 作飯置諸天帳上. 俄而, 一鬼哭曰: '吾之友鬼, 食天帳上蝙蝠煎水之飯而死! 吾不能得留於此, 今往他處.' 厥後, 果不聞鬼語, 亦無鬼禍. 此蓋[334]其家陰盛陽微, 此有神鬼之變也. 又曰: '古人云: '人畏鬼, 鬼亦畏人.' 如人畏虎, 虎亦畏人也.'"

68.

星州文官鄭錫儒, 未第時, 牧使洪應夢之弟應昌, 中別試初試[335]. 方治應講之工延, 錫儒共讀於梅竹堂, 堂前又有支頤軒. 一日, 更鼓五下, 鄭君起如厠還, 月色甚明, 上支頤軒, 徘徊吟風[336]. 忽一陣陰風, 吹面髮竪, 急回, 未及中門, 見一官人, 絳袍烏帽, 從西墻叢竹間出. 視其面, 生氣騰騰, 而美髥可三四尺, 謂鄭曰: "欲見子久矣, 可小留!" 鄭心知其爲鬼, 擧手揖, 曰: "不意深夜, 遇官人於此, 敢[337]問居住?" 其人愀然曰: "東西南北, 自無定處, 何必問居住, 欲知我姓名? 有官稱曰'諸牧使', 於子爲地主, 子可考此州先生案." 鄭曰: "然則欲見我者, 何事也[338]?" 其人曰: "我本固城縣常民也. 當壬辰之亂, 起兵討倭, 朝廷特除本州牧使. 未久身死, 功名不大施, 其歷海斫營鼎津, 迎敵寡敵, 衆弱除[339]强, 其所獲斬

---

330) 於: 저본에는 빠져 있으나 나본에 의거하여 보충함.
331) 享: 나본에는 '餉'으로 되어 있음.
332) 無: 나본에는 빠져 있음.
333) 以: 저본에는 '無以'로 나와 있으나 나본에 의거함.
334) 蓋: 저본에는 '皆'로 나와 있으나 나본을 따름.
335) 初試: 저본에는 빠져 있으나 나본에 의거하여 보충함.
336) 吟風: 나본에는 '吟諷'으로 되어 있음.
337) 敢: 저본에는 '驚'으로 나와 있으나 나본에 의거함.
338) 也: 저본에는 빠져 있으나 나본에 의거하여 보충함.
339) 除: 나본에는 '制'로 되어 있음.

摧破者, 亦足以暴於後世. 後[340]其時, 文檄泯沒, 國史不傳, 後人不復知, 諸牧使大[341]男兒, 長逝者魂魄, 寃恨無窮, 歷數百代[342], 精靈不化, 出沒於雲陰月夕, 抑鬱而與誰語? 欲與子相見者, 此也. 天若假我數年, 可使倭虜, 片甲不返, 單鎗匹馬, 衝突百萬, 斬將搴旗, 唯我是能, 如鄭起龍諸人, 豈敵我哉? 不唯我視起龍如褊裨, 起龍亦以將帥事我, 起龍則卒立勳名, 致位統制使, 爲人所稱艶, 我則未能也, 是命也. 夫大丈夫不能殲畫賊奴, 圖像麟閣, 名不傳於青史, 志未暴於後世, 雖死而歷[343]百千萬世, 此寃其可旣乎?" 仍拔腰間劒, 以示, 曰: "此吾在軍時所仗者, 嘗[344]斬倭偏將耳." 劒長尺餘[345], 而脊上腥[346]血糢糊, 月下閃爍[347]動光. 遂長吁慷慨, 血上面顙頬間, 点点有火紅氣, 踈髥張動, 如燕尾之[348]分. 且謂鄭曰: "偶有詩, 子盍聽?" 乃吟曰: '山長雲共去, 天逈月同孤. 寂寞星山館, 幽魂有也無.' 又曰: "幽字, 卽幽深之幽字也." 鄭曰: "詩亦高矣, 敢請詩意所志?" 答曰: "願無忘, 願無忘! 當有知者." 已而, 曰: "我去矣." 行數步, 復曰: "願無忘, 願無忘!" 忽不見, 鄭君極異之. 明日, 取考先生案, 則有曰: '牧使諸沫, 癸巳正月到任, 四月罷歸云.' 時鄭尙書益河按嶺南, 聞鄭君遇諸沫事, 邀致營中, 細問得其實. 鄭君且言, "諸沫又言, '吾墓在漆原某村, 今無子孫, 無復香火之設, 蕪穢不治, 豈不傷哉云.'" 鄭使異之, 曰: "吾若在任, 則可以狀聞, 而今已罷職, 不可上聞. 然當修植, 以慰其魂." 遂命本邑, 改治墳塋, 封植樹木, 又置守墓三戶. 前期數日, 其邑倅魚史迪, 晝枕忽夢[349], 一人烏紗朝服, 來告曰: "今者, 監司將修吾

---

340) 後: 나본에는 '然'으로 되어 있음.
341) 大: 저본에는 '夫'로 나와 있으나 나본을 따름.
342) 百代: 나본에는 '百載'로 되어 있음.
343) 歷: 저본에는 빠져 있으나 나본에 의거하여 보충함.
344) 嘗: 가본에는 '常'으로 되어 있음.
345) 餘: 저본에는 '劒'으로 나와 있으나 나본에 의거하여 바로잡음.
346) 腥: 저본에는 '腌'로 나와 있으나 나본에 의거함.
347) 爍: 저본에는 '鑠'으로 나와 있으나 나본에 의거함.
348) 之: 저본에는 빠져 있으나 나본에 의거하여 보충함.
349) 夢: 저본에는 빠져 있으나 나본에 의거하여 보충함.

墓, 邑宰獨不知乎? 幸爲我留心." 已而, 巡營關文來到, 命治諸星州墳墓, 邑宰亦異之, 修治如法云. 南相國九萬『藥泉集』, 有曰: "余以繡衣, 巡到星州, 與友人尹衡聖, 夜話閱先生案, 得諸沫, 問於尹友, 尹友曰: '余丙子避亂來此, 習知諸沫事. 諸沫臨壬辰, 起義兵討賊, 所向無敵, 臨陣對敵. 勇氣軒軒, 鬚髯如蝟毛磔, 賊望之如神, 聲名與郭再祐幷稱, 而反出其上云.'" 鶴山曰: "東國未聞有諸姓, 而中原江浙間有諸氏, 沫之先, 豈中州人也? 太史公曰: '古者, 富貴而名磨滅, 不可勝記, 唯倜儻非常之人稱焉.' 如諸沫者, 非所謂倜儻非常者耶? 信斯言也, 可謂忠義勇烈, 冠當世也, 其名磨滅無聞, 乃如此, 宜其精爽鬱結, 久而不化矣, 豈不悲哉? 然終得奇士, 一泄之, 令道臣聞之, 修其墳墓, 養其草木, 使世人漸知有諸牧使, 自此, 寃亦可解矣. 『楚辭』曰: '魂魄毅兮爲鬼雄.' 其沫之謂乎!"

69.

辛評事慶衍, 白麓先生之猶子也, 官至平安評事. 年十二時, 自白川上京路, 遇天使還去者, 隨行驛卒, 奪公所騎馬. 公卽步詣天使晝停所, 天使見其姿相玉潔, 知爲簪紳家子弟, 仍曰: "汝能詩否?" 曰: "能." 天使指路傍木長官無[350]首者, 曰: "汝能賦此, 當還汝騎!" 公請韻, 天使呼'靈·形·程'字, 卽答曰: '千古英雄楚覇靈, 渡江無面只存形. 當年恨失陰陵道, 長向行人指去程.' 天使大驚歎賞, 以文房諸具, 厚以[351]賞賜. 此詩, 遂傳播中原, 『明詩選』以朝鮮無名氏, 載錄. 其釋褐在光海朝, 時西邊多事, 爲平安評事, 累年凡九渡晴川江, 仍卒於任所. 其子孫流寓竹山, 貧困不振. 公之友人, 嘗有事西關, 行到安州, 見路上官行, 騶[352]從甚盛, 風擁而來, 近前, 則轎上官人, 卽評事公也. 友人方驚顧之際, 公遽呼其字,

350) 無: 나본에는 '長'으로 되어 있음.
351) 以: 나본에는 '爲'로 되어 있음.
352) 騶: 저본에는 '趨'로 나와 있으나 나본을 따름.

手招之, 友人曰: "與君別, 久矣, 何能尙行陽界上耶?" 公曰: "吾在冥司職任甚重, 方有檢察事, 故有此行, 逢君甚幸. 吾有一語托君者, 君可傳之. 吾家子孫甚窘, 吾念之不忘, 吾嘗有玉貫一雙, 是眞玉價重, 且有寶刀一柄, 同裹在屋樑上, 家人無知之[353]者. 君幸傳告, 使之出賣, 足以補之矣." 友人曰: "諾." 公擧手謝之而去, 數十步外, 更無所覩, 友人大異之, 歸語其家, 樑上果得玉貫·刀子.

70.

己未冬, 我先世文集, 方刊於淳昌郡舍, 以校正事往焉. 邑倅辛致復知叔氏, 族兄也, 適患痼冷症, 甚危篤. 邑妓有粉英者, 來候病, 時年七十一, 本以醫女, 老退還鄕, 雖老而姿貌豊潤, 言笑閑媚. 族兄命之歌, 音韻淸亮悠揚, 非老者喉聲. 族兄問曰: "吾聞妓輩必有情人, 終身未忘者, 然否?" 對曰: "然. 小人亦有生平未忘之夫." 問: "誰也?" 曰: "安國洞權井邑益興, 是也." 問其所以未忘者, 曰: "權公長身癯形, 頗嗜酒, 風恣言議, 無甚動人. 偶悅小人, 屬情甚厚, 至於枕席親狎之際, 別無嫟昵殊尤者. 獨怪其兩情襯合, 無一不可, 一日不相見, 心已騷然不樂, 卽其相愛之切, 可知也[354]. 及公歿, 英頓無世間悰緖, 忽忽[355]若不可以生者. 歌舞風流之場, 雖隨例强赴, 此心已索然, 若死灰. 卿宰之貴, 綺紈之黨, 雖修飾迭進, 調戱百端, 而都不在心. 日往月邁, 一念牢結, 是唯[356]權公, 對月則思, 對酒而思, 無從之涕, 不知幾度下. 每下疾懷是心, 必見於夢, 曾於西小門外圯橋邊, 有一士夫, 相邀與數三謳者, 同往則家主不在, 婢子延之外舍, 點燈以待. 英憊[357]甚, 旁有寢具, 將身就伏, 忽爾冥然. 已而, 權公毛冠氅[358]衣, 曳巨履, 開門而入, 拊英之背, 曰: '汝來耶?' 英問

353) 之: 저본에는 빠져 있으나 나본에 의거하여 보충함.
354) 也: 저본에는 빠져 있으나 나본에 의거하여 보충함.
355) 忽: 저본에는 공백으로 되어 있으나 이본에 의거하여 보충함.
356) 是唯: 나본에는 '惟是'로 되어 있음.
357) 憊: 저본에는 '備'로 나와 있으나 나본에 의거함.

候, 欣感如平昔. 權公自言初喪發引時事, 其言甚長, 且曰: '汝於我, 一念不忘.' 吾知之, 而心甚感之, 仍凄然久之. 覺有尸臭甚逼人, 英曰: '公之臭氣, 何若是耶?' 曰: '死久之人, 安得不然?' 言說頗多, 而不能記語. 良久, 權公忽聳驚, 曰: '勿語勿語!' 傾耳聽之, 倏然起, 曰: '鷄鳴, 吾去矣!' 雙手各挈一履, 疾走出去. 英蹇裳隨之, 直出大門, 見公走如飛, 及達大衢, 已杳然矣. 俄而, 騰上空裏, 翱翥如鶴, 漸入杳溟, 無所覩矣. 英不覺失聲痛哭, 邃驚悟, 乃一夢也. 凄咽[359]起坐, 燈火已滅, 同伴盡去, 主人亦未返. 風透疎牖, 空室闃寂, 但聞衆鷄啁哳亂鳴矣. 坐泣達曙, 行哭至家. 厥後, 移居南門內, 聞南別宮大設神祀, 閭閻婦女往觀者千數, 英亦以閭閻粧束, 率一婢往焉. 巫搖芭, 鳴鈴盤, 回翻舞, 忽披開千百人, 直赴於英, 兩手接持, 瞠視亂語曰: '爾非粉英否? 爾非粉英否?' 英大驚, 莫知其故, 久之, 巫曰: '吾乃權井邑也. 爾胡爲至此? 吾平生嗜飮, 爾所知也, 何不勸我一盃?' 英訪諸主事者, 始知此設, 蓋出於[360]權井邑弟益隆家也. 英始以閭閻來, 見巫如此, 不勝驚愧, 及知爲權公, 愧情雪融, 悲懷雲興. 更前持巫, 一慟頓地, 觀者莫不大驚. 已而, 英顧其婢於座, 貸出數貫銅, 買得紅露, 味旨烈, 和其美淸, 儲滿淨器, 又買大猪, 頭揷刀其中, 共安于大盤, 致之中座. 巫更衣, 搖芭而進, 一涕一笑, 談說潤翻歷歷[361]宿昔之事, 無差爽, 宛然[362]權公復作矣. 英每聞一言, 則輒哭[363], 傍人聞者, 莫不酸鼻流涕. 向夕罷歸, 英心神無主, 悲哀塡胸, 直欲引決下從. 是夜月明, 英向月而坐, 搥胸大哭, 嗚嗚咽咽, 哭而止, 止而復哭, 雙目盡腫. 翌日之夕, 欲睡未睡之際, 便見權公冠服儼然, 開戶入坐. 英知其爲精靈, 而不勝欣歡, 毫無懼慴, 昵枕共寢, 一如平昔. 如

---

358) 鼈: 저본에는 '弊'로 나와 있으나 나본을 따름.
359) 凄咽: 가본에는 '凄然'으로 되어 있음.
360) 於: 저본에는 빠져 있으나 나본에 의거하여 보충함.
361) 歷歷: 저본에는 '翻'으로 나와 있으나 이본에 의거함.
362) 宛然: 가본에는 '完然'으로 되어 있음.
363) 哭: 가본에는 '一哭'으로 되어 있음.

是往來幾餘歲, 其間言說靈怪者, 甚多, 不可殫論. 後因英爲勢家所納, 不復往來, 間見於夢, 而亦稀云." 夫人心有所結, 則雖死而猶不散, 思想切至, 則亦有所感召. 古來如此者, 多無足怪矣. 男女相悅, 結於生死, 本不足記[364]於此, 足見幽明之理, 斯不可泯之也. 鷄鳴則已屬於陽明矣, 鬼處陰背陽, 聞鷄鳴宜驚. 人家行祀, 當於半夜子時, 鷄未鳴之前, 可也.

71.

徐藥峰渻忌日, 子孫盡會. 其夜, 藥峰之伯胤晩沙景雨夢, 藥峯設宴, 治具頗盛, 邀諸賓. 時軒軺咽門, 有一客立於門外, 躊躇[365]不肯入, 藥峰命一子弟出延客, 曰: "所服弊破甚矣, 不合厠[366]於長者之間." 藥峰曰: "公之盛德, 翹企久矣, 衣服弊破, 何足嫌也? 毋辭速進!" 子弟往復數次, 客始入, 藥峯迎拜甚肅. 晩沙覺後, 甚異之. 以客之言語容貌, 訪於耆舊有知之者. 蓋一名流, 光海朝, 上疏諫, 謫北塞極邊而死. 其子在京仕宦, 晩沙就見, 語及夢事, 其子泣曰: "先人謫時, 不能以遠具從之, 喪出絶塞, 斂以其時所着弊破, 固[367]也." 其後, 子孫[368]製一襲斂具, 至墓告而燒之. 藥峯後孫宗益氏[369]云.

72.

余與邊龍仁致周文甫, 有戚誼. 文甫言, 延平李公, 卽其曾祖之外王父也. 延平末年, 病甚危篤, 一日昏涔, 不省人事, 入夜轉谻, 子孫環侍憂遑. 鷄鳴, 公忽覺問: "夜何?" 其侍者, 對以鷄初鳴, 公召一傔人, 至前, 曰: "汝須直[370]往某洞某巷, 訪問戶曹書吏家[371], 試看其作何事." 傔人受

364) 記: 나본에는 '紀'로 되어 있음. 서로 통함.

365) 躇: 저본에는 '蹰'로 나와 있으나 이본을 따름.

366) 厠: 나본에는 '側'으로 되어 있음. 서로 통함.

367) 固: 나본에는 '故'로 되어 있음.

368) 子孫: 저본에는 '其子'로 나와 있으나 나본을 따름.

369) 氏: 저본에는 '化'로 나와 있으나 나본에 의거하여 바로잡음.

命而去, 久後返告曰: “某洞果有戶曹書吏某名者, 方設神祀[372], 而巫特排延平大監饌床甚盛, 歌舞繽紛, 以樂神矣.” 公曰: “異哉! 吾夜間, 魂忽騰出離身, 直向大路而去, 無所指適, 忽見聘母挾筐. 余就拜, 問其所適, 聘母曰: ‘某洞戶曹書吏家, 方行神祀, 故將往參君亦同去否?’ 時余覺飢甚, 遂隨去, 至戶吏家, 則果大設具. 巫蹁躚延神, 而衆鬼奇形怪狀, 繞床睢盱者無數. 余至床前, 衆鬼皆却立, 各品饌物之氣, 衝入鼻間, 腹便豊飽, 頓覺療飢. 旣飽, 別聘母, 尋路而歸至家, 見身宛然在席, 余近身邊, 倏然驚悟, 是非夢也. 可異可異!” 文甫之曾祖, 時在側親聞, 常語於子孫, 故文甫亦聞於其祖父公. 公卽余祖父之姨從兄也.

73.

高靈府院君申叔舟, 歿已三百年, 而精爽不泯. 凡於享祀[373]之際, 祭物或有不潔者, 其婢輩治[374]具者, 必有靈罰, 或病或傷, 其驗甚明. 由是, 上下莫不齋心蠲潔, 無或敢慢. 一日, 其孫泰澄, 早起拜廟, 纔開戶, 見人蓬頭垢衣, 反接而跪, 在高靈龕室前, 噤保不動. 申生大喝[375]曳出, 則其人腰間, 多帶神主袱. 蓋是偸兒潛入搴取櫝袱, 自下而上, 至高靈龕前, 忽然昏跪不能[376]動, 反負雙手, 若牢縛者. 曳出, 而始能運動, 自云: “莫知其所以然矣.” 其家奪其袱而逐之. 高靈亦一代英流, 故其精靈, 可畏如此哉!

74.

朴尙書信圭, 爲嶺南伯, 巡到星州. 夜聞邑村擊鼓鳴笛, 作神事甚盛, 公

---

370) 直: 나본에는 ‘急’으로 되어 있음.
371) 家: 저본에는 빠져 있으나 가본에 의거하여 보충함.
372) 祀: 저본에는 ‘事’로 나와 있으나 나본을 따름. 이하의 경우도 동일함.
373) 享祀: 저본에는 ‘祀享’으로 나와 있으나 나본을 따름.
374) 治: 나본에는 ‘掌’으로 되어 있음.
375) 喝: 나본에는 ‘驚’으로 되어 있음.
376) 能: 저본에는 빠져 있으나 나본에 의거하여 보충함.

問本邑吏曰: “吾行到此, 是何神祀, 無嚴若是?” 吏曰: “此邑有神, 名曰‘星山君’, 甚靈異, 春秋禱祀有定日, 官家所不能禁. 今日適當其定[377]期, 故巫輩樂神耳.” 明日, 朴公捉入巫覡輩, 皆加重刑, 發里軍, 毁撤神堂, 壞破神像, 人莫不爲公危之. 其後, 邑人合力出財, 復建神堂, 邀巫大設具延神, 神終不來降. 已而, 邑民夢, 星山君來, 告曰: “汝輩若享朴公, 則吾當降.” 巫遂設朴公之座, 復延神, 神果降矣. 自後, 邑村祀神者, 必並享公, 至今不廢云. 朴公之所以禁淫祀者, 適足以自利也. 誠與此神, 共飽淫邪, 不正之享, 生前正直之氣, 果安在哉?

75.

崔奉朝賀奎瑞, 旣躋崇班, 經銓任後, 便休致閑居, 人皆高之. 世謂, ‘公嘗遇異人, 敎以急流勇退.’ 蓋公少時, 在龍仁一民家, 與儕友共肄科業. 一日, 夕席散, 公獨居, 忽見一官人, 儀貌秀偉, 從數人入來, 徑就坐. 公視其冠服[378], 非今世常製, 深[379]怪之, 問其所從來者, 其人曰: “我非陽界人, 卽前朝朝士也. 我室在此民家西室之下, 民常[380]曉夕, 爨爇我室, 我實難堪, 有一孫在旁, 一髀盡爛灼矣. 君盍爲我, 計移此室屋, 以全我宅? 幽明雖殊, 感當結草.” 公曰: “子何不於儕友廣坐中出言, 必俟吾獨居而來耶?” 其人曰: “象人精神寡, 難以告語, 君自有過人者, 故俟間來耳.” 公曰: “試圖之.” 其人謝而去. 翌朝, 公召主人, 問曰: “汝造此屋時, 寧有所覩者乎?” 主人曰: “西室下疑是古塚, 而俗稱‘置屋古塚上, 心神鎭安’云, 故不復審視, 直築造室矣.” 公曰: “吾有異夢, 爾若不速移, 必有大禍.” 主人告以無財力, 公便給十五緡, 卽日撤移於他處. 其後, 官人乘夕來, 謝於公宅, 欣感甚切, 仍言, “公必大貴, 五福兼備, 但至正卿, 必休退[381], 乃爲完福. 不然則禍亦可惧.” 公常[382]深志之, 故卒循其計, 無

377) 定: 저본에는 빠져 있으나 나본에 의거하여 보충함.

378) 冠服: 나본에는 ‘官服’으로 되어 있음.

379) 深: 나본에는 ‘甚’으로 되어 있음.

380) 常: 저본에는 ‘嘗’으로 나와 있으나 이본을 따름.

所尤悔. 具梡明叔, 嘗聞此說於李說[383], 爲余言之.

76.

陶山李相國, 年十餘歲, 適往留外家, 外祖母洪氏, 卽花浦公之女, 而寅平都尉鄭齊賢之慈堂也. 三月初五日, 卽花浦忌日也. 洪氏與其長孫直長台一, 往參焉. 罷祀後[384], 台一就寢外舍, 夢見一臺官, 着紅袍, 馳馬而來, 呵喝風生, 直到大廳, 下馬就座, 而容色極嚴焉. 呼出一婢治具者, 痛施刑杖, 曰: "汝罪汝當知之!" 治罪後, 復乘馬而去. 鄭生覺後, 其容貌森森在眼, 卽入內, 以其誦夢告于祖母, 洪氏細問其容貌, 泣曰: "此吾先人也! 婢子必有不謹[385]之事." 卽招問厥婢曰: "昨夜行祀, 汝罪不輕, 汝知之乎?" 婢曰: "夜間果於廚下, 解娩生兒, 出置廊底, 而入具祀事, 罪實罔貸." 洪氏遂赦之, 家人咸歎公精爽之可畏. 洪氏歸家, 語於子孫, 李公親聞之, 一日, 說與花浦之玄孫侃如此云. 世傳, 洪花浦節死於彼國, 不得返葬, 其家[386]人夢, 花浦來告曰: "今吾[387]化爲蝶, 依於國兵之旗脚而歸." 時林慶業以援軍, 從彼軍非久歸國, 似指此也. 余考傳記, 人死而化蝶者, 多矣, 莊周爲蝶, 蓋非假說. 今見宋周密所著『癸辛雜識』, 曰: "有楊吳字明之娶江氏, 少艾連歲得子, 明之客死之明日, 有蝴蝶大如掌, 徘徊於江氏旁, 竟日乃去. 及聞訃, 聚族而哭, 其蝶復來, 繞江氏起居, 飮食不離也. 蓋明之不能割戀於少艾, 稚子故化蝶而歸. 又李鐸諫議知鳳翔旣卒, 有蝴蝶萬數出, 自殯所以至府宇, 蔽影無下足處. 府君吊祭奠, 接武不相辨, 揮之不開踐踏成泥, 其大如扇, 逾日方散. 又楊□娶謝氏, 死未殮, 有蝶大如扇, 其色紫褐, 翩翩自帳中徘徊, 飛集窓戶, 終日

---

381) 休退: 나본에는 '引退'로 되어 있음.

382) 公常: 저본에는 '常公'으로 나와 있으나 나본에 의거함.

383) 李說: 나본에는 '李度'로 되어 있음.

384) 後: 저본에는 빠져 있으나 나본에 의거하여 보충함.

385) 不謹: 나본에는 '不祥'으로 되어 있음.

386) 家: 저본에는 빠져 있으나 나본에 의거하여 보충함.

387) 今吾: 나본에는 '吾今'으로 되어 있음.

乃去.” 始信明之之事不誣, 余又見王弇州所作「曇陽大傳」, 云: “大師入龕而化, 見二黃蝶, 自龕而出, 盤旋久之始去. 師歌有一雙蝴蝶空䎘䎘之語, 咸以爲茲應也.” 然則花浦夢見之語, 益可悲也!

77.

安承旨圭, 嘗於勅使之來, 以延慰使, 至鳳山, 得病而歿. 其胤子重弼, 亦以延慰使將行, 而[388]以父所歿之地, 不忍復踐, 上章遞免. 而李尙書秉常, 代其行, 至鳳山客舍, 卽昏就寢, 欲睡未睡之際, 忽聞戶外有曳履聲. 已而, 有官人毛冠氅[389]衣, 開戶熟視, 曰: “此非也!” 卽闔戶而去. 李公怪之, 卽呼官吏及通引輩, 以其所見者問之, 皆曰: “此處昏暮, 或陰雨之際, 有承旨令監精靈, 常以毛冠氅衣, 出沒無[390]常云.” 蓋安始聞其子當來, 欲見之, 而忽見李公, 愕然而去. 是其魂留在客[391]館, 未能歸云. 趙監司明謙, 親聞於李公, 傳之如此.

78.

尤菴童時, 卓犖尙氣, 隣里畏之. 有巫女, 接神多靈驗, 人競邀之. 先生往見之, 則巫輒氣阻, 無所言, 曰: “此都令至, 則神自不能降矣.” 先生去, 而巫掀身自搖目, 靈譚瀾[392]飜. 信乎! 邪之畏正如此, 而先生之爲正氣益驗矣.

79.

李相國濡仁厚, 長者, 在玉堂時, 一日, 過宗廟墻下[393]巡邏谷. 時微雨,

---

388) 而: 저본에는 빠져 있으나 나본에 의거하여 보충함.
389) 氅: 저본에는 '弊'로 나와 있으나 나본을 따름. 이하의 경우도 동일함.
390) 無: 저본에는 빠져 있으나 이본에 의거하여 보충함.
391) 客: 저본에는 '官'으로 나와 있으나 나본을 따름.
392) 瀾: 나본에는 '爛'으로 되어 있음.
393) 下: 나본에는 '外'로 되어 있음.

忽見一人, 農笠簑衣, 兩目如炬, 獨脚騰踔而來. 公及從吏見, 皆怪駭, 此人忽問吏曰: "前路遇一轎乎[394)]?" 吏曰: "不見." 此人走去如風. 公來時, 果遇一轎於濟生洞口, 公卽回馬, 尾此人之後, 直到濟生洞一家, 乃公之異姓三從家避接所也. 蓋其子婦得怪疾, 閱累月在死境, 其日方避寓於濟生洞一族親家. 公下馬入見主人, 具告以所見, 請同入見, 旣入厥物, 果蹲坐於其婦人枕邊. 公不語直視之, 厥物直[395)]出去, 立在庭前, 公隨出直視, 厥物又騰上屋脊, 公又[396)]仰視之不已, 便騰空而去. 婦人精神頓甦, 如未嘗痛者, 公去, 婦人又痛, 公卽剪紙百餘片, 署以手例滿室糊帖, 此妖遂絶, 而婦人之痛, 良已. 曾見野錄, '成虛白過典牲署東谷下, 有人長丈餘, 戴笠衣簑, 目光如炬, 腥氣逆鼻. 虛白立[397)]馬, 熟視其人, 騰空向東而去.' 又見『抱朴子』, 曰: "山精有如人, 長九尺, 衣裘戴笠, 名曰金累, 以名呼之, 則不敢爲害." 又曰: "山精形如小兒, 獨足喜來犯人." 然則其婦人所値者, 蓋山精也歟!

80.

余亦有一異事, 有一友人在鄕, 善詩文雅飭士也. 六七年前, 忽得怪疾, 危篤閱月, 余往見之, 纔及門, 其子迎拜甚喜, 請以速入. 余入見, 則友人具冠服起揖, 言貌動止, 非甚病者也. 余曰: "兄所患, 今幾瘳乎?" 友人曰: "甚欲見兄, 今幸見過, 請留終日." 余問病所祟, 友人笑曰: "吾得病怪甚, 月前始痛, 如傷寒. 一日睡覺, 右脇裡有聲如蜂, 始細漸大, 漸升至胸邊, 如小兒聲, 升至咽喉, 極暴猛一丈夫也. 靈談怪說, 駭震心神, 已而, 吾身踴躍不止, 上迫屋樑, 擧家驚惶[398)], 罔知攸爲. 吾心知邪憑, 欲定志堅坐, 則其踴尤甚, 疲極思睡, 始暫歇. 如是幾月餘, 其間怪怪奇

---

394) 乎: 나본에는 '否'로 되어 있음.
395) 直: 나본에는 '卽'으로 되어 있음.
396) 公又: 저본에는 '又公'으로 나와 있으나 나본을 따름.
397) 立: 나본에는 '控'으로 되어 있음.
398) 驚惶: 나본에는 '驚遑'으로 되어 있음. 서로 통함.

奇之事，不可盡說．邀盲誦經，召僧設法，俱無少效．此邪每至咽喉，與吾酬酢如平人．吾嘗聞，邪有所畏，試記吾平生所知親舊之名，歷擧怖[399]之，邪輒大言曰：'吾何足怖也[400]？' 說到兄名，邪便聲低瑟縮，曰：'畏甚畏甚！' 吾便高聲誦名無數，邪卽寂然無聲，更不得發．吾誦之不撤，便獲差安，今則無所苦矣．是以，甚欲見兄．" 仍相對而笑．余遂留至夕歸．某爲人拙甚，無可畏者，而今邪畏之如此，良可異也．

81.

卓然拔萃之人，雖死，而其精魄能久存．『元史』有曰："武宗時，令宦者李邦寧，釋奠於聖廟．邦寧方就位，大風起殿上及兩廡，燭盡滅，鐵鐏入地尺餘者，無不拔．邦寧伏地，良久風息．史臣曰：'邦寧閹奴，祗謁先聖，而大風滅燭，不得行禮．' 蓋夫子在天之靈，不欲享，此非禮之享．" 此聖人之顯靈也．『明史』有曰："帝享前代帝王之像，至元世祖塑像，垂涕滿面，帝曰：'痴㺚子，我取我所固有之天下耳，爾失爾所本無之天下，何憾焉？' 卽收涕．" 此帝王之顯靈[401]也．『大明一統志』有曰："和州城東北四十里，有楚伯王廟，金主亮欲渡江，乞環珓不從，亮怒欲焚廟．俄有大蛇，繞出屋樑，殿後林木中，有鼓噪發聲，若數千兵．亮大驚，左右駭散．" 此英雄之顯靈也．「灌夫傳」曰："田蚡疾，一身盡痛若擊者，呼服謝罪上．使視鬼者瞻之，魏其與灌夫，共守笞欲殺，竟死．" 此俠士之顯靈也．關公·蔣子之神，至今留在，處處著見，此烈士之顯靈也．景清·鐵鉉之神，犯駕背立，驚動成祖，此忠臣之顯靈也．朱子曰："人死，其氣未便散盡，故祭祀，有感格之理．" 況如此之人，共聰明剛大之氣，所禀者厚矣，豈同凡流浮淺之氣哉？宜其久存不亡也．俗人托以正論，謂無神鬼，是豈有明知哉？

399) 怖: 나본에는 '布'로 되어 있음.
400) 也: 저본에는 빠져 있으나 나본에 의거하여 보충함.
401) 靈: 저본에는 빠져 있으나 이본에 의거하여 보충함.

82.

鄭謙齋歆言. 永春南窟, 素稱幽深莫測. 其近地士[402]數人, 作伴同入, 將窮其奧. 始多挾炬燭, 窟中或窄或廣, 或高或低, 愈入愈深. 行數十里, 炬燭絶, 仰見空裏, 有一星[403], 下燭微明, 可辨路徑, 衆人異之. 行不已, 路忽大開, 日月照耀, 別一世界也. 田疇村落, 彌望周匝, 牛馬鷄犬, 去來飛走, 草樹薰郁, 如二三月, 溪流活活, 水碓互鳴, 眼耳所觸, 一與世間無異.[404] 衆人行旣遠, 皆甚飢困, 就一村家, 求食則略無聞覩, 高聲言之, 亦不應. 遂前扶主人之身, 掀動大呼, 主人始驚却, 曰: "此必有物憑付!" 逃入竈, 作飯和水泛之, 若巫覡之却鬼然矣. 衆飢甚, 遂共喫此飯, 轉向他家, 其作飯却之如前者, 衆人始知此界與世相反也. 遂覓歸路[405], 遵路前進, 入一洞中, 路便仰出攀緣而上, 忽出世界, 卽一高峯之上也. 眺望久之, 見一船溯江而來, 齊聲呼之, 舟人因泊山下, 衆人乃得歸. 峯則乃丹陽玉筍峰也. 謙齋曾見其人, 親傳云. 余嘗見『大明一統志』, 云: "廣信府貴溪縣鬼谷山, 有鬼谷洞, 幽黑, 人必以燭, 周回四里, 旁有一洞口狹小. 相傳, 昔有人入其中, 迤邐漸遠, 見人物廬舍, 儼然如人世." 且『酉陽雜俎』云: "開成末, 永興坊民孫王乙掘井, 過常井一丈餘, 忽聽其下有人語及鷄聲, 甚喧鬧, 井工懼不敢窮." 此窟亦是類, 而未知如此等說皆信然也. 蓋幽洞之中, 聞覩之所不及, 固多詭異, 有非常理所可測者, 又何可謂之必無也?

83.

一士人, 粗解丹靑. 嘗遊山, 至深處有村焉. 人皆迎拜, 日暮, 就一精舍寄宿, 只有寡婦[406]母女, 不受粮, 供食精潔. 翌日臨去, 母願得畫, 捧出毛緞一端. 及泥金題, 則三五七言, 其詩曰: '水色淨, 山色遙. 寺臨淸[407]

---

402) 士: 나본에는 '師'로 되어 있음.
403) 星: 나본에는 '大星'으로 되어 있음.
404) 一與世間無異: 나본에는 '一如世間'으로 되어 있음.
405) 歸路: 저본에는 '路歸'로 나와 있으나 나본을 따름.
406) 寡婦: 저본에는 '婦寡'로 나와 있으나 이본에 의거함.

玉磬, 僧渡夕陽橋. 舟泊潯陽歸雁少, 洞庭楓葉暮蕭蕭.' 乃厥女處子所詠也. 士人驚異, 不敢下筆, 云: "詩眞鬼語也! 但鬼怪與妖屬, 昏夜狐狸作魅, 亦在朝晝, 此其狐狸也歟?" 士人之得免幸矣. 但潯陽·洞庭, 其間千餘里, 而認作一處, 魅眞陋哉!

84.

權燮, 遂菴之從子也. 己卯年間[408], 余之姨母夫李善咸氏, 爲聞慶倅, 舍兄爲拜姨母往焉. 一日, 權來叩官門, 姨兄輩延入之, 寒暄畢, 權曰: "此邑底吏輩中有錢姓人耶?" 皆曰: "邑底吏民錢姓者, 多矣." 權曰: "有一異事, 吾行至龍湫邊, 日已向昏, 忽見松林間, 彩閣玲瓏. 有一人紫衣玄冠, 風神灑落, 徘徊吟詠, 手招邀我, 試就之座[409], 通姓名, 自云: '錢次翁, 家在聞慶邑內, 多有子孫云.' 而贈我一絶, 曰: '淸香一炷篆烟消, 欲歸未歸山寂寥. 鶴[410]背天風吹不盡, 千年一見海東潮.' 余怳然驚異, 不可久留, 促鞭以行, 毛髮灑淅, 尙今慄懍[411]云." 坐客莫不驚怪. 此詩上句, 卽鬼語, 而下句仙語也.

85.

仁廟朝時, 有一士族, 家有鬼變, 白晝批人頰, 捽髮搖[412]曳, 或見形誚責如奴隷. 其家雜試符呪而不止, 其人哀乞, 鬼曰: "今日, 當有善人來此, 可與言." 已而, 韓西平浚謙來, 鬼致敬, 且謂曰: "主人數世積惡, 而舊習猶存, 故吾輩承府官, 指授多所警責, 而不思改過, 敢以雜符, 欲爲壓[413]

407) 淸: 나본에는 '靑'으로 되어 있음.
408) 間: 저본에는 빠져 있으나 나본에 의거하여 보충함.
409) 座: 저본에는 '坐'로 나와 있으나 나본을 따름.
410) 鶴: 저본에는 불분명한 글자로 나와 있으나 이본에 의거함.
411) 慄懍: 가본에는 '凜慓'로, 나본에는 '懍慓'로 되어 있음.
412) 搖: 나본에는 '捶'로 되어 있음.
413) 壓: 저본에는 '厭'으로 나와 있으나 나본을 따름. 서로 통함.

勝, 眞愚人也." 韓公曰: "符籙可逐鬼否?" 鬼[414]曰: "不得其死而爲遊魂, 則無所憑依, 故或行止於山野, 或出入於人家. 此如世間無賴子, 作挐村間, 見官人則避匿. 此類, 則或不無符籙厭勝之理, 而吾輩有所承受如邏卒, 承官令, 得志肆行, 祈禱不足喜, 符籙不足懼." 韓公曰: "然則鬼何時退耶?" 曰: "能祛邪心, 以正持已, 則鬼當敬服, 不暇而敢侵犯. 不然, 必見禍敗而止耳. 公是吉人, 當作貴人, 且能知鬼神之理, 故待君而[415]告耳." 鄭再昌言之如此.

86.

曾在光海時, 有一倅新到官, 決累年寃獄, 其老嫗[416]欲報恩, 裙盛新生子駒, 納官, 曰: "妾夫生時, 牧馬四百, 而每歎無馬. 一日, 指一牝[417]馬, 謂妾曰: '當生神駒!' 今此駒, 其所產也." 守解任到京, 猶小駒也. 全昌尉柳廷亮, 時稱伯樂, 用百金買之, 及長大, 果[418]神駿也. 名之曰'豹童', 光海聞而奪之. 後全昌坐其祖永慶獄, 謫古阜, 設荐棘. 一日, 光海騎此馬, 聘後苑, 馬忽騰起數丈, 掀墜光海, 適從衛手護[419]得生. 馬越垣逸去, 一日達古阜, 全昌於黑夜圍中, 忽聞有投入聲, 把火視之, 卽是馬也. 超入房門, 深藏於壁間夾室, 跪伏不起. 全昌大驚, 意必生事, 然深異之, 仍置壁室中, 飼養者一年矣. 光海懸購大索窮搜, 至圍籬者三, 而終不覓也. 一日, 馬忽振鬣擲踠, 高嘶暢逸, 俄而, 反正之報至矣. 全昌蒙放, 行還到畿邑, 馬忽自入山, 僻小路, 從僕牢向大路, 則馬不受制, 堅向小路, 以馬多異, 遂任其去. 至一林叢間, 有一人伏在其中, 全昌視之, 此乃柳氏, 平生讐人. 政欲報仇之際, 忽然相値使從者, 縛取捉來, 遂至伏辜,

414) 鬼: 저본에는 빠져 있으나 나본에 의거하여 보충함.
415) 而: 나본에는 '以'로 되어 있음.
416) 嫗: 나본에는 '媼'으로 되어 있음.
417) 牝: 저본에는 빠져 있으나 나본에 의거하여 보충함.
418) 果: 저본에는 '異'로 나와 있으나 나본에 의거함.
419) 護: 저본에는 '獲'으로 나와 있으나 나본을 따름.

人莫不異之. 仁廟聞其事, 命馬加資. 及全昌卒, 返魂後, 馬不食而死, 埋于城東門外, 今大塚猶在. 夫湛一之氣, 人得之而爲聖, 物得之而爲神, 天之不畀人而畀物. 此雖適然之理, 而豈非可惜者耶?

87.

固城人金生鼎臣言. 有鹿樂, 嘗[420]習砲獵獸. 一日, 到深山, 有鹿隊數十馳來, 生急上高岩, 隱身俯視, 則鹿羣到平地. 有一大鹿, 居前其餘, 以次接尾成行. 大鹿忽作聲, 如打大鼓, 餘鹿隨而和之, 如打小鼓, 高低相應, 自成節拍. 而大者又雙黐前脚[421], 屈旋[422]起伏, 作舞狀極奇, 鹿又隨舞與[423]鼓音相中. 俄而, 一時皆掀身鼓昏, 益逞其奇, 盤回數次. 生貪於取鹿, 卽放砲, 中其一, 應手仆地, 羣鹿駭視. 良久, 卽赴于仆[424]者, 以啄扶之, 仆者不能起, 而鮮血迸流, 羣鹿爭吮之, 且吮且扶. 生再放砲, 又中其一鹿, 始驚散羅立, 砲又發聲, 始一幷潰散, 超澗越岡而去. 生雖獲兩鹿, 於心甚測云. 余以呼朋相樂, 仁也; 序行有次, 禮也; 見傷吮扶, 義也; 不卽棄去, 信也; 知禍而避, 智也. 於乎, 可以[425]人而不如獸乎?

88.

有名'江鐵'者, 龍屬也. 所過處, 必有風雹, 花實[426]殘蕩無餘. 故曰: "江鐵去處, 雖秋如春." 郭生恒濟言, "曾在公州, 一日, 喧傳鷄龍山降龍, 而寺僧藏之, 往見者踵相接. 及至不見龍, 然來者益多, 寺門塡咽. 時兵使巡歷, 至寺招僧, 問其詳, 僧言, '頃者, 風雨大作, 有一物, 自空墜下, 伏在井邊, 似牛非牛, 似馬非馬, 世間所未覩也. 疑是龍, 而恐人之見, 用

420) 嘗: 나본에는 빠져 있음.
421) 脚: 저본에는 '却'으로 나와 있으나 나본에 의거하여 바로잡음.
422) 旋: 나본에는 '折'로 되어 있음.
423) 與: 나본에는 '如'로 되어 있음.
424) 赴于仆: 저본에는 '仆于地'로 나와 있으나 나본에 의거함.
425) 以: 저본에는 '而'로 나와 있으나 나본에 의거함.
426) 花實: 나본에는 '華實'로 되어 있음.

草覆之. 經一兩日後, 雲霧籠覆, 忽不知去處.' 其雷雨騰空, 則未之見云." 李宜濟曰: "此豈所謂'江鐵'者耶? 近世鐵原地, 風雹大作, 民傳江鐵入在一澤中. 鐵原·平康·金化三邑宰, 共謀除去, 大發民丁, 繞圍厥澤, 多投大石, 爇薪熾之, 乘其紅熱, 拽投水中. 須臾, 澤中熱沸, 有一物若駒踴起, 水中雲霧已擁, 蹴空而去, 雨雹隨之云." 蓋是惡物也, 但江鐵俗名[427]也, 而其形與名, 不載於載籍, 不可知也. 或謂江鐵, 旱魃也. 事載『綱目』, 宋璟之言, 其小注曰: "旱魃, 龍首人身, 而見則大旱."

89.

庚申春, 咸陽倅趙徽, 聞官門外有人爲虎所負來者, 召問厥由, 其人曰: "本南原人也. 行商至八良峴店, 時方夕也, 店主言, '多有虎患, 宜愼之.' 旣昏欲就枕, 忽患腹痛, 思放便, 纔至籬下, 有大虎躍入, 卽嚵衿領, 躍出籬外. 始曳去, 已而, 背投置背上, 其去如飛, 入則精神了然, 而不能出聲, 但見星月交輝, 風聲洒然. 行多時, 到大山下長谷間, 虎負而仰上, 行稍徐, 忽聞山上有聲哼吼, 山石可裂. 虎聞之, 弭尾伏地, 傾聞良久. 俄而, 有自上馳來者, 林木盡摧, 虎便卸下其人, 展尾疾走. 其人潛伏叢薄間, 屛息窺見, 則有一虎堇如大狗, 遍身錦文, 聲侔雷霆, 迅疾如風, 走過其前. 其人俟其去遠, 轉身墜入谷底潛藏. 至明, 始出谷, 行可十里, 卽咸陽邑內也." 體無所傷, 但胸間, 畧有爪痕. 倅卽給食, 命官隷導至峴店, 則行具及馬俱在焉. 昔裴旻, 一日射三千餘虎, 而力有餘. 及遇眞虎, 小而猛, 據石一吼, 旻人馬辟易, 弓矢盡落, 奔馳而歸. 南原所遇, 豈所謂眞虎者耶?

90.

昔信州人, 有鵝二百餘隻, 數日[428]後, 爲虎所取, 耗三十[429]餘頭. 村人患

---

427) 名: 저본에는 '物'로 나와 있으나 나본에 의거함.

之, 設陷[430]穽羅絡, 虎不復來. 後數日, 忽有老叟, 問: "何不取虎?" 答曰: "已設陷穽, 虎[431]不復來." 叟曰: "此倀鬼所教, 若先制倀, 卽當得虎." 問: "何法取之?" 叟曰: "此鬼好酸, 可以烏白等梅及楊梅, 布之要路, 倀若食之, 便不見物, 虎乃可獲." 言訖不見. 是夕, 如言布之, 四皷後, 聞虎落穽, 自爾絶焉. 此不可不知也.

91.

仁廟朝, 京師武弁李修己者, 風骨俊偉, 且饒力. 嘗有事於關東路, 出襄陽, 會日晩, 迷失道[432], 由山谷間崎嶇數十里, 不得村落. 忽見遠燈, 出於林間, 策馬赴之, 則只有一家, 處岩嶺間, 板屋木瓦, 頗寬敞. 有老女子, 開戶延之, 入則只見一少婦, 年可二十餘, 極美麗, 素服淡潔, 獨與此老婦居焉. 一屋上下間, 隔壁有戶, 而留客於下間, 精飯美饌, 侑以芳醪, 接待之意, 極慇懃. 李生大異之, 問: "汝丈夫何去?" 少婦曰: "適出去, 今當歸耳." 夜向深, 果有一丈夫入來, 長身八尺, 形貌魁健, 巨聲如雷, 問婦曰: "如此深夜, 何人來於婦女獨處之室乎? 極可駭也, 此不可無端置之耳." 李生大懼, 出應曰: "遠客深夜失路, 艱辛到此, 主人何不矜念, 而反有責言耶?" 丈夫乃輾然而坐, 曰: "客言是也. 吾特戱之, 勿慮也!" 庭中大明松炬, 羅列所獵之物, 獐鹿山猪, 委積如阜. 李生尤大怖, 然主人見生甚有喜色, 宰割猪鹿, 投釜爛烹. 夜向半, 携燈入室, 請生起坐, 美酒盈盆, 大胾堆盤, 連擧大椀屬生, 意甚勤懇. 生酒戶寬, 而意主人是俠流, 亦解帶開懷, 不復辭焉. 已而, 酒酣氣逸, 彼此談說爛熳. 主人忽前把生手, 曰: "觀子, 氣骨非凡, 想必勇烈, 異於俗人矣. 吾有至痛必殺之讐, 若非得義氣勇敢可以同死生者, 不足與計事, 子能垂矜許

428) 數日: 저본에는 '數日數日'로 나와 있으나 나본에 의거함.
429) 十: 저본에는 '千'으로 나와 있으나 이본에 의거함.
430) 陷: 저본에는 '滿'으로 나와 있으나 이본에 의거함.
431) 虎: 저본에는 '此'로 나와 있으나 나본을 따름.
432) 道: 가본에는 '路'로 되어 있음.

之乎?” 生曰: “第言其實事.” 主人揮涕, 曰: “豈忍言哉? 吾家素世居此洞, 以饒實稱. 十年前, 忽有一惡虎來, 據近地深山, 距此十餘里. 日囕村民, 不知其數, 以此離散, 無一留者, 而吾之祖父母·父母及兄弟三世, 皆爲所噬. 吾事當卽爲棄去, 而倉卒之際, 未得可避之地. 十日之內, 相繼被害, 只餘吾一身, 獨生何爲? 吾亦畧有膂力, 必殺此獸然後, 可以去就, 故每踵此獸, 與之相戰者, 亦多年所. 然而我與獸力敵勢均, 勝負終未決, 若得一猛士, 助以一臂之力, 則可以殺之, 而吾求之於世, 久矣. 迄今莫之得, 至痛在心, 日事號泣. 今遇吾子, 決非凡人, 茲敢發口, 公能矜惻留意否?” 生聞之, 大感動, 進抱主人之手, 曰: “嗟乎, 孝子也! 吾豈惜一擧手之勞, 而不成主人之志? 願隨君去.” 主人蹶然起拜, 而又拜而致謝. 生問曰: “君何不持劒刺之?” 主人曰: “此是年久老物也, 吾若持刃或砲, 則必隱避不現, 若不持哭械, 則必出而搏之. 以此難殺, 而吾亦疑危, 不敢數犯矣.” 生曰: “旣許之, 當養氣數日然後, 可以進.” 仍留庄, 日以酒肉, 相待恣食, 可十餘日. 一日, 天朗氣清, 主人曰: “可行矣!” 授生一利劒與之, 共發向東, 行十餘里, 入山谷中, 踰數峴, 漸覺山重水襲, 樹木深鬱. 忽見洞開, 一平畝, 清溪彎回, 白沙皓然, 溪上頂有一高岩, 陟立黝黑, 巉絶望之而陰森. 主人請李生, 隱於深林間, 獨有空拳, 行至溪邊, 長嘯久之, 其聲淸亮非常. 忽見塵沙自岩上揚起數次, 漲滿一洞, 日光晦冥. 俄見, 岩顚有光如雙炬, 明滅閃爍. 生從林間睎視之, 則有一物掛在岩間, 如一條黑帛, 而雙光屬在其間. 主人見之, 攘臂大呼, 那物一躍飛來, 若迅鳥, 已與主人相抱, 乃一大黑虎也. 頭目凶猛, 大異常虎, 使人驚倒, 不可正視. 虎方人立, 而主人獨將其頭, 搶入虎胸膛間, 緊抱虎腰, 虎頭直不能屈, 而以前脚爬人之背, 背有生皮甲, 堅硬如鐵矣. 利爪無所施人, 則以脚纏後脚, 只要踣之. 虎則卓竪兩脚, 只腰不躓, 一推一却, 互相進退, 而蚌鷸之勢, 無可奈何. 李生始自林中, 聳劒直趨, 虎見之大吼一聲, 岩石可裂, 雖欲抽出, 而被人緊抱, 慌亂之極, 眼光電掣. 生不爲動, 直前以劒刺其腰, 出納數次, 虎始震吼, 俄而, 頹然委地, 流血泉湧. 主人及取其劒, 劃腹斫骨, 擊成肉醬, 取其心肝, 納口咀嚼. 既盡, 擧聲大慟. 向夕, 携生歸家, 叩頭泣拜無限[433]節, 生亦感愴, 不勝其抆涕. 翌日, 主人出去, 牽來大牛五隻及二駿馬, 皆具從者載之, 以皮物·人蔘等物, 各滿馱, 又携出所藏櫃, 每個皆金也. 又指其美女, 曰: "此女非吾所眄也, 曾以厚價買得, 而乃良女也. 吾積年鳩聚此財, 只俟爲報仇者酬恩耳, 幸須取勿辭焉. 吾自有庄土在於他地, 亦足資活, 今可去矣." 又泣拜, 生既以義氣相濟, 豈有受貨之理? 曰: "吾雖武弁, 豈受此物耶? 願勿復言." 主人曰: "積年營心於此者, 只爲今日, 公何爲此言?" 卽起拜辭, 顧謂美女曰: "汝將此物, 善事恩人, 若事他人而有妄, 吾雖千里之外, 自當知之, 必絶汝命!" 言訖, 翩然而去. 李生呼之不顧, 亦無如之何. 遂將女及貨同歸, 欲擇婿嫁之, 而女誓死不願, 遂爲生有.

92.

『輿地勝覽』曰: "江陵風俗, 少嗜慾, 知種麻養蚕, 作綿布, 尙學問, 喜遊宴, 禮義相先, 青春敬老. 形勝則一道巨府, 山水甲天下, 滄溟浩瀚, 洞壑千重, 控扶桑, 挹暘谷. 鏡浦在邑東十五里, 周二十里, 水淨如鏡, 深沒人肩背, 四面中央如一. 西岸有峰, 峰上有臺, 浦之東口, 有板橋曰'江門橋'. 橋外竹島, 島北有白沙五里, 沙外滄海萬里, 望日出最奇. 臺咏有曰: '白沙翠竹汀洲畔, 杏花籬落千家雨. 海山盡是桃源裡, 何必區區學神仙.' 三陟風俗, 人性多巧, 形勝則五十淸川, 千尋翠壁, 竹藏古寺, 岩控淸潭, 依山村舍, 臥樹[434]木橋. 有頭陀山,[435] 岩石奇形千萬, 瀑布長萬丈, 雄於天下, 武陵洞水石, 爲嶺東第一. 題詠曰: '瀟[436]灑江山共我淸, 樓臺到處管絃聲. 翠竹丹楓千嶂合, 危峰絶壁一川回.'

---

433) 限: 저본에는 '恨'으로 나와 있으나 가본에 의거하여 바로잡음.
434) 樹: 나본에는 '水'로 되어 있음.
435) 有頭陀山: 저본에는 '頭有□山'으로 나와 있으나 나본에 의거함.
436) 瀟: 저본에는 '蕭'로 나와 있으나 나본에 의거함.

93.

我國秘境福地，多矣．南師古十勝保身之地，第一，豊基金鷄村，在郡北，小白山下兩[437]水上．第二，花山召羅故[438]基，在奈城縣東，太白山下春陽洞.[439] 第三，卽報恩俗離山下，甑項近地．第四，雲峯頭流山下銅店村．第五，醴泉金堂洞．第六，公州維鳩·麻谷兩水間．第七，寧越正東上流．第八，茂朱茂豊北洞．第九，扶安壺岩下，邊山之東．第十，陜川伽倻南萬壽洞．此皆當亂保身之地，赫岩所記，蓋其選者也．且曰：以余所聞者言之，近畿，則楊州有山內村，在治北八十里，自御營倉村，東麓入水口二十里地，便開廣山下結局，四面皆有十里，陂陀阜陵間之村落頗盛，臨急足以投藏，水口外有江，卽永平·鐵原兩水合流處．有楊根小雪村，[440] 在治北四十里，自入[441]迷原，最爲深峽，而寬廣平穩．壬丙之亂，此獨晏然，眞可居．仁川永宗島，當麗末四十年，倭亂沿海之邑，無不慘被焚掠，江華·喬桐尤甚，獨此島倭船不至，安堵無患．至我朝，又免壬丙兵禍，是必地理極吉，足爲福地．江原道，則春川之麒麟·谷雲，最爲深僻，人跡罕到．又有佛谷，接狼川界，自昭陽江溯[442]流而上，遇一水，自谷口岩壁墜下，壁峻路絶，以大木架接作梯，出入者攀緣上下，入可二十里，皆崎嶇岩逕．旣入，便豁然平夐，田土肥沃，村落殷盛，所貴者魚鹽，以外人不至故也．又有秘記，自[443]狼川邑東多里津，由東北行窮尋，大·小天彌村，極深僻，而一天彌屬楊口，一天彌屬淮陽，屬淮陽者尤勝．又由藍橋·葛驛，南由水而入四十里許，有名'五歲洞'者，或稱'七十洞'．又由鷄山·猪峴，西渡東大川，由川而入六十里，有谷頗寬，人家近四十戶．到此間筍谷，則從此村相距三十里許，其東直下五十里許，有名曰'點魚淵'，此皆

---

437) 兩: 나본에는 '西'로 되어 있음.

438) 故: 가본에는 '古'로 되어 있음.

439) 太白山下春陽洞: 저본에는 '太白陽面'으로 나와 있으나 가본에 의거함.

440) 有楊根小雪村: 나본에는 '楊根有小雪村'으로 되어 있음.

441) 自入: 나본에는 '入自'로 되어 있음.

442) 溯: 저본에는 '訴'로 나와 있으나 가본에 의거하여 바로잡음.

443) 自: 나본에는 '有'로 되어 있음.

臨亂可隱. 又有青霞山, 在平康之東北, 安邊之西南, 其下周四十里處, 在深僻, 土地極沃, 外人罕到. 高[444]城雲田, 接通川界, 周三十里, 多曠土, 亦可避藏. 旌善, 則素稱桃源, 別派·星[445]磨, 皆天險, 一夫當關之地, 此皆無不避危. 黃海道, 則谷山郡西三十里, 有明媚村, 山川灑落, 洞府寬敞, 大溪橫中, 土沃而人稀. 又西面頤寧坊鳥音洞, 在深山長谷中, 四面高峻, 穹林蔽日, 甚宜豆粟, 且饒蔬菜. 壬辰倭亂, 兵燹所及, 皆在數百里外, 此獨晏然無事. 牛溪[446]記中言, "當卜居明媚, 有亂可入鳥音云." 新溪縣有別區, 在治之東, 多踰複嶺, 及至谷口, 極峻猛難攀, 旣入, 廣平肥沃, 周回可三十餘里, 宜人居. 其地人多知之, 亦可避身. 忠清道, 則忠州月岳山下地甚清. 麗末倭兵之至, 有風雨雷震之警, 倭兵驚退, 及至再至亦然, 倭相戒不敢近. 其傍松溪·德山等村, 皆深穩美土, 可以隱也. 丹陽郡有駕次村, 在治南十里, 周回十餘里, 有人家五六[447]十, 土皆膏沃稻田, 兩山環擁, 岩流絶勝, 有上中下仙岩. 然四面皆險絶, 僅通人. 烟村東南有山城, 名曰'獨樂', 其西南北, 則皆絶崖峻壁, 不復望城, 獨東偏略設雉堞, 履亂石崎嶇乃上, 中有雙泉, 足容數十人, 蓋古避亂處也. 竹嶺之東[448], 有橋內山, 其中甚廣, 樹木蓁茂, 絶澗[449]橫絶, 谷口架大木作橋, 若去木, 則路不通, 山君多居之. 若永春, 則只通一線江路, 無非隱藏之地. 赫岩所謂太白·小白兩山之陰, 南有豊榮, 北有丹永, 東有奉安, 皆吉. 人聞『道詵秘記』, 曰: "太白爲上, 金剛爲[450]次之, 智異又次之." 又云: "太白·小白爲上, 則兩山近地, 蓋皆吉土也." 慶尙道, 安東奈城北面, 有大川, 緣洞澗, 深入六十里許, 北向過棧道五六里許, 有地奇邃似桃源. 又春陽面爲奇勝, 爲福地之最. 正在太白之南, 洞府寬

---

444) 高: 저본에는 '甚'으로 나와 있으나 나본에 의거하여 바로잡음.
445) 星: 저본에는 빠져 있으나 이본에 의거하여 보충함.
446) 溪: 저본에는 공백으로 되어 있으나 나본에 의거하여 보충함.
447) 六: 저본에는 빠져 있으나 나본에 의거하여 보충함.
448) 東: 저본에는 빠져 있으나 나본에 의거하여 보충함.
449) 澗: 나본에는 '磵'으로 되어 있음. 서로 통함.
450) 爲: 이본에는 빠져 있음.

敞，平野夐曠，大川灣[451]回，浮麓嫩麗，谷谷村落，稻田彌望．水口在坤辛方，沿流可二十里，始入洞．洞幅員幾四五十里，東去三陟界，魚鹽坌集，宜於人者如此．全羅道，德裕山南有猿鶴洞，素稱'洞天福地'，淸川白石，上下五十里[452]，人無窮其源者．赤裳山，四面壁立峻絶，中有泉石，古人因險爲城，今史庫在焉．潭陽有秋月山，石壁削立四圍，中有溪澗，西北有微逕，徒[453]行者可通，此皆宜於避防[454]．" 東方山川，多深阻，當亂藏隱之處，奚止於此？若以郡邑論之，如江陵·三陟·蔚珍·平海等地，未嘗經兵火，庇仁·藍浦，亦不見兵[455]．赫岩之言，信哉！

94.

忠州木溪士人，嘗以木道作洛行，有申生者同載，方壯年，數日談話，甚親款，申生言．居在廣州，少時，栖於山寺，得病臥在板頭房，兄弟共來守之．一日，病忽重，氣窒不省，而神魂倏[456]然離身，在懸板上．門方閉不得出，已而戶開，神遂飛出，在於前樓樑上，心甚無聊，便思歸省其父．時父母已俱歿，而墳山距家五六里．遂遵大路，歸其本家，上外舍軒廳，則其父母見之，驚曰："汝何爲來此？汝不知其身已死耶？然旣來矣，可留一日，且可入見汝母．" 申生入內屋，則宛然坐如在[457]平日，亦驚問曰："汝尙未死，胡爲而來？" 且命婢具食，其奴僕皆已死者，而飮食亦如家中常食．旣食，其父曰："父親所住甚近，汝可往拜．" 遂與之同往山路，傾仄崖石犖确，踰二小峴，至一舍，其祖父立在門外，謂其父曰："汝之所率來者，誰也？" 其父曰："是爲子某也．" 祖父曰："然乎？" 挈手入內，其祖母亦在，且有婢僕爲之具食．祖父曰："此兒貌頗類我！" 甚欣愛，且曰："汝

451) 灣: 저본에는 '彎'으로 나와 있으나 나본에 의거함.
452) 五十里: 저본에는 '五里十'으로 나와 있으나 이본에 의거하여 바로잡음.
453) 徒: 저본에는 '陡'로 나와 있으나 나본에 의거함.
454) 防: 저본에는 '坊'으로 나와 있으나 나본에 의거함.
455) 兵: 가본에는 '兵火'로, 나본에는 '兵革'으로 되어 있음.
456) 倏: 저본에는 '條'로 나와 있으나 이본에 의거하여 바로잡음.
457) 如在: 가본에는 '在如'로 되어 있음.

未死, 可速出去!" 蓋申生晩生, 未及見祖父, 而至此見之耳[458]. 其父復率其子[459], 還其家, 仍留宿, 而夜無燈燭. 其父與之共臥, 問生曰: "汝欲遷吾墓改葬然乎?" 曰: "然矣." 父曰: "切無[460]遷! 神道甚忌遷動墳墓, 而此地頗佳, 且祖先靈魂[461]皆在此, 陪侍甚安, 何足[462]遷也? 且汝欲立石物, 石物切不可大耳. 年久, 石人多有妖魅憑附, 隨石人大小而爲大爲小. 其大者爲强鬼, 凡四節享祀, 此鬼必奪食無餘, 墓中靈魄無所歆享, 遂爲餒鬼, 故石物甚忌其大. 但作十龍式, 只竪望柱[463], 可也. 且人魂魄存歿, 各有久近, 若祠宇之神, 久不過[464]三四百年, 而墳墓之魄, 有能留存千餘年者. 苟祭之以誠, 皆能享格. 今有[465]憑附强鬼, 奪而食之, 長爲餒鬼, 豈不痛哉? 以此錦平尉家, 踣其爲石人, 只立望柱, 此可法也." 其他言說, 亦多焉. 未明, 厥父親導申生, 陟一高岸, 下臨深淵. 父忽推生下墜, 掛在一處, 乃寺屋樑上也. 方惝怳之際, 板頭房門忽開, 生自樑上, 飛入屋中, 復坐懸板上, 俯見家屬環坐而泣, 本身所覆衾領之間略啓, 乃自板躍入衾中. 氣遂甦, 氣從鼻口續續吐, 手足且動搖, 家人驚喜, 急開衾按摩, 灌以煖湯, 繼而米[466]飮. 日向午, 能言語, 久之病痊. 其後上京, 謁錦平尉, 於[467]申生有戚誼, 而未及見. 及尉道舊事, 殊款待. 申生仍請留宿, 是夜無他人, 生曰: "有一稟事白, 貴宅先塋石人大乎小乎?" 尉曰: "何以有此問也?" 生遂將死時事, 一一細陳, 及至其父所言錦平家踣石人事, 尉極驚駭, 歎咄[468]曰: "異哉異哉! 吾未嘗以此事言及家中子孫, 爲

---

458) 耳: 나본에는 '矣'로 되어 있음.
459) 其子: 저본에는 빠져 있으나 나본에 의거하여 보충함.
460) 無: 나본에는 '勿'로 되어 있음.
461) 靈魂: 나본에는 '靈魄'으로 되어 있음.
462) 足: 나본에는 '可'로 되어 있음.
463) 柱: 저본에는 빠져 있으나 가본에 의거하여 보충함.
464) 過: 저본에는 '可'로 나와 있으나 나본을 따름.
465) 有: 나본에는 '留'로 되어 있음.
466) 米: 저본에는 '未'로 나와 있으나 이본의 의거하여 바로잡음.
467) 於: 저본에는 빠져 있으나 나본에 의거하여 보충함.
468) 歎咄: 나본에는 '嗟咄'로 되어 있음.

其涉於荒誕也. 子言如此, 神道誠不誣也. 吾嘗於寒食節祀, 以老病不得省墓, 其夕[469]夢, 我先人謂我曰: '吾墓前石人旣大, 有鬼接之, 極凶獰, 每當節祀, 祭物盡爲其所噉, 吾無與焉. 甚畏之, 汝須去此大石人, 以安余體魄, 而俾享祭奠.' 吾覺而深志矣. 及至秋夕, 往省, 見石人之大, 甚惡之. 遂踣擊碎之, 更作之殊小. 然此夢未嘗發諸口, 今君言若合符節, 豈非異事耶?" 歎愴[470]久之. 蓋申生始欲遷葬, 而因此而止, 亦不立石. 祓之兄上舍禬, 言之如此.

95.

近世有鄭夏圭者, 以卜筮得名, 而於山占尤善. 旣作卦, 論其山形局案, 對如在目中, 以此, 其吉凶論斷, 人莫不信. 朴尙書權丁內艱, 求山邀致夏圭, 以五十貫銅爲幣, 取淨泉, 百度淋洗, 儲於銅盤以進. 夏圭淸晨, 早起盥漱, 致誠精祀, 卦成看爻, 曰: "必得吉穴無[471]疑, 但於今日, 趂早投東南行, 至忠州老隱峙, 則必逢一老人士夫也. 懇求山地, 此必指之, 某向·某坐·某得水·案對·峯巒如此, 水口·砂角如此, 大吉地也. 深[472]賀主人之多福也." 朴公依其言, 卽以僕馬, 從一門客, 東南行兩日, 至忠州老隱峙, 果見一白鬚[473]士人, 憩於路旁. 公亦下馬, 坐其旁, 自有問答, 其士人乃其本里金進士某也. 而門客亦告金以公卽前兵判朴公, 金殊致敬, 朴公問金, "胡爲而[474]憩此?" 曰: "俄與一地師, 占山於不遠之地先塋之側, 地師又有欲見之處, 落後, 故吾先歸, 留此以待耳." 且言地師鑑識之精透, 朴公乃懇托[475]金, 紹介以求吉地, 金許之. 已而, 地師至, 金具[476]告以朴公重臣, "今以衰麻, 爲求山至此, 而要我紹介求交於尊, 其

469) 夕: 저본에는 빠져 있으나 나본에 의거하여 보충함.
470) 歎愴: 나본에는 '嗟愴'으로 되어 있음.
471) 無: 저본에는 빠져 있으나 나본에 의거하여 보충함.
472) 深: 나본에는 '敢'으로 되어 있음.
473) 白鬚: 나본에는 '白首'로 되어 있음.
474) 而: 저본에는 빠져 있으나 나본에 의거하여 보충함.
475) 托: 나본에는 '祈'로 되어 있음.

意不可孤也[477)]." 地師遜謝, 公[478)]仍言, "卜山之難, 願藉明鑑, 得一先靈安安地云[479)]." 祈叩悲懇, 地師爲之動容, 乃曰: "此相望之地, 有山名穴, 是待主者, 未曾[480)]向人發口. 今感公誠孝, 敢告, 願公同我往見." 朴公隨行數里, 登一高阜地, 師曰: "此是也, 局爲玉女舞袖形云." 而其穴處來龍·水口·案對·砂法, 一如夏圭言, 朴公大奇之, 遂完定而歸. 涓吉行窆禮, 土色亦佳, 朴家共喜得名穴, 所以待夏圭及地師者甚厚. 後八年, 朴公沒, 而喪患連疊, 諸風水者皆言, "此山不吉, 改卜他山, 而遷厝焉." 及開壙, 水火木廉諸禍患備極, 夏圭所稱吉地, 乃凶穴也. 人皆謂, '山占吉凶, 有不足信.' 廣州卜者孫必雄, 亦得名者, 曰: "凡婚姻及山地之占, 皆不可爲也. 凡人之將娶是女, 將葬是山, 皆已有緣分, 不容人力. 故其占必吉, 必吉然後, 此婚可成, 此山可葬. 故朴公之山雖凶, 其占之吉, 有不可誣者." 此誠有見之言也.

96.

仁廟末, 胡譯鄭命壽, 本我國之人, 亡入彼國, 習淸語, 爲大通事, 極凶狡. 胡使之來, 必隨來, 徵索無厭, 務爲生事, 國中疾如讐. 命壽嘗求一駿馬, 我多出駿駒, 任其所擇, 命壽揀取一馬, 極駿而悍驁難制. 遂鑿地深丈餘, 廣僅一間, 長可十餘間, 納馬其中. 命壽騎之馳驟, 馬始跳躍, 不受御. 命壽控勒甚力, 痛施鞭策, 務摧其氣, 如是多日, 馬漸向馴, 徐疾如意. 及淸使之還, 命壽騎出, 纔踰綠樊峴, 馬忽踴起丈餘, 將命壽掀墜, 面鼻支節, 皆撲傷. 馬則直遵大路, 高嘶振鬣, 走去如飛, 過松都金平, 直入海州首陽山, 一日而達, 鞭[481)]勒盡脫, 無一留存. 命壽落後, 調

476) 具: 저본에는 빠져 있으나 나본에 의거하여 보충함.
477) 也: 저본에는 빠져 있으나 나본에 의거하여 보충함.
478) 謝公: 저본에는 '公謝'로 나와 있으나 이본에 의거함.
479) 地云: 저본에는 '云地'로 나와 있으나 이본에 의거함.
480) 曾: 나본에는 '嘗'으로 되어 있음.
481) 鞭: 나본에는 '鞍'으로 되어 있음.

治以他馬歸. 其馬獨於首陽山中, 隨意飮吃, 終不下山數十年, 遂死於山中, 人莫不異之, 號爲義馬. 噫! 當丙丁之後, 我國均包拜犬豕之羞, 而莫之敢抗, 豈有列士毅魄托於是馬, 以警一世之耳目耶? 不然, 馬乃一[482]獸也, 何以知駄胡之可醜, 又何知首陽山爲終可依歸之地乎?

97.

辛喜季號白厓, 我五代祖丫湖先生庶子也. 幼時, 英[483]妙文字, 卓越才. 踰二十, 中司馬, 旋擢第, 三十餘魁重試, 歷典九邑, 淸白絶世. 其時朝論以才行文章, 薦通三曹, 且擬判決事望, 其見重如此. 顯宗朝, 有重試科, 名官爲吏郎者參試, 以笙皷遊街, 遇一先生, 乃騎判金公佐明也. 衆吏方震呼新來之際, 又有一先生從旁谷出, 又呼'新來', 乃沂川洪公命夏也. 時秩尙書兩公, 皆東陽尉婿也. 方角勝新來, 兩家軒軺趨從, 擁過大路, 呼聲喧騰而新來, 左右鵲橋觀者, 雜沓囂塵漲天. 忽於千百人, 有一皤然老人, 騎一款段, 小童控之鞭馬而前, 使童高叫'新來', 而兼呼'兩先生新來'俱進. 觀者莫不駭視, 兩公於軺上, 相謂, "是何怪鬼先生?" 已而, 曰: "此必辛喜季也." 使吏問之, 果白厓也. 兩公一時旋軺迸去, 而新來折腰負手進退, 惟謹觀者, 莫不嗟歎, 謗笑震動. 蓋金·洪兩公, 皆白厓重試榜下故也. 白厓且曰: "後日散政, 文川郡守首望, 勿以辛喜季擬之也." 仍曰: "勿頹!" 勿者爲云反語, 而頹者罷去之稱, 皆戱新來之例談也. 後日, 政吏郎果言銓長, 首擬白厓, 蒙恩点, 奇觀美事, 一時傳播都下, 爲朝行間佳話云.

98.

仙源金相國年三十餘, 喪夫人, 葬於江都鎭江山[484]. 及丙子亂, 公在本州

482) 一: 저본에는 빠져 있으나 나본에 의거하여 보충함.

483) 英: 저본에는 '美'로 나와 있으나 가본을 따름.

484) 山: 저본에는 '上'으로 나와 있으나 나본에 의거하여 바로잡음.

南門樓, 見胡船渡江, 以烟茶火, 投火藥樻中, 烈火卽爆發, 衝空門樓, 與公身俱騰, 不知去處. 亂定後, 子孫葬其衣冠於楊州, 欲移夫人柩合窆, 以年運不吉, 延過三年, 始行緬禮. 鑿開鎭江之墓, 纔去天灰, 忽有一大火塊, 從壙中亂出[485], 騰空而去, 俄無所覩. 子孫及他人見者, 莫不驚怪, 以爲墓中火患, 則棺槨如舊, 畧無焦熱之處, 亦無他災害. 或以公之形體, 旣爲灰燼, 其强魂毅魄, 深結不散, 直赴夫人之墓, 爲相依之地. 雖入處壙中, 而猶帶火焰, 英靈所護, 自無火災, 及其啓壙, 遂乃飛去云. 未知其理, 當否未可知也. 遂合葬楊州, 藏衣之墳, 公之五代孫趾行云.

99.

潛谷金相國, 爲太學齋任時, 上疏討李爾瞻, 請正法[486], 被罪廢科, 遂避世居加平之潛谷. 村宅前有小池, 養魚常臨賞, 輒投食, 有一魚細而長, 莫知其名. 公異之, 每投飯, 此魚必先至, 養之多年, 長至四五尺, 旣大罕出稀見. 一日, 公夢一人狀貌異常來, 告公曰: "吾乃池中之魚, 明日當變化升天, 願公勿驚, 必避之." 旣覺異之, 徒家待之, 其日午後, 白晝暴兩雷轟, 有一龍起於池中, 玄雲擁之, 飛騰而去. 其後, 癸亥反正後, 公有事於內浦, 徒步登程, 垂至所往之地, 望一小峴, 白氣騰沸踰峴, 公視之, 而莫知爲何物也. 但信步[487]徐行, 忽有一人, 從後疾呼曰: "去人小住云." 顧視住足其人, 卽一居士也. 走到面前, 挈公之手, 疾走山上[488], 披其白氣, 乃海溢水漲, 懷襄之勢, 已沒小峴. 非此人, 公幾爲渰溺, 視其貌, 怳如昔夢所覩者. 公方欲問其來歷, 其人遽告辭, 山越而去, 俄頃[489]之間, 已杳然矣. 遂不得一言. 其後聞之者, 謂以是龍報公之德也. 潛谷是行, 有轉往處未定, 歸期於逆旅中, 遇一士子, 謂公曰: "君何不赴學而

485) 亂出: 나본에는 '飛出'로 되어 있음.

486) 法: 저본에는 '話'로 나와 있으나 나본에 의거하여 바로잡음.

487) 信步: 나본에는 '倍步'로 되어 있음.

488) 山上: 저본에는 '上山'으로 나와 있으나 가본을 따름.

489) 頃: 저본에는 '傾'으로 나와 있으나 이본에 의거함.

作此行也?" 公曰: "吾有不得已事君, 言何可信而遽爾回程乎?" 其人曰: "國有大慶, 今方設科, 若過四日, 恐無及, 君須自此卽回, 庶可及矣." 公曰: "吾此行, 有萬不得已者, 不可輕易回去." 其人曰: "君若不去, 是無壯元科事不成." 公異其言, 遂卽回程, 甫入城, 其翌日, 卽反正庭試也. 公就試, 果占壯頭. 沈淪之中, 其亦有異人, 而世莫知之歟!

100.

金川映[490]水坪, 是邑內也. 皇明時, 天使至金川, 命進井泉之水, 蓋欲嘗水味也. 乃以坪溪之水, 進之天使, 飮之, 曰: "此水淤傷, 不可飮也. 水之上流, 必有瀑布可觀處也." 我人諱之, 不果見, 蓋是朴淵下流也. 高瀑從上震蕩噴薄, 則水亦破碎淤傷, 飮之傷人. 此亦深於知味格物者也, 不可不知也.

490) 映: 나본에는 '燕'으로 되어 있음.

동패락송
東稗洛誦

• **저본 및 이본 현황**

저본: 연세대본
가본: 동양문고본
나본: 천리대본
다본: 이화여대본
라본: 임형택본
마본: 국립중앙도서관본

1.

金將軍德齡, 醮於寡家女. 醮之翌日, 入拜岳母, 因問岳翁卒年, 岳母汪然大慽, 曰: "家翁在家考終, 則猶常也, 而某鄕有惡奴族大, 家翁往而不返, 無子無兄弟, 惟有女一塊肉而已. 未亡人, 夙夜至祝, 惟在女長擇配, 假手洩痛矣. 聞東床神勇, 以爲婿者, 蓋以此也." 金對曰: "岳家有大讐待我, 請明日發速圖之." 岳母曰: "新郞何如是率[1]? 爾姑徐之!" 金固請率六奴, 而發赴惡奴所[2], 奴輩聞[3]知其爲新郞, 欣然出迎, 曰: "上典宅聲聞, 積年阻絶, 奴輩戀慕常切, 今因何好風, 有此新書房主之降臨也?" 自請或贖或貢, 約至累千貲. 金固疑其詐, 不欲爲久留, 發行有日矣, 奴輩告曰: "遐鄕奴僕, 無由願[4]訢, 上典今當發行, 玆鄕[5]濱海, 海上船游, 頗爲壯觀. 奴輩借三絃[6]修薄具, 聊供半日[7]之娛, 上典主肯之否?" 金看其氣色, 故墮其術中, 遂登船. 所帶六奴欲尾隨之, 惡黨中數十老[8]漢, 自岸邊沙上, 跽六奴而拘之. 船泛至中流, 惡漢輩乃怒喝曰: "汝之岳翁以壯大者, 亦[9]死吾輩手, 汝以董免黃口者, 乃敢爲妻家推奴之行[10], 何其[11]妄也? 汝自來送死, 吾等之一快也. 汝欲穢死乎? 欲潔死乎?" 金俯首跼身, 假作惴惴狀, 曰: "穢者, 何謂也; 潔者, 何謂耶?" 惡黨曰: "以血膏吾劍, 是乃穢也; 引身自投水, 是乃潔也." 金曰: "死魂亦厭穢, 願從潔, 然而酒饌滿前, 請少敍之, 使一飽而死." 其中一人曰: "入甕之[12]鼠, 將何往

---

1) 率: 저본에는 빠져 있으나 가본에 의거하여 보충함.
2) 奴所: 저본에는 빠져 있으나 가본에 의거하여 보충함.
3) 聞: 저본에는 '間'으로 나와 있으나 가, 나본을 따름.
4) 願: 가본에는 '遠'으로 되어 있음.
5) 鄕: 가본에는 '行'으로 되어 있음.
6) 三絃: 가본에는 '管絃'으로 되어 있음.
7) 半日: 저본에는 '來日'로 나와 있으나 가, 나본을 따름.
8) 氣色故墮其術中……惡黨中數十老: 저본에는 빠져 있으나 가, 나본에 의거하여 보충함.
9) 亦: 나본에는 '猶'로 되어 있음.
10) 之行: 저본에는 빠져 있으나 가, 나본에 의거하여 보충함.
11) 何其: 가본에는 '眞'으로 되어 있음.
12) 之: 저본에는 빠져 있으나 가본에 의거하여 보충함.

乎[13]? 允汝所乞." 金啖頗移時, 惡黨促其沈, 金乃奮作氣, 以足鼓船板, 倏復騰上空中數仞, 船已覆而復翻. 金乃下立, 一船中惡黨沒, 數掛於鯨齒矣. 金獨自棹舟向岸, 越邊老漢輩[14], 望而跳竄. 金下陸, 解奴縛, 逐老漢, 勢如飄風, 皆被踢死. 馳還村中, 村中男女老少, 一撞金之拳頭, 無不立斃, 亂屍如麻. 籍盡群財, 其數近萬,[15] 歸報岳母, 岳母下庭而[16]泣謝云.

2.

林將軍慶業, 初出身甚寒賤, 人皆易之. 會其累日程之出往, 有時宰, 行緬禮於林之先塋後至近地. 林歸[17]聞其爲地師金姓人所指, 卽上京師, 謁新經窆禮[18]之時宰, 曰: "大監宅纔行葬禮於小人先山[19], 小人以此來矣." 時宰答曰: "君之來不緊矣. 如君之寒畯, 焉敢有言於宰相之葬乎?" 林曰: "誠如分付, 而至於地師, 則不得不懲治矣." 時宰曰: "君言尤誤矣." 林卽拜退. 時[20]金地師方在退軒曲欄上, 林知其爲金, 至其所, 一番張目而喝曰: "汝胡不下庭?" 目光吐赤電, 照耀一軒, 欲羃太陽之輝. 主家傔人, 一齊喪魂[21], 昏窒不省, 有一傔, 因其蔽半身於屛風, 獨不全當目光. 故稍能定魄, 略辨其間事, 入告於宰相[22]曰: "俄者, 林先達瞋目叱金地師之光景, 天怕地怖, 兩瞳紫霆[23], 直欲翻倒軒楹. 小人坐處, 適有所蔽, 獨省人事. 方其叱也, 金地師面無人色, 蒼黃走伏階下, 以喉語乞殘命, 林

---

13) 乎: 저본에는 빠져 있으나 가본에 의거하여 보충함.
14) 老漢輩: 저본에는 '老輩漢'으로 나와 있으나 가, 나본에 의거하여 바로잡음.
15) 其數近萬: 저본에는 '數萬'으로 나와 있으나 가본에 의거함.
16) 而: 저본에는 빠져 있으나 가본에 의거하여 보충함.
17) 歸: 나본에는 '累日出他還'으로 되어 있음.
18) 窆禮: 가본에는 '緬禮'로 되어 있음.
19) 先山: 가본에는 '先墓'로 되어 있음.
20) 時: 저본에는 빠져 있으나 가, 나본에 의거하여 보충함.
21) 一齊喪魂: 나본에는 '擧皆喪魄'으로 되어 있음.
22) 宰相: 가, 나본에는 '時宰'로 되어 있음.
23) 霆: 나본에는 '電'으로 되어 있음.

曰: '汝不能掘出[24]其塚於數日間[25], 難貸汝命矣.' 金曰: '謹奉敎!' 林乃飄然而去. 古今天地, 寧有如許霹靂之神哉?" 時宰聞傔語大驚, 曰: "危哉怖哉[26]! 有人如此, 吾安得一刻遲留?" 翌日, 馳赴掘出之. 古有[27]項羽, 瞋目一叱, 而赤泉侯辟易數里, 林事庶幾近之. 眼力氣魄如許, 宜爲其名垂百代之英雄也.

3.

平邱有朴震憲者, 文詞武藝, 俱絶人. 出獵射雉, 雉帶箭入林, 跟之而不見雉, 惟見一冊子在林, 前披之, 則乃象數書也. 自是, 精通天文. 嘗過南漢城, 指而難, 曰: "此城有氣不吉, 當爲出降城. 十年內, 必有大兵亂, 吾爲大將, 庶可禦敵, 而壽不及其時, 且雖生存, 必無草野人爲將之理矣.[28]" 果沒於丙子前. 朴與爾瞻爲至親, 瞻欲交之, 而朴曰: "彼是凶人, 必將斬頭覆族[29], 不肯與交." 瞻必欲延置家塾, 與其子同硏, 怵以危禍, 朴不得已往見瞻, 卽爲投筆, 以武發身. 其後, 李承旨枝茂, 偕尹佐郞得說, 出接做表, 李於朴爲七寸侄. 朴一日[30]往訪李, 李下堂迎, 曰: "宣傳叔來矣!" 尹謂其武弁也, 臥而不起, 睨而視之, 朴謂李曰: "汝做表幾首?" 對曰: "五六首矣." 出而示之, 朴以手指紙, 曰: "此是初日作, 此是二日作." 至五至六, 一無差爽. 又使李出其四柱, 乍見, 曰: "四柱甚好, 今秋登第無疑矣[31]." 李曰: "以叔主才智, 可建大功業矣." 朴曰: "吾命甚薄, 若得名將而爲佐幕, 則庶可成功, 不爾則不能矣." 於是, 尹始知其非凡人, 卽起坐致敬, 出示所做, 朴顧李曰: "此人之作勝於汝矣." 又索尹

24) 出: 저본에는 빠져 있으나 가, 나본에 의거하여 보충함.
25) 間: 나본에는 '內'로 되어 있음.
26) 怖哉: 저본에는 빠져 있으나 가본에 의거하여 보충함.
27) 有: 저본에는 빠져 있으나 가, 나본에 의거하여 보충함.
28) 必無草野人爲將之理矣: 나본에는 '豈有以我爲將之理矣'로 되어 있음.
29) 覆族: 나본에는 '滅族'으로 되어 있음.
30) 一日: 나본에는 '嘗'으로 되어 있음.
31) 登第無疑矣: 나본에는 '必登科'로 되어 있음.

四柱, 觀之, 曰: "登第則後於李, 當在明年矣." 其言果驗. 有洛下一人, 自關北出來, 道伊川境迷路, 日且暮, 適見菜葉浮水而出, 使奴緣水覓人家, 奴解衣入水, 水及其腹. 有頃, 拿小舟而至, 乘之以入, 水自巖竇流出, 地形類洞門, 可容船. 入其中, 鷄犬桑麻, 儼然成村, 投宿一家, 主人頗老. 夜半, 客不寐, 聞主人曳履步庭, 忽歎曰: "武曲星墜, 平邱朴震憲必死矣." 客不省其爲何語. 明朝將別, 主人謂客曰: "此後丙子年, 必有大兵禍, 八域之中, 惟江陵·三陟, 必不被兵, 君可避兵於其中矣." 客異其言, 歸歷平邱, 問有震憲姓名人否[32], 則果有之, 而已死, 問其死日, 則卽客宿于伊川夜也. 丙子, 客果率其家人江陵, 得全云.

4.

嘉平縣有一校生, 冠而未及娶. 有事遠地, 以殘馬[33]劣僕登途, 行數日, 陟[34]山路, 奴忽暴死, 坎路側而莎覆之. 猶復前進, 行未幾里, 馬又斃, 進退罔措. 忽有一老人, 冉冉而來, 恰有仙風道骨, 謂生曰: "君行李旣良貝, 此去吾家頗近, 盍投宿而徐圖行事乎?" 生依其言, 隨入山, 屢回而林轉, 開有一庄院, 樓臺池亭, 可擬王居. 抵其室中, 則服御器用, 玲瓏奪目. 老人謂生曰: "君與我有宿因[35], 故到此, 非俗塵人所宜入." 招其二子拜客, 其標致非凡, 生驚異惝怳, 不能定情. 老人曰: "吾所以致君於此者, 將以備東床之選, 君須勿辭." 因謂其二子曰: "吾女佳配已定, 宜館此人於靜室, 尊異其禮, 以俟吉期." 二子唯唯而退, 導生就別堂. 其所謂別堂者, 貯積水爲方池, 起彩閣於其中, 由虹橋以入, 金碧輝煌, 軒楹現麗, 琉璃爲榻, 錦繡爲屛, 案前鋪置[36], 目所未見. 生彊爲入處, 而惶縮不自安. 俄而進饌, 極水陸之珍異, 實是人間所未見[37], 日供四五次以爲常.

32) 姓名人否: 나본에는 '有無'로 되어 있음.
33) 殘馬: 가본에는 '弱馬'로 되어 있음.
34) 陟: 저본에는 '涉'으로 나와 있으나 가본을 따름.
35) 宿因: 가본에는 '宿緣'으로 되어 있음.
36) 鋪置: 가본에는 '鋪陣'으로 되어 있음.

及其吉日，被之以龍鳳之繡衣，騎之以驌驦之駿蹄，鼓吹導前，笙簫擁後，從人數百，鬱鬱登門，入就巹席．婦戴花冠擁珠翠，雙雙仙女，左右扶出，眞所謂'如山如河[38]，胡然天胡然帝'者也．夕張花燭，枕茵衾幬[39]，綴玉飾珠，蜀錦吳綾之服，離披[40]於彩桁；龍涎蘭麝之香，馥郁於金爐．生心神[41]恍惚，如入廣寒而對姮娥，敬畏勝於懽愛．雖處一房，不敢同裯[42]，迤過一旬，始乃合宮．荏苒經年，鄕思轉切，一日垂泣，妻問其故，生曰："有母有兄，一出永隔，是以悲耳．" 妻以告其父，父曰："然則許歸，可也．" 遂定歸日，妻使脫下身上鮮衣，換以非紬非錦之下等服一件，婦翁亦無奴馬之備[43]給．生告別於婦翁，婦翁曰："再來有期，好去可也．" 與婦作別，婦亦無繾眷[44]惜別之色．生旣出門，心內方憫徒步之艱矣，忽見旣斃之奴與馬，俱在門外而待．生愕然問奴曰："汝與馬，何從而復生?" 奴對曰："小人與馬，初何有死[45]? 向來，此宅主人生員主，引而藏於廊底奴家，今爲都令主[46]之歸家，鞴鞍以待之矣．" 生騎以還家，母與兄俱無恙．生以[47]所經歷之事，有同南柯夢，極涉荒誕，故全諱於母與兄．其後，娶婦生子女，自山中着還衣服，經數年，不敝不汚，一如初歸時搽．同里友怪問之，生始陳其始末，其友亦不之準信也．及至崇禎丙子春，生忽聞門外有馬嘶牛蹄[48]之聲，出而視之，則仙翁書來矣．其書曰："今年，人間必有大亂，不可不急來此處，故治送人馬．吾固料其有更娶之眷，而吾不以爲嫌，必須奉慈絜孥，盡室入來，可也．" 生從之，一去不復還．其冬，

37) 見: 가본에는 '有'로 되어 있음.
38) 河: 가본에는 '海'로 되어 있음.
39) 衾幬: 가본에는 '衾褥'으로 되어 있음.
40) 披: 가본에는 '被'로 되어 있음.
41) 神: 저본에는 빠져 있으나 가본에 의거하여 보충함.
42) 裯: 저본에는 '稠'로 나와 있으나 가본에 의거함.
43) 備: 저본에는 '津'으로 나와 있으나 가본을 따름.
44) 繾眷: 가본에는 '繾綣'으로 되어 있음.
45) 何有死: 가본에는 '何死之'로 되어 있음.
46) 主: 저본에는 빠져 있으나 가본에 의거하여 보충함.
47) 以: 가본에는 '追念'으로 되어 있음.
48) 蹄: 저본에는 '啼'로 나와 있으나 가본을 따름.

胡亂[49]果出. 此乃同里友, 前聞於生, 而傳於世間者也.

5.

京師古有丐子蔣都令者, 有一蔭官憐之, 而厚與飯, 蔣丐仍馴習頻來. 同時田禹治, 平生最畏尹世平與蔣都令, 遇蔣於途, 則蒼黃納拜, 可知蔣之非凡丐也. 一日, 蔭官出東大門, 有人曳出餓殍, 視其面貌, 卽[50]蔣丐也. 蔭官惻然歎咤, 久之乃去. 其後, 蔭官往嶺南, 過智異山洞口, 道遇一少年, 騎靑驢馳過, 馬上揖蔭官, 曰: "山深日斜, 就宿吾家如何? 吾家在洞口中, 距北十許里矣." 蔭官隨以入竹籬茅屋, 蕭灑絶塵. 賓主坐定, 主人曰: "久別相逢, 不勝欣喜." 賓曰: "吾輩安有從前雅分乎?" 主人曰: "請熟察吾面!" 賓猶不省識, 主人曰: "我乃舊日丐飯於尊宅之蔣都令也!" 賓曰: "吾曾於東大門外, 目覩蔣都令之爲莩[51]曳出, 主人之自謂蔣都令, 似是理外." 主人曰: "吾之當日爲莩, 卽是尸解而成仙也. 尊之立馬, 歎咤之聲, 我雖僵臥, 而猶能聞, 至今爲感矣. 一自尸解之後, 周遊八域, 追隨天下之群山, 愛此名山, 築室[52]以居, 而乘雲御風, 何所不知也. 適知尊賓[53]過此山, 奉邀以敍舊耳." 一宿而別, 朝晡鷄黍之餉, 精潔可食, 無異烟火界之饌矣.

6.

水原人洪悅, 卽尙書宇遠[54]弟武弁洪濟州宇亮之庶子也. 嘗贅居水原, 其兄居安城所萬村, 相距[55]爲五十里, 每當其父之忌祀日, 騎其家養牝馬,

---

49) 胡亂: 가본에는 '兵亂'으로 되어 있음.
50) 卽: 가, 나본에는 '是'로 되어 있음.
51) 莩: 가본에는 '殍'로 되어 있음. 서로 통용됨.
52) 室: 가본에는 '窟'로 되어 있음.
53) 賓: 저본에는 빠져 있으나 가본에 의거하여 보충함.
54) 宇遠: 저본에는 '遠宇'로 나와 있으나 나본에 의거하여 바로잡음.
55) 其兄居安城所萬村, 相距: 저본에는 '距安城'으로 나와 있으나 가본에 의거함.

半日而到. 一日, 騎到半程, 不知自何來, 黑戰笠兩漢, 牽[56]烏驪馬一匹, 立於洪之馬前, 請移騎其馬. 洪曰: "吾有吾馬, 汝是素昧漢, 何可捨吾馬而騎汝馬乎?" 彼固請而此固辭, 相持食頃, 洪忽於不知不覺中身已離馬, 而移在彼馬之背矣. 本馬則獨自往所萬, 洪旣移馬之後[57], 精神怳惚, 但見眼前馬首, 細霧濛濛, 瞥過所萬村, 而無由下鞍, 載馳載驟. 不多時, 身已下臥高峰阪上, 兩漢與馬, 不知所之. 傍有青裙一女, 勸酒一小盃, 洪受飮之, 始稍定情[58]. 女子曰: "有他所之可遊處, 君須與偕往." 洪聞其語, 身又轉動, 非步非飛, 自然落下高山, 女子亦在其處. 女曰: "俄坐處, 是俗離文藏台, 今坐處, 是西台山也. 君與我有緣, 願與我偕往上界." 洪曰: "有母有兄, 不可隨汝去矣." 固請而終不許, 女曰: "吾去矣, 三年後當相逢云." 因忽不見. 一自女去, 白晝忽變爲暝夜, 仰看星斗錯落, 俯拊臥處, 則是千仞絶嶂上, 萬無一生望. 乃忍死匍匐, 攀崖俯下, 微聞風便有僧磬聲, 疑有寺, 盡喉力作聲, 曰: "活人活人!" 如是者十餘聲, 西台寺僧聞之, 以爲猛獸[59]害人, 十數僧持炬上來見崖壁, 上有人半死, 負下歸寺, 灌以溫水, 繼以糜粥. 夜深後, 始省人事, 問其日於寺僧, 則猶是自水原發來[60]之日也. 寺僧送人通於本家, 致騎率得還. 洪以有女言, 故自疑三年後必死, 族親寬譬之, 曰: "安之上界三年, 必如人間三年也." 終以爲慮, 意謂移他處, 則或可禳之, 故移就堤川遠西村以居. 一日昏後, 門前小遺有物, 當前啣衣領而負之, 乃大虎也. 身在虎背, 仰見天星, 潛出手背後, 捫虎頷胡, 胡垂而暖, 若有刃刺其胡, 似有捨人以去, 而身上不帶刃, 橐中只有錐, 欲深出其錐, 乍轉身, 則虎輒益粘渠背, 而沒奈何. 行幾數十里, 下置于山上橫阪, 洪昏倒. 虎乍去復來, 更偕一大虎, 兩虎挾洪而對坐, 以人爲蹴毬, 此虎推上空中, 將欲下墜, 彼虎受之, 以復推

56) 牽: 저본에는 '持'로 나와 있으나 나본을 따름.
57) 馬之後: 나본에는 '騎'로 되어 있음.
58) 情: 나본에는 '精'으로 되어 있음.
59) 猛獸: 나본에는 '猛虎'로 되어 있음.
60) 來: 나본에는 '行'으로 되어 있음.

上，方其相推上．洪意謂一番推上墜下，則必碎骨糜粉矣．兩虎互推互受，如是者四五，猶支一喘，不至墜碎．是日，卽遠西場市，而村鷄旣鳴，遠商駈馬上坂，馬鑣聲漸近，虎聞其聲，兩各捨人而避去．洪之臥處，距坂路尙爲數十步，雖欲呼遠人請救語，而乾喉未出聲．山上凹處，適有餘雪未瀜者，取一握呑之，喉潤乃出聲．遠西店人聞之，相與上來，負之以下山，救療乃甦．脫衣視傷處，則上着厚冬衣，背縫盡爲裂破，裏單彩亦綻縫，背虎瓜痕纔及背肌，血濡一縷如斯而止．蓋兩虎從容推上，不盡其力故也．其後，猶延許多年，至五十[61]，始終仙女所謂三年之語，殊不可曉．洪之晩來，無甚異於世人，而但啜白粥一楪，則歷累不飢，似或是曾嘗仙醪之效也．余曾聽其顚末於洪之猶子游福甫耳．

7.

成琬字伯圭，少時，喜讀『南華』．嘗以書記赴日本，倭人以爲詩仙，奉之以彩轎轝之美女．成喜從農·淵遊，嘗自壯洞，暮過神武門，有靑袍客，自城墻上躍下，挽成袖[62]，曰："願與君論詩，久矣，今幸邂逅矣．" 携乃上三角山白雲峰，仍自道其三生曰："我是宋朝孟學士，奉使高麗，沒而不歸，魂留此地．有二三朋友於此山，時時往還參尋，今爲君邀致相對論文，可乎?" 仍遙向三角中峰，高聲呼之曰："態瑟山！態瑟山!" 有頃，熊形人跟步來，入座談辨風生．孟又向第三峰，遙呼，"蔡達老！蔡達老!" 少選，有一人衣鶴氅，携雙鶴，左右靑衣童，相扶以來，仙風襲人．四人圍坐，各以爲千載奇逢，出入古今詩文，酬酢纚纚，雖當夜而不甚暝，座間晃朗，達夜談詩，其明日亦不放歸[63]．孟學士進山果以療飢，又終日，成旣接三人話，頓覺心肺靈明，樂而忘歸，話到夜分．四人始皆[64]頹睡，以前夜失

61) 五十: 나본에는 '五十一'로 되어 있음.

62) 袖: 저본에는 '神'으로 나와 있으나 나본에 의거하여 바로잡음.

63) 不放歸: 나본에는 '如之'로 되어 있음.

64) 四人始皆: 나본에는 '各自'로 되어 있음.

睡, 故睡甘不知東方已白, 暾[65]上三竿. 有樵父轉上此峰, 三人聞樵父咳聲, 一時驚散無跡, 成亦下山. 自是, 詩思湧出, 虛靈淸新, 或異於烟火食人語. 世人以爲[66]詩魔之助云.

8.

匪懈堂筆妙, 冠天下. 一日, 有傔人入告曰: "洞內崔姓人, 請謁矣." 匪懈堂卽招入, 乃貌寢衣弊, 一寒生也. 匪懈曰: "君何爲而來訪我?" 崔對曰: "自家筆法名世, 願一寓目, 敢來請." 匪懈使侍者取高飛, 所揷各體書,[67] 以示之, 崔曰: "自家手筆, 非無熟觀, 而今來所請, 蓋欲猥睹運毫手勢耳." 匪懈磨墨展紙, 揮灑數幅, 崔曰: "果堪寶玩矣!" 匪懈謂崔曰: "委來請睹吾筆, 必是知筆者, 試爲我書之." 崔承命, 寫數紙以進之, 匪懈覽訖, 瞠然自失, 曰: "君筆高出, 吾上數等矣. 世間有如許神筆, 而至今未聞名者, 誠可怪也." 崔曰: "小生十七始習字, 已入高格, 心自思之曰: '安平大君, 王室貴公子, 以筆名, 吾輩一出於世間, 必掩其名, 吾是賤人, 豈敢爲是哉?' 遂誓心不把筆矣. 今承大監之敎, 纔破戒矣." 匪懈曰: "藏君所寫紙, 欲爲傳家寶, 須留之而去也." 曰[68]: "小生素[69]執如是, 決不可使手跡掛於人眼矣!" 遂拉雜裂之, 匪懈曰: "君須自此, 源源來訪也." 崔辭去, 積年無聲息. 時有[70]平壤一名妓, 才思絶代, 年方十七[71]也. 眼無可入, 尙未經人, 方伯以勢以威, 萬端誘脅, 而一切落落, 終無奈何. 匪懈聞之, 意以謂, '我之風采, 才藝地位, 庶動此妓.' 乃仰稟于文宗大王曰: "關西物色樓臺, 可堪一觀, 臣願迨此. 朝野淸平, 假沐浴呈辭之名, 將欲往觀, 敢告." 上曰: "好矣!" 分付道伯, 使之援例支供. 匪懈卜行期,

65) 暾: 나본에는 '日'로 되어 있음.
66) 以爲: 나본에는 '謂'로 되어 있음.
67) 使侍者取高飛, 所揷各體書: 나본에는 '取各體所書'로 되어 있음.
68) 曰: 저본에는 빠져 있으나 나본에 의거하여 보충함.
69) 素: 나본에는 '所'로 되어 있음.
70) 有: 저본에는 빠져 있으나 나본에 의거하여 보충함.
71) 十七: 저본에는 '羊'자 처럼 나와 있으나 나본에 의거함.

明再明當發, 崔生忽來上謁, 匪懈曰: "何其寂然久不來耶?" 對曰: "寒賤蹤跡, 不敢頻踵於貴門. 今聞自家將啓關西行次, 小生亦有一見練光之願, 敢請附驥." 匪懈大喜, 曰: "君之騎率盤纏, 當自吾行中貴應, 君須以單身來也." 崔曰: "賤人一生習徒步, 何敢貽弊於貴行耶? 至發程日, 但尾隨後塵, 夕站一上謁而已." 崔到浿上, 托於酒店. 此時, 關西伯迎侯[72]大君於境上, 殫一營之器, 具威儀以奉之, 設大宴於練光亭. 守宰雲集, 跗注呵導, 屛帳之華飾, 笙簫之調習, 酒饌之珍羞, 不暇盡記. 崔生亦進參於末席, 厥妓抱琴, 當中而坐, 明眸皓齒, 穠艶射人, 低首斂眉, 只視席前. 匪懈主壁而坐, 掀髯談笑, 誇耀神采, 注目厥妓, 厥妓則不肯一擡眼, 滿座沒興. 崔生呼通引, 使持厥妓所抱琴以來, 置之膝上, 按文武絃. 未及成聲, 厥妓乍轉秋波, 微開玉齒, 翻身移步, 狎坐於崔生側, 曰: "書房主彈一曲, 小人當和而歌." 崔生從之, 琴聲歌曲, 俱爲絶調. 妓又謂崔曰: "吾當彈琴, 書房主宜和以歌." 崔又從之, 琴淸歌逸, 四座動色. 厥妓了不省座間有何人, 只注雙目於崔身, 喜不自勝. 匪懈失色, 滿座無言, 崔生察座中光景, 托病先起, 匪懈不肯挽止. 崔纔下棲後[73], 厥妓請于匪懈·道伯曰: "小人陪此盛宴, 請先罷[74]去, 罪合萬死, 而小人素有急發胸痛, 實難忍耐, 敢請退歸." 大君·道伯, 去益敗興, 留之無益, 故卽許之, 旋使下人覘知厥妓所出[75]處. 直走店門[76], 訪崔所注而闖入焉, 崔生驚曰: "汝何不待宴罷而徑退耶?" 妓曰: "小人安得不跟隨書房主耶? 小人生世十七, 而生來至願, 惟在得一妙才[77], 以爲知己之配, 故公侯大人元不掛心矣. 書房主之才調如此, 願自今夜許身, 以終吾平生耳." 崔生曰: "我是男子, 見汝絶色, 豈能無心? 汝亦必聞知大君下來之本意, 而今乃

---

72) 侯: 나본에는 '候'로 되어 있음. 서로 통함.

73) 棲後: 나본에는 '樓'로 되어 있음.

74) 罷: 나본에는 '歸'로 되어 있음.

75) 出: 나본에는 '去'로 되어 있음.

76) 門: 저본에는 빠져 있으나 나본에 의거하여 보충함.

77) 妙才: 나본에는 '絶才'로 되어 있음.

邁邁於彼, 貴公子之無色, 當如何哉? 吾以賤人而近汝, 則無所逃罪, 汝須速去! 吾初欲留宿店舍矣, 以汝之故, 不得不今日登道矣." 言罷, 走上大同船, 直抵中和而宿. 自其後, 崔跡不復聞於世云.

9.

孝廟意在北伐, 多尙武力. 有別軍職一人, 卽忠州人也. 嘗往內農圃, 圃人備置供上西果數十箇, 別軍乘圃人少出, 盡數剖食之. 圃人數十還, 而叢集白挺亂下, 別軍職乘馬奔退, 圃人環圍馬下, 四面仰打. 別軍職自馬上, 且馳且擊, 左右鞭打, 圃人死者, 至六人, 遂成殺獄. 上聞其勇, 自獄中出之, 設蒭人數十于後苑, 給騎芻馬, 馬乘之, 使鞭打芻人, 以象內農圃馳突之狀. 別軍職揮鞭馬上, 左打右撞, 多少芻人, 逐鞭盡仆. 上親臨而觀之, 以爲可用之壯士, 帶本職而白放之. 其冬, 本家伻來報, 以父病之急, 趂夕而發, 獨騎犬馬, 無牽作行. 到松坡津, 見身短面黃之一瘦儒, 先入舟中行, 舟已一二間餘. 別軍職自岸上呼舟人, 要其回泊, 同登舟中儒生曰: "業已離岸, 須促搖櫓." 別軍職發怒於儒言, 策馬躍人躍馬, 時撞儒生衣冠, 冠傷衣裂. 儒生自笠下頻頻送怒目, 別軍職曰: "此竪子睨我, 何爲? 我當渡船後, 使此兒放骨糞." 瘦儒以船隅之, 故先下立沙際, 脫其道袍, 還向船前, 手擒別軍職於下船之後, 投之於沙場, 勢若快鷹之搏小雀, 別軍職已無人色. 瘦儒佽童奴進馬鞭, 手自打三箇臀, 曰: "結果性命則太過, 惟當略施笞罰以懲之." 遂着道袍, 騎馬向驪·利路, 不知爲誰家子. 其鞭三之下, 臀骨露白, 昏窒不省, 松津店人, 負入店舍, 送人本家, 持草轎轝還, 辛苦兩朔, 竟不起. 惜乎! 別軍職之勇力自戕也.

10.

嶺南右道武弁崔姓人, 官經防禦使, 膂力過人, 常以鐵椎隨身. 自嶺上京, 將[78]求仕, 前驅七匹卜馬, 行到一處大村前, 雨甚違店, 馹入村中. 老嫗見而獨語曰: “彼兩班, 又當受無限辱矣.” 崔怪其言而猶馳入, 解卜物[79], 置于廊下, 入繫八馬于廐中, 自己則入坐于大廳床上. 主家無男丁, 有少婦開內舍門, 而出迎曰: “行次直領濕盡, 願卽脫出, 則請[80]燎獻之.” 厥女年可二十許, 容貌擧止, 明秀端慧. 持直領入去, 燎之煖堗, 熨之使平. 俄卽來獻, 因曰: “行次避雨入來道傍村舍, 固宜, 而此家主人翁, 年方六十餘, 妾其後妻來, 纔數年矣. 主翁頑悖, 天下無雙, 有子五人, 列居籬外, 而六父子性皆如虎狼, 本州官府亦不能禁制, 前後歷入之行[81]客, 無不狼狽. 主翁方往隣家將還, 行次必不免辱, 盍先移去[82]?” 崔曰: “雨勢如此, 移將安之?” 且曰: “汝不能敎誘頑夫耶?” 女對曰: “吾非不至誠敎誘[83], 而終無以感化頑性矣.” 有頃, 面目可憎之老漢, 着靑綿圓帽, 自隣咆哮而來, 曰: “何物行客直入人內舍?” 乃以上物投之於籬外, 崔奴七名禁阻之, 又執七人幷投籬外, 斷馬轡而俱鞭逐之. 崔曰: “雨晴當去, 何必乃爾?” 厥漢曰: “無論雨不雨, 吾家則客不可留!” 睜怒眼上階來, 適主家大狗過崔前, 崔以鐵椎裹之於直領袖, 使不外露, 而以打狗鼻梁, 狗無一聲立斃. 厥漢不料其袖有[84]椎, 而只謂其拳强, 遂欲試較拳力, 立廚門而招他狗, 以拳撞狗, 狗走而不斃. 厥漢意以謂力勝於渠, 於是, 頗有疑懼色. 雨乍歇, 崔移向厥村中他家, 人馬俱飢. 至暝, 崔換着奴之戰笠, 脫下上服, 只衣狹袖, 輕身把椎而危坐, 方[85]待得夜深, 將欲打殺老漢, 劫姦其妻, 乘夜馳去. 心內揣摩之際, 老漢之妻, 備器飯與八匹馬粥, 使數人持之而出來. 崔曰: “何以知吾留此而來耶?” 女對曰: “想像行次, 必不趂投他村, 而奴主大食不可闕焉, 故聊此備來. 而竊觀行次, 着戰笠脫

78) 將: 가본에는 '而'로 되어 있음.
79) 卜物: 가본에는 '卜馬所馱'로 되어 있음.
80) 請: 가본에는 '可以'로 되어 있음.
81) 行: 저본에는 빠져 있으나 가본에 의거하여 보충함.
82) 去: 가본에는 '居'로 되어 있음.
83) 敎誘: 가본에는 '誘之'로 되어 있음.
84) 有: 저본에는 빠져 있으나 가본에 의거하여 보충함.
85) 方: 저본에는 빠져 있으나 가본에 의거하여 보충함.

上服而危坐, 可揣其意. 彼漢之惡, 則有血氣者, 孰不欲打殺, 而雖除一人, 又有五人, 一時並戕六箇人命, 豈不重難乎? 況此外一意思, 則尤是不可成之事也, 何妄想之至此? 爲行次之計, 忍耐忿意, 討此飯, 喂彼蒭, 穩宿此家, 待曙發行, 則豈不厚德長者萬全之圖乎?” 崔聽罷, 脫戰笠, 擲袖椎, 而笑曰: “汝言誠是矣, 吾豈可違乎?” 經宿乃發, 抵京師. 曾未幾何, 除慶尙水使, 下直時, 聖眷優隆, 崔仰達曰: “某鄕有化外頑民, 大爲害於公私, 雖非臣營所管, 請便宜從事.” 上允之. 出路程先文時, 先[86]使捉囚六父子以待之, 厥漢輩頑拒本鄕之捕捉, 乃發[87]東伍軍, 圍其一村而縛出[88]之, 着大枷嚴囚. 崔水使行到本郡客舍, 大張形具, 使上罪人. 老漢之妻, 先爲披髮跣足, 趍入庭中, 凄辭婉語, 哀乞百端, 曰: “使小人替當, 亦有欲殺之心, 而亦不可以其夫之頑, 而不盡其妻之道, 老漢死於刑, 則小人卽當自裁而從. 向來, 小人無甚獲罪於行次, 獨不看小人之顔乎?” 老[89]與其子, 着枷偕入, 老漢又頑語曰: “人豈可隨意殺乎?” 之[90]仰面熟視崔, 曰: “乃舊來歷入吾家之兩班耶[91]? 人不可以殺矣!” 良久垂泣, 問其故, 對曰: “一自行次過去後, 吾妻每謂吾曰: ‘無論早晩, 必死於此兩班之手矣.’ 其言果驗, 是以悲耳.” 崔水使曰: “吾已以殺汝, 除民害之意, 奪於榻前, 汝尙可望逃死乎?” 俄而, 老漢復泣曰: “吾之此泣, 非畏死也. 今日以前, 全不知[92]肆惡之爲非, 酷信爲能事矣. 今日, 入此庭以後, 始大覺其爲人之道不當如是. 過去六十年, 虛度於頑迷之中, 反不如他人一日之生. 今雖欲自新以贖前罪, 而一死之後, 無可及矣, 寧不悲哉! 第伏望, 勿視此言以目前免死之計, 姑宥以觀後, 後復不悛, 則來頭打殺, 亦無所不可. 吾之子姓[93]盤據, 有不可一朝一夕擧族逃避, 行次

86) 先: 저본에는 빠져 있으나 가본에 의거하여 보충함.
87) 發: 저본에는 빠져 있으나 가본에 의거하여 보충함.
88) 出: 저본에는 빠져 있으나 가본에 의거하여 보충함.
89) 老: 가본에는 ‘老漢’으로 되어 있음.
90) 之: 가본에는 빠져 있음.
91) 耶: 저본에는 빠져 있으나 가본에 의거하여 보충함.
92) 知: 저본에는 빠져 있으나 가본에 의거하여 보충함.

從後復[94]臨時, 察吾父子, 雖叱狗如有高聲, 殺之不惜. 今貸殘命, 以開自新之路, 其恩輕重, 宜如何報也.” 崔察其氣色, 似出誠心, 乃曰: “汝心雖欲悔過, 汝子豈能皆然乎?” 五漢俱曰: “父既如此, 子或不然, 則天必殛之.” 老漢曰: “今蒙寬活, 非但回死爲生, 乃以禽獸而入人也. 自今, 全家願爲奴婢, 隨事以報其德. 此後, 行次上京時, 愼勿就店舍, 直就吾家, 視爲奴家焉.” 崔乃一並放釋, 饋酒慰諭, 夫妻父子, 感泣而出. 其後, 復歷入厥家, 則父子諄諄[95]謹厚, 言若訥而貌甚澁, 無復半分性氣[96], 藹然爲第一良民. 終身服事崔, 有浮於忠奴, 見輒顚倒懽欣云.

11.

安東有權姓士夫家, 家饒性嚴, 御家以威, 妻孥惴慄, 有獨子娶悍婦[97], 而亦不敢出聲於尊舅前. 權有可怒事, 輒命設席中堂而坐, 往往奴僕死於杖下矣. 其獨子之妻家, 在四十里, 往省岳父母而歸, 路過店舍, 遇雨避入[98]. 少年行客, 先入店而坐, 廐繫肥馬五六匹, 前有豪奴十許名, 酒榼饌器, 羅列坐前. 邀權少年, 合席同杯, 酒極洌[99], 肴極腴, 兩人對酌至醉. 權少年先醉倒[100], 夜深始醒, 開眼見之, 則同杯少年已不知去處, 身臥內店, 傍有素服一女子, 年可十八九, 容貌態度, 決[101]是京士夫家婦女也. 權少年驚問曰: “君是何人? 我何以從外店移臥此處?” 累問不應, 良久乃言曰: “夜間奴子負尊移[102]處, 而吾則乃京城赫閥也. 十六而嫁, 十七喪夫, 先爺棄世已久, 而兄幹家事, 兄性僻[103], 決不欲循國俗. 老孀妹

93) 子姓: 가본에는 '子孫'으로 되어 있음.
94) 後復: 가본에는 '又下'로 되어 있음.
95) 諄諄: 가본에는 '淳淳'으로 되어 있음.
96) 性氣: 가본에는 '前習'으로 되어 있음.
97) 娶悍婦: 가, 나본에는 '娶婦婦悍'으로 되어 있음.
98) 避入: 나본에는 '入店'으로 되어 있음.
99) 洌: 가본에는 '烈'로 되어 있음.
100) 倒: 저본에는 '到'로 나와 있으나 가, 나본에 의거함.
101) 決: 나본에는 '必'로 되어 있음.
102) 移: 가본에는 '入'으로 되어 있음.

四求改適處，一門宗族，苦口阻禁，曰：'何乃自汝手汚玷[104]門戶乎？' 衆言甚嚴，兄乃載吾在道路，已四年[105]．其意，蓋有入眼男子，則刼迫委之然後逃去，使其蹤跡，欲掩宗族耳目之計，而今君在傍，兄想已遠去矣．" 因持一封物，曰："此是四百兩銀子，而留此爲我生計之地也．" 權少年出見外店，則其少年人馬，並去無跡，而但二婢留在矣．年少男女，深夜同席，豈無合懽之事乎？結情後，權少年自語於心曰：'嚴父侍下，擅自卜妾，則必生大變，且無制其妬妻之策．' 所當好事，反添深憂，不知所爲，囑其女子，姑留店中，亦使兩婢同守．而歸路中，因訪平日知舊中有智謀之人，備告其事，且詢侍下善處之策，其友曰："數日後，吾當設酒會，君必來會，君復如是，則酒爛後，吾輩乘間，以好說[106]辭，當回尊丈之嚴，必依此爲之．" 權少年反面，數日後，以其友來參，酒會之意，告于嚴親而去．其後，權少年亦以請朋友同樂之意，稟于嚴父後，請其朋儔，則其有智謀畫策之少年，與他友一齊來拜權翁，則權翁曰："少年輩頻設酒會，不請如此，老夫豈不慨然乎？" 其少年輩對曰："如尊丈之嚴正[107]老人在座，則[108]輒生殺風景，故不能仰請矣．" 權翁曰："今日，吾當參席，君輩酒會，不拘長幼之禮．君輩或臥或踞，言笑[109]園樂，任意同樂，可矣．" 諸少年皆曰："諾！" 老少相與雜坐，酒酣興闌，老權生曰："今日之遊樂哉！少年輩以古談，慰我老人，豈不使老人心喜乎？" 於是，智謀少年，以權少年[110]店中逢女子奇緣，把作古談，備述一通，老權生樂聞之．言罷，其少年曰："尊丈若當如此境界，則與厥女同寢乎，否乎？" 老權生曰："不然．其少年旣非醉入厥女之房，而[111]被人所欺，且非故爲之事也．厥女又是

103) 僻: 가본에는 '癖'으로 되어 있음.
104) 玷: 가본에는 '濁'으로 되어 있음.
105) 四年: 가, 나본에는 '有年'으로 되어 있음.
106) 說: 저본에는 빠져 있으나 가본에 의거하여 보충함.
107) 正: 저본에는 빠져 있으나 가, 나본에 의거하여 보충함.
108) 則: 저본에는 빠져 있으나 가, 나본에 의거하여 보충함.
109) 言笑: 저본에는 빠져 있으나 가본에 의거하여 보충함.
110) 權少年: 가본에는 '權生'으로 되어 있음.

士族女子, 而依我無去[112]處, 若乍[113]成其願, 則年少婦女, 將托何許賤人而失身乎? 此事不積善, 非人情也. 士君子何以行如此薄行之事乎? 使我當之, 必當禍不待再思矣." 其少年又曰: "事理當如此乎!" 老權生曰: "固然固然矣." 於是, 少年笑曰: "侍生俄者之言, 非古談也, 卽令胤[114]之目下所當事也. 尊丈旣知事理之如此, 而質言又二三次, 令胤雖有此事, 尊丈必不罪責矣." 老權生卽瞪目攘臂, 曰: "君輩士以[115]爲退去! 吾當有處置之事矣." 因逐少年輩, 令首奴設席中堂, 而坐曰: "磨刀以來!" 厲聲震動一家, 而性本嚴正, 號令之下, 奴僕輩, 孰敢慢忽擧行乎[116]? 卽時持刀入來, 則又高聲大叱曰: "書房主急急拿來入, 伏於刀下,[117] 斯速斫之!" 首奴急携小上典書房主, 伏於刀下, 老權生數罪曰: "汝以小兒, 不告父兄, 敢自擅爲卜妾乎? 行事如此, 必亡吾家, 迨我在世時, 當斬汝頭, 以絶後患矣." 號令如雷, 老權生妻及其婦, 一齊下堂, 萬端[118]哀乞曰: "一介獨子, 何忍殺之乎?" 老權生又一聲大叱曰: "速斬此兒!" 其妻失魂驚走, 其婦披[119]髮叩頭, 以死爭之, 曰: "少年雖犯擅行之罪, 舅家血屬, 只此一身矣. 尊舅何怒[120]作如此殘酷之擧, 自絶後嗣之境乎? 伏願以妾代之." 老權生曰: "與其家有悖子凶其家, 無寧吾生前殺之, 而吾家奉祀, 則亦豈無養子之道乎[121]?" 愈益怒叱, 促其速斫, 奴輩但應, 而不忍下手, 老權生又促速斫, 聲漸嚴厲. 其婦無數叩頭, 流血被面, 肝腸盡焦, 千萬哀乞, 老權生曰: "我雖欲[122]斟酌容恕, 而以汝妬悍, 必亡吾[123]家乃已, 不如

111) 而: 저본에는 빠져 있으나 가, 나본에 의거하여 보충함.
112) 去: 저본에는 '女'로 나와 있으나 가, 나본에 의거함.
113) 乍: 가, 나본에는 '不'로 되어 있음.
114) 胤: 가본에는 '允'으로 되어 있음. 서로 통함. 이하의 경우도 동일함.
115) 士以: 가본에는 '盡'으로 되어 있음.
116) 乎: 저본에는 빠져 있으나 가본에 의거하여 보충함.
117) 伏於刀下: 가본에는 '使之伏於刀下'로 되어 있음.
118) 端: 저본에는 빠져 있으나 가본에 의거하여 보충함.
119) 披: 가본에는 '被'로 되어 있음. 서로 통함.
120) 怒: 가본에는 '忍'으로 되어 있음.
121) 乎: 저본에는 빠져 있으나 가본에 의거하여 보충함.
122) 欲: 저본에는 빠져 있으나 가본에 의거하여 보충함.

速斬矣." 其婦曰: "若有[124]一分人心, 則旣經如此境界, 敢生毫髮妬心乎?" 老權生曰: "汝雖因目前嚴急, 諉以丁寧[125]不妬, 此後心界稍定, 則必生鬧端, 余豈不知汝性乎? 吾必殺之, 以絶禍根, 汝須勿多言." 其婦曰: "雖犬雛·牛雛[126]·馬雛, 一經如此驚遑之事, 則必然改心. 子婦雖愚頑迷劣, 旣是人子, 則靑天白日之下, 如是質言, 而豈有變易之理乎?" 老權生曰: "吾生前則汝或忍過, 吾死後, 則必生鬧端[127], 其時有誰禁之, 而吾之死魂, 豈起來禁之乎?" 其婦曰: "尊舅百歲之後, 若有變易之事, 則舅家祖先, 必降大罰矣. 子婦萬有一睨視新人, 則其心必生食其親父母, 設誓至此, 而尊舅猶有未信, 情窮勢迫, 願欲刎頸[128], 以暴子婦之心也." 老權生曰: "汝言果眞, 則以此意寫明文, 可也." 其婦寫誓文, 而凡天地間登諸盟誓之言, 無不備記, 而某年某月[129]某日及姓名, 盡書其末而奉獻之. 老權生見誓文後, 乃釋其子, 因謂首奴, "奴婢[130]各五名, 卽往某處店舍, 率書房主小室以來!" 奴婢卽爲率來, 見於舅姑及內子, 內子終身不敢失歡愛之如弟云.

12.

南大門外, 有一窮生家, 遘毒癘, 上下老少九人, 相繼而[131]歿, 積屍滿室, 而無親戚[132], 不得治喪. 許相聞之, 招一將校, 謂曰: "某處一室九人, 皆歿於[133]癘, 而無路殮葬[134]云. 吾知汝有氣魄, 涉危不畏, 須速往殯殮."

---

123) 吾: 저본에는 빠져 있으나 가본에 의거하여 보충함.
124) 有: 저본에는 '其'로 나와 있으나 가본을 따름.
125) 丁寧: 가본에는 '不猜'로 되어 있음.
126) 牛雛: 저본에는 빠져 있으나 가본에 의거하여 보충함.
127) 鬧端: 가본에는 '惹端'으로 되어 있음.
128) 刎頸: 가본에는 '自頸'으로 되어 있음.
129) 某月: 저본에는 빠져 있으나 가본에 의거하여 보충함.
130) 奴婢: 저본에는 빠져 있으나 가, 나본에 의거하여 보충함.
131) 而: 저본에는 빠져 있으나 가본에 의거하여 보충함.
132) 戚: 저본에는 빠져 있으나 가본에 의거하여 보충함.
133) 於: 저본에는 빠져 있으나 가본에 의거하여 보충함.

遂具斂資及九棺，偕送之．將校持心甚堅[135]，入于亂屍中，旣收五屍，入棺後更觀，則尙餘五屍．比初所聞則九屍，其數加一，乃大生疑懼，躍出門外，旋又自語于心曰：‘吾若畏屍添而經歸，則此豈大監許我以氣魄之意哉?’ 復厲神思，更入房中，則四屍中有一人，援衾起坐，乃許積[136]也．笑而謂曰：“吾欲試汝，先汝來此，隱於衾中矣．見汝出門，笑其氣短，今能更入，所托果不虛矣[137]．”【又有李相國浣，召中大將海哲，有所云云事，而與此相同，共是一事，未知孰是也】

13.

鄭北窓有士人友，每請推其命，使知休咎，而北窓靳之．其人嘗臘月委來固請，北窓難孤其意，强言之曰：“君命壽上來歲，若欲延年，則正月初一日[138]丑時，往抱南大門，開門初最先出，由藥峴至萬里峴，則當有戴簑笠翁，驅牛馱薪入來．逢卽跟隨苦乞延壽，雖其邁邁，切勿中寢，終日東西隨行，萬端哀乞，則[139]老人必有所言矣．” 其人一如其言，果遇載薪翁，於是，拜乞延壽之方，載薪翁以慍色，對曰：“賣薪翁，何以知延壽之造化乎?” 累次泣請，其乞愈懇，其叱愈猛．其人踵在翁後，隨入城內，願得延壽，口不絶聲，翁邈然無敎意．及其賣薪還出其城也，其人猶持前言，一向哀乞，復隨至藥峴之際，翁怒叱曰：“苦哉苦哉！誰敎君如此?” 其人曰：“不必告以指示之人，只願憐此殘命，惠以一言云．” 則翁曰：“此必是[140]鄭礦所指也，鄭礦事果[141]甚矣．爲懲鄭礦罪，移[142]鄭礦壽十七年以與君，

134) 殮葬：가본에는 ‘殯葬’으로 되어 있음. 서로 통함.
135) 堅：가본에는 ‘固’로 되어 있음.
136) 積：가본에는 ‘相國’으로 되어 있음.
137) 矣：가본에는 ‘云’으로 되어 있음.
138) 一日：가, 나본에는 ‘一二日’로 되어 있음.
139) 則：저본에는 빠져 있으나 가, 나본에 의거하여 보충함.
140) 是：저본에는 빠져 있으나 가본에 의거하여 보충함.
141) 果：저본에는 ‘過’로 나와 있으나 나본을 따름.
142) 移：나본에는 ‘減’으로 되어 있음.

君旣知此, 退去可也." 其人卽歸訪北窓, 北窓曰: "君果如[143]吾言, 逢見載薪翁否?" 曰: "然矣, 而翁之慍責緘閉之狀, 一口難說, 畢境有所教矣." 北窓曰: "翁必謂移吾壽與君也." 曰: "果然矣." 北窓曰: "吾已料其如此, 故每每持難於教君矣. 然莫非數也, 亦復奈何?" 其人曰: "翁是何人?" 北窓曰: "天上大司命星, 謫下人間者也. 雖在人間, 猶能主張其壽夭云矣."

14.

近世, 知禮縣金姓別監, 與同縣一頭陀, 相善待之以儕友, 頭陀亦倨, 或以敵抗. 別監之子, 內不快[144], 外泯圭角, 金以頭陀之解堪輿, 故托以身後牛崗之卜. 及金死, 頭陀來吊喪, 人不請山地之指示, 頭陀臨去, 金妻使婢傳語曰: "亡人卜地, 旣有生時之[145]約, 何不指示耶?" 頭陀曰: "吾今發去, 去路當圖定也." 頭陀去後, 金家有十一歲稍慧黠女婢[146], 金妻命其兒, 使隨僧往尋所占處. 頭陀至一處, 住錫諮歎, 曰: "此穴極好, 必當伐發福." 女婢請裁穴以指, 則頭陀曰: "此穴體天作, 不必揷摽, 而但此地太過於汝上典福分, 決不可許, 更占他處爲宜." 仍携至一崗, 謂厥婢曰: "此處眞相稱於汝上典, 歸告於汝上典, 以此爲定." 厥婢心識[147]其先占處, 秘不出口, 依僧言, 往告以副件, 金果入葬於其穴. 厥婢自是後, 朝夕食時, 或不討飯, 而伐受米, 凡於穀物, 合合升升, 拮据鳩聚, 磨以五六年, 幾至數石. 乃乞於隣氓及班奴輩, 曰: "吾父之葬, 吾方在幼[148], 權窆於千萬不似之地, 不耐其陰寒. 吾非敢欲擇吉地, 而欲移葬於某處向陽之地所, 願荷諸長老之力, 無惜一日勞." 聞者孝其旨[149], 果

143) 如: 가본에는 '依'로 되어 있음.
144) 快: 가본에는 '快心'으로 되어 있음.
145) 之: 저본에는 빠져 있으나 가본에 의거하여 보충함.
146) 婢: 저본에는 '奴'로 나와 있으나 가본을 따름.
147) 識: 가본에는 '知'로 되어 있음.
148) 幼: 가본에는 '稚弱'으로 되어 있음.
149) 旨: 가본에는 '志'로 되어 있음.

許之，卽以所備數石粮[150]，作酒飯饋之，如計移窆．媄自思曰：'吾父葬穴雖吉，吾若爲人家婢僕而終老，則何從而發福？吾將去之，而求所以托身.' 踰大小白，抵江陵，則有宰相家宗族，流落鰥居且貧者，厥媄乃自請效力於井臼．鰥措大見兒，容止甚端，頗解人事，樂而畜之，無異正室．連産二子，如玉其貌，才亦預發出衆．女黽勉有無，轉運多方，曾未十年，家貲[151]豊饒，謂其夫曰："雙兒雖俊，處地甚賤，將焉用之？宜追造婚書，謂我正室，深藏篋笥，待後方便焉[152]．" 夫從之，又謂其夫曰："士族沈滯窮鄕，無由自振，所持旣[153]豊，何不置第於京師，以爲兒曹之地[154]？" 夫遂入洛，買[155]得千金甲第於右族洞內．當其搬移之除，女曰："此中本來奴僕，知吾地賤，恐易漏泄於人，莫如一幷落置，使守庄土．廣求京中以重價，購得數十奴僕，與之偕來，以備行李所隨，則根本似可泯然矣." 夫果依其言，就移京第，是女儼然爲夫人，遠近莫有知者．家居翫好，饌肴亦豊，右族輪蹄相接，競稱至親，兼請內謁，或呼爲叔母，或呼爲嫂氏．而兩子玉貌，爭被宰相族之奇愛，携置書塾，日就月將[156]，次第登大小科，門闌居然華赫，是女轉爲名士大夫人．一日，母乘夜間婢僕退去，密謂二子曰："汝輩貴顯[157]如此，果能詳知外門之微賤乎？" 對曰："母氏，自[158]謂知禮金別監之女，吾輩知金別監之爲外祖父矣." 母曰："別監尙矣，猶屬兩班，我非其女，乃其婢也．不可不使汝輩知之矣[159]．" 母子酬酢之際，適有偸兒，粘身窓外，將伺就睡入偸，得聞此說話，始末歷歷可卞，乃自喜獨語曰："此實奇貨可居，往告本主偕來，則其利視諸

---

150) 粮: 가본에는 '穀'으로 되어 있음.
151) 貲: 저본에는 '貨'로 나와 있으나 가본을 따름.
152) 焉: 저본에는 빠져 있으나 가본에 의거하여 보충함.
153) 旣: 저본에는 '豈'로 나와 있으나 가본에 의거함.
154) 兒曹之地: 가본에는 '我發跡之地'로 되어 있음.
155) 買: 저본에는 '置'로 나와 있으나 가본에 의거함.
156) 將: 저본에는 '長'으로 나와 있으나 가본에 의거함.
157) 顯: 저본에는 '盛'으로 나와 있으나 가본을 따름.
158) 自: 가본에는 '每'로 되어 있음.
159) 矣: 저본에는 빠져 있으나 가본에 의거하여 보충함.

些少偸財, 豈不萬倍乎?" 卽旋踵直走知禮, 備言其由於金別監之子, 金子樂聞, 而治裝上京. 偸兒乃詐爲金子御者而來, 來到此家門外, 因內奴僕報, 以知禮金別監來矣[160]. 大夫人驚喜曰: "吾兄來矣!" 顚倒延入內舍, 備敍同氣積阻之情. 金亦頗慧, 隨問隨答, 仍謂金曰: "娚兄與吾兒輩, 同房以處, 必有好道理, 凡其衣食, 吾必盡誠矣." 金如其言, 大夫人又飭奴輩曰: "吾兄率來之奴, 亦當善遇之." 曾未幾何, 夜深後, 招數三健奴, 密托曰: "吾兄之奴, 有大罪, 汝輩須無數勸酒, 竢其爛醉, 乘夜負厥漢, 投之于江中." 健奴依敎, 灌[161]醉金奴, 縛而沉江, 偸兒之口, 於是乎永滅. 金生着華衣, 喫珍羞, 風采日勝. 主人名士儕友每到, 知其主人之渭陽, 協力周旋於政地筮仕, 至淸河縣監云.

15.

成承旨三問, 字謹甫也.[162] 有小妹當婚, 貧無以爲資, 其大人勝氏, 謂以海西有奴僕, 當[163]親往收拾備婚具, 謹甫白曰: "推奴之行, 豈士夫之所宜爲哉?" 其大人以爲, "非此則無處可措手[164], 汝不可尼吾行云." 則謹甫仍請代行, 乃以一馬一僕而出. 行幾日, 日將暮, 店又遠, 方以爲悶, 忽有着平凉子常漢, 隨後告曰: "若從[165]山中路, 則可減三十里程道. 小人請前導, 公樂從之." 靡靡踰山, 轉入窮壑, 去大路已絶遠. 公意謂, '此必是賊徒[166], 引入賊藪, 而勢同觸藩.' 不得不跟行, 竟越一峴, 則有村開豁穹然[167], 瓦舍在其中. 厥漢立公於門前, 入告其家, 卽爲引入, 有年近八十老人[168], 下交椅[169]迎之, 禮甚倨, 視以後生. 公始驚其狀貌魁偉, 及

---

160) 矣: 가본에는 '到'로 되어 있음.
161) 灌: 가본에는 '勸'으로 되어 있음.
162) 成承旨三問, 字謹甫也: 저본에는 '成承旨謹甫'로 나와 있으나 마본을 따름.
163) 當: 나본에는 '欲'으로 되어 있음.
164) 無處可措手: 나본에는 '無藉手處'로, 마본에는 '無處可藉手'로 되어 있음.
165) 從: 나, 마본에는 '尊'으로 되어 있음.
166) 賊徒: 마본에는 '盜輩'로 되어 있음.
167) 穹然: 나본에는 '豪然'으로 되어 있음.

接辨論貫穿萬理, 博通三敎, 公瞠然有望洋之歎. 主翁曰: "君此行爲何事, 而向何處?" 公告之故, 主翁曰: "讀書少年, 不宜有此." 公答曰: "非不知也, 勢不獲已也." 主翁曰: "所須婚具, 當取諸老漢家中而賙之, 君須自此經還焉." 公聞其語, 尤認以[170]多積金錢之賊魁, 乃辭以無名與受. 主翁曰: "然則置之勿論, 而往抵奴所, 則決不可, 直爲東還, 千萬望也." 公曰: "敬奉敎!" 夕飯後, 張燈談理, 纚纚不窮, 公曰: "以叟丈之幹局識解, 何以終老窮山?" 答曰: "老物地甚微, 詎望需於世?" 仍曰: "夜向深, 君且底廊就宿所." 遂與敍別. 翌曉, 依翁言東還, 馬上自思曰: '翁之導人有理, 吾之徑歸, 不害爲雅操, 而空手歸家, 妹婚何爲措?' 及[171]抵家門, 上下內外, 方盛備婚需, 屋頗有潤. 公怪問之, 其大人出示一札, 曰: "此汝自奴所而先[172]送書也. 書中謂, '以初到以來, 徵貢贖良, 已爲五百金, 恐後婚期, 先送現在錢云.' 故以其來者, 辨具綽有餘裕於婚用矣." 公細審[173]其書, 與自己手跡, 毫髮不爽, 始知老翁之爲神人無疑矣. 及謀復上王也, 公白其大人曰: "此事必質於某處老人然後, 可決當否[174]." 請以密札報議, 卽招向來往還之馬前奴, 問曰: "汝能往尋某處也否?" 奴曰: "峯壑林灣, 明辨在心目, 何難於更訪哉?" 遂坼置書封於其[175]奴衣領裏, 而復縫之, 使之密傳. 奴遂走抵前去村, 則一鞠爲蓬蒿, 變幻無跡, 但見老翁舊墟, 有穹然新竪石碑[176]. 奴卞[177]文字, 故就審之, 則以朱字大書曰: '名留萬古, 血食千秋. 事之成否, 何問於我?' 奴謄其十六字[178], 歸報

---

168) 老人: 마본에는 '翁'으로 되어 있음.
169) 椅: 저본에는 '校'로 나와 있으나 마본에 의거함.
170) 認以: 나본에는 '疑其'로 되어 있음.
171) 及: 저본에는 '反'으로 나와 있으나 마본을 따름.
172) 先: 저본에는 빠져 있으나 나, 마본에 의거하여 보충함.
173) 審: 나본에는 '察'로 되어 있음.
174) 當否: 저본에는 빠져 있으나 나, 마본에 의거하여 보충함.
175) 其: 저본에는 '去'로 나와 있으나 마본에 의거함.
176) 碑: 저본에는 빠져 있으나 나, 마본에 의거하여 보충함.
177) 卞: 마본에는 '能'으로 되어 있음.
178) 十六字: 저본에는 '十字六'으로 나와 있으나 마본에 의거하여 바로잡음.

於公, 公復于大人曰: "神人已許我矣, 更何趦趄?" 遂與五臣定議云.

16.

申文忠[179]叔舟, 初爲擧子時, 曉赴景福宮庭試, 曙色朦朧中, 見一[180]巨獸, 張口橫於闕門, 擧子從獸口呀處以入. 叔舟[181]瞠然却立, 而諦視之, 俄有, 靑衣童子挽申袖, 問曰: "申或見獸口之張否?" 曰: "見之." 曰: "此是吾之造化也. 故作此怪, 要申留立, 而與我相會也." 申曰: "汝是何物?" 對[182]曰: "吾人也! 申是大貴人, 吾欲左右之, 以度平生云." 而遂隨入試院, 歸亦偕之, 入處書堂壁藏中, 曾不現形於他人眼中. 坐臥起居, 不離申側, 分與餘飯, 則只聞喫食[183]聲而不見, 器空. 家事休咎, 科場得失, 輒[184]先告以使知之. 及申差日本使, 日本之欲[185]通我國, 於是爲初, 彼中水路遠近, 風俗險易, 漠然不知. 申深以爲悶, 使靑衣童子, 先爲探審而歸. 靑衣一去, 四朔苦企始還, 申曰: "汝還何遲也?" 靑衣曰: "海深且廣, 猝難測度, 吾尺量其闊狹延袤. 且審某津之險, 某洋之順, 的定水道最穩之渡, 如是商量之際, 自費多月. 自某處解纜, 至某處下泊, 則萬無一憂云[186]." 遂以靑衣所指津路, 至今爲通[187]信行路所由, 而文忠之熟諳日本山川風謠者, 多得於靑衣云. 靑衣與申, 一生同周旋, 及申捐館, 亦隨以悶焉. 申遺命子孫, 別設靑衣祭, 故方祭叔舟時, 置一卓, 或大門內, 或竈[188]側, 數百年來, 未嘗廢其祭. 申宗孫居楊州者, 以爲歲久之

179) 文忠: 저본에는 빠져 있으나 가, 나, 마본에 의거하여 보충함.

180) 一: 저본에는 빠져 있으나 마본에 의거하여 보충함.

181) 叔舟: 가본에는 '文忠公'으로, 나본에는 '公'으로, 마본에는 '文忠'으로 되어 있음. 이하의 경우도 동일함.

182) 對: 저본에는 빠져 있으나 가, 마본에 의거하여 보충함.

183) 食: 저본에는 빠져 있으나 마본에 의거하여 보충함.

184) 輒: 나본에는 '必'로 되어 있음.

185) 欲: 가본에는 '交'로 되어 있음.

186) 憂云: 저본에는 '云憂'로 나와 있으나 가본에 의거하여 바로잡음.

187) 通: 저본에는 빠져 있으나 가, 마본에 의거하여 보충함.

188) 竈: 마본에는 '廚'로 되어 있음.

事[189], 不必每每別設, 而嘗一[190]廢之. 祭後, 叔舟見於[191]宗孫夢, 慍色以呵曰: “數百年流來靑衣祭, 到汝遽闕之, 今番祭饌, 除分靑衣, 吾不能飽矣. 一卓之別備, 有何大難, 而違吾遺敎耶?” 主祭者, 夢覺而驚異之. 自後,[192] 依舊復設別卓云.

17.

壬辰前, 有郊居一宰相, 珮國安危, 而家有癡叔, 動止不伶俐, 言語亦野朴, 宰相常易之. 癡叔每曰: “君家多客, 不能穩話, 勿論某時, 乘其無客而邀我, 可也.” 一日, 家適無撓, 送伻邀叔, 叔來請對碁. 宰相曰: “叔父手太拙, 對局無滋味.” 叔曰: “破[193]寂何妨?” 促[194]坐開局, 先下一子, 宰相以名碁, 熟度[195]局勢, 則自家將不得作一家矣. 宰相始知其叔之韜[196]晦, 跪伏以告曰: “類父猶子間, 半生相欺, 此何事也? 侄雖愚迷[197], 願叔父敎導之.” 叔曰: “君已出世路, 今雖改轍, 有何可敎? 但於再明, 當有白足來到, 固請托宿, 必須極力麾[198]却, 指送村後菴子, 甚可云.” 宰相受而服膺, 及至再明[199], 果有僧來, 美貌便言, 明秀可愛. 願陪大監, 寄宿舍廊, 宰相百端稱托, 僧也苦口以懇, 主人一切邁邁, 曰: “吾家有緊故, 而此村後一菴, 淨潔可宿, 師須就其處云云.” 則僧不得已移赴其菴. 所謂癡叔, 預爲居士打扮, 留置一婢于菴中, 稱爲舍堂. 遙望僧來, 踉蹌赴[200]下崖路, 合掌迎拜, 曰: “今日有何好風, 而尊師來此陋僻耶?” 欣

---

189) 事: 가, 마본에는 ‘祀’로 되어 있음.
190) 嘗一: 저본에는 빠져 있으나 가, 나, 마본에 의거하여 보충함.
191) 於: 저본에는 빠져 있으나 가, 나, 마본에 의거하여 보충함.
192) 自後: 저본에는 빠져 있으나 마본에 의거하여 보충함.
193) 破: 저본에는 ‘罷’로 나와 있으나 가, 나, 마본을 따름.
194) 促: 저본에는 ‘從’으로 나와 있으나 가, 나, 마본을 따름.
195) 度: 가본에는 ‘察’로 되어 있음.
196) 韜: 저본에는 ‘蹈’로 나와 있으나 가, 나, 마본에 의거하여 바로잡음.
197) 迷: 저본에는 ‘微’로 나와 있으나 가, 나, 마본을 따름.
198) 麾: 나본에는 ‘揮’로 되어 있음.
199) 再明: 나본에는 ‘期’로 되어 있음.

欣[201]延入蒲團, 喚舍堂曰[202]: "遠方大師來臨, 須灑酒以奉之!" 及行盃, 乃旨酒也. 僧曰: "主人居士之釀, 何如是佳耶?" 答曰: "彼舍堂嫗, 曾是各官酒母退出者, 故能善釀矣. 酒不甚薄, 願師勿辭也." 主客相酬近十盃, 此無醺氣, 而彼頹醉[203]. 癡叔乃脫去僧所着巾, 拉[204]其耳, 擠之於席上, 據胸大喝曰: "此僧此僧! 惟我在, 汝何敢到此耶? 汝之渡海日子, 吾已先知, 今若有一毫欺諱情跡, 則汝命懸吾一指尖耳." 僧曰: "死期將迫, 小僧當直告矣. 吾是日本人也, 平秀吉方謀發兵犯本國, 最忌下村大監, 使我先往, 寄宿其家, 乘夜潛害, 故果爲越海以來. 大監不許留宿, 轉到菴中, 不意逢着, 如生員主神通人, 將不保殘命. 萬乞活我活我!" 癡叔曰: "我國兵禍之迫[205]來者, 旣關大運, 吾於一國大運, 亦難容力, 而至於所居鄕, 則吾優可以全之. 汝國兵躡吾土一步地, 則必無一介生還者, 今我不殺汝而特放者, 要汝歸報爾關伯, 使日本人先知有我也." 遂捨[206]之. 厥僧走還日本, 傳其言, 秀吉大驚, 方其發兵也, 下令軍中曰: "渡海入朝[207]鮮地後, 愼避某邑境, 如有犯其境者, 罪當夷三族云." 故當壬辰搶攘之時, 癡叔所居一境, 晏然無警云.

18.

壬辰之亂後[208], 天將[209]李提督如松[210], 旣奏平壤之捷, 留觀洱上, 喜其山川之美, 暗懷剪除我國, 而自爲王以鎭之意. 一日, 設宴練光亭, 高開

200) 赴: 나본에는 '趁'로 되어 있음.
201) 欣欣: 가, 마본에는 '欣然'으로 되어 있음.
202) 曰: 저본에는 빠져 있으나 가, 나, 마본에 의거하여 보충함.
203) 醉: 가, 마본에는 '醉劇'으로 되어 있음.
204) 拉: 저본에는 '拉'으로 나와 있으나 가, 나, 마본에 의거함.
205) 迫: 저본에는 '延'으로 나와 있으나 가, 나, 마본을 따름.
206) 捨: 가, 나, 마본에는 '赦'로 되어 있음.
207) 朝: 저본에는 빠져 있으나 가본에 의거하여 보충함.
208) 後: 저본에는 빠져 있으나 마본에 의거하여 보충함.
209) 天將: 나본에는 '明將'으로 되어 있음.
210) 如松: 저본에는 빠져 있으나 가, 마본에 의거하여 보충함.

玉帳，大會軍僚．有村老一人，騎牛戛過其前，故爲犯導，李提督勃然怒曰：“何物村翁，如是無禮？”命一卒拿致[211)]，卒承命喝往，老人回牛，緩驅以去，卒盡力趕去，終不及．提督益忿，命一校疾走拿來，而復如前去之，校亦不及．提督不勝忿怒，自跨馬執鞭而追[212)]，馬駿如飛，而老人之牛[213)]一向徐緩，提督愈促蹄，而不及牛猶[214)]數里．提督怒氣沖天[215)]，鼻執生火，踰山越岡，殆近三十里，老人俄沒去影．提督越阪降入，則中有數間茅屋，而韝鞍牛繫在庭畔垂柳．提督料老翁入其中，下馬入屋，則老翁迎笑，提督提釰[216)]相向叱曰：“我承天命，來救下國，威名體貌，何等尊嚴，而幺麽村翁，肆然犯前，其罪敢辭吾一劒耶？”老翁笑對曰：“吾雖愚迷村夫，豈不知天將之尊貴[217)]耶？激怒引來者，意有存焉．此隣屋有兩箇惡少年，恃其絶倫之力，了無敬老之意，將奪我屋，勢難支吾，欲借將軍神威，除去此惡少年，爲我解紛釋難也．”提督曰：“何難之有乎？”提督移赴少年所，少年方皆讀書，提督大喝曰：“聞汝輩悍惡，無禮於長老，吾當劒斬之！”仍引劒將加，則兩少年輒以手中書鎭，遮欄之，劒無由下，氣亦隨沮．有頃，老翁踵至，提督迎謂曰：“彼惡少年輩，膂力無敵，恐難爲翁制之耳．”老翁笑曰：“然則此乃吾兒也．如吾兒雖合兩人之力，無以抵當吾一老物，而將軍不能制此輩，況於我乎！我雖跧伏深山，而猶能[218)]揣知將軍之意．將軍一擧破倭，再造東藩，名振夷夏，及此功高望重之時，振旅而還，則豈不偉矣？而乃有留據箕城，僥倖專利之意，蓋謂東方無人，而如我者，亦足以使將軍不得自肆．今日之事，要以此意曉將軍，願勿孤此老之唐突，而速圖班師焉．”提督色沮良久，曰：“謹奉敎矣！”幾未，

211) 拿致: 가본에는 '拿入'으로 되어 있음.
212) 追: 저본에는 '去'로 나와 있으나 나본을 따름.
213) 牛: 저본에는 빠져 있으나 나, 마본에 의거하여 보충함.
214) 猶: 저본에는 빠져 있으나 가본에 의거하여 보충함.
215) 沖天: 가본에는 '衝天'으로 되어 있음.
216) 提釰: 저본에는 빠져 있으나 가, 나, 마본에 의거하여 보충함.
217) 貴: 저본에는 '重'으로 나와 있으나 가본을 따름.
218) 猶能: 가본에는 '獨'으로 되어 있음.

遂班師云.

19.

李土亭與趙重峰, 同坐海上, 有水面一葉舟, 無人自撓而來. 土亭問重峰曰: "汝能知此乎?" 重峰對以不知, 土亭曰: "此乃智異山神人送舟邀我輩也." 舟仍近前, 兩人乘之, 舟又自搖[219]而去. 行半日, 泊山下, 捨舟[220]登山, 有一石窟, 入其中, 則窟頗明曠. 赤毛一人[221], 引土亭, 對坐於石榻上, 重峰侍立其下. 赤毛人打話娓娓, 重峰傍聽, 而全不省其爲何語. 俄然相別, 出石窟外, 重峰問土亭曰: "俄者, 石窟先生與先生酬酌之語, 頗多, 而小子全不省其何語. 只是[222]臨別時, 石窟先生曰: '愼於山.' 先生答曰: '數也奈何?' 此一轉語, 獨能省得, 此何謂耶?" 土亭曰: "彼謂吾當死於牙山, 汝當死於錦山, 須謹避云, 故吾諉之於數也." 其後, 其言果驗云.

20.

萬曆辛卯, 李白沙食前在家, 有奴入告曰: "門外有非人非鬼一凶怪物, 能作人語, 請謁令監." 白沙卽令引入, 立於堦下, 其所着服, 若大鳥翼羽, 而襤褸紛披, 面目獰陋, 醒臭襲人. 搖頭張口, 若有所告, 而傍人則不能辨其語. 良久而去, 傍人問白沙曰: "此何物而所告[223]何事?" 白沙曰: "此乃白岳山山[224]神也, 來告以明年必有大兵云耳."

21.

李佐郎慶流, 卽韓山人也. 早登第爲兵郎, 壬辰以李鎰從事官, 赴尙州,

219) 搖: 나본에는 '撓'로 되어 있음. 서로 통함.
220) 捨舟: 나본에는 '下船'으로 되어 있음.
221) 一人: 마본에는 '老人'으로 되어 있음.
222) 只是: 나본에는 '但是'로 되어 있음.
223) 告: 마본에는 '告言'으로 되어 있음.
224) 山: 저본에는 빠져 있으나 마본에 의거하여 보충함.

陣敗沒. 戰亡之日白晝, 現於其夫人眼, 曰: "吾俄者戰亡矣! 雖欲覓屍, 難以覓得, 且屍塡吉地, 仍置爲好. 只葬衣履, 可也." 數日後, 敗報至. 自成服後, 每日入夜, 則李公之魂, 宛如生人, 來到夫人房同寢, 指說家中休咎, 鷄鳴則輒去, 日以爲常. 奠床與朔望祭, 祭酒隨吸[225], 每爲空盃, 只爲往返[226]夫人房, 而不敢近母氏與伯氏處. 至大祥夜, 辭於夫人曰: "我從此絶跡, 二十[227]年後, 當復來云." 蓋有四歲子[228], 卽李穧[229]也. 父喪後二十年, 成進士, 到門之日, 後園空中, 呼新恩狼藉. 夫人知其亡夫聲, 泣携新恩入後園中, 空中進退之聲相續, 人人可聞. 母夫人嘗冬月病重, 思橘而時違莫得, 屋上空中, 忽有聲曰: "兄主兄主! 橘方墜下, 兄須以衣[230]受之!" 伯氏張衣幅向上擎之, 則黃橘亂墜於衣內, 進於病母. 李陶菴碑銘, 載此事. 李公之孫, 世世貴顯, 而子孫有慶, 則輒發夢以告云.

22.

鄭起龍者, 本是尙州人, 而往晋州, 隷兵營奴案. 一日, 在營庭晝眠, 忽大呼, 兵相招叱曰: "汝何以魔語鬧公庭耶?" 對曰: "身雖賤, 而志則雄. 大丈夫壯大, 不能建旗鼓, 不堪其鬱鬱, 仍睡覺時, 作聲大呼." 兵使卽爲放良, 或爲官吏輩使喚,衣雖襤褸, 而志氣身手, 頗不草草矣. 時全州府首吏, 忘其姓名, 家貲甚饒, 有獨女, 年可笄, 父母鍾愛之, 欲擇婿, 則其女曰: "女子百年, 專在良人, 一身一番誤了, 則悔無及矣, 豈可含羞默坐, 只待父母之定配乎? 吾父在本州, 雖爲解事吏, 而自是下流, 安有藻鑑? 吾將以吾眼自擇, 雖至過時, 必得可人而後已." 父母不能强, 而荏苒累歲, 苦無所定, 每咎責其女而已. 全州·晋州兩州首吏, 相爲姻査, 晋州

---

225) 隨吸: 가본에는 '隨酹隨吸'으로 되어 있음.
226) 返: 가, 마본에는 '還'으로 되어 있음.
227) 二十: 가, 나, 마본에는 '十七'로 되어 있음. 이하의 경우도 동일함.
228) 四歲子: 가, 나, 마본에는 '遺腹子'로 되어 있음.
229) 穧: 가본에는 '麟'으로 되어 있음.
230) 衣: 저본에는 빠져 있으나 가, 나, 마본에 의거하여 보충함.

首吏，要起龍傳渠書於全州吏，起龍從之，帶其書赴其家，則首吏妻，適往親族朞祥[231]，獨留其女守家．起龍叩門喚人，其女自門內問曰："汝是何處人？" 起龍對曰："以晋州吏房使喚，爲傳書而來矣．" 其女側耳聽其語音，已知爲非凡人，出依大門見之，則乃衣鶉一總角也．熟察良久，曰："吾嚴親卽當還，汝姑坐舍廊前以待之．" 旋又語之曰："不必坐[232]舍廊外，入坐中門內，可也．" 有頃，吏房妻先歸，語其女曰："彼何兒也，使坐於內近地耶？" 女對曰："此是晋州[233]吏房伻人，而兒已決以爲吾配，故不嫌其近內坐矣．" 母怒叱曰："汝不許父母之擇配，而期以自擇，謂汝將擇[234]神通者，今乃以衣鶉乞兒自定，汝之眼孔可刺也．" 女曰："母勿雜言！" 有頃，吏房至，其妻告以女意吏房之言，[235] 亦如之妻言，女曰："吾父眼力，終是卑劣，何得以識此兒？此兒雖在襤褸中，各離其耳目口鼻而細察之，豈有一處不善生乎？" 其父細觀似然，乃曰："汝意[236]牢定，不得不依汝願矣．" 覽來書畢，招起龍入舍廊，詳問門地凡百，起龍對之甚悉．吏房曰："吾欲汝爲婿矣．" 對曰："以上調之勢，豈有婿乞兒之理乎？" 吏曰："汝留此，而娶吾女之意，書告汝母氏，則吾當送奴往覆云．" 起龍曰："吾雖極寒賤，而如此婚娶大事，遠外書告，恐非子道，莫如自往告之而復來矣．" 吏曰："汝言誠是！吾當備奴馬以送矣．" 起龍曰："吾以賤者，吾有兩脚，何必奴馬？" 吏曰："旣定吾婿，何可使步行耶？" 其家有惡駒，生五六年，有人近前，輒張紅口，仰四足而起立，給蒭時，以長竿縛簣，在遠投之，欲殺而不忍．女曰："父親猶不能的知起龍之眞箇非凡，彼馬雖惡而實駿，必能解起龍之不凡，試使起龍騎往晋州也．" 吏問起龍曰："汝能制彼馬否？" 對曰："吾未嘗御馬，而豈有以男子而不能制一馬乎？" 進向槽前，馬始張口

231) 親族朞祥: 나본에는 '親戚家'로 되어 있음.
232) 坐: 저본에는 빠져 있으나 나본에 의거하여 보충함.
233) 州: 저본에는 빠져 있으나 나본에 의거하여 보충함.
234) 謂汝將擇: 저본에는 빠져 있으나 나본에 의거하여 보충함.
235) 其妻告以女意吏房之言: 저본에는 빠져 있으나 나본에 의거하여 보충함.
236) 意: 나본에는 '願'으로 되어 있음.

欲立，起龍批馬頰，而喝曰："汝何無禮耶?" 馬遂俛首，起龍進而刷之摩之，一味馴良．女喜曰："馬固知人矣!" 起龍騎歸晋州，告娶於其母，而復往全州行醮．吏謂起龍曰："汝在晋州旣無依，奉母來吾家，穩度平生爲可云." 則女曰："吾夫雖是晋州店門之丐子，晋猶本土，女子有行，宜就夫鄕．吾父以萬金之富，何難轉輸於二日程，以供一女之生理乎?" 遂偕其夫歸晋州．未幾，遇[237]壬辰難，起龍聞變起舞，妻曰："君志則壯矣．立功之基，勤王爲先，遠向京師，可也." 起龍曰："其如老母弱妻之難捨，何哉?" 妻曰："以吾姑婦，移置峽中，則吾當善護吾姑，不貽憂於君矣." 起龍依其言，區處母妻然後，騎自完騎來之駿駒，到漢江上，遇招討使，聞大駕已去邠矣．入城無可爲，故彷徨靡所托，招討使請與俱南，遂隨其行到嶺外，爲招討使往探賊情，於數十里地往還之間[238]，倭兵已擄招討使一行三十人以去矣．起龍曰："吾旣與彼同事，豈忍獨生?" 遂躍馬大呼，馳赴倭陣，突入陣內，倭人披靡，倭將麾下縛置三十人，起龍直入而解縛引出，賊莫敢害誰何．仍勸晋牧勤王而不肯，起龍劍斬之，而率其衆，遂募兵屢戰，殺倭甚衆．得暇歸省母，母[239]無恙，妻曰："晋州[240]未免要衝，錦山旣經義兵破陣，必無重被兵之慮，請移我姑婦避兵於錦山." 起龍從之，而更赴戰陣，前後効勞不少．朝家聞之，拜官遷轉，及亂平後，官至北兵使云.

23.

鄭桐溪蘊，發解於增廣東堂，與道內名下士兩人，聯鑣赴會．同行至一處，有素轎，或先或後，轎後有丫鬟隨焉，編髮至平身，姿色出衆．三人皆於馬上，顧眄丫鬟，相與稱艶．丫鬟且行且顧，注目於桐溪，至三四次,

---

237) 遇: 저본에는 '過'로 나와 있으나 나본에 의거함.
238) 間: 저본에는 '聞'으로 나와 있으나 나본을 따름.
239) 母: 나본에는 '母妻'로 되어 있음.
240) 晋州: 나본에는 '淸州'로 되어 있음.

同行兩人皆曰: "文章學[241]識, 輝遠勝於吾輩, 而外面似損於吾輩, 恐不入於女眼, 而彼丫鬟獨見輝遠, 誠未可知也." 行之未久, 轎入村中, 桐溪駐馬, 謂同行曰: "自此去數十里, 有店舍, 君輩先往待我, 我則投宿彼處而去矣." 兩人責之曰: "吾輩期待於君何如, 而今作千里同行, 路上見一妖物, 白地生慾, 望一夜難期之緣, 棄同行落後, 人固未易知矣." 桐溪不以爲然, 鞭馬隨丫鬟入去, 同行咄咄而去. 桐溪至空廊前, 下馬立良久, 丫鬟隨轎入去, 旋持席子火具, 出來迎客, 使之安坐於行廊, 曰: "夕飯當備來矣." 復入內舍, 昏後, 持飯來供, 又云: "掃廚出來矣." 初更許, 果然出來, 桐溪笑而謂, 曰: "汝何以知我來而出迎我乎?" 丫鬟曰: "小女貌既免醜, 年又十七, 未嘗擧目見人, 而今日路上, 顧見行次, 非止一二次矣. 行次雖剛腸男子, 何能不一[242]隨我入來乎?" 夜已向深, 四無人跡, 丫鬟仍泣然敍懷曰: "吾之邀入行次, 非出情慾, 竊有所大願, 行次肯爲我成之否?" 桐溪細問其由, 對曰: "吾上典屢代獨子, 以有淫妻之故, 靑年死於非命. 身無後子女, 親黨之爲之報仇者, 獨有小婢[243]一身, 痛怨入骨, 而弱女[244]無策, 只擬許身傑男, 假手雪怨矣. 上典淫妻, 今日自本家歸來, 吾不得已隨以來往, 路次逢行次一行. 三人中, 行次貌最瘦[245], 而膽最大, 可托大事, 故以目誘致. 而讐漢又聞素轎之還, 方來媟戲, 此誠千載一時, 願速圖之!" 桐溪曰: "汝志則奇且壯矣, 我是書生, 何以輕殲大漢?" 丫鬟曰: "吾之備置好弓利矢[246]者, 久矣. 行次雖是書生, 以此射之, 則咫尺之間, 渠安得不死?" 卽覓弓矢, 偕客到窓前, 則厥漢披衣露[247]胸, 淫戲備至, 近坐門前矣. 桐溪向窓隙, 彎弓射之一發, 卽洞胸立斃. 又欲幷射淫女, 丫鬟曰: "渠雖淫女, 多年事之, 不可自我殺之, 棄之而去, 可

241) 學: 저본에는 빠져 있으나 가본에 의거하여 보충함.
242) 一: 저본에는 빠져 있으나 가본에 의거하여 보충함.
243) 小婢: 가본에는 '小女'로 되어 있음.
244) 弱女: 가본에는 '弱婢'로 되어 있음.
245) 最瘦: 가본에는 '雖寢'으로 되어 있음.
246) 矢: 가본에는 '箭'으로 되어 있음.
247) 露: 저본에는 '霽'로 나와 있으나 가본에 의거함.

矣.[248)]" 還出行廊, 促鞍夜發, 駄丫鬟於卜馬, 尋同行於店舍, 使奴自遠呼同行奴, 奴暝中望見卜馬上有丫鬟, 告其上典, 兩人咄咤. 及其鼎坐, 峻辭誚咄曰: "大科會行, 是士[249)]君子拔身初頭也, 載女往還, 駭於聽聞, 不料吾友有此也." 桐溪曰: "吾豈昧此, 而裡面曲折有不必告人者矣." 遂携其女, 到京決科. 榮歸時挈去, 以爲小室, 賢淑過人, 生子皆俊俏[250)]云.

24.

南宮斗, 咸悅人也. 爲人剛厲, 與人好爭鬪, 人皆避之. 以進士居齋于太學, 常置千里馬, 每昏輒向南下鄕, 見其愛妾, 曉頭上京. 一日, 望妾家而來, 偶爾自窓隙窺見, 則其妾與其外侄同寢, 斗遂引弓射殺之, 以席裹兩屍, 置之淺巷, 不到其家而直還. 外侄家得屍, 曰: "斗本憎外侄, 故殺之, 而欲掩其跡, 并其妻殺之." 因訴於官, 自太學捉斗以來. 斗本富人也, 其妻聞斗拿來, 精[251)]備酒饌, 來迎草露橋, 守護隸卒, 亦[252)]盡醉, 其妻乘間解縛, 使之逃去. 斗遂入大芚山, 隱居半年, 夢有人來告曰: "官差今方來到, 速速避去!" 覺又逃去, 官差追之不得, 斗遂削髮爲僧, 向浮石寺. 來及其寺, 路逢一僧, 其僧睨視斗, 曰: "可惜好人爲僧, 然恨未早爲耳." 又曰: "來時殺二人矣." 斗奇其言, 拜請曰: "願禪師敎我以神術." 其僧曰: "吾無所知, 何以敎之?" 斗固請, 僧曰: "我實凡僧, 而吾神師在雉裳山中, 謂我以庸才, 只以相法敎之, 故但知此而已. 而君欲學神術, 尋吾師學之, 可矣." 斗往雉裳山, 則山是不深不大, 而周尋三年, 幾記一草一木, 而終不得神跡. 斗尋覓不得, 自以爲浮石僧欺我矣. 將上山, 忽見桃核流來澗水, 而果人所食餘也. 驚喜曰: "此桃核必有所食人矣!" 遂沿澗水而入, 源盡有小林, 披草而入, 有一洞開朗, 小菴中一僧, 立膝而坐,

248) 棄之而去, 可矣: 가본에는 '不如棄之而去'로 되어 있음.
249) 士: 저본에는 빠져 있으나 가본에 의거하여 보충함.
250) 俊俏: 가본에는 '俊秀'로 되어 있음.
251) 精: 나본에는 '盛'으로 되어 있음.
252) 亦: 나본에는 '皆使'로 되어 있음.

見斗而不見. 斗拜請學神術, 亦聽而不聞, 斗固請, 僧謂以無所知, 責之曰: "山僧有何所知, 來客如此困逼, 豈有如許孟浪之事乎?" 如是過三日, 其僧始曰: "君意甚切, 欲雖敎之, 君才庸劣, 似難覺得, 只以不死之術, 敎之, 而絶穀然後能爲之, 君能如是乎?" 斗答曰: "何難之有? 雖然斗本多食, 猝難絶粒矣." 其僧曰: "始日朝夕, 各食五合, 數日後日中, 又數日後, 代以粥, 又數日後, 永爲絶穀, 而當無虛乏矣." 其僧又曰: "不眠然後爲之, 能之乎?" 斗曰: "諾." 卽爲堅坐不眠, 至三四日後, 體難堪, 過數日後, 始無睡, 其僧喜謂曰: "汝之心力能如是, 足爲上座." 因出『黃庭經』, 使讀萬回, 其賜僧以內外關秘訣, 使之勤工, 如是數朔, 萬念都虛, 身骨俱輕. 又十朔後, 忽自右牙邊, 墜一小珠, 持以示其僧, 曰: "此何瑞也?" 其僧曰: "『參同契』所云'大黍'者也. 此珠生, 則不待九轉, 但徐徐修養, 以待其時, 愼勿生躁急之心." 月餘, 斗忽思曰: "我旣辨仙術, 而但何時白日昇天乎?" 極菀且悶云云[253]矣, 忽自九竅, 火急燃上, 耳目口鼻皆血流, 昏絶仍爲仆地. 其僧驚曰: "果誤吾術矣." 急以耳藥注喉則甦, 過一望能語, 其僧曰: "吾所講術, 水火交濟然後, 可能成矣. 姑勿生躁心矣, 汝果不聽矣. 大凡躁則火動, 火動則水激, 故汝之一念躁動, 而火生血流. 然汝自無仙分而如此, 固無恨矣, 但大誤我術也." 斗問曰: "斗一念差錯, 未得仙術, 此眞吾過, 而但誤了師術, 果何事也?" 其僧曰: "吾之平生顚末, 待汝得道而告之, 今汝自誤, 留此無益矣. 今當出送, 從此無以相見, 故玆以告汝愼勿傳世間也. 我本嶺南[254]安東人也, 生宋神宗熙寧二年. 十四忽得滿身瘡疾, 祈死不得, 不堪悶菀, 告父母棄居山中, 雖甚痛楚, 亦甚飢餓矣. 臥處有草不知名, 而其莖連葉且溫柔, 手取食之, 不知腹空. 且猛虎來吮瘡處, 痛入骨髓, 余謂猛虎曰: '何不遄食我, 而使我苦痛至此也?' 虎吮瘡益甚, 吮其一身而去, 見瘡處, 則已作痂矣. 自此完合, 過十餘日後, 身膚白如雪, 且日食厥草, 身能運動, 稍[255]久身

253) 云云: 나본에는 빠져 있음.

254) 嶺南: 저본에는 빠져 있으나 나본에 의거하여 보충함.

銳善步，愈久則[256]支節飄飄運身，若飛騰之狀．遂習飛騰，漸漸高飛．一日，隨意飛騰，至太白山頂，有僧見我，忽然迎我入室，敎以神仙之術．蓋天地之間，遍有神仙，而獨我東無之矣．然法當生八百餘年，故平日張國師以遺言，傳義藏大師，使司東方神仙，義藏大師，遂領東方，過幾年，得吾之所遇太白山僧，傳之．其師使司東方義藏大師昇天，太伯山僧又傳我而昇天，我則緣分遲遲，八百年內，不得傳道之人，久留世上，至今不得昇天．今乃逢汝，而心力頗好，待其成道，將欲傳，汝又如此，未知自此幾年，能得永傳之人乎？此所謂誤了我術之言也．"斗見其僧，臍下常有傅綿，仍問："何故常有臍下之綿乎?"其僧曰："此是吾煉丹之穴，汝欲見之，則當示之，須勿驚焉．"卽去其綿，金彩照輝，滿室燦爛．其僧更爲傅綿，斗又問曰："尊師在此，此何故?"其僧曰："無他事也．每年正月初一日，群仙朝于上帝，初二日，東方神仙，皆朝于我，東方境內，我之所守處也．故群仙修其職分也，我則人間塵陋，難以受朝，故每昇天，受朝而來矣．來年今不遠，將爲汝受朝于此，使汝觀光，汝姑留此，觀光而去．"及其正月初二日平明，有一彩燈，掛于樹梢，已而，次第來掛，不知幾千萬．自空中仙樂隱隱，金光燦爛，瑞靄千疊，彌滿洞口．群仙或爲駕鶴，或騎龜龍，珮玉璐璐[257]，冠冕輝煌，照耀天日，群仙雲裳玉節，翩翩而降．其餘靑龍貴王，屬于東方者，無不來會，千態萬狀，奇奇怪怪．其僧坐受禮拜，神仙中位尊體重者，擧手屈身，而位最重者，或下堂迎之，餘仙則無論尊卑，皆起身迎坐，禮貌嚴肅，殊駭凡眼．其酬酌之說，殆不省也．已而，一燈登去樹梢，次第續登，須臾而盡，群仙亦以此辭去，威儀擧動，與其來會時同然．斗將出，問曰："弟子[258]從此，當無一事之可成乎!"其僧曰："汝今出世，行吾警戒，則可享八百歲，當爲神仙，而若做工不已，則後天之氣，卽先天之氣，可期昇天矣．"臨別，謂斗曰："汝之八

255) 稍: 저본에는 '少'로 나와 있으나 나본을 따름.
256) 愈久則: 나본에는 '漸致'로 되어 있음.
257) 璐璐: 나본에는 '鏘鏘'으로 되어 있음.
258) 子: 저본에는 빠져 있으나 나본에 의거하여 보충함.

字, 當有二子, 以余急于傳道, 强以敎汝, 其不成宜矣. 然始敎也, 所食丹藥, 已杜情慾之竇, 若不復開, 則不得生育矣." 遂出丹藥, 使之呑下, 曰: "服此, 則精血當開矣." 斗還尋其家, 則其妻死已久矣. 間經倭亂, 家宅田畓, 蕩然無存. 乃娶百姓之女, 居于井邑, 果生二女. 人或問曰: "尙修仙道乎?" 斗曰: "皆忘之矣." 其寢食起居, 嗜慾凡節, 無異於恒人, 但年近百歲, 而尙嬰兒矣.

25.

嶺南有一士人, 以一馬兩奴, 作數百里程[259], 行達店舍, 日且暮. 遙望一孤村, 有兩班庄舍[260], 驅馬直到門前, 寂無人跡. 下馬登軒, 則塵埃滿壁, 極目荒凉, 進退莫決, 姑爲留坐. 俄有一老婢, 自內出, 曰: "吾家阿只氏, 傳喝於行次矣." 士人莫知其由, 而第令傳其言, 則曰: "行中氣體平安乎? 意外來臨, 不勝欣幸, 卽欲出拜, 而姑俟備送夕飯, 先此問安云云." 士人心內自語曰[261]: '平生聲聞不相及之家, 有此內傳喝, 辭意親熟, 誠不可曉, 而第當依其言答送, 以觀[262]頭緖, 可也.' 乃答傳喝曰: "來此聞平安, 不勝其喜. 適有過此事, 爲入拜[263]來, 第待夕後[264]相拜[265]矣." 俄而, 夕飯出來, 頗精潔. 烘其堗, 張以燈, 士人嘿坐疑[266]訝矣. 夜來, 有處女自內出來, 編髮甚[267]盛, 擧止穩重. 未入門之前, 遽曰: "兄娚訪我, 無依之四寸, 可感可喜." 入門[268]相拜, 士人曰: "吾過此地, 豈不來訪妹氏耶?" 語數傳,[269] 處女曰: "夜中久坐非便, 請入內復出矣." 數食頃, 處女

---

259) 程: 저본에는 빠져 있으나 가본에 의거하여 보충함.
260) 舍: 저본에는 '食'으로 나와 있으나 가본에 의거하여 바로잡음.
261) 曰: 저본에는 빠져 있으나 가본에 의거하여 보충함.
262) 觀: 가본에는 '觀來'로 되어 있음.
263) 入拜: 저본에는 '拜入'으로 나와 있으나 가본에 의거함.
264) 後: 저본에는 '飯'으로 나와 있으나 가본을 따름.
265) 拜: 가본에는 '逢'으로 되어 있음.
266) 疑: 저본에는 '起'로 나와 있으나 가본에 의거함.
267) 甚: 저본에는 '其'로 나와 있으나 가본에 의거함.
268) 門: 가본에는 '內'로 되어 있음.

手持一張[270)]諺書, 置于士人前, 曰: "願依此所言而曲施焉." 士人挑燈詳覽, 則其略曰: "薄命女子, 一時怙恃, 將近大祥, 孑孑一身, 親無緦功, 獨居空舍, 已極危懼[271)]. 而有家中一奴, 敢懷凶心, 欲劫以非禮, 吾義不受辱, 而力拒之際, 必至殺身, 此身一死, 則父母香火絶矣. 情私不勝痛迫, 姑設權辭, 以緩渠意, 曰: '四顧無親, 惟汝是依, 非汝言是從而誰言[272)]從乎? 但喪中不可行無禮之事, 徐待服闋爲宜云.' 彼漢準信, 而姑無變怪, 第服闋不遠, 命卒之禍[273)]迫矣. 何幸天遣尊駕, 意外臨此, 從門隙窺見, 尊客躯[274)]幹壯偉, 兩奴亦健, 薄命竊以爲假手之便. 此處則前川頗深, 尊行必於鷄鳴後, 卽渡前川, 而今夜預爲傳喝於吾, 請慣水奴子指導, 則吾當命送厥漢. 厥漢大慾在前, 目下如律令, 必無不去之理, 入水後, 奴主三人幷力, 則容易剪除. 伏望施德於不報之地, 除此禍根, 俾我一息生存, 以延父母之祀, 千萬泣祝." 士人覽訖, 欽服其節行, 知慮逈出凡女子[275)], 便覺毛骨灑灑. 喚起眠[276)]奴, 附耳囑托, 如是如是. 乃依書意, 傳喝於處女, 處女卽命厥漢, 使指導可渡之處. 四更昏黑時, 客發到水, 厥漢居前, 至中間, 士人捽其頭, 兩奴左右搤其臂, 擠之於水中, 以大石撞其胸, 厥漢立斃, 浮屍於水. 而蒼黃馳歸, 盛言女賢於家大人. 周年,[277)] 士人欲探其處女之下落, 復往其處, 猶畏厥漢親屬潛隱其隣村, 詗問則厥漢之妻與弟, 適往經宿地. 士人乃馳入處女家, 請見, 卽爲出來, 尙未嫁矣. 攢手謝恩[278)], 士人曰: "前日一言, 卽結娚妹之義, 則吾之用誠, 靡不用極. 閨中年結[279)], 如彼晼晩[280)], 單獨無依, 將何以自處?" 處女

---

269) 語數傳: 가본에는 '數言後'로 되어 있음.
270) 一張: 가본에는 '一丈'으로 되어 있음.
271) 懼: 가본에는 '惕'으로 되어 있음.
272) 言: 저본에는 빠져 있으나 가본에 의거하여 보충함.
273) 禍: 가본에는 '時'로 되어 있음.
274) 躯: 저본에는 '軀'로 나와 있으나 가본에 의거하여 바로잡음.
275) 女子: 가본에는 '處子'로 되어 있음.
276) 眠: 가본에는 '睡'로 되어 있음.
277) 周年: 가본에는 '翌年'으로 되어 있음.
278) 恩: 가본에는 '前恩'으로 되어 있음.

答曰: "初以閨中之身, 出見半[281]面男子者, 非但乞除禍根而已, 欲以此身仰托平生也[282], 幸望從長顧恤焉." 士人曰: "吾家不甚貧窘, 將欲奉之以歸, 掃[283]一室, 安頓之[284], 以數婢奉侍使喚, 以效娚妹之誠, 未知意下何如?" 處女曰: "此敎非不銘感, 而女子遷動, 不可容易, 更望三思." 士人遂詳問其族派與班閥來歷, 稍遜於自己家, 而猶有士族名, 足堪連姻, 而家有未娶之弟. 歸告其父, 卽書其弟之四柱單子, 幷爲擇日, 作諺簡送. 奴往還後, 又作衛後[285]於其弟之[286]婚行, 持轎馬以去. 旣醮經宿後, 卽爲捲歸內行, 純備甚宜, 其[287]家穩度平生云.

26.

光海朝時, 畿邑朴姓, 爲人儱侗[288], 無文識.[289] 其妻淑慧過人, 赤手治生[290], 儼成千石君, 家産旣饒, 妻謂其夫曰: "士夫不可埋頭鄕曲, 吾家家力足以京居, 須入京買屋, 而聞京中禁坊[291]金同知瑬解官閑居, 人是長者, 可堪作隣云. 必就其隣近處買屋, 勿拘價也." 朴如其言, 定宅於金隣, 卽爲撤家上京[292]. 朴內卽通婢使於金家, 金家甚貧, 朴內以錢貫租石米斗, 絡續周急, 內交漸熟. 方其[293]時也, 金公已有反正之謀計矣. 一日, 朴內謂其夫曰: "浪遊可悶, 讀書雖晚, 旣有隣金之能文閑居, 往請受

279) 結: 가본에는 '配'로 되어 있음.
280) 晼晩: 저본에는 '晼娩'으로 나와 있으나 가본에 의거함.
281) 半: 저본에는 '生'으로 나와 있으나 가본을 따름.
282) 仰托平生也: 가본에는 '平生仰托之意'로 되어 있음.
283) 掃: 저본에는 빠져 있으나 가본에 의거하여 보충함.
284) 頓之: 저본에는 빠져 있으나 가본에 의거하여 보충함.
285) 衛後: 가본에는 '圍繞'로 되어 있음.
286) 其弟之: 저본에는 빠져 있으나 가본에 의거하여 보충함.
287) 其: 저본에는 빠져 있으나 가본에 의거하여 보충함.
288) 儱侗: 나본에는 '倥侗'으로 되어 있음.
289) 無文識: 마본에는 '未學'으로 되어 있음.
290) 治生: 나, 마본에는 '治產'으로 되어 있음.
291) 禁坊: 마본에는 '某洞'으로 되어 있음.
292) 京: 저본에는 '去'로 나와 있으나 나본을 따름.
293) 其: 나본에는 '是'로 되어 있음.

學,[294] 可也." 仍抽架上『漢書』一卷, 以授, 曰: "親[295]往金宅, 必請學「霍光傳」也." 朴以癡騃者, 每事從婦敎, 卽爲袖書往焉, 金曰: "尊來比隣已久, 內間便使往來甚熟, 而尊獨[296]初面也, 來訪可喜." 朴曰: "小生少而失學, 今已壯大, 讀書無益, 而猶願得令監之敎誨也." 金曰: "講論書冊, 誠好矣. 所欲受[297]者, 何書?" 朴袖出「霍光傳」, 曰: "願學此傳也." 金大驚愕, 瞪目良久, 乃問曰: "尊之請學此傳, 果出尊意耶? 或有人指敎耶? 直陳無隱!" 朴曰: "小生之卜京居, 與爲隣令監宅, 俱是吾妻之[298]指揮也. 今日, 吾妻袖此書, 授吾使請學, 故如是耳.[299]" 金知朴內之英慧, 謂朴曰: "比隣無異至親, 自此通內外, 可乎!" 仍敎其書一遍而送之, 間使傳喝於朴內曰[300]: "請明日來訪." 朴內快允之. 金家設小饌, 朴內旣至內[301], 金傳喝於朴內曰: "昨日有言及於尊夫婿, 今日內行來臨, 願修嫂叔之禮." 朴內答曰: "固所願也, 何幸何幸! 承命矣." 金則入見, 則朴內甚有姿色而白皙, 金一見可知多慧識. 金跪問曰: "作日, 尊夫婿請學「霍光傳」, 謂令[302]嫂氏意也. 他書之可讀者多, 而必勸此, 何也? 敢請問其指意之所在." 遂辟左右, 只留金之夫人, 朴內曰: "草野婦女, 雖甚愚迷, 亦有所以察天時人事於心內者, 極則必變, 變則必通. 來頭事, 豈無沕合於此傳中事耶?" 金大驚服, 乃直[303]吐所爲[304]之事, 曰: "此是天下[305]至危至難之事也, 或可成乎?" 朴內曰: "必成無疑, 請勿趦趄. 愚婦亦當以如干鄕庄穀石, 助其費也." 自是, 金與其夫人[306]同志之謀議, 或有智慮

294) 往請受學: 저본에는 '受業'으로 나와 있으나 나, 마본을 따름.
295) 親: 저본에는 빠져 있으나 마본에 의거하여 보충함.
296) 獨: 저본에는 빠져 있으나 나, 마본에 의거하여 보충함.
297) 受: 마본에는 '學'으로 되어 있음.
298) 之: 나, 마본에는 '所'로 되어 있음.
299) 吾妻袖此書, 授吾使請學, 故如是耳: 나본에는 '請學此書, 亦妻意耳'로 되어 있음.
300) 朴內曰: 저본에는 '朴生員宅內間'으로 나와 있으나 나본에 의거함.
301) 內: 저본에는 빠져 있으나 나, 마본에 의거하여 보충함.
302) 令: 저본에는 빠져 있으나 나, 마본에 의거하여 보충함.
303) 直: 저본에는 '眞'으로 나와 있으나 나본에 의거함.
304) 爲: 저본에는 '謂'로 나와 있으나 나, 마본에 의거함.
305) 天下: 저본에는 빠져 있으나 나, 마본에 의거하여 보충함.

之所不及者, 則輒致朴內而商確, 聞見之過於金者, 頗多, 所資益於大議. 及至改玉後, 論功行賞, 昇平極力提拔, 朴生至典縣邑. 諸功臣譏[307]其授爵於不似之人, 昇平曰: "他人所不知之中, 自有必報之隱功, 不可負, 故如是耳."

27.

楊蓬萊士彦之大人, 以蔭官爲靈光郡守, 受由上京, 而還官之路, 距靈光一日程. 食前作行, 店站[308]尙遠, 欲朝炊於道傍村, 工房挾席入村. 時當農[309]節, 皆出野耘鋤, 村中一空. 只一處有一女子, 年可[310]十餘歲, 獨留其家, 告于工房曰: "行次入吾家, 則吾當炊飯以納矣." 工房曰: "如汝幼女, 詎能善炊行次進支乎?" 厥兒曰: "吾優爲之, 勿慮也." 官行遂驅入其家, 厥兒持大瓢出來, 曰: "行次進支, 當用吾家米, 只出下人[311]粮, 可也." 厥兒容貌明秀, 語音琅然, 磨豆切菜, 無不精而敏, 一行上下, 擧皆稱奇. 太守問: "汝年幾何?" 對曰: "今方十二歲[312]." "汝父何業?" 曰: "隨行本官將校, 而今方偕吾母出鋤矣." 仍獻朝飯, 飯與菜饌, 極可食. 太守欲賞之, 以靑紅扇各一柄, 招彼[313]來前, 將授之際, 太守戱曰: "吾之給此, 乃是納采也." 厥兒聞其語, 卽趍入室中, 持小紅[314]袱出來, 曰: "請置扇於此袱." 太守曰: "何用袱也?" 兒曰: "納采禮重, 豈可手受耶?" 一行尤稱奇, 遂離發. 楊在靈光, 滿瓜將歸, 一日, 吏入告曰: "某邑將校, 請謁案前主矣[315]." 楊招入進前, 曰: "汝是何人, 爲何事而來?" 將校曰: "案

---

306) 其夫人: 저본에는 빠져 있으나 나, 마본에 의거하여 보충함.
307) 譏: 저본에는 '議'로 나와 있으나 나본을 따름.
308) 站: 가본에는 '路'로 되어 있음.
309) 農: 저본에는 빠져 있으나 가, 나본에 의거하여 보충함.
310) 可: 저본에는 빠져 있으나 가본에 의거하여 보충함.
311) 人: 저본에는 빠져 있으나 가, 나본에 의거하여 보충함.
312) 歲: 저본에는 빠져 있으나 가, 나본에 의거하여 보충함.
313) 彼: 나본에는 '兒'로 되어 있음.
314) 紅: 저본에는 빠져 있으나 가본에 의거하여 보충함.
315) 主矣: 저본에는 빠져 있으나 가본에 의거하여 보충함.

前能記某年自京還官時, 歷入村家朝炊之事乎?" 楊曰: "吾豈忘之? 其家兒女奇異, 到今森森[316]於目矣." 其人曰: "厥兒女, 乃是小人女兒也. 今年十六, 方欲擇婚, 則渠謂曾受納采扇於靈光官主, 誓不他適, 百端開諭, 一切固執, 曰: '靈光官主, 若不推[317]我, 我當以處女老死[318].' 小人萬無奪渠志之道, 敢此來告." 楊曰: "汝女美意, 吾忍[319]孤之? 汝須擇日以來, 吾當往取[320]以妾禮也." 果以吉日往娶, 纔挈來衙中, 楊之夫人喪逝, 遂使其妾入處正寢, 專當家政. 未幾, 解官還京, 厥妾善處於一門宗族與婢僕間, 咸得其歡心, 無不輻湊傾向. 產一子, 乃蓬萊也. 貌與才俱奇[321]絶, 尤添光色於其母也. 迨楊之歿也, 宗族咸集於成服日, 蓬萊之母, 出拜於諸人前, 曰: "吾有仰托於喪人[322]與夫黨諸位前, 其能允許否?" 咸曰: "第言之, 誰能違也?" 蓬萊母曰: "吾有一塊肉, 稍免微愚[323], 而我國賤產[324], 將焉用之? 嫡子與一家, 庶或愛恤, 施之以無間隔之恩, 而顧此賤身徐死, 使嫡子服庶母服, 則間隔判然. 吾兒行世, 其何以沒痕跡乎? 是故, 吾必欲決死於進賜主成服日, 要以彌縫掩翳其服制大祥中, 泯吾兒嫡庶之別, 僉位幸矜死者之情, 善待吾兒也." 僉曰: "第當曲從, 何必至於決性命乎?" 蓬萊母曰: "僉意[325]雖如此[326], 終不如吾之迨今死矣." 遂引歐刀自刎於靈几前, 諸人無不大驚[327]大感, 曰: "斯人也, 以死要之, 生者怫之, 非人情之所可忍也!" 嫡兄[328]遂待其弟, 了無別於同腹. 及蓬

316) 森森: 가, 나본에는 '森然'으로 되어 있음.
317) 推: 가본에는 '娶'로 되어 있음.
318) 死: 저본에는 빠져 있으나 가, 나본에 의거하여 보충함.
319) 忍: 가, 나본에는 '豈'로 되어 있음.
320) 取: 가본에는 '娶'로 되어 있음.
321) 奇: 저본에는 빠져 있으나 가본에 의거하여 보충함.
322) 喪人: 가, 나본에는 '喪主'로 되어 있음.
323) 微愚: 가, 나본에는 '愚迷'로 되어 있음.
324) 賤產: 가본에는 '賤生'으로 되어 있음.
325) 僉意: 나본에는 '僉位'로 되어 있음.
326) 此: 저본에는 '意'로 나와 있으나 가, 나본에 의거함.
327) 大驚: 저본에는 '驚大'로 나와 있으나 가본을 따름.
328) 嫡兄: 저본에는 빠져 있으나 가, 나본에 의거하여 보충함.

萊之長成, 名滿一世, 所歷仕官, 俱是士夫之窠也. 世疑蓬萊爲庶者, 本非誣也.

28.

朴醉琴彭年禍後, 子孫流落大邱地, 貧甚不振. 家濱洛東江, 當秋, 集村夫, 打稻於野場, 忽有一獐踉蹌走來, 投匿於亂藁堆聚中. 俄有, 一獵夫荷銃,[329] 來到稻場, 曰: "我纔跡獐入此處, 果見[330]其獐否?" 朴生曰: "獐若有到, 則兩班豈利人所跡之獸隱諱而橫占乎?" 獵夫再三歎訝[331], 曰: "的知獐所投, 而今乃無之." 盤桓良久, 而獵夫去後, 獐猶不出. 打稻夫輩, 意必縛歸朴廚, 以資盤腥矣. 向夕, 朴生以笻撥藁堆, 語獐曰: "今可出矣!" 獐屢顧如致謝狀, 遂跋跋而去. 是夜, 朴夢見一老人, 曰: "我是獐也, 蒙君全活, 必欲報德. 此洛東下流, 限四十里出立案, 則坐以致萬金富矣." 朴覺來, 記得了了, 而歸之虛謊, 不經意思, 復[332]就睡. 老人更曰: "吾欲報君之恩, 則豈有指君虛謊事之理乎? 明日午必入官, 請立案, 可也." 朴睡覺而猶未信, 就睡復如初夢之云云, 其勸益苦.[333] 朴遂於明日就官庭請之, 太守大笑曰: "汝無乃病風人耶? 大江立案, 誠是曾所[334]未聞之怪說也." 朴曰: "民亦知其孟浪, 而竊有異兆, 聊此請立案矣.[335]" 太守笑而從之, 從某至某, 長四十里, 廣幾許里, 出立案. 歸來未十日, 江水忽捨舊道而橫走, 蓋其江流回轉處, 舊有一阜, 水抱其阜, 匯折而趍下矣. 一夜之間, 江水決其阜, 直射占新道前, 所謂大江者茫然, 風沙一望無際. 朴氏乃墾良田美畓於舊江墟, 首尾近三百年, 猶未盡墾, 其邊側處, 不宜穀者, 種之以栗. 朴富世傳雄於一路, 每年所以收穀, 不知其幾

329) 一獵夫荷銃: 저본에는 '荷銃一獵夫'로 나와 있으나 가, 나본을 따름.
330) 見: 저본에는 '是'로 나와 있으나 가본에 의거함.
331) 歎訝: 가본에는 '嘆咤'로 되어 있음.
332) 復: 저본에는 '段'으로 나와 있으나 가본에 의거함. 나본에는 '改'로 되어 있음.
333) 如初夢之云云, 其勸益苦: 저본에는 '如初夢復如之, 其勸益君苦'로 나와 있으나 가본에 의거함.
334) 所: 저본에는 빠져 있으나 가, 나본에 의거하여 보충함.
335) 聊此請立案矣: 나본에는 '故請之矣'로 되어 있음.

許，栗賭[336]地恰滿千石．栗庫典奴，每年遞易，而一年庫子，亦足一生免飢云．墨井申君商權，是朴門外孫，故傳其事甚詳．

29.

驪州舊有許姓兩班，仁善而貧甚．家有三子，勸課儒業，遍乞於四方親知，以餬讀書兒[337]．以其仁善，故人皆愛之，而副其乞矣．老許內外俱沒，三年內，鄕里頗有顧助矣．至再朞祭畢後，其仲[338]子珙，語于兄弟曰："曾前所以不飢死者[339]，徒以父母得人心也．今則三喪已闋，父母餘澤，無可更藉，以此倒懸之勢，必至合沒之[340]，當[341]各思謀生之道，可[342]也．" 兄及弟俱曰："舊業文字之外，更無他[343]策矣．珙曰："各從其志，吾不勸他道，而三人俱治一業，待[344]命於飢寒，必矣．吾則第當限十年，決性命而治生，以救全家．自今日破産，伯氏季君，棲寺做工，托口腹於僧徒，兩嫂氏永歸本家，斷不可已也．父母世業，只是牟田三斗落，家垈與總角一女婢，宜爲宗物，而兄旣破産，姑借我爲宜矣．" 是日，兄弟內外，相與灑涕而分散．仲許卽日斥賣內子隨身物，備六七貫錢．適當木綿豊歲，貿藿負背[345]，遍尋父母所嘗往還處[346]，面面出藿葉，遮顔而乞綿[347]花．親舊念舊憐貧，無不優副，所聚木綿，無論善惡，恰滿數百斤，貿嶺東耳牟十餘石．牢誓十年喫粥，女婢則餽以全一器，許之夫妻，分半於一椀粥．許

336) 賭: 저본에는 '睹'로 나와 있으나 가본에 의거함.
337) 餬讀書兒: 나본에는 '糊口'로 되어 있음.
338) 仲: 저본에는 '中'으로 나와 있으나 나본에 의거함. 이하의 경우도 동일함.
339) 者: 저본에는 빠져 있으나 가본에 의거하여 보충함.
340) 沒之: 가본에는 '歿境'으로, 나본에는 '沒境'으로 되어 있음.
341) 當: 저본에는 '第'로 나와 있으나 나본을 따름.
342) 可: 저본에는 빠져 있으나 가본에 의거하여 보충함.
343) 他: 가, 나본에는 '新'으로 되어 있음.
344) 待: 가, 나본에는 '併'으로 되어 있음.
345) 背: 저본에는 '輩'로 나와 있으나 가본에 의거하여 바로잡음.
346) 處: 가본에는 '家'로 되어 있음.
347) 綿: 저본에는 빠져 있으나 가본에 의거하여 보충함.

謂其婢曰:“汝以耐飢爲難, 則任汝他去矣.”婢泣曰:“上典誓死治生, 婢何可怕飢舍去乎?”許遂盡[348)]衣冠, 只以一衫一袴掩體, 晝夜助役於紡績, 或織席, 或[349)]織蓑, 頷頷度日. 親知間有來訪者, 則使坐籬外, 己自房內遙語曰:“今不可復責我以人禮, 自外退去, 可矣.”周年之內, 紡績所辦, 已至數百金. 門前, 適有京師人水畓十斗落, 田一日耕之斥賣處[350)], 許遂買取. 而以爲借人以耕, 不但有費, 恐不如自己之盡力, 具牛具耟, 自入田中, 迎老農善餽, 置堤上, 使之敎農[351)]. 無論田與畓, 耕必至十次, 起土最深, 非比他農. 而田則爲種南草, 厚覆灰草, 穿無數穴於畝上, 以待天雨, 而恐致[352)]旱損草種, 早春築長行架, 播南草種於其下, 數灌水. 以其年適大旱, 到處草種盡死, 而此獨茂盛, 伺雨卽移, 不多日內, 葉如芭蕉, 蔚然蔽地. 未及出藥液, 而江上草商, 請貿[353)]全一田, 捧二百貫, 草商卽將其糜塊, 曝諸沙場而載去. 後更以百金來, 貿再笋, 十斗落所收穀,[354)] 亦至百石. 自此, 家貲月[355)]倍歲蓰, 不勝其進. 曾未五六年, 露積充牣, 田連阡陌, 十里內人民, 無不有求於其家. 四處佃夫, 每以饌酒魚[356)]肉, 作人情, 卓上美饌, 陳陳相因, 而家中耳牟粥半椀, 了無增減. 及至八年, 其兄與弟, 在山寺, 日聞其家之成陶, 下山將觀光, 及到, 則許之內外, 欣迎[357)]款洽. 許妻出其鄰餽酒肉, 以供之, 到夕飯時, 備進三器飯[358)], 蓋以兩叔八年後始歸, 不可因用耳牟粥故也. 許見飯而怫然, 張目叱之, 使以一器飯, 爛作兩器粥以來, 其兄怒叱曰:“汝富不知

---

348) 盡: 가본에는 '去'로 되어 있음.
349) 或: 저본에는 빠져 있으나 가본에 의거하여 보충함.
350) 處: 저본에는 빠져 있으나 가본에 의거하여 보충함.
351) 農: 가본에는 '耕'으로 되어 있음.
352) 致: 가본에는 '値'로 되어 있음.
353) 貿: 가본에는 '買'로 되어 있음.
354) 十斗落所收穀: 저본에는 '十斗畓穀'으로 나와 있으나 가본을 따름.
355) 月: 저본에는 '日'로 나와 있으나 가본을 따름.
356) 魚: 저본에는 빠져 있으나 가, 나본에 의거하여 보충함.
357) 欣迎: 가본에는 '欣然'으로 되어 있음.
358) 飯: 저본에는 빠져 있으나 가, 나본에 의거하여 보충함.

幾千石, 而重逢同氣於八年後, 退其旣炊[359]之飯, 更進一器粥, 此豈人理乎?" 許曰: "吾有所執, 限固[360]未至, 兄雖大怒, 吾不動一髮矣." 兄弟遂含慍還山. 其翌年, 兄弟小科聯壁, 仲許準借唱榜之費, 親自上京, 同歸致[361]門, 設慶宴. 翌日, 招入[362]才人, 語之曰: "吾兄弟之無家[363]乞食山寺之狀, 汝或聞之矣. 今日, 當復入山做工, 汝輩淹留無益, 須以今日罷去也." 各給百金而送之, 復勸兄弟上寺[364], 作大科工. 及滿十年, 則儼然成[365]萬石翁矣. 自春間, 親赴場市, 貿來紬綿苧布等[366]華服之資, 給傭洞內貧女, 造成男女之衣服, 不知其數. 及至臘月二十一日, 作書于山寺, 報于兄弟曰: "吾十年治生之限已滿, 所以經紀者, 三兄弟一生喫着不盡. 自今日輟其喫苦[367], 團聚一室, 同享太平云云." 俱送駿馬華鞍而迎還, 書報兩嫂亦如之, 兄弟及兩嫂旣[368]到, 庭設更衣兩帳幕, 運[369]來具鑰六皮籠, 而各置三籠於內外幕[370]. 兄弟內外, 各着新華衣訖, 又命僕夫, 韛出三馬, 謂其兄弟曰: "此非可居處, 自有當往之地云." 而幷轡踰一峴, 則山下[371]有三傑搆瓦屋, 前有長舍廊橫之, 舍廊之[372]前長廊, 駿馬盈廐. 盡一村迎[373]候於路上, 其兄弟驚問曰: "此是何處, 如是壯哉?" 答曰: "此是吾兄弟終老之所." 蓋其第宅奴僕之排置, 如是其壯, 而距舊屋未五里, 而使其兄弟亦不知有此, 其樞機之愼密, 亦可知也. 自其夕兄

359) 炊: 가본에는 '進'으로 되어 있음.
360) 固: 가본에는 '姑'로 되어 있음.
361) 致: 가, 나본에는 '到'로 되어 있음.
362) 入: 저본에는 빠져 있으나 가본에 의거하여 보충함.
363) 家: 저본에는 빠져 있으나 가본에 의거하여 보충함.
364) 寺: 나본에는 '山'으로 되어 있음.
365) 成: 가본에는 '將爲'로 되어 있음.
366) 紬綿苧布等: 저본에는 '細綿布紵紬芋物'로 나와 있으나 가본에 의거함.
367) 苦: 저본에는 '若'으로 나와 있으나 가, 나본에 의거하여 바로잡음.
368) 旣: 가본에는 '卽'으로 되어 있음.
369) 運: 저본에는 빠져 있으나 가본에 의거하여 보충함.
370) 幕: 저본에는 빠져 있으나 가본에 의거하여 보충함.
371) 山下: 가본에는 '山中'으로 되어 있음.
372) 之: 저본에는 빠져 있으나 가본에 의거하여 보충함.
373) 迎: 저본에는 '近'으로 나와 있으나 가본에 의거함.

弟之妻，各分占一舍，許之三昆季，寢處於一舍廊．又運出皮籠十餘件，卽田畓文書也．仲許曰："兄弟分財，固當平均無增減，而但吾妻幾乎渴死，而成此家産，凡事固當吾意之是隨，彼固非敢懷不平，而償勞之物不可無，則不可無爲區別矣．[374)]" 除出十五石落畓，以屬其妻，而其餘則一切均分．一日，兄弟同宿，仲許忽夜起痛哭，其兄慰之曰："汝之所享，無異公侯，有何不足而作此悲哀耶?" 仲許對曰："吾父母之當初所期吾兄弟者，在科業，而不在家産，惟兄與弟，則雖是小成，亦足成吾親之遺意．而吾則無狀，專[375)]爲口腹圖生計，放置文字，已十餘年，一字不能記得，仰負親意，豈非可悲之甚者乎[376)]? 欲爲重修，已無其望，操弓成功，亦或一道耶?" 卽赴射場，不計風雨，刻意課射，經三年登武科，以其幹局器量，世以名武稱之．初外任，卽安岳郡守也．將赴任之際，其妻病沒，仲許曰："吾已永感，科官養[377)]莫逮，只可以榮吾妻，吾妻[378)]今至於斯，吾豈爲米錢之貴[379)]而樂官俸哉?" 遂不赴而終於家云．

30.

順興舊有萬石君黃姓富翁．其比隣士人，有婿在豊基，崔姓而華閥能文，將赴庭試，而貧無以爲資，往見翁婦，要其圖債於黃富人．崔之婦翁曰："黃富[380)]翁慳吝，天下無雙，每當親忌，只以三升米·三尾蘇魚行祀，豈有一分[381)]錢出乎及人之理乎?" 崔認其言，爲妬富過實，自擬以不計生面，而[382)]躬懇於黃．翌朝，不告婦翁，而直抵黃家，及到其門，則青衣[383)]兩

374) 則不可無爲區別矣: 가본에는 '別爲區劃矣'로 되어 있음.
375) 專: 가본에는 '全'으로 되어 있음.
376) 豈非可悲之甚者乎: 가본에는 '豈不甚悲乎'로, 나본에는 '豈不甚悲者乎'로 되어 있음.
377) 養: 저본에는 빠져 있으나 가본에 의거하여 보충함.
378) 吾妻: 저본에는 빠져 있으나 가, 나본에 의거하여 보충함.
379) 米錢之貴: 가본에는 '米錢之意'로, 나본에는 '貴米錢'으로 되어 있음.
380) 富: 저본에는 '婦'로 나와 있으나 가본에 의거함.
381) 分: 가본에는 '文'으로 되어 있음.
382) 而: 저본에는 빠져 있으나 가본에 의거하여 보충함.
383) 青衣: 가본에는 '青衣蒼頭'로 되어 있음.

人，欣然迎入，坐於舍廊，曰："吾上典生員[384]主，朝自出獵，留囑門僕[385]，'如有客到，先爲[386]延入接待云云.'" 而旋進盛饌一卓，崔喫訖，主翁臂蒼牽黃，偕六七[387]豪奴歸來，豐軀寬衣，令人可敬．入門，揖客以禮，謂門僕曰："客臨似[388]移時矣，果已進饌否?" 僕曰[389]："唯唯." 問："客何居?" 對以姓名，主翁曰："隣友之婿，見之何晩?" 又進朝飯，妙羞[390]滿盤．客對案，告主翁曰："世之人向富家庇毁之說，決不可[391]信，今而後始知也." 主翁曰："何謂[392]也?" 崔具道委來其妻家之由，幷擧其翁婿酬酢之言，曰："今見尊丈之初面，待我厚誼盛饌，則吾婦翁孟浪庇毁之說[393]，萬萬不韙矣." 主翁曰："尊岳是我比隣切友，最詳我本末，其言'親忌三升米·三尾蘇魚'之說，的然無一毫過實，老夫請詳告我初困後亨之狀也．老夫早喪父母，至窮無依，娶婦於安東地，婦之爲人，可以治生，遂乃約誓拔貧之計．此家垈之前卽大路，路傍有陳荒野磧，乃以鐵鍬，墾陳土，鑿亂穴，置十許盆於路傍酒墟前，受貯行人溲溺，灌之於所鑿穴中．妻則落秫種，吾則覆以土，遍種於一日耕餘，秫乃茁茂，秋得數十石．夫婦胼[394]胝手足，捐捐[395]治生，凡所拮据，無不如意．家中成約，惜一粒如千金，故親忌所入，果不過如尊岳之所云，而要待家貲[396]滿萬石然後，方擬用財．而秋捧九千石，已近十年，更加一千，勢所甚易，而或被水旱之所損，或遭鬼幕[397]之回祿，終未充所期之數．昨日，老夫妻

384) 生員: 저본에는 빠져 있으나 가본에 의거하여 보충함.
385) 僕: 저본에는 '保'로 나와 있으나 가본을 따름.
386) 先爲: 저본에는 빠져 있으나 가본에 의거하여 보충함.
387) 六七: 가본에는 '五六'으로 되어 있음.
388) 似: 가본에는 '已'로 되어 있음.
389) 曰: 저본에는 빠져 있으나 가본에 의거하여 보충함.
390) 妙羞: 가본에는 '水陸'으로 되어 있음.
391) 可: 저본에는 빠져 있으나 가본에 의거하여 보충함.
392) 謂: 저본에는 '爲'로 나와 있으나 가본을 따름.
393) 說: 가본에는 '心事'로 되어 있음.
394) 胼: 저본에는 '肝'으로 나와 있으나 가본에 의거하여 바로잡음.
395) 捐捐: 가본에는 '勤勞'로 되어 있음.
396) 貲: 가본에는 '資'로 되어 있음.

相語曰: '造物之意, 不欲蓋藏之充萬, 而內外年紀, 俱垂七耋, 今不施與,[398] 一朝奄忽, 則將未免王將軍之庫子[399], 豈不可悲哉? 待客博施[400], 自明日爲始, 以示豪[401]富樣[402]於未死之前爲得云.' 乃置門奴一漢,[403] 使之引客, 常具盛饌, 要待[404]不時之客矣. 約束初定之日, 尊乃先於[405]人而至, 眞是有橫財數之人也. 推此以觀, 今科似必摘, 老夫於必貴之人, 何惜相濟乎?" 卽招首奴, 以語[406]曰: "此位書房主, 卽隣舍某生員主女婿也. 將作科行, 而無其資, 汝須覓出庫中錢五十兩, 且以一匹卜馬, 資送此位行次. 而路費雖無慮, 家孥之飢餓關念, 則場中作文, 必不盡意. 汝書出[407]吾牌子於近豊基庄奴處, 使之載送三十包租, 以供本宅粮道, 可也." 崔盛謝其萬萬過望, 則主翁曰: "多積不散, 亦將何爲耶[408]? 然而天生財產, 固是適來適去之物, 幾何而不易主耶? 此家宅會[409]當蓬蒿之場, 尊之顯達後, 如有過此, 幸瀝一杯酒, 以酹老夫之魂." 崔曰: "如此大家產[410], 雖歷歲[411], 豈有猝壞之理乎?" 主翁曰: "速成速敗, 理固然矣." 遂相與作別, 崔果於是科大闡. 崔之妻家, 移居他方, 故[412]崔不往來於順興. 荏苒十三年, 崔之進道大闢, 遽爲本道觀察使, 巡路先使順興官, 支待於黃村, 及襜帷臨其處, 黃氏大庄院, 已鞠爲茂

---

397) 鬼幕: 가본에는 '意外'로 되어 있음.
398) 今不施與: 가본에는 '及今不用手快施'로 되어 있음.
399) 王將軍之庫子: 가본에는 '王將軍庫子之鬼'로 되어 있음.
400) 博施: 가본에는 '施與'로 되어 있음.
401) 豪: 저본에는 '毫'로 나와 있으나 가본에 의거하여 바로잡음.
402) 樣: 저본에는 빠져 있으나 가본에 의거하여 보충함.
403) 乃置門奴一漢: 가본에는 '置守門二奴'로 되어 있음.
404) 待: 저본에는 '向'으로 나와 있으나 가본을 따름.
405) 於: 저본에는 빠져 있으나 가본에 의거하여 보충함.
406) 以語: 저본에는 빠져 있으나 가본에 의거하여 보충함.
407) 書出: 저본에는 '作'으로 나와 있으나 가본을 따름.
408) 耶: 저본에는 빠져 있으나 가본에 의거하여 보충함.
409) 會: 가본에는 '後'로 되어 있음.
410) 家産: 가본에는 '財産'으로 되어 있음.
411) 歲: 가본에는 '世'로 되어 있음.
412) 故: 저본에는 빠져 있으나 가본에 의거하여 보충함.

草，茫無人跡．崔巡相驚愕嗟傷，窮覔黃家餘種，則有一老奴[413)]，方爲本村後佛堂居士云．遣吏招來，問其上典敗亡大暴之由，則對曰："老上典下世之後，少上典兄弟，雖無父兄幹局，然不甚迂闊，而天必欲速亡之．今年某處農幕，火燒許多穀；明年某處農庄，水破許多畓，危形敗兆，層生疊出．少上典兄弟，生於大富後，初不省審田畓之在某坪，爲某字號[414)]某卜數矣．一日，無從之火，燒盡田畓文券十數[415)]櫝，無片紙餘存者．雖其良田美畓，遍滿東西，而何憑[416)]而指爲自己之物乎？又從以變喪次第而出，伯上典仍爲作故，季上典流丐出去．風聞方在密陽浦，所爲鹽漢，保負鹽糊口云矣．"崔巡相駐駕下坐，撰[417)]誄文，備述舊眷之難忘，先見之果驗，設祭於廢虛[418)]，歎惋[419)]而去．行關[420)]於密陽，使之物色黃鹽夫待令，於巡到時，引入見之，則身瘦面黑，所見慘矜．爲之道舊，問其速敗之由，則所對一如居士奴子之言．崔巡相憐而語之曰："如此敗亡之餘，如得財產基址，則猶可以復爲資生之道乎?"對曰："足可爲之矣．"崔約以還營後來訪，黃鹽夫果如期而至，脫其所着，盛備衣冠，留置營中．於其歸也，特捐五百金以付之，黃藉手治生，復成中富云矣．

31.

京中金姓窮生，挈妻子，流離糊口，行到南陽地，依山築一蝸室以居．金之長子，年過三十未娶，與其弟，日出乞粮以歸，則金之老妻炊之．厥村下，有張姓風憲居之，卽本土平民，而亦貧甚，有女當嫁年．一日，金子謂其父曰："母年漸高，難以尸饔，吾無主饋之人，以此老都令，將何爲

413) 老奴: 가본에는 '老物'로 되어 있음.
414) 號: 저본에는 빠져 있으나 가본에 의거하여 보충함.
415) 數: 가본에는 '餘'로 되어 있음.
416) 何憑: 가본에는 '何所憑籍'으로 되어 있음.
417) 撰: 저본에는 빠져 있으나 가본에 의거하여 보충함.
418) 虛: 저본에는 빠져 있으나 가본에 의거하여 보충함.
419) 歎惋: 가본에는 '嘆咤'로 되어 있음.
420) 行關: 가본에는 '先文'으로 되어 있음.

生? 不可不斯速求娶[421]矣." 其父曰: "我於汝娶, 豈肯或忽, 而誰肯送女於如此貧乞家乎?" 金子曰: "村中張風憲, 有女當婚, 吾當面請矣." 其父曰: "窮雖欲死, 結姻平民, 豈不重難乎?" 金子曰: "父言闊甚, 到此地頭, 眞所謂'晨虎不暇擇僧狗'者也." 遂借着其父弊陋衣冠, 就見張風憲, 曰: "吾有所欲言而來矣." 張曰: "何言也?" 金曰: "尊亦必聞吾門地, 自是班族, 而過時未娶, 尊以女妻, 我未知如何. 天不生無[422]祿之人, 貧亦有支過之道[423]矣." 張曰: "女入君家, 則飢必死矣, 君何爲此不成說之言乎?" 麾手止之, 金遂無聊而退. 張入其內屋, 作餘語[424]難咤曰: "其言大不當!" 女方入朝廚淅米而出, 問曰: "父緣何而如是不平耶?" 張曰: "非汝所知." 女再三請聞其由, 父乃曰: "上村金都令, 請爲吾婿, 故吾已斥退, 而其言大不當矣." 女曰: "吾家迎婿入內房, 不過荷銃正兵, 而金都令猶有班名, 豈不頓勝於彼乎? 貧富死生, 各係分福, 彼之請婚, 不甚可駭,[425] 必爲見許, 是所望也." 張曰: "汝意如此, 則曲從何妨?" 女曰: "金都令易闕朝食, 吾家朝飯已入鼎, 迎還餽飢, 兼爲許昏, 以送爲好." 張卽出籬外, 手招金還, 坐而語曰: "兩窮相合, 固甚可悶, 而吾欲依君言結婚矣." 金曰: "尊果善思之矣!" 金卽拈五掌指, 擇生氣福德日, 再明爲吉. 張曰: "太促矣." 金曰: "以尊家赤立之勢, 初無衾枕可具之望, 安用緩期爲也? 男女同寢, 則便是醮也." 張曰: "是矣." 因討飯而歸, 金父曰: "張之所答何如?" 金子曰: "以再明定婚[426]矣." 金父亦曰: "太促!" 其子曰: "吾家雖緩定醮期, 顧何從而具綿帛華服鞍馬乎? 更借父親弊衣冠於期日, 足矣." 及期, 交拜同枕, 張女曰: "尊姑篤老, 難任炊爨, 吾旣爲子婦, 雖一日之間, 莫如早往代勞, 以修婦道請[427]." 及曉, 謂其父曰: "吾家送

421) 娶: 가본에는 '妻'로 되어 있음.
422) 無: 저본에는 빠져 있으나 가본에 의거하여 보충함.
423) 道: 저본에는 '班'으로 나와 있으나 가본을 따름.
424) 作餘語: 가본에는 '獨語'로 되어 있음.
425) 不甚可駭: 가본에는 '有何可駭'로 되어 있음.
426) 婚: 가본에는 '婚日'로 되어 있음.
427) 請: 저본에는 빠져 있으나 가본에 의거하여 보충함.

我, 旣無其具, 吾代姑勞, 不可少緩, 將[428]偕卽同往矣." 仍以大小梳置懷中, 以柳小篋戴於頭, 隨卽同行[429], 立於蝸室前. 郎[430]先入, 告其[431]父母曰: "携妻以來矣." 卽呼婦, 入拜舅姑, 卽入廚任炊, 郎兄弟出丐以歸, 隨丐隨炊. 一日, 妻謂其夫曰: "生爲丈夫, 全昧[432]謀食, 只事丐乞, 其將何爲?" 夫曰: "不學鋤鋤, 不學樵牧, 捨乞何求?" 其妻卽於柳篋中, 出二疋似錦之物, 縷細不可卞, 云以在家時[433]手織, 謂曰: "赴市善賣, 則可以各捧三十兩, 而隨其初逢人, 不計高下斥賣, 則亦不下各二十兩. 以十緡貿木花[434]·粮米, 携歸餘錢云云." 金如其言, 所捧果然四十兩, 除市用, 而餘數三十也[435]. 滿室欣喜, 以米糊口, 以花織布[436], 出給三十兩於其夫, 使往鹽所, 約束[437]鹽漢, 曰: "入此錢於鹽所, 三年貿出爲販, 及滿三年, 則當不推本錢云云, 則鹽漢必樂從矣. 負鹽遍行百里內, 不必多數[438]捧價, 留給外上, 結人情, 俾成單骨, 則其贏必多矣." 金果依其言, 往約于鹽漢, 則鹽漢只利目前三十, 財之不少, 而不能較量, 三年所負, 積少成大, 必要其三年內, 以利錢鹽. 及限滿, 而復推本錢, 而金固辭之. 自其翌日, 逐日背負, 而出遍行數郡, 或捧價, 或外上, 所到村里, 皆成熟面. 雖有他鹽賈之來到, 必曰: "留待金書房之鹽云云." 逐滿三年之限, 婦語其夫曰: "所交易與外上[439]摠計, 當爲幾何?" 金曰: "當近[440]三千金矣." 婦又出三十金付之, 曰: "持此更往鹽所, 如前約束, 而今番則雖請兄弟

428) 將: 저본에는 '請'으로 나와 있으나 가본을 따름.
429) 同行: 가본에는 '從行'으로 되어 있음.
430) 郎: 가본에는 '男'으로 되어 있음.
431) 其: 저본에는 빠져 있으나 가본에 의거하여 보충함.
432) 昧: 저본에는 '未'로 나와 있으나 가본에 의거함.
433) 時: 저본에는 빠져 있으나 가본에 의거하여 보충함.
434) 以十緡貿木花: 저본에는 '貿'로만 나와 있으나 가본에 의거함.
435) 也: 가본에는 '兩'으로 되어 있음.
436) 布: 저본에는 '木'으로 나와 있으나 가본에 의거함.
437) 約束: 가본에는 '約定'으로 되어 있음.
438) 多數: 가본에는 '手'로 되어 있음.
439) 外上: 저본에는 '所'로 나와 있으나 가본에 의거함.
440) 近: 저본에는 '送'으로 나와 있으나 가본을 따름.

同負, 彼必不拒矣." 金以此意, 往語于鹽漢, 鹽漢皆曰: "君之向來退出時, 不推本錢太廉, 今番之許兩人負出, 有何持難哉?" 金乃與其弟, 日日負出, 如前遍散. 又過一年後, 請於其妻曰: "四年負鹽, 背骨推壓難堪, 要爲馬載." 妻曰: "馬背之利, 不如人背, 而負若難堪, 則載之可也." 以十許兩, 買一牝馬載鹽, 馬載以後, 并除弟負, 馬遂有孕. 一日, 出去時, 妻囑之曰: "今日販鹽歸路, 入送厥馬于家中, 往鹽所背負, 可也." 果自中路還送, 是日, 馬産牡雛, 卽絶等名騎也. 販鹽之限, 又滿三年, 其妻紡績所辦, 亦餘千金, 鳩聚鹽利, 而都計之, 殆近萬金, 儼然雄於鄕隣. 駒亦至五六年, 騰驤馳驟, 其價漸高. 洞內富弁李先達, 願買以爲入京所乘, 而李之早稻畓三十斗落, 在金門前, 請以畓換馬. 金妻聞之, 要其夫邀致李弁, 親與賣買. 李弁果至, 金妻隔扉相語曰: "貴宅必欲買取吾家馬乎?" 李曰: "然矣." 金妻曰: "望見陳田三日耕, 聞是貴宅物云, 以此相換爲好矣." 李弁曰: "田是等棄之物, 何敢計價而賭人駿驄乎? 請以此田, 添之於已約換之早稻畓, 以致矣." 金妻固請舍[441]畓而取田, 乃成文券以換, 而不多日內, 求買大屋材, 就其所換陳田, 突兀起傑家, 入此以處, 壽富多男. 蓋[442]厥田是好基址, 而金妻之眼, 已能識破矣云云.

32.

尹進士潔, 中廟朝人, 讀『孟子』千遍, 能文章, 而屛居窮巷, 門稀長者轍. 一日, 有奴入告曰[443]: "有客到門外, 服飾鞍馬, 非宗班則武弁也. 請謁進士主云云." 尹答曰: "豈有盛飾官人來訪如我窮生之理乎? 必是尋他而枉到此矣." 奴以此意, 出告客, 客曰: "的訪汝上典進士主矣." 尹乃延入, 客曰: "飽聞主人上舍詩名, 方有切己事, 非君則無以解紛, 故委到以懇矣." 尹曰: "有何可藉於窮措大, 願聞其由." 客曰: "我以武弁, 官經閫帥,

441) 舍: 가본에는 '謝'로 되어 있음.

442) 蓋: 저본에는 빠져 있으나 가본에 의거하여 보충함.

443) 曰: 저본에는 빠져 있으나 나본에 의거하여 보충함.

曾以水原妓作妾家畜生子矣. 時任水原府使張玉, 決意刷還, 以送[444]原籍, 屢受諸相位札, 百端挽解, 終無以動得[445]. 張府使之言曰: '若如尹進士潔之能詩者, 以佳句揚扢此妓事, 則容或快許於某武弁, 不然, 四面有勢力之言, 都不掛耳云云.' 願乞一首瓊作, 以解此急." 尹曰: "吾於張府使, 自是素昧, 身又寒畯, 豈有以妓易吾詩之理乎? 恐是風傳浪語耳." 武弁曰: "吾已的知張意如此, 但乞毋慳一揮筆如此, 則妓自來至矣." 尹笑而許之, 武弁持詩拜謝而去. 後十餘日, 武弁[446]復來, 告曰: "瓊作果卽傳送矣[447], 則府伯大喜, 永刊其名於妓籍, 卽以官馬馱送. 自此, 百年抱稠, 可得無憂, 一詩之惠, 奚啻千金贈也?" 張卽谿谷之高祖, 耽詩愛才, 至今傳爲美談. 而尹則酒飮放言, 夜就具都尉思顔家, 有酒後危言. 具都尉是平生切友, 而恐醉裡酬酌, 掩置不發, 以致發覺後, 大禍延己, 不待尹歸, 趁曉告變, 使罹極刑. 文人恃才賈禍者, 可不戒哉!

33.

盧玉溪禛, 少孤家貧, 居于南原, 年長[448]未娶, 有娣過時未婚. 適其堂叔武弁, 時爲宣川府使, 玉溪母親, 勸往宣川, 乞得婚需,[449] 間關往抵宣川[450]府. 官門外, 有總角妓女, 迎謂曰: "行次自何來耶[451]?" 玉溪道其爲本倅堂侄, 妓曰: "小人家是官門外第幾家, 行次[452]須定下處于吾家." 玉溪諾之[453], 入見本倅, 請就外下處, 仍出入厥妓家,[454] 厥妓自願薦枕, 與

444) 送: 나본에는 '付'로 되어 있음.
445) 無以動得: 나본에는 '不廳'으로 되어 있음.
446) 武弁: 저본에는 빠져 있으나 나본에 의거하여 보충함.
447) 矣: 저본에는 '隋城'으로 나와 있으나 나본에 의거함.
448) 長: 가본에는 '壯'으로 되어 있음.
449) 勸往宣川, 乞得婚需: 가본에는 '使往乞姊婚婚需於宣川'으로 되어 있음.
450) 川: 저본에는 빠져 있으나 가본에 의거하여 보충함.
451) 耶: 저본에는 빠져 있으나 가본에 의거하여 보충함.
452) 行次: 저본에는 빠져 있으나 가본에 의거하여 보충함.
453) 之: 저본에는 빠져 있으나 가본에 의거하여 보충함.
454) 仍出入厥妓家: 가본에는 '仍出來'로 되어 있음.

講雲雨，情好款洽．妓問來由，對以乞婚具，妓曰："吾聞使道手段甚細，雖是至親，難必其優副也．吾觀都令主骨相，當大貴，何可自歸於乞馱客耶？吾有積功鳩置之銀，而其數爲五百，持此以歸，則優備婚具，其餘又當資生．曉頭自此直還，不必告歸於官家矣[455]．"玉溪曰："去就如是飄忽[456]，豈不遭嗔[457]於堂叔耶？"妓曰："留此多時，亦不過候人喉下氣，伺人眉捷色，貯得歸橐數[458]十緡銅．骨肉間炎凉，有甚於他人之輕侮，何必逗遛耶？"遂理裝相送，曰："都令主發身，不出[459]十年事，吾當潔身守志以待．都令主宦跡之戾，此道會面之期，惟此路一條路耳．"臨別，不作慽容[460]．玉溪穩載輕寶，不告直還，堂叔[461]朝起，使人招之，則已去莫追矣．呵嗔其行跡之狂[462]妄，而內喜其不耗俸錢也．玉溪歸家，以所携銀子，嫁娣娶妻，兼寬衣食憂，專意科業，不數年登第．風儀才望，厚受上知，曾未幾何，受關西繡衣命，微服直到妓家，其母出迎，省識故人[463]，泣曰："吾女自送郎君之日，棄母謝家逃遁，不知去處矣．"玉溪西下，精神全在乎故人，而漭[464]無踪跡，愕然失圖．然[465]而猶料，其爲自己逃世守節，更問其妓母曰："嫗於女去後，一切不聞存沒否？"嫗對曰："有人傳言，女方住成川山寺，十分秘跡云．吾老無壯子，無以往尋，只自茹悲[466]而已．"玉溪卽走成川，出沒一境內諸寺刹，窮尋踪跡，到一處佛菴，則居僧謂曰："五年前，有一女子，近二十，[467] 以銀兩托食道於禮佛僧，仍隱伏

455) 矣: 저본에는 빠져 있으나 가본에 의거하여 보충함.
456) 飄忽: 가본에는 '忩遽'로 되어 있음.
457) 嗔: 가본에는 '嘖'으로 되어 있음.
458) 數: 저본에는 빠져 있으나 가본에 의거하여 보충함.
459) 出: 가본에는 '過'로 되어 있음.
460) 慽容: 가본에는 '慽慽之色'으로 되어 있음.
461) 叔: 저본에는 빠져 있으나 가본에 의거하여 보충함.
462) 狂: 저본에는 '枉'으로 나와 있으나 가본을 따름.
463) 故人: 가본에는 '故面'으로 되어 있음.
464) 漭: 가본에는 '茫'으로 되어 있음. 서로 통함.
465) 然: 저본에는 빠져 있으나 가본에 의거하여 보충함.
466) 茹悲: 가본에는 '悲歎'으로 되어 있음.
467) 近二十: 가본에는 '年近三十'으로 되어 있음.

於佛座卓子下. 弊衣垢面, 牢伏不現影[468], 只使主僧間數日傳些飯食於法堂門隙, 受以救飢, 或於溲便時, 乍出旋入. 居僧或疑其女[469]佛, 或疑其鬼物, 而無由招出, 亦不敢近前矣." 玉溪乃使主僧, 自窓隙致言於卓底女, 曰: "南原盧都令主, 委來相尋, 不欲出見否?" 女因僧回答, 問其登科與否, 玉溪直告以繡衣行, 女回報曰: "吾之晦[470]跡修苦行, 卽是[471]爲郎之地, 而許多年鬼形, 決不可遽見丈夫. 願行次爲我淹留旬日於此中, 則吾當洗濯身髮[472], 還復本形, 着新服, 理新粧而後, 方可近[473]拜也." 玉溪依其言, 逗遛及至多日, 果滌鬼形, 換花容而進, 相見傾倒. 居僧始知其苦節, 莫不驚歎, 玉溪之歡喜, 有若從天降之仙女. 馱歸宣川, 母女相面. 及其王事之竣, 挈還京第, 俾奉巾櫛, 終身奇愛云.

34.

嶺南有一巨擘, 發增別鄕解, 近十四五[474]次, 及至會圍, 輒不得志于有司, 家事[475]剝落無餘地. 同鄕有金姓人, 善推命, 每於會行往卜, 則輒告以不利, 初不準信, 竟如其言. 向晩, 聞庭試之奇, 又往問利敗於金生, 金生作卦以解, 曰: "今番場屋得失, 勿論結果, 性命之大厄迫至, 可悶可愕矣." 巨擘哀乞曰: "尊旣知未來事如神, 亦能有回凶爲吉之道乎? 願爲我更加推驗焉." 金生默思良久, 曰: "細度當前之厄, 則今科可必捷, 而脫危無術, 奈何?" 有頃, 乃曰: "吾已思得尊出危[476]入榮之道, 尊須勿還家, 治科具, 自此直發行京[477], 抵宿五十里. 明曉, 東[478]踰泰嶺, 歷長谷

468) 影: 가본에는 '形'으로 되어 있음.
469) 女: 저본에는 빠져 있으나 가본에 의거하여 보충함.
470) 晦: 저본에는 '毁'로 나와 있으나 가본을 따름.
471) 卽是: 저본에는 빠져 있으나 가본에 의거하여 보충함.
472) 髮: 저본에는 '首'로 나와 있으나 가본을 따름.
473) 近: 가본에는 '進'으로 되어 있음.
474) 四五: 가본에는 '五六'으로 되어 있음.
475) 家事: 가본에는 '家計'로 되어 있음.
476) 危: 가본에는 '免'으로 되어 있음.
477) 京: 저본에는 빠져 있으나 가본에 의거하여 보충함

以下，則川上柳下，當有素服女人，惟[479]抵死圖其和姦，則其間艱危不可狀，而一第自可得矣.” 巨擘遂辭金生，出語其牽率雇奴曰: “當自此直發科行矣.” 雇奴怫然曰: “千里科行，不賫一錢，將何以爲人馬三口粮耶? 惟當還家，治具徐發矣.” 儒生語雇奴曰: “吾之旣往科事，毫不差爽於金生員之卜矣. 今番則金卜以爲今日眞發，則庶可登科，不然則有必死之危云. 其言必不誕妄，吾之大命將盡，何暇論治行具耶?” 遂强發，雇奴黽勉跟隨. 夕抵五十里店，人馬俱飢宿[480]. 翌曉，取東踰峴，則地勢一如金言[481]所指，飢雖[482]甚而心獨喜. 迤下谷路，則大村前臨溪柳陰，有老婆方漂，傍有素服一少娥，貌甚靚[483]麗，乍眄馬上，蒼黃促老婆，戴漂入村去. 儒生疾馳跟之，則素服女走入中門而門閉，儒生下馬於舍廊前，則所謂舍廊寂無人，塵埃滿床. 儒生繫馬庭樹，升坐塵床，無人應接. 良久，有老叟自隣屋來，曰: “何方客投此空舍廊耶? 此是吾子婦靑孀家也. 無男丁可作主人，願隨我往弊屋，經宿以去.” 儒生曰: “我非欲以人馬接待貽弊於孀家也，只欲借此一片[484]塵床，待明旦[485]發去. 有意所存，不願隨翁去也.” 翁再三言其不可留之意，客不允從，翁示不平色而去，遂曛黑向夜矣. 入夜，儒生謂雇奴曰: “吾當以某隙穴，入此內屋[486]，入去後，如有喧嘩聲，則是吾決性命也. 汝無幷死之義，盡力急躲[487]，可也[488].” 其家垣墻，四面高且堅，中門着大鎖下鑰，無路闖入. 儒生無數四旋於墻底，竟得墻缺一小竇，束衣斂體，艱辛穿入，則房舍重重，使人迷眩. 一

478) 東: 저본에는 빠져 있으나 가본에 의거하여 보충함.
479) 惟: 저본에는 빠져 있으나 가본에 의거하여 보충함.
480) 宿: 저본에는 빠져 있으나 가본에 의거하여 보충함.
481) 言: 가본에는 '卜'으로 되어 있음.
482) 雖: 저본에는 빠져 있으나 가본에 의거하여 보충함.
483) 靚: 가본에는 '靜'으로 되어 있음.
484) 片: 저본에는 '乞'로 나와 있으나 가본을 따름.
485) 明旦: 가본에는 '明朝'로 되어 있음.
486) 屋: 가본에는 '室'로 되어 있음.
487) 躲: 가본에는 '逃'로 되어 있음. 서로 통함.
488) 可也: 저본에는 빠져 있으나 가본에 의거하여 보충함.

窓隅設廐，繫一駿駒，駒見人作聲，亦爲危怖之一端．儒生戞過前馬，抱壁回進，則房中燈光穿照，穴窓隙窺見，則桁下掛素衣服，床中鋪素衾枕而無人．卽是孀女所寢處，而燈惟懸矣．儒生又轉向越廊他室，而窺見則有一女人，率數三子，女在其中嬉笑．孀女就其所打語，厥房之主，卽孀女小姑也．儒生意其孀女必歸本房，先入其房[489)]，滅燈潛伏．良久，孀果歸，開門却立，而獨語曰：“燈火不當自滅而已滅，誠可怪也!”如是作語者四五次，足不入房，彷徨歎咤，儒生只增暗中焦燥．少選，孀女入就素衾枕上，噓唏而臥，儒生出聲曰：“有人來此矣.”孀女驚起，曰：“暮夜，何人敢入孀女室乎?” 儒生低聲乞憐曰：“我非牽情慾而入來也，切有可矜[490)]情事，願主人勿高聲，而細聽始末也.”女曰：“第言之.”儒生仍具道其[491)]所以然[492)]，女聽罷，卽曰：“此是天也，吾豈違天乎? 吾以某鄕富民女，十六嫁作此家長子婦，十七喪夫．窓外馬[493)]卽夫所曾愛，故吾手自餉秣，如對吾夫[494)]矣．今年十九，準擬終身守志矣，昨夜夢，前川有黃龍，自西浮來化爲人．傍有一人，指以語吾，曰：‘彼是汝夫，貴且吉云云.’覺來森然可記．今朝要驗其夢之虛實，使老婢戴漂盆出川上，俄有，騎馬客來到，擧目瞥看，便與夢中黃龍所化之人，毫髮不爽．十分驚異，卽爲走還，而終日不釋於心．此來尊客，必是朝間馬上客也．俄自小姑房還來時，見燈滅，霍然心動，意必有人入房來，不入室趦趄之際，若以一聲招呼，則夫弟三四如虎惡少年，當卽至，客必爲肉醬矣．忍而不發聲者，蓋有默運，而今聽尊言，又有卜說之符合於夢境，豈非天所授[495)]耶?”仍與穩同枕席，旋復勸起，曰：“郞之一第已決，必得矣．趁[496)]科戾京，似非駑

489) 先入其房: 저본에는 빠져 있으나 가본에 의거하여 보충함.
490) 可矜: 가본에는 ‘可憐’으로 되어 있음.
491) 其: 저본에는 빠져 있으나 가본에 의거하여 보충함.
492) 然: 저본에는 빠져 있으나 가본에 의거하여 보충함.
493) 馬: 저본에는 ‘吾’로 나와 있으나 가본에 의거하여 바로잡음.
494) 吾夫: 가본에는 ‘亡夫’로 되어 있음.
495) 所授: 가본에는 ‘所指授者’로 되어 있음.
496) 趁: 가본에는 ‘赴’로 되어 있음.

駘所能, 且必須厚賫盤纒然後, 可成大事, 吾當治行送郎矣." 卽持燈上壁欌[497], 多取布帛與錢貫, 裹作一擔. 牽出廐中駿馬, 開門鎖使出, 付牽奴, 冒夜馳往前路酒幕以待. 女又曰: "送奴持馬馱卜物先去後, 郞則留坐舍廊[498]床上初坐處, 閱盡艱險然後, 待晩徐發, 可也." 儒生仍與厥女, 馱卜於駿背, 開鎖以出, 還閉中門, 女卽毁他隅墻缺處, 假作偸兒出馬穴. 及至天明, 女忽大哭曰: "吾以吾馬, 視以吾夫, 何物大盜竊去? 吾心之悲, 如吾夫之喪矣." 孀女之老舅, 與夫弟諸漢, 聞哭一時[499]齊來, 怒喝儒生曰: "此漢不肯移赴吾家, 固守此處時, 已慮其生事矣. 今果盜人名[500]馬, 不可不打殺此賊." 遂擧大杖而相擬, 儒生低首以對曰: "吾欲盜馬, 則乘夜走遠, 事理當然, 豈可坐受此困境乎?" 惡少年曰: "汝奴何去?" 對曰: "睡頃已失之矣, 不知何[501]向. 所騎無牽, 罔知所措, 而逃奴盜馬之名固然, 死生惟命." 老翁曰: "誠如客言, 渠果盜馬, 則固當而走, 豈有堅坐之理乎?" 又曰: "失馬事[502]已矣, 客子自昨連飢, 似必難支, 請向吾家討朝飯." 仍携歸[503]善供. 客乃携推[504]謝老翁而發行, 追至四十里店舍, 則奴果持馬先住矣. 蓋奴於孀婦家, 深夜昏睡時間, 其主喚醒之聲, 生㥘以爲其主逢禍. 俄而定情, 聞語知月繩諧心, 風蹄入手, 面憫爲歡, 卽騎其馬, 不[505]計虎豹之憂, 盡力以走, 留待於店舍. 奴主會合, 趁期入京, 天佑[506]人助, 得紅牌, 如拾[507]草芥. 唱榜後, 復尋鄕[508]路到一處, 則[509]路上有四五人來候, 曰: "新恩行次, 是某鄕某先達乎?" 曰: "然

497) 欌: 저본에는 '藏'으로 나와 있으나 가본을 따름. 뜻은 서로 통함.
498) 舍廊: 저본에는 빠져 있으나 가본에 의거하여 보충함.
499) 一時: 저본에는 빠져 있으나 가본에 의거하여 보충함.
500) 人名: 저본에는 빠져 있으나 가본에 의거하여 보충함.
501) 何: 가본에는 '所'로 되어 있음.
502) 事: 저본에는 빠져 있으나 가본에 의거하여 보충함.
503) 歸: 저본에는 빠져 있으나 가본에 의거하여 보충함.
504) 携推: 가본에는 '致'로 되어 있음.
505) 不: 저본에는 빠져 있으나 가본에 의거하여 보충함.
506) 佑: 가본에는 '祐'로 되어 있음. 서로 통함.
507) 拾: 저본에는 빠져 있으나 가본에 의거하여 보충함.
508) 鄕: 저본에는 빠져 있으나 가본에 의거하여 보충함.

矣." 蓋[510]女人父母家[511], 距大路不遠, 女人已通本家[512], 抽身大歸, 預備新恩到門, 迭人中路邀入. 新恩鼓笛抵其家, 則帷幕高張[513], 親族大會, 一如女婿到家, 喜氣盈門. 十餘日前, 中夜相會之際女, 盛餙出迎, 其喜可知. 終身和合, 富貴雙全云, 此奇異事也.

35.

李延原光庭, 爲楊牧時, 有鷹師, 日日送[514]獵, 向夕輒歸矣. 鷹師忽經宿不歸, 已怪之, 翌日, 始還而步蹇, 延原問經宿與蹇足之由, 鷹師笑對曰: "昨日放鷹而逸, 薄曛, 跟至某面李座首門前樹, 始招而臂之. 方欲移步之際, 忽聞昏黑中, 有一隊驅來之聲, 諦視之, 則乃五箇大處女也. 來勢豪健, 若將搏我, 驚跳近澗, 跌而傷足. 仍隱聽於籬外叢薄, 則五處女相謂[515]曰: '今夜, 亦爲官員戱, 可乎?' 皆應聲曰: '諾!' 於是, 設一平床於地上, 伯處女而坐爲官員, 以其四人號, 曰'座首'·'別監'·'刑房'·'使令'. 名色旣定, 自卓上發號曰: '捉入李座首!' 第五處女, 以使令出班, 長聲卽接, 第二處女, 伏之於卓前, 高聲曰: '捉入矣!' 伯處女乃數座首罪, 第四處女刑吏, 傳語聽分付曰: '婚姻何等大倫, 而汝之末女, 亦已過時, 其諸兄䘮晩, 已無可論, 汝何優遊不斷, 一任其廢倫耶?' 座首處女所對云: '下敎至當, 而家勢赤立, 婚姻[516]罔措, 自爾致此矣.' 官員處女又曰: '婚姻[517]稱家有無, 只可酌水成禮而已, 何待[518]衾枕凡具之備耶? 汝言[519]迂

509) 則: 저본에는 빠져 있으나 가본에 의거하여 보충함.
510) 蓋: 저본에는 빠져 있으나 가본에 의거하여 보충함.
511) 家: 저본에는 빠져 있으나 가본에 의거하여 보충함.
512) 家: 저본에는 빠져 있으나 가본에 의거하여 보충함.
513) 張: 저본에는 '帳'으로 나와 있으나 가본에 의거함.
514) 送: 나본에는 '出'로 되어 있음.
515) 謂: 나본에는 '議'로 되어 있음.
516) 婚姻: 가, 나본에는 '婚具'로 되어 있음.
517) 婚姻: 가, 나본에는 '婚喪'으로 되어 있음.
518) 待: 저본에는 '時'로 나와 있으나 가, 나본을 따름.
519) 言: 저본에는 '矣'로 나와 있으나 가, 나본에 의거하여 바로잡음.

矣!' 座首處女又曰: '郎材亦難得矣.' 官員處女又曰: '苟能廣求, 何患無人? 以吾閭中所聞言之, 同郡宋座首·金別監·吳別監·崔別監·鄭座首家, 皆有[520]郎材已足, 五人之數, 同是前鄕任班閥, 與吾家相等, 何不與之結姻耶?' 座首處女曰: '謹當通媒以議矣!' 官員處女曰: '汝罪當有罰, 而斟酌放送, 如不斯速定行, 則後難免非矣.' 仍命曳出. 五處女一時笑[521]散, 極可爲笑囮矣." 延原聞而捧腹, 卽邀時鄕所, 問其某面有李座首與否, 則對曰: "有之." 延原曰: "家之貧富何如, 子女幾許?" 對曰: "家則赤立[522], 而子女則未能[523]詳知, 似多女矣." 延原使禮吏邀致李座首, 賜顔接話[524]曰: "聞君是前鄕任業, 欲與議邑事而未果矣. 君之子女幾何?" 對曰: "命道奇薄, 無一子有五女矣." 延原曰: "成婚幾人?" 對曰: "一齊未嫁矣." 延原曰: "年歲皆幼否?" 對曰: "第五亦已過時矣." 於是, 延原之言, 全用官員處女之言, 李之對曰: "一[525]如座首處女之對[526]." 繼告以郎材之難, 延原乃擧處女口中所言五家郞, 則李[527]曰: "彼必嫌我貧甚而不肯矣." 延原出送李座首, 又使書[528]邀有郎材五鄕所, 五人方至, 談次, 問以婚材有無, 皆曰: "有子當婚." 延原曰: "吾爲君輩指媒, 可乎?" 五人[529]曰: "何幸何幸!" 延原曰: "某面李座首有五女當婚, 君輩五家各娶一女, 可也." 五人躕躇不卽諾, 延原厲聲曰: "彼鄕所, 地醜德齊, 而君輩不肯, 只以貧也. 貧處女終無可嫁之期乎? 吾之年位, 視君輩何如, 而發說之後, 使之無聊, 君輩事體大段非矣." 抽出五幅[530]簡, 投于五

520) 有: 저본에는 빠져 있으나 가, 나본에 의거하여 보충함.
521) 笑: 가본에는 '幷'으로 되어 있음.
522) 赤立: 가본에는 '赤貧'으로 되어 있음.
523) 未能: 가본에는 '雖未'로 되어 있음.
524) 賜顔接話: 나본에는 '問'으로 되어 있음.
525) 一: 저본에는 빠져 있으나 가, 나본에 의거하여 보충함.
526) 對: 나본에는 '言'으로 되어 있음.
527) 李: 나본에는 '對'로 되어 있음.
528) 書: 가본에는 '禮吏'로 되어 있음.
529) 五人: 나본에는 '皆'로 되어 있음.
530) 幅: 저본에는 빠져 있으나 가, 나본에 의거하여 보충함.

人前, 曰: "除雜談, 各各書出令允四柱爲宜." 五人惶恐承命. 延原卽爲自擇吉日, 語五人曰: "彼家至貧, 何以或先或後五次過婚乎? 五雙夫婦, 一時交拜, 極爲稀罕盛事. 吾當先往其家, 接應凡具, 君輩依此爲之." 因備酒肴饋五人, 各給道袍, 次卽日, 送吏李座首家, 告以婚期, 且曰: "五處女裝束與醮日宴需, 自官贊助[531], 本家勿慮云云." 李家鼓舞感激. 前期二日, 延原出住李座首村中, 官備大牛, 往而推之, 官家遮帳茵席, 一齊輸來, 大張白[532]幕與花席, 設五卓. 五男五女, 交拜之影, 掩暎於庭中, 觀者如墻, 嘖嘖稱歎, 和氣藹然於窮家矣. 至今傳爲積善之義事, 延原後承官達蕃衍, 實基於此云矣.

36.

一宗室, 卽麟坪之孫也, 年近四十, 未有一子矣.[533] 一日, 以木道作上游行, 見沙嘴有骸骨漂來, 半翳半露, 湍囓礫撞. 公子見而愍之, 使從人小心掘出[534], 裹以細紬, 埋之於江上淨潔地. 其夜, 夢見一老人, 來謝曰: "吾之遺骸暴露, 靈魂疾傷矣. 荷君罔極之恩, 獲入燥坎之內, 吾將有必報, 來月可驗矣." 其翌月, 始有胎候, 滿朔生玉貌童子[535]. 夢中更有老人, 來告曰: "君家地處, 實難保全, 門宗無寧, 使君新兒永爲病人, 僅至不死. 以爲免禍之地然後, 吾所報恩乃全矣." 曾未數月, 兒患痘, 口全瘂, 耳亦聾, 而尙能復起. 爲人好德善文, 穩享富貴, 年過周甲, 子孫至今圓吉. 啞公子, 卽安興君埏[536]也.【埏一作埱, 未知孰是】

531) 助: 저본에는 '當'으로 나와 있으나 가본에 의거함.

532) 白: 저본에는 '日'로 나와 있으나 가본에 의거하여 바로잡음.

533) 未有一子矣: 저본에는 '未有子未有子矣'로 나와 있으나 가, 나본에 의거함.

534) 出: 저본에는 '土'로 나와 있으나 가, 나본을 따름.

535) 童子: 가, 나본에는 '男子'로 되어 있음.

536) 埏: 가, 나본에는 '珽'으로 되어 있음.

37.

洪公脩[537], 高陽人也. 赴武科之路, 見靑巖察訪內行, 忽被可羅道頑僧之奪轎, 上山驛下人受其打踢, 莫敢近前. 僧且行且駈[538], 披轎門以睨, 曰: "貌美[539]可愛也." 轎內哭聲出. 洪公不勝血憤, 將欲與僧戰, 同行擧子皆[540]曰: "浪死無益!" 公曰: "寧死, 豈忍見此而恝然耶?" 乃携六兩箭, 向僧前進[541], 大喝曰: "此僧此僧! 白日之下, 汝何敢無禮若是耶[542]?" 僧回睨,[543] 曰: "此兒在家飮[544]乳, 足矣, 何乃喃喃作不緊語耶?" 公之喝聲愈高, 僧乃下置轎子於平地, 向洪而下, 曰: "此兒不可使放骨糞矣!" 緣巖方下之際, 洪自巖下, 仰踢僧額, 僧蹶於地. 洪以足蹋僧[545]項, 以大箭盡力打僧, 僧立斃. 乃招靑巖官隷之逃匿者, 使來奉轎, 轎內婦人涕泣, 百拜僕僕稱謝[546]. 洪之子卽慕堂, 百子而千孫, 宰相輩出, 儼成國中大家. 人以爲殺頑僧救婦人之餘慶云.

38.

靑風金氏子, 中葉甚微. 金和順克亨[547]之父金斯文仁伯, 居在廣州沙斤川, 貧且賤, 人無知者. 樂靜趙公錫胤, 適寓同村, 而京第書籍, 未及撤來. 聞金氏察有『綱目』而請借, 則累諾而終靳, 樂靜怪之矣. 樂靜女婢, 以比隣之故, 時往還[548]於金氏家. 端午日, 趙家總角婢, 自金家還, 告其

---

537) 脩: 가, 나본에는 '濟'로 되어 있음.
538) 駈: 저본에는 빠져 있으나 가본에 의거하여 보충함.
539) 貌美: 가, 나본에는 '美貌'로 되어 있음.
540) 皆: 나본에는 '止之'로 되어 있음.
541) 進: 저본에는 빠져 있으나 가본에 의거하여 보충함.
542) 耶: 저본에는 빠져 있으나 가본에 의거하여 보충함.
543) 僧回睨: 나본에는 '僧回顧睨視'로 되어 있음.
544) 飮: 나본에는 '吸'으로 되어 있음.
545) 僧: 나본에는 '其'로 되어 있음.
546) 謝: 가, 나본에는 '恩'으로 되어 있음.
547) 克亨: 저본에는 빠져 있으나 가, 나본에 의거하여 보충함.
548) 往還: 나본에는 '往來'로 되어 있음.

內上典曰: "俄往金宅, 見其行祀, 誠一異觀. 始知吾家上典宅祭, 雖豊而誠不足, 神必不格[549], 恐是虛祭矣." 樂靜夫人曰: "金祭果何如?" 對曰: "淨掃庭戶, 曾無半點埃. 金生員內外, 弊衣服淨[550]澣如雪, 糊剛熨平, 沐髮浴體, 祛垢十分. 祭需數爻不多, 而蔬果香潔. 以其器皿之乏少, 故乾者皆盛于新件冊, 冊面進饌爇香. 旣誠旣敬, 夫婦拜奠之禮數, 在吾上典宅, 曾所未見. 小人隅立床卓前, 毛髮灑淅, 宛見神來. 今日始見人家至孝如此, 方可謂祭祀矣, 安用物豊哉? 蓋其盛乾需之冊, 卽趙公所欲借之『綱目』也. 以其用替籩豆器[551], 故持難於借冊也." 趙公聞而奇之, 卽夕扶杖往金家, 賀金斯文曰: "聞尊有篤行, 餘慶不可量, 不勝欽歎. 吾未還京之時, 請受令胤勸課文史矣." 金和順初受學於樂靜, 旣長, 往爲朴潛冶門人, 以學行薦拜縣監. 自其孫監司澄, 始發福, 至曾玄大昌, 三世五公, 世所罕有. 大家福慶, 蓋有其本矣.[552]

39.

一松沈相國喜壽, 以寡家子, 幼少時豪蕩不檢. 纔過十歲, 輒慕少艾, 聞公子王孫宴席有妓女, 則必勇往, 蓬髮不理, 鼻液未拭, 闖坐紅粉間, 不厭人之麾罵. 一日, 赴觀某家宴, 座有名妓一朶紅, 自錦山上來, 才調[553]冠於宴中諸妓. 沈童悅之, 逼坐其側, 一朶紅不以爲嫌. 俄而, 托小便離席, 手招沈童, 沈童樂而跟之, 則厥妓附耳語曰: "都[554]令主家在何處?" 沈[555]詳指之, 妓曰: "都令主先歸本宅, 則吾當趁未暮, 直赴都令主所處, 須信之以去也." 沈大感幸而先歸, 淨掃舍廊以待之. 紅果如約而至, 踞床聯膝, 抱昵昵相語. 女婢出見, 走告大夫人曰: "都令主得來一美人, 方

549) 格: 가, 나본에는 '享'으로 되어 있음.
550) 淨: 가본에는 '精'으로 되어 있음.
551) 器: 저본에는 빠져 있으나 가본에 의거하여 보충함.
552) 가본에는 이어서 '簪纓相繼, 遂成大家'라는 내용이 추가되어 있음.
553) 才調: 가, 나본에는 '才貌'로 되어 있음.
554) 都: 저본에는 '道'로 나와 있으나 가, 나본을 따름. 이하의 경우도 동일함.
555) 沈: 가본에는 '沈童'으로 되어 있음.

同坐歡娛[556]矣." 大夫人爲之歎咤其狂蕩. 少選, 紅因女婢請謁於大夫人, 卽招入, 則紅於[557]未言前, 已被老夫[558]人之愛. 妓遂曰: "小人是某邑妓, 新上來者也. 今日赴某宅宴, 得見貴宅都令主於座間, 人皆視以爲狂童, 而以吾所見, 則的是大貴人骨相[559]也. 第其氣逸難馴, 專[560]於耽色, 因其所好而利導之, 則庶幾成就. 小人欲爲都令主, 永斂路柳墻花之跡, 相守筆床書案之間, 限十年勸學, 期致靑雲. 伏未知抹樓下意向, 以爲何如. 小人意如出情慾, 則富豪壯健之美男子, 亦多矣, 何必來守枯淡寡宅一小兒乎? 雖在衽席之間, 必常[561]十分沮抑, 毋使致損, 抹樓下不須慮此也." 老夫人曰: "吾兒早孤, 誤[562]入萬無入彀之望, 老身之日夜憂悶. 在此何幸好風送汝來, 誘掖狂童, 俾至成立, 則汝於吾家[563], 何等恩人?" 紅自是夕, 諱跡娼列, 棲身深閨, 平明則梳沈頭, 盥[564]沈面, 送師家受學. 歸則卽使勤讀, 坐其傍, 劈書筭, 程限甚嚴, 讀少倦, 則輒以決然舍去之意[565], 恐喝之. 沈童心强制, 學業漸進. 及當可娶之年, 以其篤愛於紅, 故必欲不娶, 紅嚴辭呵責曰: "名家子弟, 前程萬里, 乃欲與賤娼終身, 而廢棄大倫. 吾誓不令人家因吾身而亡, 今日當決死[566]矣." 沈不得已而迎婦, 紅乃定日限, 使於五日內, 四日入處[567]正室房, 一日則渠自當御. 未及當御之夕, 而夫婿入來, 則鎖門不納. 荏苒多年, 沈厭讀之習漸長, 或擲卷頹臥, 曰: "汝勸雖勤, 吾倦難强, 奈何?" 紅知其不可以口舌爭, 一日[568], 瞰沈之出他[569], 告大夫人曰: "妾之留貴宅[570], 全爲書房主學業,

556) 娛: 저본에는 '晤'로 나와 있으나 가본에 의거함.
557) 於: 저본에는 빠져 있으나 가, 나본에 의거하여 보충함.
558) 夫: 저본에는 빠져 있으나 가, 나본에 의거하여 보충함.
559) 相: 저본에는 '狀'으로 나와 있으나 가, 나본을 따름.
560) 專: 저본에는 '全'으로 나와 있으나 가, 나본을 따름.
561) 必常: 저본에는 빠져 있으나 가, 나본에 의거하여 보충함.
562) 誤: 저본에는 '外'로 나와 있으나 가본에 의거함.
563) 家: 저본에는 빠져 있으나 가본에 의거하여 보충함.
564) 盥: 나본에는 '洗'로 되어 있음.
565) 之意: 저본에는 빠져 있으나 가본에 의거하여 보충함.
566) 死: 저본에는 '辭'로 나와 있으나 나본에 의거함.
567) 處: 가, 나본에는 빠져 있음.

而近日則厭症大肆，小妾之勸，亦未如之何．目下去字[571]一條路，惟爲激勸之上策，若指登科之日，以爲重逢之期，則想其志氣，必也發憤勤業，待其歸來．願告之以非科名，無後期之意．”老夫人曰：“吾兒之免蒙學，藉汝力已多，今雖厭讀，汝何以忍因此而捨吾母子耶?”對曰：“妾非木石，豈無相訣之悵? 而此去以後，誓不許身他人，而惟待郎君之成名．其爲激丈夫之道，在他勝於在此矣．”遂灑泣出門，行到老宰相無內政[572]之處，自稱禍家餘生，無處可依，願備[573]婢僕之列，以執縫絍[574]之役．老宰相愛其敏慧，從其言而留之，自其夕，入廚備饌，極愜老人口，宰相奇愛之，謂紅曰：“老人窮命，偶得汝相倚[575]，汝之愛我旣深，自此名爲父女，可乎!”遂使入處內舍，待以養女．沈自外歸，則紅已永去，母告以去時之言，謂非登科，則無以重逢云，則沈一場大感，遍求城中數日，無跡乃已．乃自誓曰：“吾不成名見故人，則生亦何爲?”自是以後，大讀大做，纔過三四年，魁登司馬試．三日遊街時，往訪父執老宰相，則留坐穩話．俄而，盃盤自內出，新恩對饌，汪然出涕，老宰相怪問之，沈告以紅事始末甚詳，且曰：“厥女去時，有所云云，故小生之今日小成，[576] 專爲見故人之地矣．今此[577]饌品，恰似出其手，是以悲耳．”主人詳問其人之貌樣，對以如此如此，老宰相曰：“吾有一養女，莫的[578]所從來，無乃是耶?”語未了，有美人開窓突出，卽非別人，而卽故人也．失聲狂叫，相抱宛轉，失聲狂叫，[579] 不覺其在尊前．新恩[580]曰：“大監不可不還付此女於侍生矣．”老宰

568) 一日: 나본에는 '嘗'으로 되어 있음.
569) 出他: 저본에는 '無入'으로 나와 있으나 가본을 따름.
570) 留貴宅: 가, 나본에는 '積年留宅'으로 되어 있음.
571) 字: 가본에는 '之'로 되어 있음.
572) 內政: 가본에는 '內庭'으로 되어 있음.
573) 備: 가본에는 '在'로 되어 있음.
574) 絍: 저본에는 '治'로 나와 있으나 가, 나본을 따름.
575) 倚: 가, 나본에는 '依'로 되어 있음.
576) 小生之今日小成: 저본에는 '小生之今生之今日小成'으로 나와 있으나 가본에 의거함.
577) 此: 나본에는 '見'으로 되어 있음.
578) 的: 가, 나본에는 '知'로 되어 있음.
579) 失聲狂叫: 저본에는 빠져 있으나 나본에 의거하여 보충함.

相曰:“吾之老境, 依渠爲命, 一朝捨送, 如失左右手. 而女也志操旣如是奇異, 君之恩愛, 又如彼膠固, 何可靳許耶?” 仍告別於老宰相, 載紅於所騎馬之後, 以炬導前, 鼓笛[581]歸家. 女婢望見其鞍背有女幷騎, 入[582]告大夫人, 輒以小成, 初[583]無戒行[584]爲憫矣. 新恩來近家門, 遙呼母親, 曰:“吾今得紅而來矣!” 一門喜氣, 與科慶相表裡, 故情新歡莫樂兮. 後沈登第, 經天官郞, 紅泣告沈曰:“吾爲進賜主, 成就專心, 十餘年未遑萬事[585], 父母之存歿安否, 漠然無聞, 以是悲結. 進賜主今爲我出宰錦山, 俾我省父母於故土, 則榮耀極矣.” 沈曰:“此甚易!” 卽爲乞郡得錦山, 挈紅赴衙, 探紅父母消息, 則俱無恙矣. 纔過三日, 紅自官盛備宴需, 携往本家, 招集親黨, 歡讌[586]數日. 紅告其父母曰:“官府內屬, 與私家數數通閨[587], 則小小干囑必多, 貽累於官家[588]. 自吾歸後, 永相隔絶, 視如在京時, 是所望也.” 遂爲還衙, 絶不相問往還[589]. 居無何, 太守方坐衙, 內僕出告曰:“小室請進賜主入來矣.” 沈辭以牒擾不卽入. 小頃, 又報曰:“將告永訣, 何其遲也?” 沈怪而入, 則紅方具新衣裳, 整潔[590]枕席, 無所呻吟, 而猶曰:“今日限滿, 將辭陽界, 進賜主好在享榮貴, 勿須戚戚於戀我, 而靷我歸葬於進賜宅先山焉.” 言訖, 悠然而逝. 沈大疚懷, 曰[591]:“渠旣死矣! 吾以何意況留此?” 卽求遞西歸, 以紅柩偕行, 行到錦江逢雨, 作悼亡詩, ‘一朶名花載柳車, 香魂何處去躕躇.[592] 錦江秋雨丹旌濕, 疑

580) 新恩: 나본에는 '沈'으로 되어 있음.
581) 鼓笛: 나본에는 '鼓吹'로 되어 있음.
582) 入: 가본에는 '直'으로 되어 있음.
583) 初: 저본에는 '而'로 나와 있으나 가, 나본을 따름.
584) 行: 저본에는 빠져 있으나 가, 나본에 의거하여 보충함.
585) 萬事: 나본에는 '他事'로 되어 있음.
586) 讌: 가, 나본에는 '宴'으로 되어 있음.
587) 通閨: 가본에는 '通問'으로 되어 있음.
588) 家: 저본에는 '改'로 나와 있으나 가본에 의거함.
589) 還: 가본에는 '矣'로 되어 있음.
590) 整潔: 나본에는 '潔淨'으로 되어 있음.
591) 曰: 저본에는 빠져 있으나 가, 나본에 의거하여 보충함.
592) 一朶名花載柳車, 香魂何處去躕躇: 저본에는 빠져 있으나 가본에 의거하여 보충함.

是佳人化淚歸.'【『箕雅』載其詩云】

40.

昔有關西伯, 有獨子, 甚愛重之, 年方十四歲, 隨父赴營. 營中童妓, 與方伯胤同甲, 而貌姸性慧, 同遊昵狎, 仍與目成, 情愛如山. 當其滿瓜將歸, 監司夫婦, 深以其子之難捨所狎妓爲憂, 問於兒曰: "汝於某妓, 能割情相別耶?" 兒對曰: "官妓相別, 不過一時戀戀, 有何難捨耶?" 發行時, 無甚難色, 父母極以爲幸. 及還京, 旋上山寺讀書. 深夜雪月, 乍出僧軒, 悄然獨立, 忽有某妓[593]之掛懷, 相思之情如泉湧, 火燃[594]抑遏不得. 苦待晨鍾之鳴, 不告傍人, 着草鞋步出[595], 千辛萬苦, 足繭飢瘃, 菫達箕城. 直到厥妓之母家, 問妓安在, 則妓母氣色冷淡, 曰: "都令主何爲來此千里地耶?" 答曰: "思君之女, 不堪斷腸, 出萬死來到, 願使速見君女也." 妓母曰: "吾女方爲新使道子弟守廳[596], 晝夜牢守, 使不出一步地, 豈有相面之路乎? 都令主之遠來, 不量甚矣." 草草酬酢, 無意應接. 少年退走監營舊吏房家, 蓋吏房曾於前等犯死罪, 被此少年之力, 救得以全活, 常視爲罔極之恩, 故謂可以居停而往投焉. 厥吏果欣然迎問來由, 少年具道所以, 且請指揮逢故人之策, 厥吏曰: "新使道子弟, 十分鍾情於厥妓, 須臾[597]不離側, 見面誠難矣. 第有一術焉, 姑留吾家, 候天雪, 入參府下民掃雪官庭之役, 擁篲[598]入冊房前, 則庶可以得見矣." 居數日, 果雪積, 吏房以此少年, 充於冊房庭[599]掃雪軍, 衣弊擁雪篲入送. 少年手[600]掃而目睨, 厥妓踞房[601]門前, 而觀掃雪, 則擁篲者乃舊夫也, 卽爲縮頭隱身.

593) 某妓: 가본에는 '西妓'로 되어 있음.
594) 火燃: 가본에는 '火燥'로 되어 있음.
595) 步出: 저본에는 빠져 있으나 가본에 의거하여 보충함.
596) 守廳: 가본에는 '守廳妓'로 되어 있음.
597) 臾: 저본에는 '叓'로 나와 있으나 가본에 의거하여 바로잡음.
598) 篲: 가본에는 '箒'로 되어 있음. 이하의 경우도 동일함.
599) 冊房庭: 가본에는 '冊室前'으로 되어 있음.
600) 手: 저본에는 빠져 있으나 가본에 의거하여 보충함.

少年罷掃歸, 寓主吏房問: "果見所謂伊人之面乎?" 答曰: "見則見矣. 倚門而省識吾面, 旋隱其身, 不意山情海盟, 變爲趨炎捨[602]凉, 至此矣." 言訖歔欷長歎, 始悔其遠來徒勞矣. 是日[603], 厥妓悽然掩泣, 方伯之子問其由, 對曰: "吾父生時酷愛女身, 而父沒無他子女, 每當大雪時, 吾輒就父墳, 手掃塋域, 少伸追遠[604]之情. 今陪貴人, 牢鎖公館, 無以抽身往掃. 想像積雪厚覆凶父之面上, 不覺肝腸之如裂, 是以泣耳." 衙童曰: "當[605]命房子往掃耳." 對曰: "官令之下, 房子[606]去則去矣, 雪塞中爲賤妓任勞[607], 必不免貽辱於亡父不掃爲愈." 仍啼泣不止, 衙童憫之, 乃許乍往還. 厥妓抵其家, 語其母曰: "前等使道子弟都令主, 來到吾家乎?" 母曰: "果來請見汝, 而吾謂之無奈何, 則卽爲出去, 不知所向." 女責其母曰: "吾家之受惠於都令主, 何等深厚, 而乃使千里客蹤, 罔知攸托, 而不爲之留借於家中耶? 吾母之背恩忘德, 極矣!" 仍細想形勢, 則似必往托於吏房家, 故往覓其跡, 則果在矣. 相對以來[608], 悲喜可知, 而女曰: "到此地頭, 不容使都令主一見面, 而卽復路, 吾寧與[609]君而偕逃[610]矣." 卽往其家, 搜出數百銀子與衣裝[611]而來, 買取卜馬, 吏房又給駿馬一匹, 資以五十兩銀子. 女前男後, 卽日潛出倍道疾馳, 投抵陽德·孟山間, 賃屋以居. 女謂郎曰: "旣君背尊大人, 溺於賤娼, 落在遐方, 惟有勤學業, 決科第以贖罪戾然後, 庶有復歸親庭之面矣. 衣食之責, 專付於我, 讀做之工, 必[612]倍於人, 是所至祝也." 遂夫讀婦絍, 晝夜罔掇. 女赴每市, 貿米

601) 房: 저본에는 '方'으로 나와 있으나 가본에 의거하여 바로잡음.
602) 捨: 저본에는 빠져 있으나 가본에 의거하여 보충함.
603) 是日: 가본에는 '日暮'로 되어 있음.
604) 追遠: 가본에는 '追慕'로 되어 있음. 서로 통함.
605) 當: 저본에는 '常'으로 나와 있으나 가본에 의거함.
606) 房子: 가본에는 '渠'로 되어 있음.
607) 勞: 가본에는 '苦役'으로 되어 있음.
608) 以來: 가본에는 '握手'로 되어 있음.
609) 與: 저본에는 '爲'로 나와 있으나 가본을 따름.
610) 逃: 저본에는 '到'로 나와 있으나 가본에 의거함.
611) 衣裝: 가본에는 '衣衾'으로 되어 있음.
612) 必: 가본에는 '尤'로 되어 있음.

柴, 買蔬魚, 以供夫婿, 或遇書冊輒買歸, 少年科文大進. 曾未四五年, 女出市[613]聞朝家設科, 勸郞往赴, 少年曰: "吾獨置[614]汝於四顧無親寂寞之地, 何忍作千里別乎?" 女曰: "丈夫營大事, 不可拘於區區之情矣." 買馬匹, 備路錢, 卜日送行. 少年入城, 寄托旅客之家, 入場盡意, 製表納券. 及其榜出, 名在[615]第二, 自上招入時任吏判, 下敎曰: "卿每[616]謂有獨子, 自山寺被虎噉. 今此新榜第二人, 父名書以卿名, 而官職非吏判, 卽大憲, 殊可怪也." 吏判對曰: "臣亦莫知其爲誰, 而子[617]似無生存之理矣." 爲一悽然[618], 上曰: "不待唱榜, 招見破疑, 可也." 使吏判勿退, 而命新恩入侍, 則雖是近十年久別之儀容, 而父子相逢, 豈有不知之理乎? 相握之大慟, 繼以歡[619]忭. 皮封中父職書以大憲, 蓋從出去時職也. 上大異之, 詳細下詢其始末, 對曰: "逃父隨娼, 匿跡遐鄕, 自歸悖戾, 雖幸釋褐, 臣罪萬死." 遂陳山寺以後登科以前事, 甚悉. 上曰: "汝非悖子, 誠一孝子, 汝妾志行出衆, 誰料賤娼中有此義俠, 宜爲名士副室也." 卽爲下諭, 關西伯使之刻日治送, 先達妾於吏判家. 新恩卽還父家, 死者復生纔逢, 而已榮閭門, 歡聲如雷. 中外相傳, 爲美事云. 妓名紫鸞, 字玉簫仙云.

41.

昔有文士, 出[620]接於龍山, 隣屋有女人哀哭, 自曉至日晩不止. 文士輩問知其爲[621]常漢寡女, 齊就其家, 則乃素服女子也. 問其哀痛之由, 則其女子對曰: "妾本是城內名娼也. 一日, 赴貴家宴, 夕歸, 餘醺在面, 新月如

---

613) 市: 저본에는 빠져 있으나 가본에 의거하여 보충함.
614) 置: 가본에는 '留'로 되어 있음.
615) 在: 가본에는 '居'로 되어 있음.
616) 每: 저본에는 빠져 있으나 가본에 의거하여 보충함.
617) 子: 가본에는 '臣子'로 되어 있음.
618) 悽然: 가본에는 '愴然'으로 되어 있음.
619) 歡: 가본에는 '欣'으로 되어 있음.
620) 出: 저본에는 빠져 있으나 가, 다, 라본에 의거하여 보충함.
621) 爲: 저본에는 빠져 있으나 가, 다, 라본에 의거하여 보충함.

鏡, 乘興散步, 前街有一少年男子, 着草笠步過, 其貌如玉. 一見已不勝悅慕, 進前以告曰: '妾是娼, 而家在此街內, 可能乍入吸烟茶否?' 少年卽快允, 卽携入室中, 張燈對坐, 其喜可掬. 娼卽沽進美酒, 以代夕炊, 娼歌一曲, 少年和之, 其聲繞樑, 又彈琴, 琴亦如之. 娼不及問其爲誰家子, 只其才貌, 以爲平生奇絶, 情愛如山, 滅燭經雲雨, 而兩相就眠. 娼眠乍醒, 更欲緊抱, 則[622]腥寒襲臂, 定睛視之, 劍割其腹, 流血滿床[623]. 娼驚慌而起, 月色暎窓, 玉面帶暈, 死亦[624]可愛. 痛毒[625]錯愕, 姑不暇論, 而家無男丁, 斂屍罔措, 艱辛曳藏於挾房中. 待翌夜, 更爲步出前街, 蓋欲邀入過去[626]男子, 以付托處置屍身之計也. 果有長身武弁, 着項羅[627]天翼, 冉冉過去, 身手輕快. 娼接語請入一如前夜, 行盃纔罷, 娼泣告曰: '奉邀進賜主, 非牽春情, 竊有目前罔極罔措事, 敢欲貽勞於進賜主. 進賜主肯之, 則謹當終身爲妾爲婢, 以報其恩矣.' 仍細陳之, 武弁曰: '慘矣!' 使買斂布以來, 武弁脫衣韝臂, 從容襲斂, 裹以油芚, 且覓光耳[628], 將踰城往埋之, 謂娼曰: '汝欲往見埋窆否?' 娼曰: '固所願, 而亦何越城乎?' 武弁左挾屍體, 右挾美人, 越城躍下至一處, 深穿穴厚埋屍. 還到娼家, 娼謂武弁, '當以是夜近渠耶?' 武弁曰: '吾今夜當宿此, 而與汝同衾, 則便是責報於少年埋葬也, 吾不爲此矣. 吾欲爲少年報讐, 於汝意何如?' 娼曰: '何等恩德, 從何覓賊耶?' 武弁曰: '曾或有慕汝, 而汝[629]不從者乎?' 娼初曰: '無之.' 良久曰: '吾家後有宮家[630]馬直一漢, 面目[631]可憎, 留意於吾已久, 而吾牢拒之矣.' 武弁頷之. 及至明日, 武弁敞開後

---

622) 則: 저본에는 빠져 있으나 가, 다, 라본에 의거하여 보충함.
623) 床: 가, 라본에는 '席'으로 되어 있음.
624) 亦: 가, 라본에는 '猶益'으로, 다본에는 '猶'로 되어 있음.
625) 毒: 다본에는 '憐'으로 되어 있음.
626) 過去: 저본에는 빠져 있으나 가, 다본에 의거하여 보충함.
627) 羅: 저본에는 '罷'로 나와 있으나 가, 라본에 의거함.
628) 光耳: 가본에는 '廣耳'로 되어 있음. 서로 통함.
629) 汝: 저본에는 빠져 있으나 가, 다본에 의거하여 보충함.
630) 宮家: 가, 다본에는 '宮'으로 되어 있음.
631) 面目: 다, 라본에는 '面貌'로 되어 있음.

門樓, 娼臂臨門, 狎坐褻戲多端, 午後乃止. 及後夜, 武弁臥[632]前窓內, 鼻息齁齁, 娼亦以前夜失睡之故[633], 昏惱熟眠. 夜深後, 睡中忽有[634]槖槖聲, 娼大驚意謂, '今夜又哭武弁.' 俄聞武弁語聲, '使速爇火來!' 娼覓火以燭, 則有人碎頭死仆窓前矣. 武弁曰: '此是誘汝之宮馬直否?' 娼諦視, 曰: '然矣. 進賜主其[635]何能以致此而殺之耶[636]?' 武弁曰: '當晝戲汝, 要致此漢, 午間, 此漢壓後墻窺晲, 而眼色[637]不良. 吾已知夜來害我, 故當門佯睡, 而果有開門持劍入者[638], 吾以袖中鐵椎, 迎擊而殺之矣.' 卽束其屍, 挾以越城, 掩土而歸. 武弁不待天明, 拂衣而還, 娼願隨而麾之甚緊[639], 願聞所居洞與何姓何官, 亦不告而去. 娼遂賣京第, 出居龍山, 爲少年守節. 今日, 是少年罹禍[640]日, 故祭罷, 哀不能止云矣."

42.

兪斯文命舜, 卽兪相國[641]拓基之伯父也. 身長十餘尺, 風神秀麗, 映發幾乎潘衛之貌. 方年[642]十六七, 步過妓家前[643], 妓適褰簾, 目招以入. 妓亦玉面, 自言, "新自湖南選屬梨園, 籍京居屬耳. 而雖混墻花, 恥伴木雞, 平生志願, 要遇橘車之風流, 以傍奉巵[644]之列. 今見君子, 其眞人也, 敢欲許身, 噬肯我願否?" 兪亦欣然曰: "兩美相遇, 兩情豈異? 功名吾所固有, 差待釋褐後結歸, 亦未晩也. 山海之盟, 旣堅于心; 袵席之事, 何論

632) 臥: 다본에는 '臨'으로 되어 있음.
633) 故: 저본에는 빠져 있으나 가, 다, 라본에 의거하여 보충함.
634) 忽有: 저본에는 빠져 있으나 가, 다, 라본에 의거하여 보충함.
635) 其: 가, 다, 라본에는 빠져 있음.
636) 耶: 저본에는 빠져 있으나 가, 다, 라본에 의거하여 보충함.
637) 眼色: 라본에는 '顔色'으로 되어 있음.
638) 者: 저본에는 빠져 있으나 가, 다, 라본에 의거하여 보충함.
639) 緊: 라본에는 '堅'으로 되어 있음.
640) 禍: 가, 다, 라본에는 '害'로 되어 있음.
641) 國: 저본에는 빠져 있으나 가, 다, 라본에 의거하여 보충함.
642) 年: 저본에는 빠져 있으나 가, 다, 라본에 의거하여 보충함.
643) 前: 저본에는 빠져 있으나 가, 다, 라본에 의거하여 보충함.
644) 巵: 가, 다, 라본에는 '匜'로 되어 있음.

有無也?" 妓亦樂聞, 曰: "可." 自是以後, 路過其處, 輒歷入覓, 取醉和歌, 兩相驩然自處以元央, 但不同枕矣. 兪斯文不幸, 以布衣早坜[645], 厥妓驚痛, 奔哭[646]喪次, 將欲散髮服喪. 兪之弟命健甫[647], 麾叱之曰: "汝無結髮[648]於吾兄, 而乃欲服喪者, 誠爲妄矣!" 十分毆逐, 使不得接足. 厥妓抵死願留, 而終無奈何, 方其臨去, 泣告命健曰: "雖被本宅牢拒, 不能成吾志, 而誓不獨生以負幽明, 歸當自裁. 而竊有奉托, 小人之姨從弟爲妓, 自錦山上來者, 每謂小人曰: '願得京華第一美丈夫, 以托吾身, 兄其爲我圖之也.' 小人對曰: '以吾所見, 余所成約之兪氏, 卽實爲京華第一人, 其弟抑其次也.' 妓曰: '然則願爲我紹介於其弟, 俾吾兩人以成妯娌, 則萬幸.' 小人已諾其行媒矣. 小人死後, 使吾弟得侍書房主巾櫛, 則稍慰吾長逝之魂矣." 厥妓還家, 果卽自裁. 兪氏感其節, 而悲其志, 果以錦山妓, 爲命健甫小室, 畜置家中云. 又兪斯文, 曾作鄕行, 過一處, 欲[649]投宿於村中大屋, 叩門無應者. 俄有, 一美處女, 蔽身於內[650], 而語曰: "家中一空, 何方客[651]欲投宿於此耶? 必欲投宿, 則不可不抵此內舍矣." 兪幸其許宿, 而內舍則尤[652]過望矣. 及入門, 見其處女, 姿貌綽約, 尤爲悅慕, 問其弱女獨守之由, 謂其有[653]繼母, 出他未還矣. 炊進夕飯, 饌物精美, 少男少女, 與同一席, 自不得無事, 欲結雲雨之歡, 則女曰: "夜中內屋, 引入男子, 有意所存, 若成吾志, 則何敢阻拒也?" 兪問其所欲, 女曰: "兒[654]家門地, 非兩班非常賤也. 父得惡[655]妾, 惡妾[656]擅家, 與同其

645) 早坜: 가본에는 '早折'로, 다, 라본에는 '早世'로 되어 있음. 서로 통함.
646) 哭: 저본에는 빠져 있으나 가본에 의거하여 보충함.
647) 甫: 저본에는 빠져 있으나 가, 라본에 의거하여 보충함.
648) 結髮: 가, 다, 라본에는 '結緣'으로 되어 있음.
649) 欲: 저본에는 빠져 있으나 다, 라본에 의거하여 보충함.
650) 內: 가본에는 '門內'로 되어 있음.
651) 客: 가, 다, 라본에는 '遠客'으로 되어 있음.
652) 尤: 다본에는 '益'으로 되어 있음.
653) 有: 저본에는 빠져 있으나 가, 다, 라본에 의거하여 보충함.
654) 兒: 가본에는 '我'로 되어 있음.
655) 惡: 저본에는 '要'로 나와 있으나 가, 다, 라본에 의거함.
656) 惡妾: 저본에는 빠져 있으나 가, 다, 라본에 의거하여 보충함.

生娚凶漢合勢，或置毒，或咀呪，吾母[657]吾兄弟，皆死於非命．至痛至寃，塡骨入骸，而如此弱女，無路復雪，唯擬托身於人，假手以圖之．客如一副吾願，則今夜同枕[658]，吾所不辭不然，則不可以情慾奪吾志矣．" 兪素好意氣，憐其志，因許之，是夜同枕席．明日入官，以女名呈訴[659]，逐日待令於官門外．凡十一呈，乃得正罪，惡女之娚則伏法[660]，惡女則遠逐．兪因還京，挈歸其女，所在難便，[661] 留置以去．一散以後，會面無緣，而女獨居，守志甚堅．及聞兪歿，卽日自裁，殉節同時．二烈女皆爲一人而死[662]，誠是『三綱行實』所未有，而兪之風采感人，亦可推知矣．

43.

京城有[663]一朝士，臨終遺命[664]三子，曰："葬地必待沔川李生員之指示，愼勿違吾言云．" 喪後二[665]朔，沔川李生員，果來弔，喪人告以遺命，李曰："吾安得不擇先大人葬地耶?" 喪人請發看山行，李直令行喪，喪人惟令是從．李隨紼偕行，出西門，向長坡間，至一處，令停喪，卽使人[666]用鍤，鑿破一處穴，至數尺餘，已令下棺．喪人兄弟曰："士夫葬禮，豈可如是草率乎?" 李曰："葬禮之具不具，非吾所知，非此地則無可葬地，非今時則無可葬地時，奚暇[667]論灰隔·外棺等浮文乎?" 喪人不得已，直加莎土於棺上成墳，僅似覆盆狀．喪人情事罔極，私相語曰："今日事，爲有遺命，姑依李言，勢將更擇地，具禮以窆耳[668]．" 仍與李同歸，馬上謂李曰:

---

657) 吾母: 저본에는 빠져 있으나 가, 다, 라본에 의거하여 보충함.
658) 同枕: 가본에는 '同衾'으로 되어 있음.
659) 呈訴: 가, 다, 라본에는 '呈狀'으로 되어 있음.
660) 伏法: 가본에는 '伏罪'로 되어 있음.
661) 所在難便: 가, 다, 라본에는 '在歲難便'으로 되어 있음.
662) 而死: 저본에는 빠져 있으나 가본에 의거하여 보충함.
663) 京城有: 저본에는 '有京城'으로 나와 있으나 가, 다, 라본을 따름.
664) 遺命: 가, 다, 라본에는 '遺言'으로 되어 있음.
665) 二: 가, 다, 라본에는 '一二'로 되어 있음.
666) 人: 저본에는 빠져 있으나 가, 다본에 의거하여 보충함.
667) 暇: 저본에는 빠져 있으나 가, 다, 라본에 의거하여 보충함.

"葬事既已, 一聽尊丈言, 地理果何如?" 李曰: "吾於先大人葬地, 豈有不善擇地[669]之理乎?" 喪人曰: "前頭禍福何如?" 李曰: "初年禍在所不避, 伯哀似不久矣." 俄又曰: "仲亦然矣, 季則最吉矣!" 季也時未冠, 及闋服, 娶於義洞成承旨女. 在妻家時, 倭破東萊之報適至, 伯仲送書促歸, 要與避亂[670], 而新情難別, 伯仲書三到以後, 始歸. 歸時, 折牧丹[671]一枝, 插妻笄上, 灑泣而別. 兄弟三人, 同爲[672]避亂, 行到一處, 遇倭兵, 一時被擄, 縛置碪櫍[673]上, 次第斬頭. 先斬伯仲, 未及至季之時, 其家奴子, 在後[674]目擊, 而渠獨逃還, 往見季之妻於苑後, 細報其上典三兄弟俱死倭鋒之由, 成夫人認爲共死矣. 時將斬[675]季也, 倭帥一人, 愛其貌美, 救而免之, 仍號爲養子, 提挈左右, 甚加撫愛, 携歸本國, 留至十年. 倭中約束, 他國人試才之科, 十年一設, 不中式[676]則殺之. 此人漏於其試, 所謂養父倭, 救之得免, 又十年赴試, 又不中式. 將殺之際, 倭中大帥高僧, 請免其死, 以爲闍梨, 遂寄空門. 又將十年, 高僧病將死, 問此人以所欲, 則願還本國. 高僧乃行關於沿路州縣, 乘障津梁, 使之勿禁而護送之. 渡海抵王京, 尋其故閭, 則全家覆沒於亂中, 無所止托[677]. 往尋於義洞妻家, 亦已易主, 無憑可問, 四顧彷徨. 仍西走, 將省父墓, 入其洞遙望, 則舊日薄葬之壙, 不可復識. 有上下二墳, 封築嵯峨玲瓏, 前各竪碣, 齋室穹崇. 意謂, '親山一麓, 已爲勢家奪占矣.' 進問於墓直, 則云: "是時任平安監司宅山所." 就讀其碣文, 則上墳職啣事實, 子女錄的是考也. 下墳則被禍倭亂, 葬以衣履, 而關西伯爲其遺腹子云. 生年配偶, 兄弟次序,

668) 耳: 저본에는 '且'로 나와 있으나 가, 다, 라본에 의거하여 바로잡음.
669) 地: 저본에는 빠져 있으나 가, 다본에 의거하여 보충함.
670) 亂: 다, 라본에는 '難'으로 되어 있음. 이하의 경우도 동일함.
671) 牧丹: 가, 라본에는 '牧丹花'로 되어 있음.
672) 爲: 저본에는 빠져 있으나 가본에 의거하여 보충함.
673) 櫍: 저본에는 '質'로 나와 있으나 라본에 의거하여 바로잡음.
674) 在後: 저본에는 빠져 있으나 가, 다, 라본에 의거하여 보충함.
675) 斬: 저본에는 빠져 있으나 가, 다, 라본에 의거하여 보충함.
676) 式: 가본에는 '試'로 되어 있음. 이하의 경우도 동일함.
677) 托: 가본에는 '泊'으로 되어 있음.

的[678]是自己事也. 意想恍惚, 如幻如癡. 卽向平壤府, 而布政司門深如海, 無由進身, 而身上倭服尙不變, 一箇山僧樣也. 乃大[679]其納衣之袖, 拱立布政門外, 垂袖俯身, 三日峙[680]不動. 營中上下[681], 相傳爲怪事, 方伯聞之, 而招問其槩, 對云: "如許如許[682]." 方伯謂裨將曰: "彼僧之言如何?" 裨將曰: "其言萬萬妖惡, 使道不必與之酬酢, 惹疑於聽聞, 付之小人, 則小人當自下處置云者, 滅口之謂也." 監司曰: "可." 裨將引其僧出去. 大夫人招監司, 以問曰: "俄聞有怪事, 汝何以處置耶?" 對曰: "裨將謂當處置, 而已引去矣."[683] 大夫人曰: "安知其必僞而非直耶? 吾當隔簾而躬問之, 斯速招入!" 裨將未及下手, 旋爲入送, 僧所對, 一如前對監司之言, 大夫人曰: "汝言大體則符合, 而第言其最明之證驗也." 僧曰: "方在妻家時, 伯仲氏促歸之書三度, 皆付內手. 且與內相別時, 折牧丹揷其笄, 此爲緊證." 大夫人曰: "此二事, 已有名於朝廷, 聖上亦喜遺[684]腹子之顯達, 幷奇其母以牧丹揷笄, 命題使臣僚製進. 汝或聞之於歷過京師時, 以此不足爲信驗, 莫如指吾幽暗處隱表爲可信也." 僧趦趄良久, 乃[685]曰: "吾妻小腹下, 有七點黑子, 橫於肌膚. 同裯撫摩時, 戱以爲北斗七星." 大夫人聽未訖[686], 撤簾突出, 直前抱僧, 宛轉大哭, 曰: "此是吾夫, 此是吾夫[687]! 千明萬白. 天乎天乎! 奇遇奇遇!" 一營振動, 卽脫其巾衲, 加以冠服, 賀語如沸. 監司上書, 自陳亡父生還之始末, 急就松楸, 削其墳[688], 仆其碣. 李之擇地, 果神異矣.

---

678) 的: 저본에는 '適'으로 나와 있으나 가, 다, 라본을 따름.
679) 大: 다, 라본에는 '不變'으로 되어 있음.
680) 峙: 가본에는 '特立'으로 되어 있음.
681) 上下: 가본에는 '下屬'으로 되어 있음.
682) 如許: 저본에는 빠져 있으나 가, 라본에 의거하여 보충함.
683) 大夫人招監司……而已引去矣: 저본에는 빠져 있으나 가, 라본에 의거하여 보충함.
684) 遺: 저본에는 '有'로 나와 있으나 가, 다, 라본에 의거함.
685) 乃: 저본에는 빠져 있으나 가, 다, 라본에 의거하여 보충함.
686) 未訖: 가, 다, 라본에는 '未畢'로 되어 있음.
687) 此是吾夫: 저본에는 빠져 있으나 가, 다, 라본에 의거하여 보충함.
688) 墳: 가본에는 '墳墓'로 되어 있음.

44.

昔有[689]二文士，臨別試開，做工於北漢寺同房．其一[690]人是赤貧，而服着饌物絶等，殆踰豪貴家．其[691]一人異而問之，累問始對曰："吾妻才智出衆，赤手經營，無不辦織組烹飪，在東國必無雙[692]，故供給夫婿如是云．"則其人聽罷，望遠山默不語．未幾，先罷[693]歸家．一人徐罷接，歸家問之，則其人輟家遠去，不知所向，永隔聲息，殆十許年．一人則卽爲登第，轉至崇品，拜關西伯，携內行赴任．未至關西境，午將炊店舍，在道見一人，所騎如龍，騶從如雲．上下服飾輝煌，氣勢豪健，近而諦視，則乃舊日北漢寺同硏生也．同入店門，欣然敍阻懷，監司仍問："昔在北漢，何故經罷接件[694]，乃使人不知去處耶?"其人對曰："其時，君自謂，'君妻才智，冠於我國．'吾聞君言，猝生異心[695]，自誓於中[696]曰：'吾不能奪此人之妻，則生世何爲?'卽日定計，捨京下鄕，爲巢窟於深處，嘯聚賊黨，部落遍一國，健卒數萬，彼隨來軍校，如貔如虎，一人無不當君營隷十首[697]．今日之行，全爲要路攫去君內也．君內雖昇天入地，無所逃避，道伯之勢，直一螳臂，直須無辭奉納也．"監司聞之，膽墜罔知攸措，但曰："入告於婦矣．"仍入內店舍，氣色慘沮，夫人怪之，監司哽咽擧言，陳其暴客來劫之狀．夫人笑曰："令監雖爲好方伯，終不免拙夫! 今聞其人言[698]，卽是大英雄也．女子之生爲英雄妻，豈不快哉? 正合吾願，何足驚心? 請於午飯後相別矣．"監司泣曰："君何爲出此言也?"夫人一邊分出行裝，以治從賊之具．監司出，謂賊魁曰："吾妻願從君矣．"賊魁曰："君

---

689) 有: 저본에는 '事'로 나와 있으나 가, 다, 라본에 의거함.
690) 一: 저본에는 빠져 있으나 가, 다, 라본에 의거하여 보충함.
691) 其: 저본에는 빠져 있으나 가, 다본에 의거하여 보충함.
692) 雙: 저본에는 '二'로 나와 있으나 다, 라본을 따름.
693) 先罷: 저본에는 빠져 있으나 가, 다, 라본에 의거하여 보충함.
694) 罷接件: 저본에는 빠져 있으나 다본에 의거하여 보충함.
695) 異心: 다본에는 '黑心'으로 되어 있음.
696) 中: 저본에는 '申'으로 나와 있으나 가, 다, 라본에 의거함.
697) 十首: 가, 다, 라본에는 '十百'으로 되어 있음.
698) 言: 저본에는 빠져 있으나 가, 다, 라본에 의거하여 보충함.

妻[699]明知其不得避者, 蓋亦解事故耳." 招其軍校, 曰: "內行轎子, 已來此待令乎?" 對以已具, 仍曰: "速入內舍奉出夫人!" 賊之轎卒, 與賊之侍婢, 請夫人入轎, 賊魁亦與監司擧手作別, 勸馬一聲, 翩然以去, 只見行塵之蔽天而已. 方伯之夫人, 被奪於賊帥, 雖欲赴任, 無以擧顔對吏人, 旣已辭朝, 亦不可自中路徑還, 進退俱難, 情事罔極[700], 淚下如雨. 過數食頃, 欲見夫人俄坐處, 以慰彷彿像想而[701]思, 入就內店, 則夫人兀然端坐自如也. 監司驚問曰: "俄者, 目睹夫人之乘賊轎從賊去矣, 忽已在此, 鬼耶? 人耶[702]?" 夫人曰: "吾豈被賊劫而去者[703]耶? 當初令監之語此事也, 吾所對若有不肯意, 則賊耳屬垣, 卽刻必生意外變, 故佯對而使賊信之不疑. 仍卽出一計, 潛誘隨來婢, 曰: '汝之姿色如彼, 而平生爲人僕役, 誠困矣. 彼賊帥, 誠大豪矣, 汝爲其妻, 則一生衣食, 無異公侯夫人. 汝若代吾行, 而牢諱汝本色, 則豈非難得之好機乎?' 婢欣然從之, 盛粧粧出, 以入於賊轎, 而吾則隱於屛後, 待賊遠去, 今始出來. 如是臨機應變之策, 苟不能[704]思得, 則安得免庸婦乎?" 監司頃刻間, 頓失錯愕, 歡天欣地, 同與赴任焉.

45.

昏朝有兩名士, 相與爲莫逆友, 一名士, 忽遘奇疾[705], 携家出廣州. 周年後, 送言于在京名士曰: "吾病更無餘望, 君須來訣." 其人卽出往, 先見其子, 問[706]曰: "汝之親患何如, 請入見之?" 其子曰: "氣息奄奄, 尤多驚悸, 聞人語聲, 輒生怕, 不可猝[707]入見. 尊丈姑坐外舍, 待病候之少間時,

699) 君妻: 저본에는 '妻君'으로 나와 있으나 가, 다, 라본에 의거함.
700) 罔極: 라본에는 '罔然'으로 되어 있음.
701) 而: 가, 라본에는 '之'로 되어 있음.
702) 人耶: 저본에는 빠져 있으나 다본에 의거하여 보충함.
703) 去者: 저본에는 '者去'로 나와 있으나 가, 라본에 의거함.
704) 能: 저본에는 빠져 있으나 가, 다, 라본에 의거하여 보충함.
705) 奇疾: 저본에는 '疾奇'로 나와 있으나 가, 다, 라본에 의거함.
706) 問: 저본에는 빠져 있으나 가, 다, 라본에 의거하여 보충함.

吾當奉入矣." 有頃請客, 客到病人所處室, 則四面窓戶, 皆以藁草束厚蔽之, 入房中一漆室也, 對面不相省識. 客問曰: "君病之重, 一何如是耶?" 病人以喉中語, 僅對一二, 客仍還京. 又周年, 復送言曰: "目下吾之危喘, 不啻如昨年, 君必掃萬出來, 以聽身後之托, 可也." 依其言, 又出去坐外舍, 須臾引入, 病人命子[708]侄, 盡轍[709]去, 四面蔽陽之藁束, 房櫳乃明. 病人張目, 向客而坐, 曰: "吾初非病者也. 時事局勢, 匪久必將大翻覆, 必將大殺[710]戮. 吾病三年, 絶跡朝廷, 今則快已出危入安矣. 吾獨全身, 而使君不能免禍, 則非平生切友之道也. 今日之邀君, 蓋欲指君免禍之計也." 仍取一紙於高飛上, 投之客前, 曰: "此乃吾所著, 請斬爾瞻頭之疏也. 君必塡君名, 而書納之然後, 方可以圖生矣." 世之流傳者只此, 而未聞客之從[711]何居耳.

46.

金倡義使千鎰夫人, 不知誰氏, 而身長大意豁達, 而于歸以後, 高枕而臥, 全無所事. 尊舅語之曰: "汝固佳婦, 而爲人[712]家婦, 全不留意於產業, 是可悶也." 婦對曰: "手中無可藉, 何從以治生乎?" 尊舅卽別給奴婢各五名, 租二十石, 牛二隻, 曰: "可資而謀生乎?" 婦對曰: "然矣." 卽招奴婢, 曰: "汝輩旣屬吾, 當聽吾指揮. 自今以此, 牛馱此租, 入茂朱深峽, 研木築屋, 春租爲農粮, 治火田服力[713]. 每秋, 只告收穫都數於我, 旋卽作米積置, 歲以爲常." 卽日送十奴婢, 入茂朱[714]峽. 且謂夫婿曰: "丈夫手中全[715]無錢穀, 何事可辦?" 金[716]曰: "吾方仰哺於父母, 從何得錢穀乎?" 婦

707) 猝: 가본에는 '猝然'으로 되어 있음.

708) 子: 저본에는 '于'로 나와 있으나 가, 다, 라본에 의거함.

709) 轍: 가, 다, 라본에는 '散'으로 되어 있음.

710) 殺: 저본에는 빠져 있으나 가, 다, 라본에 의거하여 보충함.

711) 從: 가본에는 '從違'로 되어 있음.

712) 人: 저본에는 빠져 있으나 가, 다, 라본에 의거하여 보충함.

713) 服力: 다본에는 '服役'으로 되어 있음.

714) 朱: 저본에는 빠져 있으나 가, 라본에 의거하여 보충함.

曰: "洞內李生員, 卽累萬石富家, 而好博喜賭云. 郎君何不賭, 取其千石露積而歸耶?" 金曰: "彼博擅名, 吾手甚拙, 安敢生賭勝計[717]耶?" 婦使金取博局進來, 半日指授妙訣, 曰: "往賭時, 初局則故輸, 再局三局[718], 則只要取[719]贏. 卽得露積後, 彼必請更博, 則[720]落落用高着取勝, 毋使彼下手, 可也." 金往見李, 請與賭博, 則李曰: "君之於我, 巧拙懸殊, 其可賭乎?" 金固請以千石爲賭, 而初局故輸. 李曰: "然矣, 君安能敵我?" 二局三局連雋, 李曰: "異哉怪哉! 旣許之露積, 不可食言, 卽刻取去, 而使我更着雪恥, 所不可已[721]也." 金於是盡用神訣, 李截然落下, 不敢枝梧矣. 歸報其妻以賭得露積, 婦曰: "固已料之矣." 金曰: "願[722]安所用此?" 婦曰: "君所知知舊中, 有窮乏而難措婚喪者, 卽以此穀, 量宜遍施之. 百里內相識中好人, 無論尊卑, 日日携來, 則吾當以此穀, 備酒饌供[723]具之." 金如其言, 一歲中盡散其千包. 婦又請於尊舅曰: "子婦有緊事, 願得垈田三日耕爲農." 尊舅許之, 乃遍一田種匏, 匏實旣堅, 盡鑿爲圓匏, 招致漆匠, 一一漆之. 又招水鐵匠, 以鐵依圓匏樣, 造成二箇, 俱積三間庫中, 金公與他人, 全[724]不識其何用. 及壬辰倭亂之起, 夫人謂金曰: "平時之勸君, 交結好人賙救貧窮者, 正爲此時之得力也. 君收聚義兵, 則舅姑之避亂, 自有茂朱積粟, 奉入其中, 自當無患. 吾當留家, 接濟軍粮云." 金遂[725]倡率義兵, 將與倭接戰. 夫人使義兵, 每人以長竹竿, 掛漆圓匏, 以荷於肩, 見倭佯敗歸時, 置鐵圓匏于路. 倭兵逐北, 至鐵圓匏所在處, 試

---

715) 全: 저본에는 빠져 있으나 가, 다, 라본에 의거하여 보충함.
716) 金: 가, 다, 라본에는 '金公'으로 되어 있음. 이하의 경우도 동일함.
717) 計: 저본에는 빠져 있으나 가, 다, 라본에 의거하여 보충함.
718) 三局: 저본에는 빠져 있으나 가, 다, 라본에 의거하여 보충함.
719) 取: 저본에는 빠져 있으나 가, 다, 라본에 의거하여 보충함.
720) 則: 저본에는 빠져 있으나 가, 다, 라본에 의거하여 보충함.
721) 已: 저본에는 빠져 있으나 가, 다, 라본에 의거하여 보충함.
722) 願: 저본에는 빠져 있으나 가, 다, 라본에 의거하여 보충함.
723) 供: 저본에는 빠져 있으나 가, 라본에 의거하여 보충함.
724) 金公與他人全: 저본에는 '人'으로 나와 있으나 가본을 따름.
725) 遂: 가, 다, 라본에는 '乃'로 되어 있음.

擧之而重難動, 倭乃驚, 相語曰: "朝[726]鮮兵肩荷如此重鐵匏, 而其走甚捷[727], 此輩皆是神力. 其敗走者誘我也, 愼莫近前, 恐墮其計也云." 義兵因此累交[728]鋒, 而不取敗. 金之倡義始末, 多夫人之所助云.

47.

李相國浣, 爲訓將, 贊北伐, 廣搜人才, 以備折衝. 城內出入時, 都人士有步行遮扇者, 必使前騶, 告以法扇, 省其面, 驗其人, 遇好身手, 輒薦於朝. 當爲掃墳, 呈辭下畿邑, 行到龍仁酒幕前. 馬上俯見一總角, 面長尺餘, 瘦骨崚嶒, 弊衣不掩骼[729], 箕坐酒壚, 治取濁醪一小盆, 雙手擎之, 仰面吸盡. 李公見而異之, 下馬地坐, 招其人使前,[730] 箕踞不拜, 舒膝而坐. 李公問曰: "汝是何地, 何如人, 何姓名?" 對曰: "本邑兩班子支, 而早孤赤貧, 周行閭里糊口, 而姓朴名鐸耳." 又問: "瘦何至此?" 對曰: "飢餓故耳." 李公曰: "汝能復飮[731]乎?" 對曰: "固所願也." 李公卽使下人, 覔行中一貫錢, 買濁醪以來. 李公自持一椀, 以其餘付之, 又爲吸盡, 李公曰: "汝雖埋伏草野, 流離飢困, 而骨相不凡, 可堪大用, 汝或聞我姓名否? 我是李浣, 官是大將, 方令朝廷有大計, 汝從我以去, 則功名可建也." 對曰: "貧賤肆志, 固是[732]吾分, 且老母在, 吾身不敢自由矣." 李公曰: "吾當往拜汝慈氏而面請焉, 汝須前導也." 行十數里, 抵其家, 卽一蝸殼無坐客處. 李公入送朴總角, 請拜於其母, 其母使先布弊席於門外, 整蓬首, 着短裳, 自內出來擧止, 頗有度. 相拜坐定, 李公先告職姓名, 仍謂, "方以省楸下鄕路, 遇亂童, 可知爲人傑, 嫂氏有子如是, 誠可欲歎." 朴母斂衽, 對曰: "寒家孤童生, 而無救[733]便一山禽野獸, 有何稱道?

726) 朝: 저본에는 빠져 있으나 가본에 의거하여 보충함.
727) 甚捷: 가본에는 '如矢'로 되어 있음.
728) 交: 저본에는 '友'로 나와 있으나 다, 라본에 의거하여 바로잡음.
729) 骼: 다본에는 '骸'로 되어 있음.
730) 箕坐酒壚……招其人使前: 저본에는 빠져 있으나 다, 라본의 의거하여 보충함.
731) 飮: 저본에는 '飢'로 나와 있으나 다, 라본에 의거함.
732) 是: 다, 라본에는 '所'로 되어 있음.

慚愧慚愧." 李公仍道其來意, 請其帶去, 朴母對曰: "老身有此獨子, 相依爲命, 而苟可以有毫裨於國家, 則豈拘母子之私情, 而不爲之斷送乎? 惟大監之命是從." 李公遂拜辭朴母, 携朴鐸, 還到龍仁邑, 求得來苞[734]醬甕, 輸送朴母處, 直爲還京請對, 上曰: "卿掃墳, 由限未至, 卽日徑還, 何也?" 李公對曰: "小臣行到龍仁, 見路上丐兒, 氣宇骨格, 逈出凡人, 故急於薦白, 自中路携還矣." 上卽令招入, 則蓬頭總角, 長身面瘦, 黑不媚嫵, 頗駭瞻視, 至榻前, 又舒膝箕坐而不拜. 上問: "何故瘦甚?" 對曰: "大丈夫不得志故耳." 上曰: "此一語誠壯矣!" 李公曰: "姑不可以繩墨責之, 臣提挈教誨, 時月積久然後, 方可需用矣." 上曰: "善." 卽命加冠付[735]李公歸教. 李公常使宿臥內, 指導世事兼誨兵法, 則智慮日漸將就. 上每對李公, 輒問朴鐸今至何境, 對曰: "漸勝於前矣." 逾過朞年以後, 則每到夜其深[736], 李公與之商講北伐之事. 鐸之思慮所到, 或驀過李公[737], 李公甚奇之, 將白上大用之[738]. 居無何, 孝廟賓天, 鐸隨衆詣之闕下, 參哭班. 數日後, 獨就隱僻處, 終日痛哭, 目[739]盡腫, 歸到李公所, 告以大歸, 李公愕然曰: "汝之於我, 義猶父子, 汝何忍捨我而永去[740]耶?" 對曰: "吾非本石, 豈不知感於大監之恩? 而當初大監之携我以來, 我之隨大監而來, 俱以上有英主時事可爲故也. 今吾國不天[741], 大行禮陟, 志士才臣, 無所可試, 我若睠戀, 大監之恩眷, 因仍蹲留城闉, 則無義甚矣. 吾豈[742]爲是哉?" 李公不能挽止, 遂灑涕相別. 鐸歸鄕, 卽將母移去, 不知所終. 宋尤菴對人, 喜談此事云.

---

733) 救: 다, 라본에는 '教'로 되어 있음.
734) 苞: 저본에는 '包'로 나와 있으나 다본에 의거함.
735) 付: 저본에는 '何付'로 나와 있으나 다, 라본에 의거함.
736) 每到夜其深: 다, 라본에는 '每當夜深'으로 되어 있음.
737) 李公: 저본에는 빠져 있으나 다, 라본에 의거하여 보충함.
738) 之: 다, 라본에는 '矣'로 되어 있음.
739) 目: 라본에는 '自'로 되어 있음.
740) 去: 라본에는 '歸'로 되어 있음.
741) 天: 저본에는 '大'로 나와 있으나 다, 라본에 의거함.
742) 豈: 저본에는 빠져 있으나 다본에 의거하여 보충함.

48.

崇禎後，皇朝人爲僧東來，蓋默揣我國有北伐謀故也．一日，謂其上座曰：“吾聞懷德[743]宋判書，方贊大義鎭岑，申生員亦將預將略薦云，吾將觀[744]其人矣.”行到振威，尤齋適上京！單騎作行，僧納拜於馬前，尤齋欣然語曰：“與師草草相遇於路次，誠爲大恨！必欲一番相會從容，師於幾時還京，願訪我於京邸.”指示入城後所住處，擧鞭作別．僧顧謂上座曰：“宋大監一擧目，便知我爲有心人，識鑑[745]如此，何事不可做？所聞誠不虛矣.”轉到鎭岑，適當朝飯時，申斯文坐草堂，褰竹簾對新稻飯，僧自門外膜拜，仍乞飯，申斯文忙急手招，曰：“師乎師乎！自何來斯遠？上堂同我討飯.”僧固辭以不敢，主人苦口强之乃上，喚婢取匙來，請與同一椀飯，僧又辭乃推而食之．接待一如齊等平生故舊，亹亹不厭，源源願逢．僧辭退，且謂上座曰：“申生員亦優[746]於當大事，東國朝廷草野，俱有人馬，亡國餘生之至願，或可諧也．但未識主上之如何耳.”還京後，大駕[747]親幸露梁閱武，僧潛伏路傍堤下，仰察天顔．及回輦之後，僧坐路傍，移時放聲大哭，上座曰：“師主何如是哀痛耶?”僧曰：“吾之東來，只冀北伐，有期向來，所見兩大人，俱足以仰贊[748]大有爲庶幾矣，從吾願矣．今望主上之顔色，雖是本來英雄，而卽今滿面屍氣也，豈久於世乎！大事已矣，安得不哀痛乎?”未幾，孝廟賓天，僧之下落，更不聞云.

49.

仁·孝之間，淸人疑我用山林虛喝相續，且遣密諜潛伏我都中，詗察事情．時李公浣帶捕將，譏捕如神．每當出入時，隨行牢子輩，詳覘[749]李公之眉

743) 懷德: 라본에는 '恩律'로 되어 있음.
744) 觀: 다, 라본에는 '往見'으로 되어 있음.
745) 鑑: 저본에는 '監'으로 나와 있으나 다본에 의거함.
746) 優: 저본에는 '擾'로 나와 있으나 다, 라본에 의거함.
747) 駕: 저본에는 '驚'으로 나와 있으나 다, 라본에 의거하여 바로잡음.
748) 贊: 저본에는 '替'로 나와 있으나 다, 라본에 의거함.

睫，以察殊常人之踪跡，待發令，卽擒來矣．一日，李公自街上還家，分付捕校曰："今日有所見，須卽捕來也!" 捕校牢子輩，相聚謀曰："午間，典醫監路上，使道見一僧之擔鉢囊過前，注目凝視，必是此也．" 窮尋其踪，則城北最僻巷，有一頑僧，住接於老嫗家，時日頗久．身長八尺，兩眼如燈，狀貌獰特[750]，似抱百夫難當之勇，捕卒輩莫敢犯手，密招主嫗細問之，答曰："不知何方僧，而一時所噉五升飯·一盆羹·一盆熟冷云云．" 捕卒乃以內應之方，指敎老嫗，而潛伏於戶側．及至進夕飯時，老嫗爛沸熟冷一鍮盆，將以擧進之際，被之於僧面，僧爛傷，蒼黃雙手捧面．捕卒數十人突入，一邊以朱杖作肉醬，一邊又以牢索綑縛肢體，曳到捕廳，拷掠訊問，則終不開[751]口，嚼舌而死．搜出鉢囊中所貯，則都是我國逐日朝紙也，其爲淸諜無疑也．

50.

海豊君鄭孝俊氏，卽余曾王母支外祖考也．[752] 至今擧國號爲大福人，而年四十三，[753] 三喪配，有三女而無一子，科止小成，家徒四壁．而寧陽尉，卽其曾祖，故本家奉祀外端宗大王[754]·顯德權王后·思陵宋王后，廟主皆奉于其家，而香火難繼，在家而[755]絶，無以自慰．日就比隣李兵使眞卿家[756]對博，眞卿氏，卽判書後民之孫御將義豊之高祖也[757]．一日，海豊謂李兵使曰："我有一言，君能聽施否?" 李曰："君我之交好，豈有可咈之事乎? 第言之．" 海豊曰："吾非但私門奉祀，兼當朝家奉祀，而望五之年，

---

749) 覘: 다본에는 '見'으로 되어 있음.
750) 獰特: 다본에는 '獰兇'으로 되어 있음.
751) 開: 저본에는 '問'으로 나와 있으나 라본에 의거함.
752) 卽余曾王母支外祖考也: 저본에는 빠져 있으나 다, 라본에 의거하여 보충함.
753) 年四十三: 다, 라본에는 '其四十三歲以內'로 되어 있음.
754) 端宗大王: 다, 라본에는 '魯山君'으로 되어 있음.
755) 而: 저본에는 빠져 있으나 다, 라본에 의거하여 보충함.
756) 家: 다, 라본에는 '氏'로 되어 있음.
757) 也: 저본에는 빠져 있으나 다, 라본에 의거하여 보충함.

方無妻矣. 子亦何從而生乎? 絶祀必矣, 寧不可憐? 非君則誠難開口請娶妻[758], 君能恤我情境, 許其爲婿否?" 李兵使[759]勃然作色, 曰: "君言眞耶戱耶? 君年踰四十, 吾女方十六歲, 其不相當, 果何如耶? 不料君作此不成之話也!" 海豊無聊而退, 自是, 不復往慱. 其後十餘日, 李兵使寢于舍廊, 夢有大駕降臨, 警蹕喧塡[760]. 李公蒼黃下堦伏地, 則少年主上陞坐大廳, 下敎曰: "汝與隣舍鄭某親好否?" 仰[761]對曰: "然." 又下敎曰: "汝以鄭某爲婿, 好矣!" 李對曰: "聖敎之下, 何敢違拂? 而鄭某與臣女年紀, 近三十年差池, 寧不切迫耶?" 上曰: "年齒多少無妨, 必須結姻也." 旋卽回鑾. 李公睡覺, 夢境事了了, 惝怳入內舍, 則夫人亦已睡覺, 曰: "深夜入來, 何也?" 李公曰: "吾有怪夢, 心中不平, 玆以入來矣." 夫人曰: "吾亦有怪夢, 如是耿耿不寐矣." 相對說夢, 如合符節. 李公曰: "事不偶然, 誠可悶慮." 夫人曰: "夢是虛境, 何可相信[762]耶?" 又十餘日, 李公之夢[763], 又如前, 王色頗不悅, 曰: "前所分付事, 何不奉行[764]?" 李公曰: "謹當詳量決定[765]矣." 是夜, 內外之夢, 又相同. 李公語夫人曰: "一之爲異, 況至於再, 殆是天也, 不從則恐有禍矣." 夫人曰: "夢則誠異, 而事固重難[766]矣." 李公自是, 疑惧懷胎, 寢息[767]不安. 不多日又夢, 大駕來臨, 聲色俱[768]厲曰: "吾於汝勸以有福無害之事, 而汝終違拒, 吾將降禍於汝矣!" 李公惶恐, 請依敎, 上曰: "今日則不必入內舍, 捉出主人妻, 可也." 捉出後, 置刑板, 敎曰: "汝夫已知吾言而完定, 汝獨不遵吾令乎?" 夫人

---

758) 請娶妻: 저본에는 빠져 있으나 다, 라본에 의거하여 보충함.
759) 兵使: 저본에는 빠져 있으나 다, 라본에 의거하여 보충함.
760) 喧塡: 다, 라본에는 '喧嗔'으로 되어 있음.
761) 仰: 저본에는 빠져 있으나 다, 라본에 의거하여 보충함.
762) 夢是虛境, 何可相信: 다, 라본에는 '夢也本虛, 何可萌心於此婚'로 되어 있음.
763) 夢: 저본에는 빠져 있으나 다, 라본에 의거하여 보충함.
764) 奉行: 다, 라본에는 '施行'으로 되어 있음.
765) 決定: 다본에는 '快定'으로 되어 있음.
766) 重難: 저본에는 '難重'으로 나와 있으나 다, 라본에 의거함.
767) 寢息: 다, 라본에는 '寢食'으로 되어 있음.
768) 俱: 다, 라본에는 '嚴'으로 되어 있음.

猶有持難色, 遂施刑數箇[769], 惶㤼乃許諾, 大駕遂回. 李公醒來駭, 汗浹肌, 忙入內舍, 夫人撫膝叫痛, 曰: "不定厥婚, 必有大禍, 明日則請四柱擇吉日, 斷不可已也." 李公早送伻於海豊, 傳喝相邀, 海豊卽至, 李公曰: "何許久斷來往耶?" 海豊曰: "頃日所言, 妄發懷慚而不來矣." 李公曰: "近日, 吾[770]反覆熟思, 非我則無人憐君窮, 吾雖誤吾女之平生, 已決[771]歸之於君矣." 卽席受杜單涓吉. 是日, 處子告其母曰: "今夜夢中, 父親慱友鄭進士化爲龍, 從墻缺處, 向我作語, 使受其雛, 吾展裳幅受之. 龍雛蜿蜿者, 其數凡五, 其一頸折致斃, 誠爲怪事." 父母聞之, 甚奇異之. 結縭入鄭門後, 次第連生子五人, 曰'棆', 曰'晳', 曰'樸', 曰'樍', 曰'植'. 纔成長, 輒皆登第, 棆判書, 晳·樸俱參判, 樍·植皆春坊·亞憲. 孫重徽亦於祖父母在時登科, 女婿吳翻, 亦登第官參議. 海豊享年九十餘, 以待從臣, 父及五子登科, 加資承襲封君, 爵躋正卿[772], 簪纓滿膝前, 內外諸孫, 不可勝計. 末子以書狀官赴燕京, 以喪歸於父母生前, 果應龍雛頸折之夢. 余之曾王考, 進拜於妻外祖父母, 則李夫人軀幹豊肥, 太沒姿色, 宜其受福出凡也.[773] 夫人與海豊同裯四十年, 先海豊三年而沒. 李公夢中君王[774], 蓋是端宗大王之靈也. 爲其祠堂之在鄭家, 現靈宜祐, 若是昭昭, 吁亦異矣! 海豊方在窮途時, 往親舊家, 則湖西術士, 風鑑祿命, 俱神坐在中央, 名士儒生之質身數者, 環坐四面, 充滿三間大廳. 術士不勝酬應之勞, 主人戲謂海豊曰: "君何不質身命?" 海豊曰: "吾之窮凶, 身數已出場, 何以問爲?" 術士瞥看海豊之貌, 請問四柱, 海豊曰: "吾之窮命, 如是如是, 是世所共厭, 何敢煩入推數乎?" 術士强請之, 遂告四柱, 術士沈吟良久, 曰: "凶矣凶矣! 如此命數, 吾生來初見者也." 海豊曰:

769) 數箇: 다본에는 '數三箇'로 되어 있음.
770) 吾: 저본에는 빠져 있으나 다, 라본에 의거하여 보충함.
771) 決: 다본에는 '快'로 되어 있음.
772) 正卿: 다본에는 '亞卿'으로 되어 있음.
773) 余之曾王考……宜其受福出凡也: 저본에는 빠져 있으나 다, 라본의 의거하여 보충함.
774) 君王: 다, 라본에는 '君上'으로 되어 있음.

"凶云者, 是惡之謂耶?" 術士曰: "善之謂也. 今云無妻, 而非久當娶, 久久偕老矣. 今云曰無子, 而宰相名士, 將滿膝下, 不勝其多矣. 窮寒而坐, 躋正卿[775], 其[776]壽則望百. 此中滿堂諸位, 寧有彷佛於彼福者乎?" 後來事, 一如術士之言云. 海豊初娶時, 夢入醮席, 則婦家內屋位置, 了然可記, 而所謂處子, 元無形影, 覺來甚怪之. 及再配時, 又夢之家, 所謂處子, 纔成孩提. 及至三娶, 夢又如前, 而處子年可十許歲, 及聘李夫人, 內屋果是前夢所見, 處子顔面, 亦是自孩提至十許歲之[777]人也. 前定不爽, 誠異矣!

51.

尹無谷[778]絳, 六十後約妾, 婚於龍仁金梁村柳姓人家. 前期二日, 來留柳村, 柳家處子, 送老婢, 私有[779]傳喝于尹判書下處[780], 曰: "老氣遠臨, 不瑕有害? 伏聞以此身之故, 而爲此行次, 實用惶恐. 吾家雖甚寒微, 而猶有鄕曲間班名矣. 一番納妾于宰相宅之後, 則永厠於中庶, 無復可振之望, 緣此不屑[781]之一女, 誤了本家之門戶, 思之至此, 中心是悼. 竊伏念大監, 位已躋正卿[782], 年已過周甲, 婚閥之間, 雖欠光鮮, 了無損於身名. 諒此愚婦切悶[783]情地, 降心改圖, 强循齊體之禮, 假以正室之名, 則在吾門榮感萬萬. 閨中此言, 極知唐突, 而冒慙仰達, 未知何如耶?" 尹答[784]曰: "所報當依施矣." 改寫婚書, 具冠服入醮. 一宿而更思之, 十分不屑於心, 如食死肉, 頓無宴爾之意. 卽還京第, 一切疎絶, 不復通聲問. 柳

775) 正卿: 다, 라본에는 '亞卿'으로 되어 있음.
776) 其: 다, 라본에는 '享'으로 되어 있음.
777) 之: 저본에는 '之之'로 나와 있으나 다, 라본에 의거함.
778) 無谷: 가, 다, 라본에는 '判書'로 되어 있음.
779) 有: 가, 라본에는 '自'로 되어 있음.
780) 判書下處: 저본에는 빠져 있으나 가, 다, 라본에 의거하여 보충함.
781) 屑: 저본에는 '肖'로 나와 있으나 다, 라본에 의거함.
782) 正卿: 가본에는 '六卿'으로, 다본에는 '上卿'으로 되어 있음.
783) 悶: 저본에는 '問'으로 나와 있으나 가, 다, 라본에 의거함.
784) 尹答: 가, 다, 라본에는 '尹判書答傳喝'로 되어 있음.

家夫妻, 咎其女, 曰: "依初約爲小室, 則必無此患, 公然爲唐突之計, 自誤汝[785]平生, 更誰怨哉?" 過一年後, 柳氏請於父母, 願備新行, 父母曰: "大監全然疎棄, 如視楚越, 汝何顔冒進乎?" 女曰: "吾旣爲尹氏人, 雖棄當死於尹氏家, 不可留父母家, 第願婢僕之多數隨轎去." 柳家富饒, 故盛備新行以發. 到尹公門外, 尹家婢僕出, 問曰: "何處內行耶?" 對以龍仁夫人抹樓下主新行行次, 尹家[786]上下, 落落無延入之意. 柳氏使掃行廊一淨房[787], 下轎入坐. 時尹公[788]之長子持平已沒, 次子議政斗浦[789]爲承旨, 三子議政東山, 方爲校理, 是日, 俱不在家. 柳氏預[790]囑自己奴子輩, 伺候承旨·校理之歸來, 自大門間拿入矣. 俄而, 承旨·校理歸到其門間, 見轎子卒之盈門, 問知其龍仁行次, 姑行[791]入稟於其大人, 以決迎接與否, 而直向舍廊. 柳家健僕, 拿捽其兄弟, 脫其冠, 伏之於柳氏所坐房門前. 柳氏據門限, 厲聲呵叱, "我雖地閥卑賤, 旣被大監六禮之聘, 則於汝爲母, 母在未百里程, 而爲子者, 周年一不來見. 大監之疎棄, 固不敢怨, 而汝輩人事, 誠爲可駭. 吾方來坐此處, 汝輩固當自[792]外直到吾坐相面, 而直向舍廊, 亦極非矣." 承旨兄弟, 件件伏罪, 柳氏曰: "吾欲笞治汝輩, 而汝輩是王人, 吾姑寬之, 起而着冠入房, 可也!" 使之近前坐, 溫言問曰: "大監近日[793]寢啖起居, 何如?" 酬酢凜然便有融洩之意. 一自柳氏之入坐行廊, 大監使婢僕瞯其所爲, 續續來報, 初聞捽[794]入承旨兄弟, 大歎咤曰: "吾娶悍婦, 生出横逆, 恐將亡之家矣." 及聞曉諭之言, 辭嚴意正, 拍膝稱道曰: "慧婦人慧婦人! 吾不知人, 而久致疎棄, 可悔可悔!"

---

785) 汝: 저본에는 빠져 있으나 가, 다, 라본에 의거하여 보충함.
786) 家: 저본에는 '氏'로 나와 있으나 가, 다, 라본을 따름.
787) 一淨房: 가본에는 '一淨潔其房'으로 되어 있음.
788) 公: 저본에는 빠져 있으나 가, 다, 라본에 의거하여 보충함.
789) 斗浦: 가, 라본에는 '公'으로 되어 있음.
790) 預: 저본에는 빠져 있으나 가, 다, 라본에 의거하여 보충함.
791) 行: 다, 라본에는 '欲'으로 되어 있음.
792) 自: 저본에는 '付'로 나와 있으나 가, 다, 라본에 의거함.
793) 近日: 가, 다, 라본에는 '近來'로 되어 있음.
794) 捽: 저본에는 '猝'로 나와 있으나 다, 라본에 의거함.

卽命家人, 掃正寢延入, 使一門上下老少, 一齊納謁於親夫人. 琴瑟款洽, 家政雍穆. 柳夫人所生有二子, 趾慶·趾仁[795], 趾慶生子容判書, 趾仁官兵判.

52.

漣川有窮生金姓人, 將推奴於遠方, 要圖請柬入城. 日曛雷雨, 未及抵所向家, 忙投路傍屋, 立門前呼人, 寂無應者. 良久, 有總角處女, 倚中門, 遙謂曰: "外舍廢荒不可宿, 請入此中." 金生喜出望外, 入坐內房, 房中排置, 殊非貧家. 處女問金生曰: "何方客, 何爲而到此?" 金生具道所以, 處女卽出廚, 善備夕飯以進, 張燈討飯後, 金生曰: "主人以何樣女子, 如是獨守家, 而見我生面男子, 不爲羞避, 慇懃迎入, 供饋多情耶?" 女對曰: "吾之邂逅生員主, 此實天也. 吾父以富譯, 不幸以妖惡巫女作妾, 惡巫[796]或咀呪, 或置毒, 吾母吾娚吾姊[797], 次第死於其手, 只餘吾一身. 吾父惑甚, 不能覺悟, 吾父又喪出, 纔過三年. 惡巫擅握家柄, 惟意所欲, 察其氣色, 則匪久又將除去[798]吾身, 吾之驅命, 不謀[799]朝夕. 故方謀圖生[800], 而良家女乘夜踰墻獨行[801], 義所不敢出, 方此罔措. 而惡巫雖饒財産, 猶不棄本習, 今日赴人家神事, 再明當還. 生員主以此時適到, 此天與我托身之便, 何暇羞避而不爲之欣迎[802]乎?" 金生曰: "我是至窮生, 汝之隨我, 何以耐飢?" 厥[803]女曰: "吾父財産, 尙餘累千金, 吾豈有留置分錢尺布, 以付惡巫之理乎? 盡挈屋中所有以去, 則幷生員主全家家眷

795) 慶趾仁: 저본에는 빠져 있으나 다, 라본에 의거함.
796) 惡巫: 가본에는 '妖巫'로 되어 있음.
797) 姊: 다본에는 '娣'로 되어 있음.
798) 除去: 가, 다, 라본에는 '除'로 되어 있음.
799) 謀: 가본에는 '保'로 되어 있음.
800) 圖生: 다, 라본에는 '逃生'으로 되어 있음.
801) 行: 가, 라본에는 '走'로 되어 있음.
802) 迎: 저본에는 빠져 있으나 가, 다, 라본에 의거하여 보충함.
803) 厥: 저본에는 빠져 있으나 가, 나본에 의거하여 보충함.

穩過平生, 有何貽憂於生員主乎?" 金生曰: "此則然矣, 而我有正室, 以汝人物資産, 去爲[804]人下, 似非所甘矣." 女曰: "吾之踪地, 正似晨虎不擇僧狗, 正嫡有無, 非所暇論. 吾當盡心服事, 不敢失好矣." 遂與結雲雨之歡. 曉赴壁藏[805], 盡搜篋中物貨[806]與銀錢, 幷庫中所積貨, 與田民[807]文書, 治裝結束, 出刷馬五六馱滿載, 男前女後, 東抵漣川. 初頭請東推奴之計, 已擲於九霄之外矣[808]. 金生以貧兒暴富, 內子之愛是妾, 有甚於同氣, 妾之事嫡, 亦極卑順, 不敢挾其貨, 渾室和氣洽然. 一日, 妾謂金生曰: "口腹之憂[809], 雖已寬矣, 草木同腐, 所可羞也, 何不留念於科目間[810]事乎?" 金生曰: "吾已失業於文武, 何由而觀光於科場耶?" 妾曰: "吾家有千石君忠奴, 在於水原, 持吾書往議, 必有善指揮之道矣." 乃裁一張書謂, '以禍亂餘生, 幸逢仁人, 脫身罟鑊[811], 得托絲蘿百年, 仰望有父母香火可擧, 言念身命, 萬幸萬幸. 生員主有所相議事, 委進汝家, 以汝出人之忠誠, 不計難易, 似必曲副也.' 金生持書赴水原, 尋覓奴家, 則一瓦屋居大村中央, 庭前集數十健夫, 方打稻. 村人稱厥奴爲李同知, 頂金圈, 拂白鬚, 儀觀甚偉. 邀客上堂對坐, 金生出付其妾之札, 厥漢覽未畢, 蒼黃下階跪坐, 泫然流涕, 曰: "上典家禍變相繼, 而爲奴無狀, 一自大上典大祥後, 不復往還. 上典骨肉, 只有一阿只氏, 而年來全然不聞其存沒安否矣, 今承諺牌, 始認其托命生員主, 去危就安, 悲喜交集. 而生員主[812]之於小人一大恩人, 將何以圖報?" 卽召其妻子, 拜謁新上典. 金生員勸使上堂, 毋拘分義, 滿室奔走, 接待如待別星. 主翁曰: "阿只氏牌

---

804) 爲: 다, 라본에는 '在'로 되어 있음.
805) 壁藏: 가본에는 '壁欌'으로 되어 있음. '欌'은 '농'의 우리식 한자임.
806) 物貨: 가, 다, 라본에는 '寶貨'로 되어 있음.
807) 田民: 가, 다본에는 '田畓'으로 되어 있음.
808) 矣: 저본에는 빠져 있으나 가, 나본에 의거하여 보충함.
809) 之憂: 저본에는 빠져 있으나 가, 다, 라본에 의거하여 보충함.
810) 間: 저본에는 빠져 있으나 가, 다, 라본에 의거하여 보충함.
811) 鑊: 저본에는 '獲'으로 나와 있으나 다본에 의거함. 가본에는 '苦'로 되어 있음.
812) 主: 저본에는 빠져 있으나 가, 나, 다본에 의거하여 보충함.

子中分付, 以生員主行次有所議於小人, 伏問果指何事?" 金生員曰: "吾已失業無文者, 每當科擧, 輒致坐停. 君之上典, 以是爲悶, 謂君以忠以富, 必有指揮, 勸我此行矣." 主翁曰: "小人以此家産, 曾不收貢, 又不贖良, 一生不以人奴之故而費財物, 每欲用財報德, 而不得其便, 今何幸有地效誠矣! 家有兩子善書, 每科捐千金, 則可以絡來場屋雄手, 無論庭試增別, 限十年盡力, 則生員主發身可必矣." 自是以後, 有科, 則厥漢輒率巨擘與其子之筆, 隨金生員[813]入場, 修人事洽滿意, 不數年, 金生大闡, 富貴兩兼云.

53.

新門外有書生, 奉嚴父之敎, 頗識道理, 而其妻極賢, 不計赤貧, 而竭盡心力, 瀡瀡致養於尊舅. 尊舅與夫婿, 俱愛重之. 書生有隱伏[814]奴僕於湖南, 欲推尋以紓[815]家之, 貰馬借奴, 間關[816]作行. 入湖南境, 夕投村民富室[817], 以爲不費盤纏之地, 主人家是萬石君中人也. 欣然接待, 款洽過望, 客怪之. 入夜後, 主人曰: "吾有緊切所請於行次矣." 客曰: "何也?" 主曰: "吾無子有一女, 女年方十七, 而甚淑慧. 渠於十三歲, 夢見一男子, 謂是配耦, 而眉目容貌, 暸然可卞. 自其夢後, 女謂, '天定之配, 旣現吾眼[818], 必有逢着之期, 無論早晩, 靜俟爲宜, 決不可從他求婚矣.' 堅執此志, 萬牛難回, 年紀漸長, 渾室憂悶矣. 今日, 女從門隙見客容貌, 以爲毫髮不爽於昔夢. 行次方在壯年, 想有正室, 而雖爲妾不敢辭, 願薦今夜之寢. 行次若咈其意, 渠誓自裁, 萬望曲[819]從焉." 客落落掉頭, 主人千懇萬乞, 一向拒之. 客意蓋以嚴父固可怕, 且恐傷賢妻之心. 主人曰: "行

---

813) 金生員: 가, 나, 다본에는 '金生'으로 되어 있음.
814) 隱伏: 가본에는 '隱避'로 되어 있음.
815) 紓: 다본에는 '舒'로 되어 있음. 서로 통함.
816) 間關: 다, 라본에는 '艱關'으로 되어 있음.
817) 富室: 가본에는 '大家'로 되어 있음.
818) 眼: 라본에는 '夢'으로 되어 있음.
819) 曲: 저본에는 '回'로 나와 있으나 가, 다, 라본을 따름.

次[820]或以貧窶[821]，難畜小室爲慮耶? 吾之財物，無他可歸處，何必以此爲慮也?" 客曰: "非爲此也." 主人曰: "然則親闈嚴毅而然耶?" 客曰: "然矣." 主人曰[822]: "一番結親，不必庭聽，姑置此處，數年一來往，則亦何妨耶?" 客曰: "此外亦多難處，竟不可從矣." 主人曰: "內妬爲難耶?" 客曰: "不然矣." 主人之懇益苦摻，到夜分後，乃强諾. 主人卽粧出其女，月態花容，常情所驚喜，而書生一念係着於賢妻，不暇省此女子之綽約，雖成衽席之歡，而無甚山海之情. 朝起治行，將向推奴所，女謂其父曰: "此兩班誠鐵石心腸，一出吾門，則忘我必矣. 須以自吾家，替當推奴所得之資之意，苦挽其行，勿使之他，而三宿此處後，使之直還京師爲得矣." 其父依女言，留之. 明將發行西上矣，其女謂其父曰: "父將獨使郎歸耶?" 父曰: "汝行則當徐議之耳." 女曰: "以此郎冷腸，一番還京，則我當終身作生孀. 彼雖不願帶去，吾當劫隨以此意，告于郎[823]，可也." 父從之，客曰: "徐圖似好矣[824]." 主人强之，乃諾. 女曰: "吾父以萬金產，固當優資我生理，所當許之數[825]，趁今行沒數裝出，偕我轎子前後，擁衛誇示郎眼，以悅其心，不必待後矣." 其父曰: "汝言誠是!" 乃備卜馬三十匹，滿載銀錢布帛[826]，以一女婢加之於每馱上，使一[827]奴子牽每馱，使盡爲郎家之使喚. 及其離[828]發日，彩轎載新婦，健僕十餘護轎，郎亦得具[829]鞍駿驄，騎之以出. 視諸來時，便[830]成錦還[831]，內外行中，亦爲五六馱，卜馱橫亘十里. 於是，頗欣快及抵城中，落置內外[832]與卜馱於西小門街旅

---

820) 行次: 저본에는 빠져 있으나 가, 다, 라본에 의거하여 보충함.
821) 貧窶: 가, 다, 라본에는 '貧寒'으로 되어 있음.
822) 曰: 저본에는 빠져 있으나 가, 다, 라본에 의거하여 보충함.
823) 郎: 저본에는 빠져 있으나 가, 다, 라본에 의거하여 보충함.
824) 矣: 라본에는 '耳'로 되어 있음.
825) 數: 가본에는 '茹'로 되어 있음.
826) 帛: 저본에는 빠져 있으나 가, 다, 라본에 의거하여 보충함.
827) 一: 저본에는 빠져 있으나 가, 다, 라본에 의거하여 보충함.
828) 離: 저본에는 '移'로 나와 있으나 가, 다, 라본을 따름.
829) 具: 저본에는 '其'로 나와 있으나 다, 라본에 의거함.
830) 便: 저본에는 '使'로 나와 있으나 가, 다, 라본을 따름.
831) 錦還: 가본에는 '錦衣'로 되어 있음.

客家, 復騎去時馬抵家. 及面於其父, 告以推奴之敗歸, 退[833]見其妻, 妻以歡面溫色, 勞其遠地往返[834]. 入夜同裯, 書生愁色滿面, 其妻慰之, 曰: "吾家飢窮, 自是本分, 一時推奴之見敗, 何其介懷如是? 菽水之資, 吾有十指, 恃此勿慮也." 書生曰: "吾[835]今行所得, 自有累千金橫財, 而事不獲已負君, 多矣. 以是[836]慙悶, 自致氣色之不平矣." 仍具道始末, 如是如是, 妻驚喜起賀, 曰: "天與吾家之大福矣. 吾平生胼胝手足, 竭盡心血, 尙難養親矣. 今忽因人寬吾勞, 郎君事於我爲恩而非負也, 吾豈有一分致慨之意? 且彼娥之貞信淑慧, 卓出千萬, 使我一聞愛敬之, 不暇苟咈其願. 誠爲積惡, 雖其身不帶一文錢, 率置家中, 誠爲萬幸, 況兼無限財貨乎!" 書生曰: "君意雖然, 而其如[837]親意之嚴何哉?" 妻曰: "此亦吾當寬解之耳." 明早省舅時, 以愉聲婉色, 坐舅傍奉話. 仍以此事, 持作古談, 通達一遍說, 仰問曰: "男子之得此妾, 情理之所不已, 爲其父母者, 雖嚴如我尊舅, 不可咎其子耶?" 舅曰: "誠然誠然! 爲親之道, 雖當禁其子之卜妾, 而此則決不可以爲非矣." 婦曰: "此非古談, 卽郎君目前事也[838]." 舅知佛然色變,[839] 婦正色仰達曰: "尊舅之子婦, 尊卑[840]雖甚截然, 相對成說丁寧, 則豈可頃刻變改乎? 愚婦死罪, 誠未知其得當也." 舅乃舒顔, 曰: "事已過矣, 無奈何矣?" 婦卽命蒼頭往旅店, 催小室, 見舅姑. 俄頃, 人馬塡街咽巷, 一玉面婦人, 出自彩轎, 堆金山倒玉柱, 納拜於公姥及正室. 一行次奴婢如雲, 卜物如墻, 卸貧屋, 牣不能容. 窮措大家[841]猝地繁華, 喜氣盈門. 轎馬夫十餘箇, 獨爲還家, 其餘盡數留置而去

832) 內外: 가, 다, 라본에는 '內行'으로 되어 있음.
833) 敗歸退: 저본에는 빠져 있으나 가본에 의거하여 보충함. 다, 라본에는 '見敗退'로 되어 있음.
834) 返: 다, 라본에는 '還'으로 되어 있음.
835) 吾: 저본에는 빠져 있으나 가본에 의거하여 보충함.
836) 是: 저본에는 '致'로 나와 있으나 가, 다, 라본을 따름.
837) 如: 가본에는 '於'로 되어 있음.
838) 也: 저본에는 빠져 있으나 가, 다, 라본에 의거하여 보충함.
839) 舅知佛然色變: 가본에는 '舅聞之頗惱'으로, 다, 라본에는 '舅聞知佛然色變'으로 되어 있음.
840) 卑: 저본에는 '婢'로 나와 있으나 다, 라본에 의거하여 바로잡음.
841) 家: 저본에는 빠져 있으나 가, 다, 라본에 의거하여 보충함.

云，誠爲希罕也.

54.

京中窮生有善生男者[842)]，一交合輒孕，孕輒男也. 如豚劣子滿室，而不能食力，飢窮無餘地焉. 爲推奴向遐方，歷入一富翁常漢家留宿，主翁頂玉圈，好風神，而善待其客. 客曰: "主兼壽富，可謂大福力也." 翁歔欷對曰: "天之與我，只是食也. 至子姓，了無分劑，平生蓄妻妾，不啻數十，而無一番孕胎，無奈何矣. 目下亦有三妻，俱年少貌美，而天必欲使我爲無後之鬼，使諸妻不免諺所謂'斗乙雌牛[843)]'矣." 客曰: "吾則貧甚，生子則無不如意，一夜與女子同處，則豈有不生男之理乎? 是以，家中大夫子無數矣." 翁聞之，健羨[844)]不已，良久，告客曰: "吾之生男，此世已矣. 雖是他人子，使吾家中有呱呱聲，則慶幸大矣. 行次旣善於生男，爲我遍私我三妻，於今夜使之取種，是吾至望. 吾妻貌[845)]亦免醜，不害入兩班之抱矣." 客曰: "雖一夜，旣結主客之誼，且被主翁之善遇，其在知感之道，豈忍作此擧乎?" 翁曰: "若謂之知感，尤當曲從所請矣." 苦懇不已，久而後乃許，翁使淨掃三妻之室[846)]，導入以[847)]新郎之禮. 於是[848)]，夜自東房至西房，自西房至[849)]南房，與三妻，各成雲雨之歡. 三女冀其懷胎，另加歡愛，詳問客之居與姓名，各各銘記之，以爲後驗. 向曉，客出外舍，則主翁塊然獨寢讓人，好事者誠可矜惻，而猶以夜來[850)]客所經歷，視以爲感，再三[851)]稱謝曰: "積善積善!" 客討朝飯將發，翁曰: "新情未洽，一宿經

---

842) 男者: 가, 다, 라본에는 '男子'로 되어 있음.
843) 雌牛: 가, 다, 라본에는 '暗牛'로 되어 있음.
844) 羨: 저본에는 '喜'로 나와 있으나 다, 라본을 따름.
845) 貌: 저본에는 빠져 있으나 가, 다, 라본에 의거하여 보충함.
846) 室: 저본에는 빠져 있으나 다, 라본에 의거하여 보충함.
847) 以: 가본에는 '如'로 되어 있음.
848) 是: 저본에는 빠져 있으나 가, 다, 라본에 의거하여 보충함.
849) 西房至: 저본에는 빠져 있으나 가, 다, 라본에 의거하여 보충함.
850) 夜來: 저본에는 빠져 있으나 가, 다, 라본에 의거하여 보충함.
851) 再三: 라본에는 '數三'으로 되어 있음.

去, 非所宜也." 强請加留二日, 三女與客, 尤增綢繆. 及限滿, 客發去矣, 主翁悵然不已, 贐行甚厚. 客去未久, 三[852]女一時有娠, 及期分娩, 果皆男也. 富翁奇愛之, 甚於己出矣. 客一自還京之後, 聲聞邈然, 於富翁家[853]便成楚越. 荏苒數十年, 窮生之衰老, 凍餒轉甚, 三間破屋[854], 不蔽風雨, 四面庭除, 翳盡蓬蒿, 生涯愁絶. 一日, 門外有呼婢聲, 生擡塵暗弊毛冠, 出坐敗床退間, 則來人是三箇, 各着好衣服, 各軀載馬, 而爲下流裝束也. 上堂列拜, 生不卞其爲何人, 三人謂生曰: "生員主能記某年某月某日[855]推奴之行, 歷入某鄕富翁家留宿三夜之事乎?" 生曰: "果有之, 雖久不忘!" 三人曰: "吾等兄弟三人, 各每所出, 而俱是生員主與三女同裯夜[856]之所孕也. 吾等旣長, 只信富翁爲生我之父矣. 再昨年, 富翁身死, 吾等將披[857]髮, 三母俱止[858]之, 曰: '汝非富翁子, 卽是京中某姓兩班子也.' 具道其事, 甚悉. 吾等始知, 爲生員主遺體, 卽當上來省覲, 而富翁養育之恩, 報不宜薄, 故經過喪葬大小祥, 今始上來. 而吾母俱無恙, 指示生員主所居坊里, 故有此憑尋矣." 嫡母忙邀入來, 滿室歡喜, 三人次第卸入卜物, 買柴烘突, 貿米炊飯, 裂布裁服[859], 頃刻之[860]間, 回冷爲暖. 三人留止四五日, 乃告其父曰: "吾三人, 分執富翁之財產, 平生生事,[861] 綽綽有裕, 而千里運粮, 以養老親, 勢所不逮. 竊瞯生員主篤老, 更無[862]餘望於世[863], 諸書房主不文不武, 雖留京洛, 而科第非所可論. 莫如盡室[864]隨吾等下鄕, 團聚一處, 穩受吾輩之養矣." 生樂從之, 三人

852) 三: 저본에는 '二'로 나와 있으나 다, 라본에 의거함.
853) 家: 저본에는 '客'으로 나와 있으나 가, 다, 라본에 의거함.
854) 破屋: 가본에는 '蔽屋'으로 되어 있음.
855) 某日: 저본에는 빠져 있으나 가본에 의거하여 보충함.
856) 夜: 가본에는 '三夜'로 되어 있음.
857) 披: 가, 다본에는 '被'로 되어 있음.
858) 止: 가본에는 '挽止'로 되어 있음.
859) 服: 가본에는 '衣'로 되어 있음.
860) 之: 저본에는 빠져 있으나 가, 다, 라본에 의거하여 보충함.
861) 產平生生事: 가본에는 '產業'으로 되어 있음.
862) 無: 저본에는 빠져 있으나 가, 다, 라본에 의거하여 보충함.
863) 世: 저본에는 빠져 있으나 가본에 의거하여 보충함.

大喜, 貰馬貰轎, 馱老父, 載嫡母, 捉挈群兄弟, 飄然下去, 享饒衣食云.

55.

禹兵使夏亨, 平山人也. 以至窮武弁, 往戍北防於關西江邊邑, 偶得退妓爲水汲者, 與同枕席. 厥女謂禹曰: "先達主以我爲妾, 有何貲財, 可以供我衣食乎?" 禹曰: "客地孤孑, 聊與汝相昵, 要托以澣垢衣·補弊襪之任而已. 以我赤手, 何由波及於汝耶?" 女曰: "我旣薦枕於先達主, 爲妾之職, 宜供節服, 而亦何以措手乎?" 禹曰: "豈敢望? 豈敢望? 勿念勿念!" 北防限滿, 將至則離, 女謂禹曰: "先達主自此歸後, 將欲上京求仕耶?" 禹曰: "我赤貧欲死, 治裝備粮, 往留京邸[865], 萬無可望. 要當歸臥平山, 老死破屋矣." 女曰: "竊觀先達主骨相, 本非寂寞人, 前頭名位, 當至閫帥. 我有一生積功鳩聚六百銀子, 以此入歸裝, 備馬備衣, 上京圖官焉. 我是賤人, 實難爲先達主獨居守節, 第當托身某人家, 以待先達主出宰本道, 當卽相會於官次矣." 禹望外得重貨, 感其女之意氣知識, 一邊惝怳, 一邊悵悶, 遂丁寧留後約而別. 厥女卽就鰥居將校之家, 將校喜其爲人之不愚迷, 要以爲後妻. 女[866]曰: "吾繼君前室[867], 代掌家產, 捧受[868]物件, 不可朦朧. 須以長件記, 錄出家裝, 器皿幾何, 穀物幾何, 布帛幾何, 照數付我, 可也." 將校曰: "夫婦邂逅, 將期偕老, 豈可錄出物件種數, 以相授受有若致疑者乎?" 女固請, 乃依其言. 厥女自入將校家, 治生[869]甚勤, 家產日增, 將校甚愛重之. 女謂將校曰: "吾粗解文字, 喜觀朝報政事, 此是邑底[870]本邑所到者, 須卽借出示我焉." 其夫隨到隨借, 使其妻觀之. 曾不數年, 政目中連有宣傳官禹夏亨, 主簿禹夏亨, 經歷禹夏

---

864) 盡室: 가본에는 '撤家'로 되어 있음.
865) 京邸: 가본에는 '京第'로 되어 있음.
866) 女: 가본에는 '厥女'로 되어 있음.
867) 室: 저본에는 '人'으로 나와 있으나 다, 라본을 따름. 가본에는 '妻'로 되어 있음.
868) 捧受: 가본에는 '奉收'로 되어 있음.
869) 生: 저본에는 '產'으로 나와 있으나 다, 라본을 따름.
870) 邑底: 가본에는 빠져 있음.

亨, 厥女心甚喜之. 迤過七年, 果除關西要邑, 女曰: "今日以後, 只借朝報, 可也." 不多日內, 有某倅禹夏亨下直之報, 女乃謂將校曰: "吾於君家初無久計, 今當分張之期矣." 將校愕然失圖, 而難回堅志矣. 女錄出長件記, 備記家産現在物種, 以參驗於初來時所受之物件, 曰: "吾七年爲婦, 治人之産[871], 雖一瓢一沙椀, 減縮於[872]本數, 則誠爲慚負. 而一或爲二, 二或爲三, 五或爲十, 照驗致[873]舊, 吾職盡矣. 臨歸之心, 所以浩然也." 卽日, 使家中所養乞兒負卜, 變爲男裝, 着平涼笠, 永辭將校家, 行到禹倅邑, 則到任纔二[874]日矣. 托以白活民人, 入官庭, 立堦下, 仰達曰: "有穩白事, 請上堦." 太守怪而許. 又請升[875]軒, 從之, 又請入房, 太守益訝惑. 及入房, 擡顔, 曰: "進賜主不省我爲誰耶?" 太守曰: "新到任何以識士民爲誰耶?"[876] 乃告曰: "某邑北防時薦枕經年者, 乃不能記識乎?" 禹倅大驚[877]大喜, 曰: "纔到任而汝卽來, 誠是異事也!" 女曰: "別時所約, 已料此日事矣, 何謂異事?" 時禹適鰥居, 處是妾以內衙, 儼然歸之以正室之權, 使子婦輩聽命焉. 禹妾於是, 總內政, 奉祭祀, 待嫡子, 御婢僕, 各盡其宜, 門內之譽洽然. 又使禹購朝紙于備局書吏, 間十日下來, 禹妾因朝紙, 遙度朝廷事, 預料時任政官之交承後官如神, 十無一失. 使禹專力[878]預事後政官, 拮据西貨, 續[879]致苞苴, 目下非政官者, 受政官之所受, 其爲感百倍[880]. 及當政柄, 吹噓禹, 惟恐不及[881]. 禹遂於關西本道內, 自邑移邑, 凡傳典六邑, 得俸漸腴, 事上益豊, 進途日闢, 節

---

871) 之産: 저본에는 '産之'로 나와 있으나 가, 다, 라본에 의거함.
872) 於: 저본에는 빠져 있으나 가, 다, 라본에 의거하여 보충함.
873) 致: 가본에는 '逾'로 되어 있음.
874) 二日: 다본에는 '二三日'로 되어 있음.
875) 升: 저본에는 '外'로 나와 있으나 가, 다, 라본에 의거함.
876) 太守曰: 新到任何以識士民爲誰耶: 저본에는 빠져 있으나 다, 라본에 의거하여 보충함.
877) 大驚: 저본에는 빠져 있으나 가, 라본에 의거하여 보충함.
878) 力: 저본에는 '方'으로 나와 있으나 다, 라본에 의거함.
879) 續: 저본에는 '贖'으로 나와 있으나 가, 다, 라본에 의거함.
880) 百倍: 가본에는 '尤倍'로, 다, 라본에는 '倍倍'로 되어 있음.
881) 及: 저본에는 '力'으로 나와 있으나 가, 다, 라본에 의거함.

次升遷, 竟爲節度使. 年近七十, 以壽終于家. 禹妾慰嫡子曰: "令監以鄕曲武弁, 位至亞將, 壽近稀齡, 在當身無餘憾, 在子弟亦不必過哀. 以吾事言之, 女之事夫, 雖非自爲功者, 而積年助修官路, 基地之以[882]致位, 吾責亦盡, 又何悲哉?" 纔經成服, 乃曰: "令監在時, 屬吾家政, 吾久典總, 而令監下世以後, 則嫡子婦當爲此家主, 吾不過爲一庶媵, 願讓[883]家政." 遂錄庫藏籠貯之財貨幷鎖鑰, 納于嫡子婦, 嫡子婦泣而辭[884], 曰: "庶母之於吾家, 功勞何如, 賴恃何如? 而尊舅下世後, 吾將依仰庶母如尊舅. 凡於家事, 欲一切仍舊, 而庶母何忍出此言耶?" 禹妾猶强納家政, 又曰: "吾當分[885]離大房, 就越房, 以爲吾歸宿所." 遂掃一房入處, 曰: "吾一入此不復出此矣!" 鎖門絶粒而死. 禹之嫡子曰: "吾於此賢庶母, 不可用世俗待庶之禮, 必當三月而葬, 別廟而祀矣." 先塋其父葬, 將發引行[886], 擔夫甚多, 而靷重不動, 擔軍皆曰: "非人夫之少[887], 似是靈魄所使令監靈魂, 或不忍與[888]小室相離而然乎!" 乃猝[889]治其庶母靷, 與之幷行, 則其父之柩, 乃就路善去. 余屢過平山, 平山[890]東十里馬堂里大路傍, 西向乃兵使基[891], 其右十餘步, 卽其妾塚也. 行人指點, 而談其事. 禹氏至今則別廟祭庶母云.

56.

許相國[892]積當局時[893], 有傔廉希道者, 儱侗不曉事, 而志槪不苟, 剛直

---

882) 以: 가본에는 '已至'로 되어 있음.
883) 讓: 저본에는 '釀'으로 나와 있으나 다, 라본에 의거함.
884) 辭: 다본에는 '謝言之'로, 라본에는 '謝之'로 되어 있음.
885) 分: 가본에는 '今'으로 되어 있음.
886) 引行: 가본에는 '靷'으로, 다, 라본에는 '靷行'으로 되어 있음. 서로 통함.
887) 少: 가본에는 '不足'으로 되어 있음.
888) 忍與: 가본에는 '欲捨'로 되어 있음.
889) 猝: 가본에는 '速'으로 되어 있음.
890) 平山: 저본에는 빠져 있으나 가, 다, 라본에 의거하여 보충함.
891) 基: 가, 다, 라본에는 '墓'로 되어 있음.
892) 國: 저본에는 빠져 있으나 가, 다, 라본에 의거하여 보충함.

太過, 必直諫許過失, 無諱避, 許甚忌憚之.[894] 一日, 希道持一封物而來, 謂許曰: "小人來時, 道上拾此, 皮封書曰'馬價銀五十兩', 似是某家遺失者, 欲尋其主還給, 而無由知矣." 許曰: "汝甚貧, 何不自取以救窮?" 對曰: "大監何淺知小人乎? 雖飢窮, 決不利人道上所遺物矣!" 許曰: "昨聞, 南大門外金正言賣馬云矣, 似或是其家物矣." 金正言, 卽淸城也. 希道卽持銀封, 往金家彷徨階下, 金曰: "汝是何人?" 對曰: "小人卽許政丞宅廳直, 而朝仕向官員宅, 道上拾銀封, 封上書以馬價. 卽聞進賜宅新賣馬云, 果以已盡捧其價耶?" 金曰: "奴子往賣馬匹, 所約價內五十兩, 姑未捧, 明日當捧來云矣." 希道自其袖[895]出銀封, 曰: "此數五十兩, 巧合厥馬零價, 似非他物矣." 金卽招問賣馬奴子, 曰: "汝云零價五十兩, 明日當來云矣, 彼下人道上拾物, 旣云馬價, 又無加減, 適爲五十數, 殊可怪也." 厥奴對曰: "昨暮盡捧零價, 持歸之際, 醉遺路上, 而爲目前免罪, 姑爲瞞告, 而明日至, 則以必死自分矣. 此人拾遺來納, 今則掩諱不得矣." 金謂希道曰: "觀汝衣裝, 必是至窮者,[896] 今乃不自取道拾之貨, 推還於本主, 廉潔之操, 使人歎服. 此銀在吾家旣失之物也, 而得其半猶幸, 分半以屬於汝矣." 希道曰: "小人若有利此銀之, 必[897]則當取其全, 奚啻其半? 雖一文, 非吾所屑." 遂拜辭而出, 金奴之母與妻[898], 要於舍廊[899]前, 挽[900]廉袖以入行廊, 曰: "吾夫醉失馬價, 而上典性嚴, 方在[901]待明日命盡矣. 天[902]送活佛, 拾遺以來, 救此必死之命, 此恩此德, 擢髮織屨, 猶[903]未足償也." 方備酒饌, 希道掉頭而去, 厥奴之女十二歲兒,

893) 時: 저본에는 빠져 있으나 다, 라본에 의거하여 보충함.
894) 許甚忌憚之: 가, 나, 다본에는 '以畏友蓄之'로 되어 있음.
895) 袖: 저본에는 '手'로 나와 있으나 가, 다, 라본을 따름.
896) 必是至窮者: 가본에는 '至窮者必矣'로 되어 있음.
897) 必: 저본에는 빠져 있으나 다, 라본에 의거하여 보충함.
898) 妻: 저본에는 빠져 있으나 가, 다, 라본에 의거하여 보충함.
899) 舍廊: 저본에는 '廊舍'로 나와 있으나 가, 다, 라본을 따름.
900) 挽: 다, 라본에는 '把'로 되어 있음.
901) 在: 가, 라본에는 '坐'로 되어 있음.
902) 天: 저본에는 빠져 있으나 가, 다, 라본에 의거하여 보충함.

曰: "吾當以身報活吾父之恩!" 遂隨希道而出, 希道拂之而[904]去. 及至庚申, 堅逆之變作也. 許積謂希道曰: "汝無恩於我, 而猶爲心腹之傔, 理無生全, 去宜趁早, 無致浪死也." 希道曰: "小人豈忍捨大監於禍故之間乎?" 許裁書於忠州牧, 托以藏匿希道之事, 以杖打逐希道, 希道涕泣而去. 抵忠州, 指送順興浮石寺, 希道旣至浮石寺, 未聞北方之信, 不勘方寸之亂. 夢有神人, 告曰: "汝往遠海菴, 則可知京信與前程矣." 希道遍行山寺, 問遠海菴無人知者, 到一寺, 又問之, 則一上座曰: "此後空菴, 似或是矣." 詳問後菴, 則皆[905]臨絶壁千仞上, 非飛鳥則無以攀, 數十年前, 有一僧上去, 不復聞聲息矣. 希道自思以爲[906], '吾方命窮欲死, 無寧塡[907]于絶壑而死矣.' 遂入其洞, 有古檜死仆壑上, 而足亦易墜. 希道忍死, 蛇行達于菴前, 則扁以遠海菴. 菴空塵滿, 而卓上坐生佛, 窈而靜, 形則垢穢, 只露目盼. 希道走伏卓前, 曰: "我是天地間無歸窮人, 願生佛明敎, 此身之死生禍福焉." 生佛曰: "汝是廉希道耶? 吾見汝不勝慰悅, 然此處不可住, 且捕汝者, 已跟至大刹, 汝須速去就捕!" 希道曰: "生佛所稱慰悅者, 何謂也?" 生佛曰: "我是汝從曾大父也! 見汝安得不慰悅耶?" 希道哭曰: "然則生佛是兒名是某[908]乎?" 生佛曰: "然." 蓋希道有從曾祖, 曾以狂疾而出走, 不知去處矣, 生佛卽其人也. 希道曰: "旣於窮道, 獲逢至親, 吾當依住於此, 誓不之他[909]." 生佛曰: "吾與汝路殊, 不容依庇. 至於前程, 則吾不欲煩說, 某寺有吾弟子僧, 往叩之, 則亦足指示前程." 促使出去. 希道窮尋厥寺, 見其僧於板道房, 其僧曰: "許氏已亡無餘, 而汝之禍機甚迫, 嚴捕到大刹, 王命難逃, 斯速歸大房, 汝來頭無甚禍害. 上京後, 汝所推給馬價之官人, 必救汝白放, 從後更得賢妻, 安

903) 猶: 저본에는 빠져 있으나 가, 다, 라본에 의거하여 보충함.
904) 而: 저본에는 빠져 있으나 가, 다, 라본에 의거하여 보충함.
905) 皆: 가, 다, 라본에는 '蓋'로 되어 있음.
906) 以爲: 라본에는 '曰'로 되어 있음.
907) 塡: 가, 다, 라본에는 '顚'으로 되어 있음.
908) 是某: 저본에는 빠져 있으나 가, 다, 라본에 의거하여 보충함.
909) 之他: 저본에는 '他之'로 나와 있으나 가, 다, 라본에 의거함.

穩度餘年, 汝勿過憂而去, 可也.” 希道出[910]到大刹, 官捕果追至, 拿去囚禁府. 昔年, 金正言方爲判金吾[911]按獄, 以希道事, 上達曰: “昔年, 臣家賣馬, 而奴子醉遺馬價銀於路上, 希道拾之, 以渠至窮, 曾不自取, 尋覓臣家而歸之. 臣以其半, 償其拾獻之功, 希道掉頭不肯受. 蓋其志操非其義也, 一芥不以取諸人, 雖是逆堅家腹心傔從, 而決無隨堅爲非理, 請從寬典.” 遂白放, 又給銀二十兩. 希道以銀爲商資貿貨, 遍行八路,[912] 行到嶺南一處, 有大瓦屋, 婢子出來, 請興成引入, 轉入內舍, 有處女迎謂曰: “君能識我[913]爲誰耶?” 再三詰問, 希道終不能記之. 厥女曰: “吾乃失馬價銀金宅奴之女也! 吾爲君活父之恩, 平生發願, 惟願爲君妻以償恩矣. 棄家爲僧尼樣, 轉到此處, 以紡績殖産, 今至近萬金[914], 排置第宅於此, 而晝夜祝天, 冀或逢君矣. 昨夜, 夢神人告我曰: ‘汝配至矣.’ 今果有君之自來, 此實天幸也.” 遂爲夫妻, 希道每以許氏之亡爲至痛, 以重貨, 周旋伸寃之路. 乃賣鄕庄, 携妻上京, 買屋於淸城家洞中, 四面散財, 至數千貲, 終不成. 渠之身計, 不患飢寒, 生子生女, 穩度餘年. 安東金進士, 叙此事爲傳, 以示趙豊原顯命, 窮覓希道之[915]子孫, 則時帶掌苑署書員, 而爲其前妻孫[916]云.

57.

廣州慶安面鄭任實, 逸其名, 以行誼除職, 至任實縣監. 少時, 貧甚躬[917]耕, 出野耘粟, 而田在路傍矣. 見豪邁一漢, 着白戰笠, 騎駿驄, 揮鞭馳過田畔. 過去後, 鄭見有一封物, 墮在地上, 十襲深藏, 似是輕寶. 鄭掘

---

910) 出: 저본에는 ‘去’로 나와 있으나 다, 라본을 따름.
911) 金吾: 저본에는 ‘吾金’으로 나와 있으나 가, 다, 라본에 의거하여 바로잡음.
912) 遍行八路: 저본에는 ‘居遍’으로 나와 있으나 가, 다, 라본에 의거함.
913) 我: 저본에는 ‘我馬’로 나와 있으나 가, 다, 라본에 의거함.
914) 金: 저본에는 빠져 있으나 가본에 의거하여 보충함.
915) 之: 저본에는 빠져 있으나 가, 다, 라본에 의거하여 보충함.
916) 前妻孫: 가본에는 ‘後孫’으로 되어 있음.
917) 躬: 저본에는 ‘窮’으로 나와 있으나 가, 다, 라본에 의거함.

田中埋之, 要待本主之來而還給之. 向夕, 厥漢下馬, 牽轡垂頭, 失心貿貿而來, 曰: "請問於耘田人, 自朝耘此田乎?" 曰: "然." 厥漢曰: "午前, 此田畔或有所遺物乎" 鄭曰: "何物?" 對曰: "吾是士夫宅奴子, 賣上典宅京中屋子, 入銀百兩于封中, 置于馬上鞍間空處, 跨其上以去, 乘醉不察[918], 不知遺失於何處, 必將受大杖於上典矣. 若有拾得者出給, 則當分其半, 而拾者誰肯直[919]吐乎? 無[920]奈何矣." 鄭曰: "所失物圓圍大小何如, 而封裹以何物?" 厥漢曰: "如此如此." 鄭曰: "君須[921]隨我而來!" 行至田隅, 以鋤掘出其封裹[922], 以給, 曰: "朝者得此, 深藏以待主矣." 厥漢開出, 其半以與鄭, 鄭掉頭不受. 厥漢更孰察鄭容貌, 曰: "必是兩班也." 鄭曰: "然." 厥漢默然望遠山, 良久, 忽籟籟淚下, 鄭怪問之, 厥漢對曰: "我是大賊[923]也! 此銀彼馬, 與卜中所有物, 無非賊而得者也. 天之生人, 無論貴賤, 性善則同, 而生員主則貧甚耘田, 而不利落地之物, 藏以待主. 吾則深夜入人家, 殺越人命, 劫奪人財[924], 我何人也, 生員主何人也? 我獨失天賦之性, 至於此極, 寧不痛哉?" 遂以其銀, 置廣石上, 以大石粉碎之. 取馬上袱中藍紬[925]數疋, 以刀亂裂, 浮之于慶安大川, 以鞭鞭逐其馬, 曰: "任汝所往!" 因告鄭曰: "吾幸遇生員主廉且仁之人, 不欲相離, 願就草定[926]籬下, 以終[927]吾平生." 鄭曰: "吾是至貧, 君無可藉, 何可隨我居乎?" 厥漢曰: "我以落草放火之徒, 元不蓄妻子, 只是單口, 必不貽累於尊宅矣." 坐待終耘, 隨鄭入村, 構土室於鄭籬前. 請得一束藁於鄭, 自其翌日, 專事織草屨. 草屨[928]價雖値貴時, 只限一文, 加之則不

---

918) 不察: 저본에는 빠져 있으나 가, 다, 라본에 의거하여 보충함.
919) 直: 저본에는 '眞'으로 나와 있으나 가, 다, 라본을 따름.
920) 無: 가, 다, 라본에는 '沒'로 되어 있음.
921) 須: 저본에는 빠져 있으나 가본에 의거하여 보충함.
922) 裹: 가본에는 '物'로 되어 있음.
923) 大賊: 다본에는 '火賊'으로 되어 있음.
924) 財: 가본에는 '財物'로 되어 있음.
925) 紬: 저본에는 '細'로 나와 있으나 가, 다, 라본에 의거하여 바로잡음.
926) 草定: 가, 다본에는 '尊宅'으로 되어 있음.
927) 終: 저본에는 '絡'으로 나와 있으나 가, 다, 라본에 의거함.

受, 終身不易業, 而他人纖芥之物, 不以近口, 老死於土室云. 鄭蔚山廣運, 則任實之孫也, 常道其事云.

58.

有一名士, 姓李失其名, 或云長坤. 當燕山朝, 士禍時, 以弘文校理, 亡命逃至寶城. 過村前渴甚, 有總角[929)]女子汲泉, 李到泉邊請水, 女子㪺水於瓢, 將柳葉浮以致. 李曰: "吾渴甚飮急, 何乃如是浮葉耶?" 女子曰: "行懥喉渴時, 急飮水則致傷. 吾所以浮葉者, 欲其吹葉時少遲延, 以免致傷耳." 李奇其慧識, 隨女子入其家, 卽柳器匠家也. 男女目成, 遂爲其婿. 京華貴骨, 無以猝業織柳器, 只事懶眠, 柳器匠[930)]夫妻, 亦憎之, 曰: "彼婿善飯渴睡而已, 將焉用之?" 供飯亦不豊, 女憐之, 每以鼎底焦飯益之, 而情好甚密. 纔過數載, 朝廷更化, 罪廢者咸復, 官陞資, 李亦除校理, 行關八道, 掛榜搜問. 李風聞其奇於本縣之[931)]場市中. 時値朔日, 主家納柳器於官家, 請於主翁曰: "明日, 納柳器之行, 吾請當之." 主翁曰: "吾每自行, 亦多見退, 如君癡騃者, 決難無事準納, 不可付送矣." 李固請主翁, 妻曰: "何不一番試可?" 乃許之. 李着平涼笠, 負柳器入官, 則本倅適是李門下武弁也. 李進至堦前, 高聲曰: "某店柳器匠, 來納朔器矣!" 本倅擡顔下視[932)], 卽朝廷所購李校理, 而自家所嘗尊事者也. 蒼黃下堦, 迎上東軒, 曰: "托跡於何處, 而作此樣以來, 朝廷方復授舊職, 廣求八路, 請斯速上京." 李答曰: "負罪偸生, 寄柳器匠家, 托身其女, 以到今日, 不意復見天日矣." 本倅卽以李校理在本縣之意, 報于巡營, 乃治行李, 請自衙中直向[933)]京中. 李曰: "三年主客之情, 又兼糟糠, 不可不歸

---

928) 草屨: 저본에는 빠져 있으나 가, 다, 라본에 의거하여 보충함.
929) 總角: 저본에는 빠져 있으나 가, 다, 라본에 의거하여 보충함.
930) 匠: 저본에는 빠져 있으나 가, 다, 라본에 의거하여 보충함.
931) 之: 저본에는 빠져 있으나 가, 다, 라본에 의거하여 보충함.
932) 擡顔下視: 가, 다, 라본에는 '擡眼下瞰'으로 되어 있음.
933) 向: 가본에는 '送'으로 되어 있음.

其家告別. 吾今出去, 君待明早出來, 以議行事, 可也.” 遂辭主倅所進衣冠, 還着本服[934]出去, 報于主翁曰: “無事納器矣.” 主翁曰: “鳶壽千年, 亦捉一雉, 吾婿之納器不見退者, 誠一異事也, 今夕加飯, 可也.” 翌朝[935], 早起掃庭, 主翁曰: “以吾婿之癡且懶, 昨日善納器, 今日早掃庭, 日必西出矣.” 李又設綱席於中庭, 主翁曰: “何爲也[936]?” 李曰: “本官案前, 謂當出來, 故待候矣.” 主翁曰: “本官案前, 豈有出來柳器匠家之理乎? 君誠病狂, 而爲此言, 昨日柳器似亦因狂而棄於中路也.” 李曰: “來則來矣, 吾豈虛言哉?” 俄而, 本官吏挾席趨入, 主人夫妻, 驚而逃匿[937]. 主倅入來, 與李分席而坐, 請於李曰: “願謁嫂氏.” 李使婦出房[938], 揷榛笄整, 衣裳斂容, 拜客, 顏色不羞澁, 擧止不齟齬. 本倅曰: “此位名士匿跡嫂氏家, 賴有嫂氏至誠扶護, 得有今日爲此位, 致謝萬萬.” 女曰: “顧此至賤之身, 猥奉君子之匜, 全然不省其爲如彼之貴人, 接待周旋, 多致簡慢無禮, 徒貽無限辛苦, 愧罪之不暇, 安敢當謝? 又況官主於此賤女, 猥致嫂叔之稱, 惶悚損福矣.” 本倅使下人, 搜覓主人夫妻於所匿處, 饋酒以勞之. 俄頃, 隣邑守宰, 飄蓋匝至巡營, 送褊裨問候. 各驛馹騎, 一齊來待, 饋遺卜馱, 絡繹盈門. 李謂本倅曰: “彼婦雖賤人, 旣假齊體之名, 積歲相依, 爲我殫誠, 今不可落留以去. 願君備人馬, 使之[939]隨我達京焉.” 本倅之庀[940]其行, 無減於名士夫人禮. 卜日登程, 前後呵道[941], 威儀之盛, 驚耀窮鄉. 及至肅拜登對, 上下詢以住接何處之狀, 李備達顚末, 上嗟歎再三[942], 曰: “此婦於汝, 效勞至此, 汝不可待之以賤妾, 吾特

---

934) 服: 가본에는 ‘衣’로 되어 있음.

935) 朝: 저본에는 빠져 있으나 가, 다, 라본에 의거하여 보충함.

936) 也: 저본에는 빠져 있으나 가, 다본에 의거하여 보충함.

937) 匿: 저본에는 ‘若’으로 나와 있으나 가, 다본에 의거함.

938) 房: 가본에는 ‘見’으로 되어 있음.

939) 之: 저본에는 빠져 있으나 가, 다, 라본에 의거하여 보충함.

940) 庀: 저본에는 ‘它’로 나와 있으나 다, 라본에 의거하여 바로잡음.

941) 呵道: 다, 라본에는 ‘呵導’로 되어 있음. 서로 통함.

942) 再三: 라본에는 ‘數三’으로 되어 있음.

命以次夫人之禮矣." 女子遂榮貴終身云.

59.

金監司緻, 號南峯, 自少精[943]通紫微斗數, 神於推命, 從宦昏朝, 經校理. 晩而[944]晦之, 懼及於禍, 托病斂跡, 買屋龍湖, 杜門謝客. 一日, 奴入告以南小門洞沈書房主[945]將謁進賜主矣[946], 金以言答送, 曰: "病廢許久, 已絶人事, 如許聲息, 曾未關聽否. 不得延見, 殊悚殊悚!" 蓋金自江居以後, 每朝自推其命, 當藉水邊姓人之力, 可免於[947]禍厄. 旣使奴傳言送客之後, 驀然思得沈字之爲水邊姓, 召還其[948]奴, 使之延入, 乃器遠也. 客曰[949]: "曾無雅分, 而熟聞金校理之善推命, 今此來拜者, 蓋以四十窮儒, 命道崎嶇, 無足把玩, 故要質未來事於高眼. 初面此請, 無乃唐突耶?" 因袖出四柱, 金覽訖, 曰: "後分大通矣." 客又連續袖出四柱, 曰: "窮儒之交, 無非窮儒, 聞我此行, 要我轉質, 有難麾拂[950], 幷此帶來." 金隨出隨閱, 一倂稱好, 最末, 客又出一四柱, 曰: "此四柱非要富貴, 只希平生無病穩過矣." 金使童傔加道袍於身上, 更跪坐奉置四柱於書案上, 熟覽, 曰: "極好極好!" 客因告歸, 主人曰: "病人幽鬱, 願客留宿, 慰我病懷." 遂苦挽以留. 入夜, 使童傔設屛風後, 使之退宿於其母家, 到夜深, 金促膝近客而坐, 曰: "吾病是假非眞, 吾不能早察時機, 未免一時染跡於朝端. 雖晩來斂藏, 而局面之大翻覆, 想在不遠尊輩之所議, 吾已默料, 幸勿諱而盡攄也." 客大驚, 初欲周遮, 久而乃信, 遂告眞情, 金問: "擇期否?" 客曰: "有之, 卽[951]某日也." 金沈吟良久, 曰: "否! 是日極穩[952]順,

943) 少精: 저본에는 빠져 있으나 다, 라본에 의거하여 보충함.
944) 而: 저본에는 빠져 있으나 다, 라본에 의거하여 보충함.
945) 主: 저본에는 빠져 있으나 다, 라본에 의거하여 보충함.
946) 進賜主矣: 저본에는 빠져 있으나 다, 라본에 의거하여 보충함.
947) 於: 저본에는 빠져 있으나 다, 라본에 의거하여 보충함.
948) 其: 다, 라본에는 '傳喝'로 되어 있음.
949) 曰: 저본에는 빠져 있으나 라본에 의거하여 보충함.
950) 麾拂: 라본에는 '揮拂'로 되어 있음.

在小事則爲吉, 而如許艱危大擧措, 非大[953]殺破狼帶殺氣之日辰, 則不可用. 吾請明曉改擇矣." 到曉, 金盥漱焚香, 卜以三月十三日, 曰: "此日卽是殺破狼, 必有告變之出, 而畢境則順成矣." 客曰: "請以尊名錄入於吾輩擧義錄矣." 金曰: "非吾所願, 但願救出於事成後, 毋使及禍而已." 及至更化日, 多有捃摭金事者, 而沈力右之, 復敍旋陞, 至嶺伯而歿. 金嘗以四柱推命於北京人, 題送一句曰: '花山騎牛客, 頭戴一枝花.' 及爲嶺伯, 巡到[954]安東, 患一日瘧, 問攘除之俗方於褊裨, 或曰: "當日未痛前, 倒騎黑牛, 則爲好云." 卽試之, 纔下牛背, 臥枕妓膝, 使以爪搯髮根癢處, 問妓曰: "汝名爲誰?" 對以一枝花. 金始知前定之讖, 使設淨席, 着華服正臥, 須臾儵然長逝. 是日, 三陟倅方坐東軒, 蓋金之友也. 白晝宛然見金具騶從來到, 陟倅驚問曰: "令監何以離營次而到此?" 金曰: "我非生人, 俄者纔死, 新差閻羅王方赴任, 而無新冠帶, 歷請於君, 須速速覓惠冠帶次也." 陟倅固知虛誕, 而難拂强請, 覓給綠紬一匹而送之矣. 四五日後, 始聞金以是日卒於安東. 閻羅王之說, 遂盛行於世. 朴久堂長遠, 卽金公之子栢谷翁膠漆友也. 推其命於北京而來, 則某年大不吉. 當某年正月初一日, 朴早送奴馬邀栢谷以來[955], 抽簡紙一幅, 投于前, 曰: "君須爲吾成一札, 而隨君所呼書之." 遂呼[956]皮封稱號, 曰: "父主前上白是." 金依書之, 抽其裏幅[957], 又呼曰: "某年某月某日子得臣上白是." 寫訖, 主客皆盥漱[958]焚香, 燒其札上烟訖, 朴曰: "吾今年庶太平矣." 果穩過其年, 地府亦有關節私情而然耶? 閻羅王之說, 雖不可準信, 而其身後, 精魄異於人, 每夜騶從導燭籠來往於[959]長興坊駱洞之間, 或遇親舊,

951) 有之卽: 저본에는 빠져 있으나 다, 라본에 의거하여 보충함.
952) 穩: 저본에는 빠져 있으나 다, 라본에 의거하여 보충함.
953) 大: 저본에는 빠져 있으나 다, 라본에 의거하여 보충함.
954) 到: 저본에는 '頭'로 나와 있으나 다, 라본에 의거함.
955) 來: 저본에는 '束'으로 나와 있으나 다, 라본에 의거함.
956) 呼: 저본에는 빠져 있으나 다, 라본에 의거하여 보충함.
957) 裏幅: 다, 라본에는 '裡盡書所願之後'로 되어 있음.
958) 漱: 다, 라본에는 '洗'로 되어 있음.

則輒下馬與語. 有一侍生, 嘗於駱洞道上遇之, 問曰: "令監從何處而來?" 答曰: "今日是吾忌日, 故歸家, 而祭物不潔, 不能食而去矣." 侍生直抵本家, 則祭纔罷矣, 傳致神語, 則金公子弟遍撿祭物, 而未得不潔物, 深披祭飯中, 則有一條人髮焉. 又其後, 有素親人逢着於街上, 則語曰: "吾嘗借人『綱目』, 未還而歿, 其冊第幾卷第幾板之間, 有冊主金葉. 吾兒則不知有此, 當其還本主時, 不能省察冊間, 恐遺金葉. 須爲我傳此語於吾兒輩, 可也." 其人依其言, 往傳于栢谷, 栢谷出檢所借來『綱目』, 則果有金葉在焉云矣.

60.

徐藥峰渻忌日, 其子夜夢, 藥峰來, 坐交椅上, 謂其子曰: "門外有吾友某令來到, 汝須出迎以來!" 其子卽施之, 又言, "某判書在門外, 汝須延入[960]!" 其子又如之, 最後又使延入門外客, 其子又出去, 其客嚬蹙, 曰: "吾衣服弊陋, 羞愧不堪[961]入去." 以此還報, 藥峰曰: "衣陋何妨!" 復使强請以入, 四人幷坐卓上, 遍喫祭饌, 其聲有噴食, 訖[962]散去. 其後, 藥峰子徐相景雨, 與其最後延入客之子, 爲僚一司, 問於其人曰: "先大人別世時, 殮衣用以何服?" 其人汪然蹙, 眉[963]曰: "先人[964]謫宣川, 下世於壬辰亂中, 謫所當亂, 殮具罔措, 只用時[965]着弊衣服, 此爲終身至痛矣. 君何以追問殮具耶?" 徐相曰: "吾有異夢, 頃日, 吾先人忌祀時, 先人精魄, 宛如平時, 迎入生時執友三人, 而先尊丈亦在其中. 初以衣陋爲嫌, 而不肯入, 强之而後入, 同喫祭饌而罷. 君勿以吾言爲誕, 第造新冠帶, 燒火於先尊丈山所, 如何?" 其人卽如其言. 數日後, 徐相夢中, 同官之父來

---

959) 於: 저본에는 빠져 있으나 다, 라본에 의거하여 보충함.
960) 延入: 가, 다, 라본에는 '迎入'으로 되어 있음.
961) 堪: 가, 다, 라본에는 '敢'으로 되어 있음.
962) 訖: 라본에는 '後'로 되어 있음.
963) 眉: 저본에는 빠져 있으나 가본에 의거하여 보충함. 다, 라본에는 '之'로 되어 있음.
964) 人: 저본에는 '合'으로 나와 있으나 가, 다, 라본에 의거함.
965) 時: 저본에는 빠져 있으나 가, 다, 라본에 의거하여 보충함.

謝, 曰: "緣君一言, 得換陋衣於泉下, 感幸感幸!" 又現夢於其子, 以致易衣爲幸之意云.

61.

有一宰相, 早孤家貧, 居湖南. 其時, 方伯曾有姊[966], 爲某[967]蔭官妻, 亟日合宮後, 卽見棄絶, 嫉之如仇, 使妻家奴婢, 不得入於自己門內, 聲息相阻, 有如楚越. 合宮初夜, 幸而有娠, 育一女, 其父全然不知其有女. 女當嫁年, 而其渭陽適除完伯, 別姊而去. 姊泣語曰: "吾之平生絶悲, 有女不願擇婿於京華士夫家. 願甥[968]之監營, 廣求鄕人中性愿可愛妻者, 俾[969]爲吾女之配." 方伯諾而去, 試[970]巡營私試, 要擇一人於其中. 試日, 自廳上俯察入場擧子, 人人察貌, 有一[971]總角, 身長毛[972]多, 風儀擧止, 甚凝重, 知爲德器, 監司已留意矣. 及榜出, 厥總角得參, 招一榜宴時, 使總角前進, 曰: "君住何處?" 對曰: "距營未十里矣." 監司曰: "明日, 吾欲與君更面, 須勿歸, 留宿營底以待焉." 翌日, 復延入, 詳問凡百, 則閥雖非華, 而猶稱[973]士族, 父亡母在, 身是獨子, 契活赤貧云. 監司曰: "吾有甥女, 在吾家, 擇婿[974]亦吾所主張, 其家世卽某家華著者也. 吾欲延君爲甥婿, 於君意何如?" 總角曰: "令監大家, 決無與小生寒畯結姻之理, 所敎似是戱耳." 監司曰: "婚姻大事, 豈可以戱發口耶? 君若可以自主婚事, 則請於此席, 書出柱單焉." 李曰: "請歸白[975]偏母, 而書納焉." 監司曰: "君之婚需與行婚器具, 俱當自營門替當, 君勿慮也." 因受柱單, 發

---

966) 姊: 가, 다, 라본에는 '姉'으로 되어 있음. 이하의 경우도 동일함.
967) 某: 저본에는 빠져 있으나 가, 다, 라본에 의거하여 보충함.
968) 甥: 라본에는 '㽒'으로 되어 있음. 서로 통함.
969) 俾: 저본에는 빠져 있으나 가, 다, 라본에 의거하여 보충함.
970) 設: 저본에는 '試'로 나와 있으나 가, 다, 라본에 의거함.
971) 一: 저본에는 빠져 있으나 가, 다본에 의거하여 보충함.
972) 毛: 가본에는 '髮'로 되어 있음.
973) 稱: 저본에는 빠져 있으나 가, 다, 라본에 의거하여 보충함.
974) 擇婿: 가, 나, 다본에는 '其婚'으로 되어 있음.
975) 白: 가본에는 '告'로 되어 있음.

送擇單, 書報婚處與婚日於其姊, 盛治新郎行具[976]上送. 既醮翌日, 入拜岳母, 問曰: "議婚時, 巡相不言岳丈之下世矣. 此來不見岳丈, 果以何年下世耶?" 岳母泫然流涕, 曰: "如使下世, 則亦復奈何?" 婿曰: "然則在世乎?" 曰: "然. 天下之棄婦, 寧復有如我殘酷者乎? 一夜同裯以後, 永爲疎絶, 不但一生不見面[977], 并與便信而不得通, 示我以十世讐. 此膝下一塊肉, 偶以惡業, 凝[978]胎於一宵而生, 不敢使其父知之, 長而嫁, 亦不敢使父[979]其知之, 如許至冤, 從古豈有之乎?" 婿曰: "岳丈在何洞? 婿當往拜矣." 岳母曰: "婿之欲往, 太少味矣. 有女生而長, 而婿全然不相聞, 女之夫雖往, 亦豈被欣迎乎? 不見十常[980]八九, 愼勿虛勞也!" 婿曰: "見不見在岳丈, 我以新人, 不訪婦翁於同城內者, 殊非半子之道, 必當往矣." 使韊馬騎, 到其門前, 牽奴先入, 言於蔭官曰: "新書房主來門外, 將謁矣." 蔭官曰: "怪哉! 新書房主之稱, 指誰而謂也?" 奴曰: "某洞抹樓下, 有女阿只氏, 昨日成婚, 新郎將謁進賜主矣." 蔭官蹙眉, 曰: "聲未聽,[981] 聲未聽也! 然入來請見, 拒之非人情, 第使入來." 婿下馬入門, 主人瞥然望[982]其風儀, 自不覺足之下堂, 導之以上, 一番接語, 已是宰相骨也. 主人欣然而笑, 口開而合[983], 十分奇愛, 不勝其喜, 終日娓娓, 留供夕飯, 烽將擧矣. 婿告歸, 主人曰: "不忍捨君[984]獨送, 吾亦當隨往矣." 騎馬居前, 偕至婦家, 奴入告其內上典曰: "某[985]進賜主, 隨新書房主同來矣." 擧家驚喜, 不減迎新郎之慶. 蔭官入內[986], 對其妻, 近二十年, 顏面

976) 具: 저본에는 빠져 있으나 가본에 의거하여 보충함.
977) 見面: 가본에는 '相見'으로 되어 있음.
978) 凝: 저본에는 '疑'로 나와 있으나 다, 라본에 의거함.
979) 父: 저본에는 빠져 있으나 가, 다, 라본에 의거하여 보충함.
980) 常: 가본에는 '生'으로 되어 있음.
981) 聲未聽: 저본에는 빠져 있으나 다, 라본에 의거하여 보충함.
982) 望: 가본에는 '看'으로 되어 있음.
983) 合: 저본에는 '不合'으로 나와 있으나 라본에 의거함.
984) 君: 가본에는 '去'로 되어 있음.
985) 某: 가본에는 '某洞'으로 되어 있음.
986) 內: 가본에는 '來'로 되어 있음.

賀其得賢婿, 仍於其夜同袵席, 舊婚新婿, 一時同樂. 母之新行, 却先於女之新行, 團聚蔭官家, 琴瑟隆洽, 人皆以爲孝婿之功大矣. 傳爲美談.

62.

李相國[987]尙眞, 年十四五時, 歲除將近, 母夫人垂淚. 相國問所以泣, 母夫人曰: "歲時乃大名[988]日也. 家家治具[989]祭先, 兼以爲酒爲餠, 生人醉飽, 而吾家如洗升米莫辦, 是以泣耳." 相國曰: "兒當出乞矣." 遂肩槖而出, 東北轉乞, 至鎭安, 入鄕廳, 則諸鄕所爲過歲還家, 獨座首田東屹在廳[990]. 一見李, 便知其將爲大人, 問曰: "汝是何處人?" 對以居在全州府, 歲近親飢, 行乞到此耳, 田曰: "汝須留此姑坐也." 卽入東軒, 請由曰: "民初欲陪[991]城主過歲矣, 今適有家間些少, 故請歸待歲過卽還." 倅許之, 乃出召鄕廳庫直, 覓來自己正月朔料十斗, 褁之於李所持槖中, 問曰: "十斗米頗重, 汝能負去否?" 對曰: "力[992]不能矣." 田曰: "然則, 我當爲汝負致汝家矣." 遂自鄕廳庭, 以索作擔負之,[993] 使李君前行七十里, 至于李家. 當歲末[994]赤立之中, 猝得十斗米, 李之母夫人驚喜雀躍. 李大以爲恩, 銘在心骨, 期以後報. 及李登揚, 位漸高, 謂田曰: "君之前恩, 吾不可以草草報矣. 君是閑良, 相當職不過邊將. 君雖老, 得一武紅牌, 則達官可期矣." 田乃於近五十之年, 習射發身, 發身之[995]後, 力量幹局, 過人數等, 李相國極力擢拔, 至於統制使云.

---

987) 國: 저본에는 빠져 있으나 가, 다, 라본에 의거하여 보충함.
988) 名: 저본에는 '明'으로 나와 있으나 가, 다, 라본에 의거함.
989) 具: 저본에는 '其'로 나와 있으나 다, 라본을 따름.
990) 廳: 가본에는 '廳中'으로 되어 있음.
991) 陪: 저본에는 '培'로 나와 있으나 가, 다, 라본에 의거하여 바로잡음.
992) 力: 저본에는 빠져 있으나 가, 다, 라본에 의거하여 보충함.
993) 以索作擔負之: 다본에는 '替使下人擔負'로 되어 있음.
994) 歲末: 다, 라본에는 '歲時'로 되어 있음.
995) 之: 저본에는 빠져 있으나 가, 다, 라본에 의거하여 보충함.

63.

李一齋恒, 井邑人也. 少時, 氣欲冲天, 横逸趫捷, 故不能自制, 欲往京城, 隨意漁色. 自井邑不滿數日, 已過廣州板橋店, 意謂, '渡漢江, 何必用常格渡以舟乎?' 時[996]當四月, 葛葉方盛, 摘裹以衣, 至江岸, 捨舟徒入, 以所裹葛葉數葉, 墜於水面, 加足其上. 旋又墜葉於前面, 移步以越, 隨墜[997]隨躡, 有若宓妃[998]凌波狀. 渡訖, 又不由南大門, 緣蚕頭下, 飛空踰堞, 旣入城, 心自思曰: "士夫家婦女, 不可犯汚, 獨有內官輩之有妻, 非所當有奪而姦之, 不悖於義." 乃就三淸洞·壁藏洞內官叢集處, 直爲突入, 苟有內官之在家者, 則輒以數尺繩條, 係其兩拇指, 懸之於樑上, 姦其妻於渠所目睹處, 女雖欲拒而力不能, 無不被汚. 姦訖, 輒解內官之縛, 而所謂內官, 莫敢睨視. 自南至北,[999] 宣淫不啻數十處, 忽驀然猛省, 曰: "此決是禽性獸行, 吾之誤入, 一何至此?" 善心泉湧, 媿如市撻. 頃刻之間, 强制麤氣, 便成溫溫恭人. 買着草鞋, 規趨緩步, 歸故鄕, 杜門讀書, 爲世大儒. 至今湖南士人, 尸[1000]祝之.

64.

朴松堂英, 善山人也. 學語以來, 氣已豪邁, 八九歲時, 作挐村中, 罔有紀極. 每入民家, 喫盡所留午飯, 遺失滿鼎, 打殺牛馬鷄犬, 比比有之. 隣里苦之, 甚於周處[1001], 怨罵滿隣, 了不爲恤, 愈往愈甚. 其父欲以大杖打殺之, 兒赤裸被逐, 門前有大路, 嶺伯巡歷行過焉. 朴父止逐, 而隱避穀田中, 兒赤身走上坡[1002]頭, 立於方伯雙轎前, 大呼監司. 監司停轎[1003], 問

---

996) 時: 저본에는 빠져 있으나 가, 다, 라본에 의거하여 보충함.
997) 隨墜: 저본에는 '墜隨'로 나와 있으나 가본을 따름.
998) 妃: 저본에는 '妣'로 나와 있으나 가, 다, 라본에 의거함.
999) 自南至北: 가본에는 '自南家至東家'로, 다, 라본에는 '自南家至北家'로 되어 있음.
1000) 尸: 저본에는 빠져 있으나 가, 다, 라본에 의거하여 보충함.
1001) 周處: 라본에는 '賊周處'로 되어 있음.
1002) 坡: 저본에는 '披'로 나와 있으나 다, 라본에 의거하여 바로잡음.
1003) 轎: 저본에는 '憍'로 나와 있으나 다, 라본에 의거하여 바로잡음.

曰: “是[1004]誰家兒, 作此無禮狀?” 兒曰: “吾父以我作挐村中之, 故方欲打殺, 逐我之際, 遇監司而隱匿. 願監司召吾父, 挽止其打殺之計焉. 吾勢急, 何暇着衣而見監司乎?” 監司曰: “汝父何在?” 兒指田中, 曰: “彼冠首微露矣.” 監司遣吏招來, 語之曰: “君何以欲殺兒子耶?” 對曰: “殺則虛喝, 而打則欲猛矣. 日出則狂童, 作害村中, 罔有紀極, 怨辱及於父兄, 其忿不堪, 必欲痛懲矣.” 監司曰: “此兒氣像, 必當遠到爲國家, 當一面目前, 狂悖作亂. 自是, 後氣所發, 必須善養, 愼勿捶撻!” 卽劃本州所在營米十餘石, 俾免兒粮而饋之. 後稍折節, 登科武, 以內乘直禁中, 見燕山射殺成廟所養鹿, 卽日棄官歸鄉, 從鄭新堂鵬受學, 學識高明. 新堂一日, 指山謂朴曰: “山外有何物?” 朴對以山外有山, 新堂歎賞, 以爲悟道已深矣. 嶺南有書院數處.

65.

禹兵使尙中, 公州童子山人也. 膂力過人, 妻家在於隔山之地, 新娶後, 每於夕飯後, 越嶺往宿于婦家, 翌朝歸家.[1005] 一日, 昏後越嶺, 有一大虎, 自月寺[1006]下來, 橫路將噬, 禹以一足踢之, 虎立斃. 禹荷死虎, 至其妻門前, 蹲之而撑前, 以木枝像生狀. 翌朝, 主家開門, 見之大驚, 以爲生虎坐房前[1007], 諦視乃知其死矣. 甲子适變時, 禹爲宣傳官, 陪大駕, 將向公州, 到漢江上. 梢工輩已背順向, 逆泊舟岸南, 不肯撓櫓渡駕. 時當初春, 江氷始澌, 禹入水而遊, 一手叩氷, 一手擊水, 浮以近岸. 梢工以楫打禹頭, 禹乍沒乍出, 躍上江岸, 奮擊[1008]殺盡, 梢工自搖舟越來, 以奉大駕. 上以此寵奬之, 其人則極不了了[1009]矣. 禹初出身時, 單以騎一奴

1004) 是: 저본에는 빠져 있으나 다, 라본에 의거하여 보충함.
1005) 翌朝歸家: 저본에는 빠져 있으나 다, 라본에 의거하여 보충함.
1006) 月寺: 다, 라본에는 '甲山寺'로 되어 있음.
1007) 坐房前: 다, 라본에는 '向房坐'로 되어 있음.
1008) 奮擊: 다본에는 '奮拳'으로 되어 있음.
1009) 了: 저본에는 빠져 있으나 다, 라본에 의거하여 보충함.

作行, 有商人馬相撞於路挾處, 禹奴擠之于坡下低陷處. 商落後乃到, 以手摺禹之所躡兩鐙子, 鐙鐵與禹足, 輥[1010]而爲一. 商遂驅馬, 冉冉而去, 禹雖多力, 脫足無策, 忍死苦痛, 良久, 盡力僅拔. 其後禹爲水使, 赴任之際, 路傍坡上有人, 呼問曰: "昔年, 鎖鐙之足, 何以拔出?" 禹驚喜, 手招近前, 則乃舊逢商人也. 禹曰: "以吾之故, 僅得脫足, 而君是壯士, 積年願再逢, 而今日邂逅, 實天幸也. 願君輟商業, 同我往水營, 煖飯以過, 歸時當滿載以給, 以代商利也." 商曰: "今日吾來, 只欲探認鐙鐵中脫足之由. 吾以自在爲樂, 豈可以隨入俯仰乎?" 遂相別而去. 禹之夫人, 力倍於禹, 禹每畏妻, 不敢有房外犯色. 及爲慶右水使[1011], 水[1012]操船中, 將赴[1013]統營, 時任統使, 卽李公浣也. 禹幸其夫人之在遠, 邀來隣妓於水操處而狎之, 累日置側, 禹奴自水營歸童山, 告妓事於內上典. 禹之夫人聞之, 卽着草鞋步出後, 隨一婢去如飄風. 一日行數百里, 二日餘, 遽達水操處, 遙望旌旗軍物掩翳, 船樓將校官吏, 彌滿其中. 禹妻自岸上咆哮大呼, 曰: "禹尙中, 尙中! 此漢此[1014]漢!" 一船校卒, 知其爲使道夫人, 風靡[1015]下船而避亂如星墜. 禹妻躍上舟中, 捽禹而伏之[1016], 以大棍打臀四十度, 又曰: "此漢豪强之罪, 不可徒旋棍罰, 宜出表跡, 以示衆眼." 乃以利刀, 剃禹長[1017]髥, 無一莖餘存, 公然成婆. 禹妻旋卽下船, 走還童山. 禹之貌樣, 奄成別人, 有難出頭, 而水操附統營之期日已[1018]臻, 難違軍令, 馳赴統營. 李公驚問曰: "水使髥常好矣, 今忽緣何而作一頭陀?" 禹初周遮爲辭, 及李公之累詰, 不得不直吐. 李公曰: "武將專尙威幹, 而

1010) 輥: 저본에는 '混'으로 나와 있으나 다, 라본에 의거함.
1011) 右水使: 저본에는 '水右'로 나와 있으나 다, 라본에 의거함.
1012) 水: 저본에는 빠져 있으나 다, 라본에 의거하여 보충함.
1013) 赴: 저본에는 '附'로 나와 있으나 라본을 따름.
1014) 此: 저본에는 빠져 있으나 다, 라본에 의거하여 보충함.
1015) 風靡: 저본에는 빠져 있으나 다, 라본에 의거하여 보충함.
1016) 之: 라본에는 '地'로 되어 있음.
1017) 長: 저본에는 빠져 있으나 다, 라본에 의거하여 보충함.
1018) 已: 저본에는 '至'로 나와 있으나 다, 라본을 따름.

不能制一悍妻, 疲軟如此, 將焉用之[1019]?" 卽席啓聞罷黜云矣.

66.

李澄玉以北兵使, 稱兵以叛[1020], 自號大金皇帝, 部下斬首以獻于朝. 澄玉少時, 有母經年患瘧, 思見生獸, 以慰病懷, 與其兄入山, 求捕生獸. 其兄則生捕兎一首, 當日歸來, 澄玉經日不歸, 家人怪之. 至二日, 生驅白額虎而歸, 蓋澄玉初起一臥虎於林中, 虎絶大, 始欲奮爪搏澄玉, 澄玉大喝叱之聲如雷, 虎始惕而走. 澄玉着木屐高齒, 踰巒越壑而趕虎, 一日一夜, 遂至七百餘里. 人不疲, 而虎先疲[1021], 氣如霜後草, 凝立崖前, 汗流喘急, 低首搖尾, 坐而待縛. 澄玉就其前, 以索絡其頭, 則靜而受之, 有甚於馴牝牛. 或騎或驅, 隨意所向, 無一騰躍, 無一嗥吼, 帖然就道山中, 百獸望而驚走. 歸至母前, 厖然一大物, 遍身班文, 開目[1022]厭厭, 與人相向, 母初見幾乎氣塞, 艱辛壓驚而乃愈. 虎累日立庭下, 不敢有動意. 澄玉恃此神力, 終陷叛逆云.

67.

昔有武弁, 善於風鑑. 新除永興府使, 將赴任之際, 引鏡自觀已相, 則當在任所, 死於御史之[1023]手, 厥弁人異爲[1024]憂. 辭朝, 至樓院店午炊, 有喪人步過店舍前, 瞥觀其相, 乃是非久當爲御史者也. 厥弁問店主人曰: "俄過喪人, 是何許兩班?" 對曰: "此後村李參議宅子弟也. 參議令監喪出, 已經小祥, 而喪家赤貧可矜矣." 武弁歷問李家凡百於店主人, 知其大略然後, 送下[1025]吏先報入弔[1026]之, 仍[1027]往祭廳, 伏哭靈几前, 哀痛數

1019) 之: 저본에는 빠져 있으나 다, 라본에 의거하여 보충함.
1020) 叛: 저본에는 '版'으로 나와 있으나 다, 라본에 의거함.
1021) 虎先疲: 저본에는 빠져 있으나 다, 라본에 의거하여 보충함.
1022) 開目: 라본에는 '閉目'으로 되어 있음.
1023) 之: 저본에는 빠져 있으나 가, 다, 라본에 의거하여 보충함.
1024) 異爲: 가, 다, 라본에는 '以爲'로 되어 있음.

食頃. 喪人以爲其父切友, 亦興感盡哀罷, 客謂主人曰: "先令監之於[1028]我交誼, 哀猶未盡[1029]矣. 君年來久滯邊地, 積阻聲息, 豈料人事至此? 而初朞後始聞訃, 今乃致吊, 慚愧萬萬." 言罷嗚咽, 又曰: "哀家素貧, 想多喪葬之債矣." 主人曰: "何可盡言?" 客曰: "吾得外任, 哀遭[1030]巨創, 以故情誼[1031], 固當專當喪[1032]債, 而官中多[1033]事, 似難到治送卜馱, 哀無論大祥前後, 貰馬下來, 則吾當優濟." 成給入門帖子而去. 李喪人送客入內, 其母曰: "何許客吊聲哀痛耶?" 對曰: "新除永興倅, 謂與[1034]先人切親, 念我喪債, 要我下來, 至給門帖矣." 母曰: "吾[1035]家似逢生人之佛, 萬幸萬幸, 必去必去!" 李纔經大祥, 艱關貰馬借僕, 踰鐵嶺, 抵永興, 觸冒風雪, 顔貌憔悴. 付門帖入官, 則主倅望見其容, 大異於前, 將不能做御史矣. 乃生拒絶迫逐之意, 聞[1036]客寒暄, 卽曰: "尊與我豈有舊識乎?" 客曰: "主令歷吊我, 如是如是成帖, 勸我下來, 故千辛萬苦, 踰嶺以到, 而今遽作素昧樣. 人之孟浪, 何至此極?" 主人曰: "歷吊非我事, 給門帖非我事. 客之初面脅我, 誠虛誕矣." 主客互言, 一來一去, 漸至狠怒. 主倅呼吏, 曳出此兩班, 又使遍呼府內四面村人[1037], 曰: "今夜若有住接此兩班者, 則[1038]當重棍, 且罰定京中使喚矣." 李纔出官門, 官令旣嚴, 誰肯引接? 天方酷寒, 日且曛黑, 東西覓家, 面面見逐, 無可奈何, 惟待一

1025) 下: 저본에는 빠져 있으나 가, 라본에 의거하여 보충함.
1026) 弔: 저본에는 '市'로 나와 있으나 가, 다, 라본에 의거하여 바로잡음.
1027) 仍: 저본에는 빠져 있으나 가, 다, 라본에 의거하여 보충함.
1028) 於: 가본에는 '與'로 되어 있음.
1029) 盡: 가, 다, 라본에는 '悉'로 되어 있음.
1030) 遭: 저본에는 '遺'로 나와 있으나 가, 다, 라본을 따름.
1031) 情誼: 저본에는 빠져 있으나 가본에 의거하여 보충함.
1032) 喪: 저본에는 '償'으로 나와 있으나 가본을 따름.
1033) 多: 저본에는 '無'로 나와 있으나 가, 다, 라본에 의거함.
1034) 與: 저본에는 빠져 있으나 다, 라본에 의거하여 보충함.
1035) 吾: 저본에는 빠져 있으나 가, 다, 라본에 의거하여 보충함.
1036) 聞: 가, 라본에는 '問'으로 되어 있음.
1037) 人: 저본에는 빠져 있으나 가, 다본에 의거하여 보충함.
1038) 則: 저본에는 빠져 있으나 가, 다, 라본에 의거하여 보충함.

死而已. 立馬村隅空杵砧間, 奴主共波咜矣. 有素服村女, 携十六七[1039]歲女子及十餘歲男子, 歷過杵間而去, 俄已, 素服女獨自復來, 謂李曰: "何處客遭此厄境耶?" 李略道其由, 女曰: "上道進賜死必矣!" 上道進賜者, 北人稱道京華兩班之通稱[1040]也. "我是村寡婦, 雖違官令, 官不至[1041]打死我, 我當活人矣." 遂引李歸其家, 以大瓢貯溫水, 使李向水俯面. 良久, 一副凍面墜下水中, 乃氷也. 乃處之以溫突, 饋之以好飯. 女家饒富, 且多意氣故也. 李盛致銘謝, 留其處一兩日, 主嫗謂李曰: "上道進賜, 猝難復路. 人情於尋常他人, 接待之道, 久則怠, 無端留吾家多日, 則勢必不免齟齬. 請以吾女爲妾, 所謂吾女亦極端艶." 李樂從之, 乃待以新郎, 衣食甚豊. 李以老親依閭爲慮, 將歸京師, 主嫗母女俱曰: "當此嚴冬, 行阻嶺雪, 則決難保命[1042], 離親雖難忍耐, 待春可也." 李强從之, 留過一冬之際, 主倅之貪贓不法, 慣於耳目. 及解凍卜行[1043], 主嫗[1044]具騎卜, 齎之以六百兩銀子, 數十疋細麻布. 李丁寧留後期於其妾而發, 李還京, 盡償喪債, 身數旣通矣. 當年登第, 以翰林入侍筵中, 適從容, 上曰: "諸臣進古談, 可也." 李起對曰: "臣請以自己所經歷, 替古談以達矣." 因備陳永興事始末. 上入寢殿旋出, 以三裹封紙, 手授李, 曰: "封紙上, 書塡第一第二第三, 其第一, 則汝出闕門外, 坼見而施行, 第二, 則所到處當坼見之, 第三, 則又從其後坼見之." 李出闕門外坼封, 則乃永興捉贓暗行御史也. 卽刻馳發, 到永興, 着弊衣冠, 步行抵妾家. 妾母嫌其衣裝之弊陋, 無甚欣然色, 問曰: "何爲而遠來耶?" 李曰: "難忘君女而來矣." 仍向妾房, 懽愛可知矣. 與同枕席, 夜深後, 李乘妾睡甘, 出隱房後[1045], 竊聽以探妾誠, 則妾睡誠, 引臂將更抱郎, 而郎不在矣. 起而呼母, 且啼且語

1039) 七: 저본에는 빠져 있으나 가, 다본에 의거하여 보충함.

1040) 通稱: 가본에는 '方語'로 되어 있음.

1041) 至: 저본에는 '止'로 나와 있으나 가, 다, 라본에 의거함.

1042) 命: 가, 라본에는 '性命'으로 되어 있음.

1043) 解凍卜行: 가본에는 '解冬將行'으로 되어 있음.

1044) 主嫗: 저본에는 빠져 있으나 가, 다, 라본에 의거하여 보충함.

1045) 後: 저본에는 빠져 있으나 가, 다, 라본에 의거하여 보충함.

曰: "晝間[1046]母示不悅色, 故進賜已怒去矣." 母曰: "吾之接待, 有何致怒之端耶?" 女曰: "千里他鄕, 爲我委來, 而母不歡迎, 安得不怒耶? 四顧無親之地, 去無所托, 易死於飢寒矣, 我心何如?" 呼哭不已, 母再三寬譬之, 僅止泣[1047]. 李郎還着冠服, 呼書吏騶人, 出頭於客舍. 列炬滿庭, 一邊封各庫, 一邊捉入三鄕所吏房戶長, 加之於刑板上, 一府震動. 李妾之母, 誘其女, 去觀御史, 先依客舍墻, 望見御史於火[1048]下. 良久, 母催歸, 女曰: "母先去! 吾則姑留觀矣." 少選, 女走還, 告其母曰: "母母! 御史道非別人, 乃吾家進賜矣." 母曰: "豈有是理?" 女曰: "吾見其眞的, 母須復往觀乎!" 母女復往, 自墻諦視, 則果如女言. 母女卽地懽忭, 歸亦喜而不寐. 御史卽寫書啓, 臚列主倅竊公貨·掠民財, 大貪大虐數十條, 馳驛以聞. 又坼見御書第二封, 則乃令仍行本府府使之旨也. 卽推印信, 修送到任狀于監營. 不多日內[1049], 金吾郎馳來, 拿去舊倅. 李又坼第三封, 則乃命妾爲次夫人事也. 卽以彩轎迎妾, 官人前呵後擁, 入處內衙大房. 邑底常女, 猝化爲本府室內, 榮耀聞於四隣云. 厥倅, 誠善於風鑑者也.

68.

京師有兩書生, 情如兄弟, 平生同硏, 約以一人先宦達, 則一人廢擧, 終身仰哺於達友. 一人果登第, 其友果如約廢擧, 登第者, 得拜慶州府尹, 友亦自期以免飢寒, 貰馬往慶州, 入見主倅. 主倅定給下處, 而粮太柴馬草, 無所資給. 初日則客以爲, '主倅一時偶忘.' 貸之於下處. 主人翌日又然, 又翌日亦如之, 友叱倅曰: "君於吾待之如此者, 決非人理." 主倅曰: "經國大典中, 元不懸錄, 客行粮太矣." 客擧前約以責之, 主人曰: "官事異私事, 守法爲重, 不暇顧人情矣." 客與主人遂鬨, 不告去而出門[1050],

1046) 間: 저본에는 '看'으로 나와 있으나 가, 다, 라본을 따름.
1047) 泣: 저본에는 '注'로 나와 있으나 가, 다, 라본에 의거함.
1048) 火: 가, 다, 라본에는 '火光'으로 되어 있음.
1049) 內: 저본에는 빠져 있으나 다, 라본에 의거하여 보충함.
1050) 出門: 저본에는 빠져 있으나 가, 다, 라본에 의거하여 보충함.

勢同登樓去梯, 無以北歸, 賣馬以食. 未幾, 賣衣賣冠, 只餘赤身, 乃被苫席, 行乞府城內, 一府人號以爲, '官主友乞人!' 一日, 當霜朝酷寒, 波咜於街上, 有名妓過之, 憐而語之曰: "官主友乞人, 隨我往吾家爲可云." 乞從之, 則厚饋飯, 挽使勿去. 向夕, 妓呼婢, 煎白沸湯, 盛之槽, 使乞人淨浴遍體. 昏後, 妓坐房中明燭, 呼乞使入來, 乞[1051]謝以惶悚不敢. 姑强之後[1052], 妓自籠中, 出華服一件兼一笠子, 給乞使着, 乞稍復本樣矣. 妓謂乞曰: "吾輩亦聞, 乞之, 與[1053]吾官主夙昔之約, 而乞之不知人甚矣. 吾官主豈有一分人情者乎? 吾已於到任日, 洞知其爲人矣. 乞事罔測矣, 然乞之骨相, 終必大宦達, 不應死於目前飢寒[1054]也." 仍請與之同枕席, 乞曰: "賜衣[1055]之恩, 迫死不敢辭, 而至於此事, 惶恐惶恐, 決不敢承當矣." 妓曰: "賤娼之得御士夫, 謂惶恐可也, 而士夫之近賤娼, 女安有惶恐之端乎?" 乞曰: "吾到此地頭, 已爲天下之陋賤乞兒, 班閥之爲士夫, 非所暇論, 猝然侍寢於玉人, 安得無惶恐乎?" 妓固請, 李乃從之. 妓潛謂李曰: "吾官主容貌, 決非令終者, 生員主目前窮危雖甚, 必復修擧業, 以圖立揚, 期雪其恥焉." 穩留數月[1056], 厚賫金錢以送. 旣還京, 當年登第, 登第以後事, 一如前篇說話云.[1057]

69.

李大將浣, 少年時, 出獵起獸逐之, 不覺山之深日之暮, 越重岡疊巒以入, 則有一大瓦屋在其中. 叩門無出應者, 無數呼喚, 乃有少年女子, 容貌頗艷, 倚門而語曰: "此非可留之處, 速速出去, 可也[1058]." 李曰:

1051) 乞: 저본에는 빠져 있으나 가, 라본에 의거하여 보충함.

1052) 姑强之後: 저본에는 빠져 있으나 가, 다, 라본에 의거하여 보충함.

1053) 與: 저본에는 '於'로 나와 있으나 가, 다, 라본을 따름.

1054) 寒: 저본에는 '寒寒'으로 나와 있으나 라본에 의거함.

1055) 衣: 저본에는 '夜'로 나와 있으나 가, 다본에 의거하여 바로잡음.

1056) 月: 가본에는 '朔'으로 되어 있음.

1057) 事一如, 前篇說話云: 라본에는 '爲慶州御史, 刦其本倅貪虐不法, 啓聞罷黜, 禁錮任扱, 率妓還京, 平生榮貴云'으로 되어 있음.

"山[1059]深多虎豹, 日又已瞑矣. 艱辛覓來人間處, 而不肯容接, 拒之使去, 何其迫切耶?" 女曰: "留此, 有必死之勢故耳." 李曰: "與其夜行, 死於虎豹, 無寧死於人間家[1060]處耳." 李遂突入, 女拒不得. 入坐後, 詰其不可留之端, 女曰: "此是大賊魁巢穴也. 吾亦以良家女, 被擄來此, 爲賊主饋, 而逃遁末由. 賊魁方出臘, 入夜當還, 還則君與我幷命矣." 李曰: "死期雖迫, 而火食不可闕, 汝須炊夕飯以來!" 女卽炊食而進, 燈已張矣. 李枕女膝而臥, 女戰掉不自定, 曰: "如是而[1061]將奈何?" 李曰: "削之亦叛, 不削亦叛, 雖不如是, 豈能免死乎? 死生有命, 惴慄何爲?" 以手撫女乳, 而臥自若矣. 俄而, 聞庭中有槖槖投物之聲, 女驚曰: "果歸矣!" 李窺見, 則鹿豕盈軒, 賊魁大漢, 咳而開門, 身長近十尺, 大眼如燈, 聲音如雷. 嗔視房中, 曰: "彼男子何漢也?" 女不敢對, 李曰: "逐獸入山, 迫昏到此." 賊魁曰[1062]: "汝犯吾妻, 可能免死乎?" 李曰: "吾雖無事, 實深夜男女襯坐, 安能免疑? 到此地頭, 不敢避死矣." 大漢遂以巨索, 綑縛李公, 倒懸於樑上, 呼其妻, 使熟所獵獸以來. 女出去, 取獐豕等物, 剔毛去腸, 淨洗入鼎, 爛烹以出, 滿貯大柳器奉進, 蒸氣浮浮, 肉軟易斫. 大漢命妻酌酒, 傾盡一小盆, 腰抽如霜之劒, 切肉以啖. 間間揷肉於刀端, 向樑倒納於李口, 曰: "飮食不可獨呑, 近死之漢, 亦須知味." 李輒張口受刃端餂肉而呑之, 少無疑惧色. 大漢喫訖, 仰觀李[1063], 曰: "可人可人!" 李公俯語曰: "汝之殺我, 何遲延耶?" 大漢笑而起, 解縛以下, 回把李臂, 曰: "如君傑男子, 吾所初見, 將大用於世, 吾豈可浪害王國之干城乎? 吾於片言之間, 已許爲知己. 彼女子雖本吾妻, 而經君一場戱, 便成君妻, 吾豈敢復犯故人妻耶? 自今屬之於君, 幷庫中錢帛, 櫪上諸馬, 一切以歸

1058) 也: 저본에는 빠져 있으나 가, 다, 라본에 의거하여 보충함.
1059) 山: 저본에는 빠져 있으나 가, 다본에 의거하여 보충함.
1060) 家: 저본에는 빠져 있으나 가, 라본에 의거하여 보충함.
1061) 而: 저본에는 빠져 있으나 가, 다, 라본에 의거하여 보충함.
1062) 曰: 저본에는 빠져 있으나 가, 다, 라본에 의거하여 보충함.
1063) 李: 다본에는 '李公'으로 되어 있음.

之. 君居此則留用之, 出山則携去之, 惟意所欲, 吾則今日只抽單身, 永謝此處. 來頭吾有大厄, 死生懸君[1064]手, 君其勿忘之.” 遂飄然別去. 翌日, 李牽出櫪馬[1065], 馱女及錢帛而歸, 有若李衛公虯髥客受[1066]事. 乃李公顯達, 爲捕盜大將, 自遐方, 捕劇賊[1067]大漢而至, 前進細審, 則乃山中舊逢賊魁也. 李奇之, 備達前事[1068]於榻前, 不惟寬釋, 至授捕盜從事[1069]官. 大漢善擧職, 稱李意[1070]云.

70.

昔有兩班子支, 父母俱沒, 少失學, 家[1071]貧壯未娶, 第有膂力膽量, 喜射獵[1072]. 一日, 逐獸入山中, 山中有士大夫家別業, 園林第宅, 極幽靜宏麗. 正寢之欄檻嶙峋, 軒窓敞豁, 岸上之小亭翼然. 生薄暮叩門, 寂無人應, 千呼[1073]萬喚, 始有一處女, 低聲對曰: “此是死地, 客須速去.” 客稍近前, 問其所爲死地之由, 處女亦喜人來, 不甚隱避, 乃曰: “我家本以豪富士夫, 田民財帛無數, 而此家宅極凶, 惡鬼[1074]夜夜出來害人, 父母兄弟娣妹, 相繼暴歿. 今夜則[1075]當吾次, 吾死以後, 則吾門永滅矣.” 客問: “村中何其無一親戚奴僕家耶?” 處子曰: “親戚奴僕, 皆畏惡鬼, 避居岸外. 每夜吾家喪出, 則山外族人奴僕待天明, 持棺[1076]來到, 殮屍出埋而去. 明日, 又將來殮我矣. 客何可度夜於危境[1077], 自促其死耶?” 生曰:

1064) 君: 저본에는 ‘於’로 나와 있으나 가, 다, 라본에 의거함.
1065) 櫪馬: 가, 다, 라본에는 ‘櫪上驄’으로 되어 있음.
1066) 受: 다, 라본에는 ‘授受’로 되어 있음.
1067) 賊: 라본에는 ‘賊魁’로 되어 있음.
1068) 事: 저본에는 빠져 있으나 가, 라본에 의거하여 보충함.
1069) 事: 저본에는 ‘來’로 나와 있으나 가, 다, 라본에 의거하여 바로잡음.
1070) 意: 저본에는 빠져 있으나, 다, 라본에 의거하여 보충함.
1071) 家: 저본에는 빠져 있으나 가, 다, 라본에 의거하여 보충함.
1072) 獵: 저본에는 빠져 있으나 가, 다본에 의거하여 보충함.
1073) 呼: 저본에는 ‘吁’로 나와 있으나 가, 다, 라본에 의거함.
1074) 惡鬼: 다본에는 ‘妖鬼’로 되어 있음.
1075) 則: 저본에는 빠져 있으나 가, 다, 라본에 의거하여 보충함.
1076) 棺: 저본에는 ‘擔’으로 나와 있으나 다본을 따름.

"吾氣魄過人, 可以喝逐惡鬼, 主人處子, 但供我夕飯, 依我經夜, 則必無死[1078]矣." 處女欣然引生, 入坐正寢, 出廚炊飯以進. 飯罷, 客多[1079]索燭柄, 女覓出六兩燭, 近十雙於壁欌中以出. 生乃開入窓, 拓褰諸藏子, 張大燭於四隅, 以待之. 入夜, 女已無人色, 身戰不能定, 生狎坐偎身以[1080]鎭驚. 夜深後, 燭影下望見, 岸[1081]山亭子下, 忽出黑棺空中轉來, 棺漸近而鬼始出, 狀貌獰詭[1082]. 將上階, 生大喝一聲, 鬼驚而退縮. 生又出臨欄檻, 厲聲責鬼, 以無端害人之故, 鬼曰: "人不害我, 則我豈害人?" 生曰: "人之害汝者, 何事?" 鬼曰: "此主人, 岸山亭子前柱, 直揷吾塚中, 壓骨磨齒, 痛不能堪. 是以報毒, 過今夜, 則[1083]滅盡此門矣. 君自何來, 而氣魄如彼? 吾不敢前進矣." 生曰: "汝何[1084]不告于此家人? 請其毁亭拔柱, 而只事虐殺多人耶?" 鬼曰: "吾雖欲請此, 而無氣人, 生見我則怖死奈何?" 生曰: "吾當於明日, 毁其亭, 拔其柱, 汝愼勿復作害於此家. 汝不悛舊習, 則吾當掘汝骸, 燒諸火而投諸水." 鬼曰: "謹奉敎!" 拜謝而去. 其翌日, 果有主家族人, 率主家奴僕, 持棺而來, 將殮處子[1085], 見生在房, 大驚以爲惡鬼留至白晝, 蒼黃[1086]將走. 生曰: "我非鬼也. 我已除去鬼害, 須前來聽我言." 諸人遂還入, 生備述夜間事, 主家之族人, 僕僕致謝, 曰: "今日, 吾已來料, 主家一塊肉, 幷以死於鬼矣. 天[1087]幸賴君之義氣氣魄, 晏然度夜, 自此, 此家有遺種矣. 處女旣與男子, 共經一夜, 更將議婚於何處? 君可與偕老, 而此家田畓奴婢, 與彼庫中財帛一任, 君作

1077) 危境: 가, 다, 라본에는 '危地'로 되어 있음.
1078) 無死: 다, 라본에는 '無事'로 되어 있음.
1079) 多: 저본에는 빠져 있으나 가, 다, 라본에 의거하여 보충함.
1080) 偎身以: 가본에는 '女側而'로 되어 있음.
1081) 岸: 저본에는 빠져 있으나 가, 다, 라본에 의거하여 보충함.
1082) 詭: 가본에는 '特'으로 되어 있음.
1083) 則: 저본에는 빠져 있으나 다, 라본에 의거하여 보충함.
1084) 何: 저본에는 빠져 있으나 가, 다, 라본에 의거하여 보충함.
1085) 處子: 저본에는 '妻子'로 나와 있으나 다, 라본에 의거함.
1086) 黃: 저본에는 빠져 있으나 가, 다, 라본에 의거하여 보충함.
1087) 天: 저본에는 빠져 있으나 가, 다, 라본에 의거하여 보충함.

主人矣." 遂率主家奴輩, 卽往岸山, 毁倒亭子, 拔其柱, 柱下果有塚, 穿骨露骸. 改封以土莎, 祭之以酒果. 於是, 避鬼移[1088]居之奴僕, 續續還集, 稱生以新書房主, 競相賀謝曰: "書房主, 能使吾家阿只氏死中得生, 恩德如天, 奴輩當盡誠服事矣." 生專管別業, 猝成豪富, 琴瑟懽洽, 子女衆多云.

71.

昔有庶弟[1089], 友於其[1090]嫡兄. 嫡兄迂闊, 斥賣田土, 庶弟隨賣隨買, 盡[1091]買以後, 則全數還[1092]納. 嫡兄不能保守, 復爲出賣, 庶弟又如初是者, 三至弟三巡[1093], 則嫡兄固辭不受, 曰: "以汝之賢, 能爲人所難爲, 而緣吾迂劣, 再次不得保, 更以何顔受汝所納乎? 汝雖力請, 吾決不從矣." 庶第度其終不受, 竊自思於心, 曰: "吾若永永逃去, 不使兄知去處, 而田畓等棄無主, 則嫡兄不得不次知矣." 遂只齎輕裝, 提挈妻子, 乘夜逃去. 嫡兄早起以看, 則庶弟家虛[1094]無人矣, 默揣其逃, 意悲歎不已. 厥生去無指向, 行到一處, 望見大瓦家, 背山臨水, 而空虛已久. 問於隣村人, 則謂以凶家沒死, 無人更入矣. 尋訪其家族親, 則有八寸親, 在隣洞矣. 往見而請賣其家宅, 則答云: "欲居必死之宅者, 誠妄矣. 如不畏死, 則當入處, 安用費二[1095]文賣買爲也?" 厥生曰: "雖曰凶家, 旣是大屋, 則無價自占, 非義也." 固請成文, 納價以數三十金[1096], 買取之. 生遂留頓其家眷於他所, 獨往其新屋, 麗掃一室, 點火房宇, 留宿其中, 明燈危坐矣. 入夜

1088) 移: 저본에는 '以'로 나와 있으나 가, 다, 라본을 따름.
1089) 庶弟: 가본에는 '某家庶弟'로 되어 있음.
1090) 其: 저본에는 빠져 있으나 가, 다, 라본에 의거하여 보충함.
1091) 盡: 가본에는 '隨'로 되어 있음.
1092) 還: 저본에는 빠져 있으나 가본에 의거하여 보충함.
1093) 巡: 가본에는 '次'로 되어 있음.
1094) 虛: 저본에는 '産'으로 나와 있으나 가, 다, 라본에 의거함.
1095) 二: 가본에는 '一'로 되어 있음.
1096) 三十金: 라본에는 '十兩'으로 되어 있음.

後, 聞庭中有履聲, 俄有, 小鬼開門引領以睹, 旋卽闔戶退去, 庭有長者, 問小鬼曰: "房內有人乎?" 小鬼竦身作驚狀, 以報曰: "主人來矣!" 長者曰[1097]: "然則好矣." 遂闖然入來, 身長着冠, 生與之揖而坐, 因問曰: "君是人耶?" 答[1098]曰: "非人也." 生曰: "殺盡舊主人, 君難免凶鬼之名矣." 對曰: "吾豈有害人意也? 第吾有所掌重寶, 於此業欲傳授而離去, 每夜訪舊主人, 欲傳[1099]寶之意, 則孱魄輒驚窒而死. 吾之濡滯漸久, 極以爲悶, 今君見我不驚不動[1100], 君眞寶物之主也. 傳授得人, 離此在卽, 萬幸萬幸. 此屋第幾柱礎下, 有大甕, 銀物其中, 君須出用, 而些少留此, 可也." 顧謂小鬼曰: "汝所掌小缸, 亦同納可也." 小鬼[1101]亦指他礎下所藏, 大小鬼遂辭去, 曰: "吾等自此逝矣, 君須鎭守, 好宅永享多福." 生遂邀來妻孥, 安頓好家, 夫妻齋沐, 卜日致祭[1102], 掘見兩柱礎下, 大甕小缸, 果如所指. 出而買土, 數十里內良田美畓, 盡爲已有, 遂成無敵之富. 四五年後, 歸省其嫡兄, 兄亦感弟至誠, 悔其前迂, 竭力治生, 加辦數石落畓於其弟所納本田畓外, 謂其弟曰: "吾旣辦一家產, 汝須速歸, 而還執汝土." 弟曰: "弟得無限橫財, 廣[1103]占無限田庄, 根基已固, 不得還鄕. 兄須幷管新舊土, 好承先祀也." 嫡庶兄弟, 各拓庄土, 穩過平生云.

72.

黃判書仁儉, 未第時, 請書山寺. 有一僧, 盡誠服事, 粮饌隨供, 積功效勞, 靡不用極. 及黃顯達, 思所以報效, 而厥僧絶跡[1104], 不相聞矣. 黃爲嶺伯, 巡道內, 至一處, 道傍有僧背坐. 自後視之, 亦可以省識舊樣, 招

1097) 曰: 저본에는 빠져 있으나 가, 다, 라본에 의거하여 보충함.
1098) 答: 가, 다, 라본에는 '長子'로 되어 있음.
1099) 傳: 가본에는 '說傳'으로 되어 있음.
1100) 不動: 저본에는 빠져 있으나 가, 다, 라본에 의거하여 보충함.
1101) 小鬼: 저본에는 빠져 있으나 가, 다, 라본에 의거하여 보충함.
1102) 致祭: 다본에는 '行祭'로 되어 있음.
1103) 廣: 저본에는 빠져 있으나 가본에 의거하여 보충함.
1104) 絶跡: 가본에는 '聲息'으로 되어 있음.

之使前, 則果前日有功僧也. 黃不勝驚喜, 問曰: “汝何以積年頓絶耶?” 對曰: “山間白足, 非便於名士宰相宅門庭, 自致如此耳.” 黃遂命載之後騎, 遍隨於巡過邑, 還營時, 仍帶歸, 置之冊房, 撫愛款洽, 而語之曰: “汝於我舊勞非細, 雖欲多與錢貨, 然汝是食草[1105]衣麻, 無所事錢貨矣. 汝及今長髮還俗, 則邊將可得, 汝須勿違吾言.” 對曰: “小僧有[1106]素執, 決難從命矣.” 黃日日敦迫之, 而僧一向牢拒, 黃曰: “願聞汝所執.” 僧亦不肯吐實, 黃意以爲, ‘僧之所執, 似係隱密.’ 一日, 屛去知印妓輩, 與僧促膝而坐, 謂僧曰: “今日坐間, 如是從容, 汝之所執, 今可以言之矣.” 僧乃言曰: “小僧初未識大監之前[1107], 卽是[1108]俗家人也. 一夕, 過山谷間, 見新塚, 前有一間屋, 屋前有素服女人[1109]挑菜, 容色頗美. 而四顧無人, 欲就姦之, 則抵死不從[1110], 乃以背上擔, 索縛其四肢劫姦. 姦訖, 解縛而去, 宿十餘里地酒幕矣. 翌朝[1111], 有人來酒幕, 曰: ‘某處守墓烈女, 今夜自刎而死. 蓋緣過去漢, 縛其四肢而劫姦之, 女憤其汚辱而自裁云.’ 似緣己事, 而猶欲得其詳, 復進其處, 而探覘之, 則女之親戚, 方來收屍, 而致死之由, 果以自己故也. 靜言自思, 慙悔痛疚, 俯仰天地, 無所逃罪. 雖凡常女子, 因我劫姦而自裁, 誠可錯愕, 況此以常女而廬夫墓者, 何等節烈, 而我乃汚之, 仍使之死, 神明之嫉[1112], 我其當如何? 百爾思量, 償罪沒策, 獨有薙髮一條路, 喫盡天下苦行, 了無人生佳況, 似可以稍償我罪. 故卽日爲僧, 誓以終身不脫衲, 今豈因大監之勸, 徑變其志乎?” 黃適於數日前, 點檢殺獄舊文書, 有道內守令報狀辭緣, 略[1113]曰: “常女有夫

1105) 草: 저본에는 ‘土’로 나와 있으나 가, 다, 라본을 따름.
1106) 有: 저본에는 빠져 있으나 가, 다, 라본에 의거하여 보충함.
1107) 之前: 가, 다, 라본에는 ‘時’로 되어 있음.
1108) 是: 다, 라본에는 ‘本’으로 되어 있음.
1109) 女人: 가, 다, 라본에는 ‘少婦’로 되어 있음.
1110) 不從: 가, 다, 라본에는 ‘牢拒’로 되어 있음.
1111) 朝: 저본에는 ‘日’로 나와 있으나 다, 라본을 따름.
1112) 嫉: 저본에는 ‘疾’로 나와 있으나 가, 다, 라본을 따름.
1113) 略: 저본에는 빠져 있으나 가, 다, 라본에 의거함.

死廬墓者，節行四聞，而被過去常漢之結縛惻姦，遂自決以死，誠爲慘惜. 願自巡營分付諸鎭營發捕，期於必捉云云.” 黃問於僧曰：“汝之始爲僧，果在何年何月何日?” 僧對之詳，黃潛以參較於舊報狀中月日，則了無相左，的是此僧事也. 黃使吏曳下厥僧于獄，曰：“汝於我雖是有功人，公法不可枉.” 遂鞠覈置之死云.

73.

甲寅年間，趙豊原顯命爲嶺伯，鄭彦恢爲大邱通判. 一日，通判造上營話，到夜分而罷，歸貳衙，解衣將臥，營吏來告曰：“使道有時急事，要[1114]判官主便服進來.” 通判蒼黃加衣冠，到布政司門外，閽人又告，‘以使道主分付內，判官主勿先通去來，直爲入來云.’ 入營問[1115]曰：“陪話纔罷，夜色向闌，緣何忙召?” 趙曰：“漆谷縣有檢屍事，判官待鷄鳴發去，趁日暮，修文書還來，可也.” 判官曰：“事若急，則請勿待鷄鳴，炬導卽發矣.” 趙曰：“好矣!” 通判曰：“第未知殺獄，是何許獄事?” 趙曰：“漆谷縣有老除吏裵以發，及其弟時任衙門[1116]裵之發，通判往卽枷其兄弟，先問以發，以子女有無，則必對以有獨女，死已久矣. 然後，使以發兄弟前導，向渠女葬處，掘以檢之，揷屍杖以來. 而厥女兒死時十七歲，而編髮頗盛，所着卽玉色紬襦藍錦裳，新襪絲鞋耳.” 通判遂夜行七十里，到漆谷，天方曙矣. 漆邑[1117]上下，皆以爲，‘初無殺獄，檢屍之事，十分怪駭云.’ 而通判問裵以發之有無，則果有之，卽捉入着枷，通判問以發曰：“汝子女幾何?” 對曰：“元無子，只有一女，而未嫁而死，死已七年矣.” 又問：“葬女[1118]於何處?” 對曰：“官門七里地也.” 通判卽向其處，置以發兄弟於馬前，又使官隷持鍤隨之，到卽掘破開棺以視，則衣服不敗，面色如生，屍

1114) 要：가본에는 ‘邀’로 되어 있음.
1115) 問：저본에는 ‘門’으로 나와 있으나 가, 다, 라본에 의거함.
1116) 衙門：가본에는 ‘衙吏’로, 다본에는 ‘衙前’으로 되어 있음.
1117) 漆邑：가본에는 ‘本邑’으로 되어 있음.
1118) 女：저본에는 빠져 있으나 가, 다본에 의거하여 보충함.

體所着服色, 一如監司所指. 脫衣檢屍, 不見傷處, 最後伏之而視背, 則蓋以大石撞其背, 沕毁結血尙淋漓, 傷處靑黑, 其餘肌膚了不腐於七年間. 蓋寃氣所結聚而然也. 卽揷屍杖, 修檢狀盡, 枷以發兄弟夫妻, 馳還[1119]營門, 日始向曛矣. 卽上罪人於營庭, 而訊鞠之發, 不待刑杖, 先自遲晩, 曰: "使道主神明洞見地底, 小人何敢周遮隱諱乎? 矣兄家饒無子, 矣身欲以矣子繼後, 干涉其財.[1120] 而矣兄酷愛其女, 每期以女長擇配, 使女奉祀, 以傳外孫. 而現在兄嫂, 卽姪女[1121]繼母也, 仍與兄嫂同謀, 誣以淫行, 矣身謂矣[1122]兄曰: '吾家門地, 是戶長·吏房之族, 而姪女穢聞彰著, 則必枳前程, 莫如早除之, 俾不宣露於人耳目云.' 則矣兄謂以至情所不忍, 終無除去之意. 矣身伺兄之出往經宿地, 與兄嫂下手於姪女, 以石撞背, 卽爲隕命. 趁兄未歸, 先爲殯葬其屍體, 告兄以病死矣. 兄則至今, 全然不知矣, 此外無可達." 遂成獄一次刑推, 俱下於獄. 通判問於方伯曰: "使道何以知有此獄一一洞悉耶?" 趙曰: "昨夜, 罷送判官, 讀『周易』數遍[1123], 退燭將寢之際, 有兒女開門, 闖入拜告以抱寃求雪, 吾問曰: '爾寃何事?' 女兒乃詳告始末, 曰: '死則不必悲, 而[1124]幼少閨中之身, 被淫名以死爲至寃, 使道主精神過人, 故不有幽明之隔, 敢暴伸雪之願.' 吾許以曲施, 女兒乃拜謝而去. 其服色如是如是, 纔送其女, 卽邀通判而送之. 屍體與獄情, 豈有差爽之理乎?"

74.

嶺南有鄭進士, 過五十後, 筮仕爲寢郎, 與京中金寢郎, 爲僚甚歡[1125]. 鄭謂金曰: "吾之財産, 雄於一鄕, 年且老, 旅官薄祿, 本[1126]非所樂爲. 而命

1119) 還: 가본에는 '往'으로 되어 있음.
1120) 干涉其財: 가본에는 '以爲日後貪取財貨之計'로 되어 있음.
1121) 姪女: 가 다, 라본에는 '女兒'로 되어 있음.
1122) 矣: 저본에는 빠져 있으나 가, 다, 라본에 의거하여 보충함.
1123) 遍: 가본에는 '徧'으로 되어 있음.
1124) 而: 저본에는 빠져 있으나 가, 다, 라본에 의거하여 보충함.
1125) 歡: 가본에는 '善'으로, 다, 라본에는 '密'로 되어 있음.

道窮迫[1127], 再喪耦, 一不育, 目下無以慰心, 故强此從官耳." 金每憐之. 一日, 鄭金同坐之際, 守護軍捉致犯斫者, 次第施笞, 中有一總角, 頭髮鬅鬙, 衣裳襤褸. 陵書員進前, 曰: "彼是越岸居顯族兩班, 而天下至窮, 誠爲可矜, 請寬之[1128]." 鄭寢郎依其言釋之, 書員又曰: "彼道令[1129]母老姊未嫁, 蝸屋不蔽, 而食匙不上盤. 其姊近年三十, 百善俱[1130]備, 而一薄衾無從而成, 且求三口軀[1131]命可托處, 故過時未成人[1132]耳." 金謂鄭曰: "尊兄娶此好矣." 鄭初之辭强而後, 有向意, 金謂書員曰: "從何行媒?" 書員曰: "小人每往其家, 老夫人倚扉而語, 無所少避, 小人自往告之, 優可諧矣." 乃命送之, 且使告以助婚之意. 有頃, 書員回報老夫人之[1133]言, 曰: "'此是吾[1134]母女得生之路也, 天幸天幸! 娶之初後, 年之老少, 何可計也云云.' 故小人已完決而歸矣." 金遂爲鄭圖百兩債, 送于女家, 以其餘具彩幣. 至吉期, 金備婚具, 帶鄭越去成醮. 鄭一宿而歸, 金問閨樣, 則曰: "極稱意過所望云云." 金賀其老福. 曾未幾何, 金出番還京, 鄭送書促出, 謂金曰: "吾有定筭, 所以促兄出也. 吾之薄官, 本非所欲, 而今旣有賢妻, 挈而歸鄕, 產育子女, 偃仰林壑, 則其樂豈可與一烏帽比哉? 願更爲我周旋百金債, 俾爲歸資." 金曉以仕祿之不可輕棄, 而難回其浩然之志, 遂乃圖債以副之. 鄭遂具二轎與[1135]數匹馬, 馱岳母與妻, 幷妻娚, 飄然下去. 一散以後, 京鄕落落, 問聞頓絶, 殆至相忘之域, 荏苒爲十九年矣. 金作宰嶺外, 雖與鄭同道, 而無意相尋矣. 一日, 閽吏告客, 引入則雪髮皓髯, 不省其爲誰. 客曰: "主人不知我爲舊僚鄭參奉耶?" 金

1126) 本: 저본에는 빠져 있으나 가본에 의거하여 보충함.
1127) 窮迫: 가, 다본에는 '窮獨'으로 되어 있음.
1128) 之: 저본에는 빠져 있으나 가, 라본에 의거하여 보충함.
1129) 道令: 다, 라본에는 '都令'으로 되어 있음.
1130) 俱: 저본에는 '皆'로 나와 있으나 라본을 따름.
1131) 軀: 저본에는 빠져 있으나 가, 다, 라본에 의거하여 보충함.
1132) 人: 가본에는 '婚'으로 되어 있음.
1133) 之: 저본에는 빠져 있으나 가, 다, 라본에 의거하여 보충함.
1134) 吾: 저본에는 빠져 있으나 가, 다, 라본에 의거하여 보충함.
1135) 與: 저본에는 빠져 있으나 가, 다, 라본에 의거하여 보충함.

始驚喜，促膝敍闊，仍問："老人緣何遠來?" 鄭曰："吾於還鄕之[1136)]歲，卽生子，今年十九，治經登第，到慶宴，在後[1137)]某日．兄旣行媒於其父之婚，不害爲客於子之慶，故躬來奉請耳．" 金萬稱千稱奇，踵鄭後而卽馳赴，則傑閣廣庭，幄帷高張，玉面少年，戴紗帽穿[1138)]花袍而來，鼓笛轟嘈，輪蹄塡咽．誰料舊時冷[1139)]落齋枕上一老生，遽享再娶之年所生子息榮華[1140)]耶? 客散後，留金以宿，主翁曰[1141)]："吾岳母尙存，吾妻亦老，母女日夜感祝吾兄[1142)]，欲報無路，聞兄臨此，必欲出拜．" 金固辭，曰："非親非戚，承話非禮云．" 言未終，老夫人已與其女，啓戶而入[1143)]，納頭而拜．金驚惶作答，老夫人伏地，攢手向天，不知其幾百番．先達之母，亦攢手作謝，曰："當日非大君子之積善行媒，則老處女之餓骨，隨母娚而爲灰於國陵之壑，已[1144)]久矣．無生而有生，無夫而有夫，至生榮貴之子，是誰之賜也? 念其德我，無異[1145)]生我，今此迎拜，必欲喚之以父，而駭人耳目不敢耳．" 仍進一大華袱而啓之，其中皆輕煖衣服．金曰："僕[1146)]是太守，豈曰無衣? 不敢[1147)]貽厚費矣．" 先達母曰："妾自入此家以後，年年蓄細蚕絲，手織手縫，一年成一衣，絲絲縷縷，都是苦心[1148)]至誠，名之曰'報恩衣'，將以奉致於貴衙矣．適此躬臨，聊效手獻如是，而辭之其可謂人情乎?" 金不得已受之．主翁新恩環向金，愛之感之，舌不容閉，杯盤淋漓，極歡而還．金歸縣[1149)]，亦以官中魚紙等物，厚償之．鄭門五福俱備，

1136) 之: 저본에는 빠져 있으나 가본에 의거하여 보충함.
1137) 後: 저본에는 빠져 있으나 가, 다, 라본에 의거하여 보충함.
1138) 穿: 가, 다, 라본에는 '着'으로 되어 있음.
1139) 冷: 저본에는 '令'으로 나와 있으나 가, 라본에 의거하여 바로잡음.
1140) 華: 저본에는 빠져 있으나 가, 다, 라본에 의거하여 보충함.
1141) 曰: 저본에는 빠져 있으나 가, 다, 라본에 의거하여 보충함.
1142) 吾兄: 가본에는 '吾兄之恩'으로 되어 있음.
1143) 入: 저본에는 '出'로 나와 있으나 다, 라본을 따름.
1144) 已: 저본에는 빠져 있으나 가, 다, 라본에 의거하여 보충함.
1145) 無異: 가, 다, 라본에는 '無間'으로 되어 있음.
1146) 曰僕: 저본에는 빠져 있으나 가, 다, 라본에 의거하여 보충함.
1147) 敢: 저본에는 빠져 있으나 가, 다, 라본에 의거하여 보충함.
1148) 苦心: 저본에는 빠져 있으나 가, 다, 라본에 의거하여 보충함.

鄕里稱道, 而其妻甥娶室生男, 穩度平生. 金之曾孫, 卽現在文官載祿也[1150], 喜談此事.

75.

癸巳春間, 鴻山鄭姓兩班, 喪逝纔經成服. 洞內相望地, 有富民, 其子十五六歲兒, 患痘, 痘兒固請於其父母, 使邀來鄭家喪人鄭道令. 富民依兒言, 往邀鄭都令[1151], 鄭童拒之, 曰: "吾豈以痘兒之故, 而輕赴常漢家哉?" 再三苦懇, 終不肯往. 富民兒痘[1152], 駸駸危重, 遽至不救. 其弟繼患痘, 病中之言, 請邀鄭道令, 一如其兄. 富民之夫妻, 與老父母, 一齊進往鄭家庭, 跪伏[1153]涕泣, 哀乞曰: "伯兒之死, 專由於道令主之不降臨, 今又[1154]如初, 則此兒又必死, 使小人絶嗣[1155], 道令主胡令忍此?" 懇辭惻怛, 令人感動. 鄭童之母夫人, 力勸其往, 鄭童乃强從之. 痘兒見鄭, 欣然起坐, 親愛之情, 溢於面, 作言曰: "汝必不能省識我之爲誰也, 我卽汝之曾祖高陽郡守也. 汝父之喪慘痛, 何言? 汝之瘦瘠甚矣, 無乃食[1156]素之故耶?" 對以不能食素, 痘兒仍呼富民, 曰: "汝須烹眞鷄, 以進於此道令主, 兼飼汝兒也." 富民對[1157]曰: "奉待客主, 而犯腥戒, 有所不敢." 痘兒曰: "吾旣許之, 汝有何拘?" 遂烹進, 痘兒與道令對喫. 訖又呼富民, 曰: "此道令主所着弊陋, 汝家製進一件服, 可也." 富民曰: "拜送客主後, 徐圖之矣." 痘兒曰: "製衣[1158]以吾命, 則少無妨. 汝籠中所貯擣置布匹, 出以裁縫, 無或少緩.[1159]" 又曰: "喪人宅無葬需, 汝以洞內富民, 不可無

1149) 縣: 가본에는 '衙'로, 라본에는 '邑'으로 되어 있음.
1150) 也: 저본에는 빠져 있으나 라본에 의거하여 보충함.
1151) 鄭都令: 저본에는 빠져 있으나 가본에 의거하여 보충함.
1152) 痘: 가, 다, 라본에는 '痘患'으로 되어 있음.
1153) 伏: 저본에는 빠져 있으나 다, 라본에 의거하여 보충함.
1154) 又: 저본에는 빠져 있으나 가, 다, 라본에 의거하여 보충함.
1155) 絶嗣: 가, 다, 라본에는 '絶祀'로 되어 있음.
1156) 食: 저본에는 '持'로 나와 있으나 가, 다, 라본을 따름.
1157) 對: 저본에는 빠져 있으나 가, 다, 라본에 의거하여 보충함.
1158) 製衣: 다본에는 '若準'으로 되어 있음.

匍匐之義, 卽令輸[1160]送二包米·十包租." 仍語鄭兒曰: "汝父葬地, 姑無定處乎?" 對曰: "然." 痘兒卽開窓, 指一處, 曰: "彼大路下平地, 以某坐向, 裁穴用之, 則頗佳矣." 留鄭兒凡三日, 痘兒曰: "汝不必久留此, 今日卽歸家營葬, 可也. 吾亦不多日內當歸矣." 富民兒[1161]經痘至順, 鄭氏喪家入葬於痘神所指處, 其事播爲湖右異談. 同年夏, 劍巖宋君載仁, 適過鴻山, 細聞始末於本村人, 至於登覽鄭家新葬處, 龍虎端妙, 穴勢[1162]如畵云.

76.

內浦有[1163]李寧越, 作故已久. 其親舊居鴻山者一窮生, 爲求乞, 徒步往族親作宰處, 路上忽遇李寧越, 寧越下馬打話, 曰: "君向何處?" 對曰: "將赴親[1164]官衙, 以爲求濟[1165]計耳." 李寧越曰: "某宰手段極狹, 君往必徒勞, 莫如隨我以去. 我方爲痘神行痘, 當爲君而生財矣." 仍忽不見. 鴻山窮[1166]生莫的所向, 第指大村進去, 則有一人迎於路, 曰: "生員主居鴻山乎?" 答曰: "然. 汝何以問之?" 其人曰: "吾家[1167]痘神主, 方使迎來生員主!" 遂導入其家, 家頗饒. 痘兒[1168]欣然酬酢, 仍謂主人曰: "此兩班是吾切交, 汝以二十兩錢作人情, 則汝家痘患[1169]當太平矣." 主人依其言, 出錢以贈鴻山生. 其兒之痘粒赤, 未經日而黃, 黃未經日而黑, 黑旋成痂, 落而無痕. 不待期限, 好好成就, 人莫不神異之. 時家家[1170]有痘, 遂

1159) 無或少緩: 가본에는 '或少緩則罪汝'로 되어 있음.
1160) 輸: 가본에는 '補'로 되어 있음.
1161) 兒: 저본에는 빠져 있으나 다, 라본에 의거하여 보충함.
1162) 穴勢: 가본에는 '穴處'로 되어 있음.
1163) 有: 저본에는 빠져 있으나 다, 라본에 의거하여 보충함.
1164) 親: 가본에는 '親舊'로 되어 있음.
1165) 濟: 가본에는 '活'로 되어 있음.
1166) 窮: 저본에는 빠져 있으나 가본에 의거하여 보충함.
1167) 吾家: 저본에는 빠져 있으나 가, 다, 라본에 의거하여 보충함.
1168) 痘兒: 가, 다, 라본에는 '痘神'으로 되어 있음.
1169) 痘患: 저본에는 '患痘'로 나와 있으나 가, 다, 라본을 따름.

卜安危於鴻山生之有無，競引至其家，隨力贈錢，所到處，吉祥皆如初，到家一村穩過，無一零落．旬望之間，所得至二駄，駄歸辦產業，穩度平生云．

77.

公州可亭子村，有姜姓兩班，卽[1171]判書李袨之外裔也．一日，當晝坐舍廊，有亡友某甲現到，他不見，而己獨見．又有一頭陀·一明秀總角，跟其後，羅坐階下．姜謂亡友曰："幽明路殊，君來可怪．" 亡友曰："我爲痘神，行痘四方，將復命於冥府，一行適飢，故爲訪兄家而求食矣．" 姜卽呼婢，使備午飯三床而來．姜仍問曰："彼頭陀誰也？" 曰："鬼使也．" "總丱誰也？" 曰："某邑某村某姓士族家，十七歲兒，且是三世獨子，而不得已拿來矣．" 姜曰："君何作此殘忍之擧爲我放還焉？" 縷縷固請，亡友曰："吾亦非不知爲殘忍之擧，而初頭行痘，務從寬典，無一損人命．蹉跎至末梢，將來免空手歸地府，若然則閻王必致罰，抻去此兒，方可塞責，難從主人之言矣．" 姜復强之亡友，乃議於頭陀，曰："當此撤歸時，從何更得可拿之人，以免地府之罰乎？決不可允從矣．" 亡友曰："事勢固然，而姑緩歸期，更尋未痘者，畀之以不治之症，則豈有不充之理乎？" 姜合辭勸之，頭陀久久靳持，末乃諾之．午飯出來，而持盤婢以其眼中，不見客人坐處，只是空蕩蕩處，故莫的置盤處，姜一一指其可置處．上下共[1172]吃後，亡友與頭陀，倏然不見，總角亦拜謝而去．總丱所居，距姜家爲四十里，姜恍惚訝惑，必欲躬探，鞴馬馳赴，其處哭聲滿室．三世獨子，十七歲兒，以痘殞命，纔一餉，姑不招魂．姜喚出主人，曰："汲汲止哭，使我入見，則令兒必有復甦之理云．" 則主人止哭，導姜入，坐於屍側．良久靜俟，則屍體[1173]胸部微生溫氣，漸漸回陽，黃昏後，一番吐氣，翻然起坐，

1170) 家: 저본에는 빠져 있으나 가, 다, 라본에 의거하여 보충함.
1171) 卽: 저본에는 '初'로 나와 있으나 다, 라본에 의거함.
1172) 共: 다, 라본에는 '同'으로 되어 있음.

如寐得醒. 擡眼視姜, 姜曰: "汝能知我爲誰乎?" 答曰: "吾[1174]俄自貴宅還, 豈不知叟之爲可亭子姜生員乎?" 仍略敍午飯間到姜家聽酬酢事, 姜亦備說一通. 主家內外, 歡天喜地, 老小婦女顚倒出, 拜於姜, 合掌攢手, 千萬稱謝. 自此以後, 其家每歲, 具盛饌, 備華表衣, 來致于姜, 携以來拜歲, 以爲常云.

78.

柳西厓少時, 讀小學書於山寺, 常有一僧在傍參聽, 而以無識也, 故不能解聽矣. 讀至七年, 男女不同席之文, 似有略解者, 就問其文義, 西厓告以如是如是. 僧曰: "此言極是, 小僧恨不早識耳." 西厓問: "何故?" 僧曰: "嘗訪從妹之寡居者時, 適無人在傍, 妹欣然迎接, 忽注目熟視, 仍直前抱我. 小僧蒼黃驚愧, 盡力推却而出, 幸免禽獸之行. 若早識此文之義, 則豈有當日暗室同席之事乎? 聖人制禮之義, 豈非十分切當乎?" 西厓歎服其志, 常道其事云.

1173) 屍體: 저본에는 빠져 있으나 다, 라본에 의거하여 보충함.

1174) 吾: 저본에는 빠져 있으나 다, 라본에 의거하여 보충함.

잡기고담

雜記古談

• 저본 및 이본 현황

저본: 천리대본

卷上

上-1. 醫巫

湖南全州府，有巫嫗，其神自稱新羅孫學士，通軒歧術．時從鄕村下戶，爲人療病，而其所用方，多古今醫書之所不載也．巫隷名官籍，爲營巫女．肅廟朝，余外從祖完寧君李公，爲湖南按使，時大夫人黃氏隨子．營衙有婢，病積年，柴削如鬼，婢僕輩謂之赤毫症，蓋邪祟之類，必死之疾也．黃夫人召營巫，欲使爲之禱賽，巫請見病婢，熟視良久，曰："呀！此不當禱賽，可藥以治之．"夫人曰："藥已多矣，悉無效，奈何？"對曰："藥不對症耳，小人將命藥．"卽製方，曰'五枝湯'，桃枝·柳枝·桑枝·楮枝，其一，余忘之，大抵皆治痰之料也．曰："以此五種，不拘多少，等分水煮頓服，久當有效．"依其言試之，始焉嗽出膠痰，久而痰漸軟，漸多或不嗽．而自越日，幾至數椀服之，五六朔，嗽止痰祛，稍進飮食，踰年病良．已後，太醫知事金某，來客營中，余外王考牧使公，與諸營客燕語，金亦與焉．客有道此巫者，金咤曰："怪哉！豈其然乎？請召入，吾將問之．"巫應召而至，拜于庭下，年可五十餘，聳顴濶額，長幹癯瘦，形貌古怪．金問曰："若解醫術信乎？"對曰："然．"金哂曰："可笑！若何能知醫？"巫植立直視，曰："醫惟吾能之，如大監者，少也粗能誦，入門寶鑑之屬，今已冥然無一字矣．"金咈然怒呵之，曰："賤嫗敢爾！"巫遽曰："君有罪當死，其知之乎！先王病患，因君輩誤下藥，竟致不諱，此非死罪而何？"蓋顯廟常苦火升，甚則膈間煩懣，面部紅漲．內院諸醫，雜試降火之劑，而症候無所減，以至于大漸，金以首醫，終始主張議藥者也．聞此言，色頗沮，回脰面，諸人嘻嘻而笑．巫見其色沮，卽攘臂突而前，曰："爲醫者，雖尋常下賤之病，苟無明的之見，不可妄投藥也，況於君父之疾乎！先王病患，乃傷寒彌留，和解之則已矣，降火之劑，何爲也？今言之已無及矣，而吾所以爲此言者，欲以之懲於後也．爾罪切難贖，而不自認罪，享厚祿而不辭，耀金玉而自得，於汝心何？”咬牙厲聲，目光如火，張手頓足，氣勢可怖，有若太厲．坐中出於不意，驚惶辟易，牧使公急呼皀隷，驅出門外．金駭汗溢面，口呿不能言者良久，曰：“是底事，幾乎被其毆辱.”此事，余奉聞於牧使公矣．鷄林之山，果有孫學士，精於素問靈樞之工者耶！是時，三韓之鴻荒肇啓，百工衆技，多天生神解者，安知無越人倉公之流？生於其間，而文獻無徵，不可考也．然羅之距今，已數千年矣．末世巫覡之所謂神，皆雜氣之暫時凝聚者爾．夫其數千年不散，浩然而長存者，必是賢人才子之靈．清明正壹之氣，安肯自辱於粗婢賤嫗之身，向愚氓乞墦間之酒肉哉？故其曰‘某神某神云’者，直黠鬼之假托名號，欺凝蚩僞者也．然則此孫學士之稱，雖使古有其人，亦不過假托者類耳，若其按病弛藥，能收奇效，誠可異也．而人或有爲鬼所憑者，詞翰滔滔，謂之詩魔；談龍虎指砂水，謂之山魔，醫之有魔，亦無足怪也．至於以聖祖主候招爲傷寒者，六淫六氣之理，吾所昧然，不可決其是非．而內院諸待詔，以茫昧見識，遇病則墒埴表裡，嘗試補瀉，幸則偶中，不幸則無異置毒．至於至尊之病，亦敢售此習，而不知惧，以此責金醫，可謂洞見情狀，掀發眞贓，抑何其快也？其所謂醫無明的之見，不可妄投藥者，尤爲醫門之至戒，業醫人者，皆宜書紳．

上-2. 奇奴

人之慢者，必曰‘奴隷’；嘲愚庸者，必曰‘奴才’．人家臧獲率多蚩蠢，爲人所賤，在中華自古已然，而東俗又甚，賤踏之，殆若犬彘牛馬然．然此輩中，亦豈無英雄魁傑之姿哉？天之生才，本不擇地，西京之衛將軍，東漢之李太守，豈非出於奴僕，而偉績懿行，輝暎簡策，至今照人耳目？今有衛將軍之智略，李太守之忠誠，合爲一人，而兼之以磨[1]勒之勇，濟之以張園老校之計，慮則之人也，庸非其所謂奇偉卓犖間世而一見者乎！而事蹟不登於紀載，姓名亦不知爲誰何，豈不惜哉？光海時，畿內有一儒生窶甚，與一妻一女，同栖於數間破屋之內，一丁奴供其樵蘇，是外無一物焉．其奴頑悍不受羈，欲睡而睡，欲嬉而嬉，主或勃豀，則夷然冷笑，若不聞也者．主不能馭，然不以其主之貧而哺糠吃糜，曾無厭怨之色，人或指以爲癡．無何，其主物故，三日未殮．奴入見其主母，曰："死者已矣，當謀所以殯葬，但哭耶？"主母曰："兩手如洗，雖欲衣之以薪，薪亦無從而得，爲之奈何？"奴曰："主但撤哭，且待我設施．"同鄕有富家翁，貲極饒，將嫁女，其衣服衾褥，皆具累襲，嫁資及迎婿宴賓之需，所儲錢帛，幾千餘金．奴懷利刃，用夜半到其家，翁寢于外廊，從黑暗中闖入其室，據其胸而坐．翁驚覺，見鬅頭壯士壓踞身上，而手中劍光如鏡．大驚怖，但叫一聲乞命，奴曰："公勿怖！我非穿窬劫盜者，今有切急之情，特來相告，公肯聽之否？"翁急曰："惟命！"奴噓唏曰："我是某村某家奴也．吾主死臥地已三日，尙未斂首，此何等苦痛？聞翁家婚需極豐，我相公之婿，一身之上，決不能被七八重衣，夜眠決不能覆五六層衾，錢帛千餘，除却百許，亦何殊一羽？若分以與我，使我得伸奴主之情，則恩莫大矣．公能許之，則當相捨，若發半聲不字，卽斷爾喉，公將何居？"仍擧劒擬其頸，而眼耽耽直視．翁急連呼唯命唯命，奴弛劒而言曰："幸公許我，然人心難測，當面惟諾，背面反覆．事不可以不牢，請公持婚需出，明以付我！"翁呼家人，人方在睡夢中，聞呼而至，始大驚，爭前叫噪．奴嗔目大喝，曰："敢有進一步者，剚刃于翁！"聲如虓虎，目光四散如電，衆皆震慴不敢動．乃揀其衣衾之合用者，及百兩錢·布帛如干，曰："惟此足矣，我不用許多，餘悉收去．"又曰："事不可以不牢，諸衆人爲我輸此．"是時，翁尙在其胯下，劒影閃閃照面，怖甚急嗷，"爾衆速如命而活我！"衆莫敢違，爭先負持，奔走而去．翁家距奴居數里許，奴待其反命，始乃擲劒而起，跳下庭，拜謝徐步出門．翁及翁之家人，慌恍若失魂者，久之．奴歸見主

1) 磨: 저본에는 '糜'로 나와 있으나 의미상 바로잡음.

母, 曰: “此勺水耳, 盡費於殮葬, 則主之寡母孤女, 將何爲生? 請貯一半以爲後圖.” 主母曰: “此後則凡事惟汝, 勿復問我.” 遂備棺殮而卒喪事. 居數月, 奴復入見主母, 曰: “奴守主在家, 不過費朝夕淡粥耳, 請將所貯錢, 出外行商, 以爲主生計.” 主母曰: “前已告汝矣, 凡事唯汝.” 奴遂辭主母, 携錢以出. 販木於山, 貿鹽於海, 北抵六鎭, 西極七邑, 越耽羅, 入萊館, 大嶺東南, 兩湖左右, 籠百貨而網其利, 皆因時逐便, 擧無失計. 十年間, 至財累千金, 而每歲輒一歸, 爲其主營置田庄, 辦備家私, 昔零丁乞丐之孤寡, 儼然成大財主矣. 奴言於主母曰: “今足以爲生矣, 自此, 奴將休脚[2]. 但小娘子已長成, 當求佳郎作配, 以爲主晩年依賴之地, 而在此窮鄕, 耳目不敷, 况鄕曲小家, 豈有佳兒? 宜挈家西笑以圖廣求.” 主母曰: “濟濟王城, 無非王謝家, 彼高門華閥, 疇與我冷族結姻?” 奴曰: “人能成事於不可容力之地, 方可謂智. 主想內外族黨, 無論戚踈, 可有登朝籍仕宦者耶?” 主母沈思之良久, 曰: “我有異姓姑娘之子, 姓名爲某者, 與我爲再從親, 向聞旣登科, 今不知爲何官, 亦不知其尙在否.” 奴曰: “可試探問.” 後數日入, 告曰: “其人方爲承旨, 此足以爲線索矣.” 因爲劃策, 盡室入京師, 定館於昌德宮前大街之側. 俟承旨申退, 使奴要於路, 請其枉臨. 某令初則訝之, 詳問而後知之, 遂入見, 卽盛酒肴以待之. 末乃言曰: “未亡人一身孤㷀, 依庇無所, 遠近親戚, 惟令公一人, 幸勿疎外, 頻賜見過.” 某令感其言, 答曰: “當如教!” 自是後, 每値其來過, 以醇醪美膳, 延接慇懃. 某令甚喜之, 赴公往來之路, 不時歷訪, 且時送人問訊, 情誼深熟, 皆奴之指揮也. 奴又教其主, 饌膳必豊, 器用必美, 婢使衣裳, 亦務鮮麗, 以誇示隣里, 而人又見呵殿之聲, 出入其門, 認以爲眞高楣潤屋也. 一日, 奴入告主母曰: “某家兒郎, 氣骨不汎, 將求快婿, 無出此右. 若使某令公作媒, 必諧.” 主母從之, 言於某令通婚, 郎家聞其爲承旨親族, 而家事且富, 快許結姻. 贅婿, 卽癸亥功臣某公也. 數年後擧

2) 脚: 저본에는 ‘却’으로 나와 있으나 의미상 바로잡음.

義, 諸公大計已定, 將待時而發, 奴忽告主母曰: "奴將有事遠方, 久則三四年, 近則周歲, 當歸矣." 旣去之後, 杳無消息. 至癸亥四月始返, 而終不明言其向何方·幹何事也. 反正前一日, 某公將赴義, 乘昏急裝而出, 奴潛身門側, 遽前執其襟, 曰: "郞欲何往?" 某公曰: "奴何庸知爲?" 奴從腰間掣劒, 拔鞘張目, 曰: "君所爲, 吾寧不知? 君何作此滅族之事? 吾當殺此無賴, 以絶禍根." 某公慌遽失措, 奴舍劒笑, 曰: "吾豈害君? 特與之戲耳." 且問: "君所謂事極危, 一擲不中, 家族俱覆. 曾亦準備, 後門以開, 逃脫之路否." 某公芒然移時, 曰: "果不曾念及." 奴笑曰: "嘆小郞背謀事, 止如是耶? 我已爲君圖之. 昔我往來濟州, 見海中一島空曠, 可避難. 頃於海濱, 販糴數千斛, 運置其中, 又裝巨艦一隻, 載穀亦千斛, 約以今夕泊于京江. 事捷則大幸, 萬一蹉跌, 吾將奉主母及君之內子, 直奔船所. 君亦可脫身而來, 與之同載, 浮江及海, 逃禍于彼. 且觀世事, 若稽𤁾久而未熄, 駕船大洋, 投迹中國, 西則靑齊, 南則閩廣. 天高海闊, 何所不可?" 某公醒然悟, 謝曰: "謹受教!" 奴再三叮囑而送之. 是夜, 義旅入城, 一戎大定, 某公登勳籍, 富貴赫然. 奴告辭于主母曰: "奴之報主, 終於此矣, 願從主丐此身." 主母曰: "吾母女之得有今日, 皆爾之德. 方將共享安樂以報汝恩, 何遽捨而去也?" 對曰: "奴之爲主家勞薪, 乃其職耳. 且奴僕之賤, 得免箠罵, 已是大惠. 主雖欲報於我, 又何以加於此乎? 今主家福祿鼎來, 榮華日新, 主今無所賴於奴身, 奴亦無所事於主家矣. 譬如農家之牛, 耕犁旣畢, 而脫絆解軛, 長林豊草, 任其寐吪, 不亦可乎?" 苦留不可, 問將何往, 對曰: "奴本東西南北之人, 何處不可往也?" 遂去, 竟不知所之. 余嘗聞此說於數人, 而傳之各異. 其所謂癸亥功臣某公者, 或云延陽李公, 或云原平元公, 未知定爲何公, 余固不得以稱焉. 或云: "元氏今有海島田庄, 歲收脂麻百斛, 卽此奴所指逃難之地." 又云: "原平知此奴之可用也, 召入密室, 告以大計, 要與同事, 默然不應, 卽起走出, 仍不知去處者, 久之. 及至反正前一日, 始歸言, '我已積穀海島, 泊船京江'云云." 海島田庄之說, 姑未知其虛實, 而若然則果是原平耶? 此亦未可詳也. 且彼英雄心眼, 豈不能覺察於幾微, 而直待其面告而後知之哉? 此則決知其爽實, 余不取焉. 跡其前後所施爲, 實爲奇狀, 變化莫測, 容或有過溢之辭, 其非茂陵子虛之類, 則審矣. 自汴宋以來, 世之取人, 率求之規矩繩墨之內, 故跅弛不羈之士, 懷奇抱異者, 如陳龍川所傳龍·趙二生, 皆不免空死草澤. 然龍·趙初未嘗見知於人, 獨怪夫張循王之於花園老卒, 其已有所試矣, 曾不引爲上客, 與參幕籌, 反使之尋舊夢於苔階花影之間者, 何哉? 若我長陵之初, 南虜新戢, 北釁方搆, 此正用人之時也. 鷄狗之技, 尙不可遺, 況如此奴之長材偉略, 某公亦已測之矣, 何不爲洗拔泥塗薰沐而用之, 任其自去? 不少愍惜. 抵璧沈珠, 古今一轍, 良可嘆也! 此皆求人於規矩繩墨之內之過也. 雖然, 我國規模之隘, 比宋更甚於, 又限人以地處, 假使此奴見用於世, 不過爲人幕屬, 受其絆掣, 必無得以展垂天之翼, 騁奔星之蹄矣. 故韜光剷彩, 寧混跡而不悔耳. 安能以軒天拔地之氣, 向人喉下乞取殘息哉? 若其神勇奇智, 時出緖餘, 若應龍之乍見一鱗者, 亦非技癢, 直一晊熟四, 自盡報主之職矣. 及夫宿債旣了, 翩然遠逝世, 固莫我用, 曾何足以少留? 此奴蓋已計之熟矣. 使若有英雄主爲之知己, 則樊·灌·英·衛, 夫豈多讓?

○余旣成此記, 而又有人傳延陽家奴某乙事, 與此大同小異, 而其首尾全別. 意者二事, 各相傳說, 久而漸訛, 合而爲一歟! 其說人, 實得於延陽傍孫諸李, 而傳之於余, 尤爲眞的可信, 故記如左. 天啓時, 一儒生居在漢師城外, 眷屬有一妻一女, 家産有僮奴一, 款段馬一, 利川有薄田一區, 歲收穀十數包, 惟此而已. 每朝蓐食, 騎款段率僮奴, 入城遍謁於北黨諸名官家, 迫鍾而歸. 日以爲常, 而其中有許承旨者, 與其妻爲近族, 最與之相狎. 無何, 病故無以殮, 其妻方哭擗, 僮奴入見, 曰: "不圖治喪, 但哭何爲?" 婦人曰: "將何爲計? 惟有哭耳." 奴曰: "請以諺字成訃告數十紙, 付我, 奴有圖之." 卽披髮扶[3]訃書, 遍詣平日所歷之家, 直入堂前,

3) 扶: 의미상 '持'가 되어야 할 듯함.

伏地號泣. 諸人聞宿昔狎客之死, 無以爲喪, 而又見奴悲痛之狀, 皆惻然動心, 厚致賻儀, 遂棺斂營葬, 而賻布尙有餘剩. 旣葬, 奴言於內主曰: "凡貧士之偪仄京裡者, 只爲科宦圖耳. 今主不幸已矣, 無復可希望矣, 長安白沙地上, 一寡夫人與一箇幼女, 將何以爲生也? 主家利川田土, 雖薄, 勤力其中, 可以資饘粥, 盍亦斥賣京第, 盡室歸農乎!" 婦人亦念貧窶轉極, 無以全活, 遂從其計, 捲而下鄕. 奴看檢田疇, 整理家務, 殫誠竭力, 日夜不懈. 又以賻布之餘, 販柴於四郡東峽之間, 取其贏利. 數年間, 漸就饒裕, 十年之後, 田畝所收歲, 至千餘斛. 奴言於內主曰: "今則家計已足, 士夫家不可久於落鄕, 況少娘子年已長成! 當求嘉耦, 以爲主晩年依賴之地, 而窮鄕僻村, 顧安得可意處? 宜復還京城, 以廣求婚之地." 婦人曰: "家事之一則汝, 二則汝, 久矣. 今何不依汝?" 奴又曰: "主家衰替極矣. 苟不板援右族, 將無以自立, 主之內外親黨, 寧有登朝仕宦者乎?" 婦人曰: "然. 我有異姓再從親許某, 向者仕宦於朝, 未知今尙在否." 奴曰: "此許承旨令公也, 奴適忘之. 請裁書札以問舍, 奴當往傳, 且以示慇懃相望之意." 遂受簡, 往見許令, 許問曰: "自汝主云亡, 孤寡下鄕, 聲息永絶, 不爲能保存至今也. 然貧家契活, 京裡尤艱, 今之問舍何意也?" 對曰: "主家形勢, 比昔稍裕, 且以小娘子當婚, 而鄕曲之間, 無以廣求婚處, 故爲此計也." 許曰: "然則吾當爲之周旋." 卽命一蒼頭與偕焉. 旣而, 定舍於洞口內大街之傍, 歸報內主, 搬移上京, 卽送婢問訊于許令, 兼例其周旋問舍, 許令爲之來見. 是後, 赴闕申退之路, 時或歷訪, 奴進言曰: "聞許令公善飮酒, 須多釀美酒, 以待其來, 且付諸婢僕沽賣, 亦可以佐日用之費." 蓋許好酒而貧, 每晨夕供劇, 雪天待漏, 恒苦寒懍, 長夏坐直, 居多惄如, 若到此家, 則輒有醇醪豊膳, 煖寒充脾. 以此, 深喜之, 不時來往, 情意甚款. 一日, 奴入告曰: "會賢坊李長城家兒郞, 氣骨不常, 他日當大貴, 欲求快婿, 無出此右, 可托許令公作媒." 內主從之, 要許令通婚, 許曰: "李長城爲誰?" 婦人曰: "不知其名, 但聞居在會洞." 許笑曰: "是李貴也! 彼哉狂妄麤雜之類, 不可與連姻. 況且西人也, 失時沉滯, 無可希慕, 何妹氏欲與之結婚也?" 婦人曰: "只取郎材, 他不計也." 再三懇求, 許始曰: "妹氏之意, 堅定如是, 吾當爲言." 及其往問也, 已定婚於他家, 期已近矣. 奴聞之, 復言曰: "此殊可惜, 然其第三郎, 實不下於其兄, 可預與約婚矣." 第三郎, 卽延陽公也. 又要許過婚, 許蹙眉, 曰: "妹氏必欲與李貴結婚, 何耶?" 婦人曰: "聞其郎材之極佳, 幸毋辭再勞, 必爲我勸成." 許不得已復往延平公, 通婚, 延平公曰: "前者不得相許, 意心不安, 勞令公再枉, 復言婚事, 敢不從命?" 乃待年成親, 時延平家甚貧, 延陽公遂贅于婦家, 而婦家無子, 故其田宅奴婢, 盡屬於公, 奴依舊主管家務. 是後擧義, 諸公大計已定, 將待時而發, 公見奴之勤幹饒計慮, 意可任使也. 一夕在郎房, 使內子避他所, 召奴立窓下, 謂之曰: "我有大事, 欲與汝密議, 汝可入室." 奴俯伏, 曰: "此內室也, 奴何敢入?" 公曰: "奴主猶父子, 何妨之有?" 强而後入, 呼使近前, 告之以事, 奴嘿然移時, 曰: "奴惟薪蒭之是職, 又敢與知他乎? 此非奴久坐之地, 請退!" 急起趨出. 公自悔失言, 又慮洩漏, 終夜不能寐. 明日早使人召之, 則復曰: "某乙乘曉出門, 仍不知去處." 公大驚疑其將上變, 至不能寐食者累日. 及至反正日, 公自闕中歸, 方解衣欲休, 蒼頭忽告某乙來現. 公驚且喜, 促令召入, 已拜于庭下, 公迓而詈曰: "咄! 沒福漢! 汝不隨順吾, 今竟如何?" 慢聲對曰: "主人臣也, 當爲國事; 奴私奴也, 當爲主家事." 公曰: "汝爲主家事奚若?" "盡斥賣利川田土." 公大駭, 曰: "是底話盡賣田土也?" 曰: "主所爲事, 幸而捷耳, 萬一蹉跌, 家族將俱覆, 田土何爲? 故盡賣之." 公曰: "盡賣汝何所用?" 曰: "裝巨艦三隻, 載穀數千斛, 以昨夕泊於京江." "此則將何爲也?" 曰: "事若不成, 將以奉主家眷, 跳出海外耳." 公始笑曰: "汝計亦好." 奴復進曰: "船與穀, 今無用, 請還斥, 復營田土. 雖差減於前, 主旣爲功臣, 寧患不足乎?" 公曰: "任爾爲之." 後公任旣隆顯, 而奴亦已老矣, 公欲爲免賤, 力辭不肯, 曰: "私賤之爲良, 非分也, 奴實不願也. 若大監必欲垂惠, 切有所願." 公曰: "汝何所願?" 對曰: "大監與夫人, 百歲後, 豈不有守塚奴乎?" 曰: "然." 曰: "願以奴子子孫孫, 永定爲墓直, 悉免仰役, 則恩德之重, 百倍放良." 公依其言, 成契券付之. 至今延陽墓下, 皆其子孫, 將近百戶云.

余得聞此說, 而以前所聞者, 參之, 或者之言, '以內室召問爲原平者.' 據此, 則乃延陽也. '門前指畫, 海島積穀, 爲延陽家奴者.' 據此, 則又亡是. 而元氏家海莊芝麻, 人多傳爲實, 然則此其別是一人, 各爲二事也, 明矣. 特以傳說, 訛誤混幷爲一, 錯互相換, 而又以延陽家定婚事, 付合於原平耳. 是時, 元亦寒門, 奚必藉名官居間哉? 但乘船逃海之計, 如出一人, 豈亦劉先主所謂英雄所見畧同者耶? 私賤中, 兩英雄並出於一時, 抑何異也! 沉機卓識, 此固遜於彼, 而委身於窮窘之主, 竭力於板蕩之際, 純誠至義, 炳然天日. 倘所謂托六尺之孤, 寄百里之命'者, 非此之類也耶!

上-3. 女俠

丁時翰, 肅廟時人也. 以學行被薦, 官至進善, 而不應徵召, 居于原州鄕村, 以教授生徒爲事. 嘗於雨中獨居, 忽見衡門外, 兩少年偶立, 容貌淸俊, 手彩映人. 心異之, 曰: "此邦諸生之稍秀者, 吾無不識其面, 此必遠方人也." 因邀入, 問其何來, 則對曰: "居此不遠, 久懷景仰, 特來拜謁, 而不敢遽進, 故遲徊於門外耳." 丁與之語, 談論英發, 氣宇軒爽. 益愛之, 謂曰: "想賢輩舍館未定, 日已暮, 天又雨, 盍留此與老夫同宿?" 對曰: "旣蒙不鄙, 敢不遵命, 雨中陰濕, 請賜一壺火酒." 丁意訝之, 以爲, '初見長者, 而遽索飮, 何也?' 第其言辭動作, 非不諳禮數者. 欲試觀其所爲, 呼家人沽來. 兩人開壺對酌, 連倒數觥, 留其一半, 曰: "將夜飮." 是夜, 同宿於草堂, 夜將半, 丁睡微覺, 時雨收雲澹, 微月臨窓. 瞥見兩人, 非昨日貌樣, 短衣急裝, 手舞霜刃, 將火酒相勸, 而劒影揮霍, 光滿一室. 丁推枕而坐, 問曰: "賢輩何爲?" 兩人驚顧, 擲劒俯伏, 曰: "撼動尊枕, 罪過大矣. 第見長者, 容色安徐, 畧無驚遽之意, 何也?" 丁曰: "我自量平生, 應無切齒之人, 豈有潛來相害者? 是以, 不主驚懼也. 賢輩果是何許人也?" 兩人囁嚅有問[4], 曰: "長者果大賢也, 今何不罄訴心曲?

小子本嶺南人, 身亦非男子." 丁駭曰: "然乎? 願聞其詳." 兩人呑聲掩泣者良久, 而言曰: "欲說來由, 悲憤先激, 慚惡亦深. 我二人, 是孿生娣妹也. 吾母不幸, 而厄于蓐, 繼母無狀, 私於隣居校生, 毒殺吾父, 因與奸夫, 逃之他郡. 稚藐零丁, 育于隣姬, 稍長而後, 知之. 羞深戴天, 痛切枕干. 聞慶州有神於劒技者, 娣妹相携, 往傳其術, 十年學習, 已盡其妙, 古人之擿劒取物, 頗亦能之. 自是, 易服藏名, 周行四方, 以尋求仇人蹤跡, 久乃得之於漢師城中. 王京輦轂之下, 人烟稠雜, 譏呵嚴密, 不便於下手, 隱忍而不敢發者, 亦已累年矣. 今聞, 仇人不得安接於京裡, 又復下鄕, 昨宿於忠州崇善村, 今方止接于此前村店舍. 積年深讐, 將快於斯矣. 但女子之身, 裝束雖變, 不可混宿於店中商旅雜還遝之間. 竊聞長者, 忠厚長德, 可以托宿, 而特被挽住, 何以度此夜? 實爲萬幸. 昨者求飮, 非不知唐突之爲罪, 而將行大事, 欲借酒力, 以壯膽氣, 長者寧不以爲無禮乎?" 丁聞此言, 大加咤異, 仍謂之曰: "矣輩之志則烈矣, 以兩箇弱女子, 何能獨辦此事? 我有健奴數人, 可以佐一臂, 將使隨君." 兩人毅然對曰: "不願也! 吾等之腐心痛骨, 爲此萬死一生之計者, 直爲父母之讐耳. 事若發露, 惟當獨死, 安可連累於人? 鷄將鳴矣, 行旅非久當發, 請從此事." 相與杖劒而起, 飛步出門, 倏若飛鳥. 丁坐而待朝, 卽使奴探問于前店, 去夜有何事, 店人紛口傳說曰: "昨夕, 有自京內行一丈夫, 隨後宿于店中. 鷄鳴時候, 强盜數人, 挾劒突入, 斫其男女, 截其首而去, 不殺一人, 不掠一財云."

余觀此女子, 有四奇焉, 劍技一也. 以伶俜之質, 有荊聶之勇, 二也. 變服周流, 幾十數年, 而人終不覺, 木蘭之後, 堇一見之, 三也. 禮經復讐之義, 聖訓森然, 父被戕於人, 而子不能報焉, 人理滅矣. 然自古以來, 能復讐者, 在男子亦幾人哉? 乃以齠齡弱女, 能知共天日之讐, 克勵不反兵之義, 處心積慮, 必報乃已, 有可以激壯士之肝, 而增夫人倫之重, 四

4) 問: 의미상 '間'이 되어야 할 듯함.

也. 或曰: "凡民爭相殺, 邦國之大禁也. 苟欲報讐, 告于縣官, 以法按治, 已矣, 何必崎嶇爲此盜劫之事乎? 旣已報矣, 亦當歸身司敗, 自受其戕人之罪, 如唐之下邽民, 可矣. 今乃潛蹤遁去于國紀, 而逃其刑, 目之以盜, 惡得免乎?" 曰: "此尤可見其誠孝之至也. 殺人之獄, 必有檢驗, 不檢驗則不成獄, 不成獄則不償命. 苟爲告官, 則雖有明師士, 不得不按例檢驗. 其父之死, 已久矣, 拔塚破棺, 使其已朽之骨, 更受灰淋醋洗之酷, 則是無異重罹刑戮也, 孝子之心, 其可忍乎! 不如是, 則將無以決仇人之腹, 而窮天之寃, 無時而可洩也. 孝心於此, 誠可難處矣, 其不自爲首者, 亦不欲家醜之外揚也. 其自言曰: '事若發露, 惟當獨死.' 固已拚一命矣, 彼豈畏死者哉? 歷觀傳奇劒客之報讐者, 亦有之矣, 只是以一時意氣快心於睚眦耳. 夫若此者, 眞可謂得天理民彝之正. 嗚呼! 可以盜也哉?"

上-4. 盜宰相

萬惡之中, 惟盜最兇, 殺人放火, 劫掠財物, 瞖不畏死, 恬不知恥, 誠可憨而亦可鄙也. 然亦非庸碌瑣屑者所能爲也. 朱夫子有言, 曰: "杲老, 當時若不爲僧, 必爲大儻魁首." 蓋其有傑特絶人之姿, 而縛於戒律, 纔免拔扈耳. 自古, 綠林中自號大王者, 其財皆必有過於人者, 若一朝投劒而反乎正, 則漢之王常, 唐之李勣, 豈不是名將? 而晉之戴淵周處, 不害爲名士矣, 盜之才, 又曷可少哉? 余聞, 前麗時有一儒生, 才有八斗之當富, 無一錢之産, 三旬九食, 弊褐不完, 而刻意劬書, 必期成名. 嘗負笈山寺, 數月不歸, 其妻辦送粮米兼附書, 曰: "昔者之米, 是妾左鬢編髮也. 今又以右鬢, 辦此升斗, 此後無髮可剪, 將投井而死耳." 生接書默想, '我之勤苦讀書, 將以求科甲圖富貴, 與妻子共享也. 今科甲不來, 糟糠將亡, 讀書何爲?' 遂撤卷還家, 則其妻髡首而坐, 見生掩面而啼. 生亦不覺慽然, 僅以數語慰安其妻, 出坐于外, 仰天長歎, 曰: "嗟乎天也! 夫何使我至於此極也? 我文章豈不及於人, 才略豈不及於人, 門楣豈不及於人, 骨相豈不及於人? 年登三十, 未成一第, 腹破萬卷, 不救一飢; 筆下千篇, 不直一醉, 一身困悴, 妻子凍餓, 夫何使我至於此極也?” 旣而自憤, 曰: “天生我才, 必不令死於溝壑. 大丈夫豈可以貧窮而自墜其宿昔之志氣哉! 當益勵初心, 以待水到成渠之時也.” 旣而嘆曰: “我已陷於窮餓之水火, 焚溺迫頭, 須富貴何時? 不如焚棄筆研, 別作生計.” 旣而又嘆, 曰: “萬民之業, 士農工賈四者耳. 今士不可爲, 工亦未嘗學習, 何可猝爲也? 只有農商二途, 無田土可農, 無本資可商, 雖欲別作生計, 將何爲謀?” 百方忖度, 悲咤者半夜, 蹶然起, 曰: “惟有盜耳! 丈夫安能坐而待死?” 卽迅步出城門, 周行於林藪幽隱之地, 尋求盜穴, 果有數百强盜聚會一處, 方議劫掠. 生挺身直入, 據首席而坐, 群盜驚問曰: “公何人也?” 生曰: “我是某處某生也.” “來何爲?” 曰: “汝大將!” 群盜曰: “公有何才能?” 生曰: “我胸藏韜略, 手握風雲, 三教九流, 若誦己言; 天文地理, 如示諸掌, 汝若以我爲將, 則所向成功, 吉利無方.” 群盜相顧曰: “此公口出大言, 必有其實, 且聞其士族也, 可合爲帥.” 生曰: “汝旣許我爲帥, 當行將率之禮.” 衆扶生, 踞坐於高阜之上, 羅拜於下. 生曰: “軍中不可無紀律約束, 當發令, 違令者重治.” 衆皆曰: “將令誰敢違乎?” 生曰: “凡爲盜之道, 必具智仁勇三達德. 智者, 隨機設計, 摘出深藏者, 是也; 仁者, 不害人物, 不取不忍, 是也; 勇者, 臨事果敢, 不震不恐, 是也. 踰墻越屋, 去來無踪, 勇之次也. 有此三者然後, 方可謂盜之善者也. 智可相時而發, 勇則各隨其姿, 惟仁甚大, 不可不明定條約, 爾衆咸聽.” 衆皆拱手而坐, 生乃言曰: “財之不可取者有三, 一曰‘良民之産’, 小人家父子兄弟, 胼胝手足, 日夜勤勞, 堇成積聚, 而取之非仁. 二曰‘商賈之重’, 被犯風雪, 蒙霧露越險阻, 四方千里, 辛苦歲月, 得無嬴利, 而取之非仁也. 三曰‘官庫之儲’, 此萬民膏血, 國家所需, 此而取之, 國用不足, 而民之膏血, 將重被浚削, 此最不忍亦不可取也. 所可取者, 惟外郡之舊官歸裝, 權門苞苴, 此皆國家之物, 彼所竊取者也. 國家之物, 當與國人共之, 不當使一人獨專. 況彼旣竊取, 吾亦竊取, 豈不名正而義順乎?” 衆皆鼓掌稱善, 曰: “至當至當!” 乃使其徒, 刺求外郡私馱之在道者, 來告則生出奇發策, 指授方略, 果然無不得志, 亦不發露, 衆咸悅服. 然生以所掠略資救窮, 餘則盡散於衆, 以此衆莫不稱頌, 而隣比之人, 終不覺生之所爲. 如是者數年, 生復使群盜齊會于一僻處, 播告曰: “吾徒之所以作此伎倆者, 不過圖衣食也. 小小行資, 只可濡手, 頻頻發市, 常懷憂虞, 不如一場大搶, 使一生之計, 足以無憂. 而永革舊習, 快活自在, 則不亦可乎?” 衆皆伏曰: “甚便.” 生曰: “然則汝等可於京鄕, 搜問厚積者以告.” 後數日, 一盜來言曰: “城中某官家極富, 椸上銀一槓三千兩者四五. 但其家, 前則大街, 左右閭閻, 後墻高幾二丈, 重門複壁, 層疊深邃, 誠難下手.” 生曰: “某人者, 本以貪饕聚此, 此固可取而有也. 其家後墻外, 抑有通行之路乎?” 對曰: “有曲巷小徑, 通於大路.” 生曰: “然則易與耳! 任爾十重鐵關, 誰制我飛入?” 乃使十餘人, 往江口, 拾來水磨石圓滑斑[5)]爛, 大如鷄卵者, 人各十枚, 又使十餘人, 分藏石子, 令曰: “爾可潛身往於其墻外, 以石子擲入. 初日一次, 翌日二次, 日加一次, 至五日以後, 毋過五次, 必伺隙乘便, 勿使人知.” 其家見石子自墻外飛入, 逐日不止, 或撞破器, 或中傷人頭面, 石皆圓滑斑爛. 始則謂墻外人戱投群噪, 而詈之, 旣而疑怪之末, 乃擧家驚惧, 謂之宅災. 盜來告曰: “其家邀盲問卜.” 間數日, 又告‘誦經’, 又告‘方謀出避’, 又數日來言, “果渾舍出避, 只留奴婢數人, 守直內堂.” 生曰: “可矣.” 乃裝喪車五乘, 引葬諸具, 分置屛處. 壯士百餘人, 發伏于其門外, 以備杠貨. 又選趫捷者數人, 從後墻入, 伏於暗中, 使待時開門. 又以壯士二人, 裝夜叉, 面身纏斑布, 手執鋼叉, 夜半時, 踰墻以入, 立于中堂, 發大喊. 其守直之人, 從垂夢中驚覺, 瞥見靛面朱髮之鬼, 聲如虎嗥, 驚仆失魂, 冥迷不省. 乃大開前門, 引其黨入, 從容啓樓鑰, 擡銀凡數萬兩, 分載喪車. 群盜搖鈴, 杵唱呼耶, 先後出城門, 至野外隱僻之地, 碎槓出銀. 生自占千金, 以其餘分於衆人, 皆足爲一家産. 於是, 以次列坐, 對天發誓, ‘敢有後踏前徑者, 天必殛之.’

5) 斑: 저본에는 ‘班’으로 나와 있으나 의미상 바로잡음.

悉焚其器機兵仗，而散遣之．生自是，不復憂衣食，專意漬文，不數年而擢甲科，以文章才諝，見重於朝右，連典雄州，累按方岳，而又以淸白見稱於世．後位至宰相，爲司寇之職．某官家旣失銀，家道漸壞，不能復振而死．其子又以罪繫獄，當死，生知之，自閱其案，終無生理，乃退而上章，自陳曰："臣少時，迫於飢寒，入於萑蒲之黨，賴得此人之財，得以保全軀命，僥倖科第，叨恩至此．若非此人，臣之爲溝中之瘠，久矣，安得有今日？臣之昔者行已不端，冒干國紀之罪，萬死難贖．刀鋸鼎鑊，實所甘心，願盡納官爵以贖此人，退伏刑誅以示國人．且數百强盜，一時解散，國家無桴鼓之警，生民免刦奪之災，實此人積財之功，將此折罪，宜傅生議也．" 章下諸臣合議，皆以爲，'此臣素著忠勤，不可以少時跅跎之過，追劾於先病旣瘳之後．' 朝家從之，幷許免某人之死云．

余嘗觀麗史，將相名臣，多魁偉磊落之人，權奸巨猾之作亂者，亦復極其兇惡，無所顧忌．因意其一代人品習氣，多亢爽果毅，不拘拘於繩墨之內也．今以此生本末見之，不其然歟！或以此爲本朝人，是實不然．本朝人物，則雖豪傑魁梧之姿，必帶戰兢臨履之志，間有狂猖不羈之流，亦自托於詩酒，引重於氣節，未嘗有胖棄規矩，越禮踰閑，若是放肆者也．余之所聞，以爲麗人者當之．

上-5. 宦妻

湖西公州有大村，名銅川．村中有翁姬居焉，家極饒，有子四五人，皆爲官將校，翁亦以貲受堂上帖·玉圈·紅條，稱長於隣里．有京城士子，田庄在湖右，逐歲往來，路經銅川，常主翁家．翁姬見生至，輒迎接款待，爲酒鷄以進之，情甚親熟．姬年雖老，顔貌白晳，肥膚豊膩，滑稽善談笑，間以諧謔，極有風度．一夕，生偕翁姬，叙話於燈下，姬忽睨翁，微笑曰："老身少也，曾與山僧和奸，僧之態，甚可笑也．" 翁仄目而嗔，曰："妄老姬，又欲發怪駭話．" 頗有羞澁之色，生揣其有可笑委折，亦笑曰："姬是何言頗駭？聽聞．" 姬大笑，語翁曰："當說破乎！" 翁面外而答曰："汝欲言

則言之.” 姬乃帶笑而言曰:

老身本京城良家子, 早失父母, 育于舅妻. 舅妻不加憐愛, 以我嫁于內官爲妻. 初婚之夜, 解衣親膚, 撫弄乳臍, 舐[6]吮脣舌. 老身伊時, 年纔十六, 意謂男女枕席, 祗如是耳. 其後, 情竇漸開, 而漸覺厭苦, 久而轉甚. 時値欲與同枕, 則寃情塡胸, 或至涕泣. 每當春陽和暢, 蜂蝶悠揚, 鸎鸝流聲, 欹枕欠伸, 情思蕩深, 默想重重, 錦繡玉飯, 於我何關? 蔀屋之下, 與眞箇丈夫, 共圍半幅布衾, 共咬一莖菜根, 實人生至樂也. 我身尙處子也, 奔于他家, 寧爲失節. 仍發逃走之念, 而重門峻墉, 堤閑甚嚴, 或被發覺, 一命難保, 畏而不敢者, 亦有年矣. 及其終不堪也, 則又念人生如此過活, 百年何樂? 縱使發覺見殺, 豈不快於乾死此中乎! 遂定計, 潛自裝爲以衣服之不絮者, 與布帛輕寶及銀數百兩, 同作一包, 約其輕重, 可以適戴以走也. 乘內官上直之日, 曉鍾初動, 潛身獨出, 墻下有高樹, 懸布于樹, 縋身越墻, 直出南城門. 時天尙黑暗, 隱身於外南山松林間, 待曙色微明, 向前進去. 平生不踏門前, 豈知徑路? 只得遵大路而行矣. 旣渡銅雀津, 心中稍定, 始發思慮, ‘我雖妻子之身, 髢髮已在首矣, 誰以我爲正妻? 不過爲人小妾, 飽受主母勃磎, 此決不可堪也, 將誰適從?’ 忽然覺悟, 當擇僧以從之. 旣而又念, ‘苟爲揀擇去取, 將有棄故從新之弊, 我良家女子, 決不可爲此也, 當以途上初遘者爲定.’ 如是商量之際, 不覺已踰狐峴, 忽見一僧在前, 問禪師何往, 僧回顧答言靑州去. 覷其容貌, 頗端潔, 年紀若與我相適者, 意自喜, ‘此眞天定配偶也.’ 因尾之以行, 同到果川店舍, 偪坐其傍, 僧厭之, 將身退避, 我輒隨以相近. 旣飫, 又同出店門, 問: “師在何處?” 答在靑州某寺, “有父母乎?” 曰: “只有母.” 僧怪我纏擾, 促步前走, 我亦盡力追踵, 僧力盡徐行, 我亦徐從. 自是, 彼趨亦趨, 彼步亦步, 休則同休, 遇店則同入, 行過三日, 則意是靑州界也. 路傍有大林, 藪極茂, 僧憩于樹陰, 我亦坐其傍, 想‘此僧一入山門, 便不

6) 舐: 저본에는 ‘舐’로 나와 있으나 의미상 바로잡음.

可尋, 若不乘此時劫婚, 事將不諧.' 遽前執其腕, 僧大驚, 欲脫手以走, 被我執之甚, 固不得脫, 但哀乞, '願女主相捨.' 我挽之使之坐, 曰: "師且坐, 我有說話, 師爲僧有何好? 與我爲夫婦居生, 則我包裹中, 約有數百, 師得妻, 又得財, 不亦樂乎?" 僧忽聞此言, 紅潮張面, 喉吻如噁, 只俛首涕泣, 有若小孩子, 可矜. 我引手拭其面, 謂之曰: "與我就彼." 摟之入林中, 緊抱而臥, 使之合. 此際僧情動, 但戰掉甚, 霎時而罷. 既整頓衣裳, 謂之曰: "吾二人, 已成夫婦, 君已退俗矣, 不必復向山寺, 可與我直返君家." 僧從之偕行, 至家, 則僧母懸鶉故絮衣, 粗粗短布裳, 坐睡於簷下, 見僧, 問: "汝背後爲誰?" 我卽前拜, 曰: "尊姑息婦見." 母大驚, 詈僧曰: "汝從何處, 覓此賤潑婦來? 某禪師若來, 責汝十年衣食之費, 則我何以應之; 數年長利之債, 我何以償之? 汝果曝殺我也." 踏地搥胸, 焦躁不止, 且泣曰: "生活全靠寺中, 今絶矣." 我想此老嫗, 可誘以利, 卽解取碧油衣染色綿布裳一套, 奉以進之, 曰: "姑且休煩惱, 我之包中自有所挾, 其僧雖來, 我足以當之." 老嫗受衣, 嘿然有間, 曰: "且坐." 日既夕, 入廚中, 作新嫁娘任職, 是夜, 與僧達宵穩會. 山僧初嘗珍味, 雙樂欲狂, 眞堪絶倒也.

翁在傍直視, 曰: "無恥姬!" 自初發言, 說而笑, 笑又說, 語及劫婚之際, 翁隨口發嗔, 而姬輒揚手而謔之, 翁無奈何亦笑. 姬復曰: "翌日以二端綿布付僧, 赴場市, 換來笠子·網巾·細布, 裁成俗漢衣裝, 裝束既成, 眞箇娟好少年郎也. 使之往本寺, 謝絶其師, 師僧遽隨來, 到門, 長駈巨顴, 鬍鬚新剃, 根鬈鬆滿頰, 面目極可憎. 突入厲聲, 曰: '嫗以子許我, 而還奪之, 何也? 十年衣食之資, 幾載長利之債, 若不卽送, 於今日必有大利害.' 老嫗震慄不敢應, 我自廚中出, 直前執其耳, 批其頰, 曰: '彼本是我丈夫, 於汝何干? 何物頑僧, 敢爾唐突, 若不速歸, 將碎爾光頭.' 連掌之不已, 僧捧頰叫痛, 曰: '狼哉此母, 惡哉此母, 可怕也此母!' 急走出門, 仍不復來. 其後, 移接於此村, 廣營田庄, 同居五十餘年, 生男育女, 子孫成行, 穀粟滿庫, 牛馬盈厮, 厥僧豈非厚福者乎?" 仍復大笑.

余嘗與數客共談此說, 以資笑噱, 客曰: "男女情慾之感, 固人之形氣之私所不能無者, 至於閹宦之妻, 尤有難焉. 蓋聞閹者之耽, 倍於恒人, 枕席之間, 狂蕩特甚, 慾火熾發, 而無以散泄, 則摟抱宛轉, 幾至噬嚙肥膚. 當此之時, 雖古貞女, 以禮自持者, 安能曰'妾心古井水也'? 其逃出從人, 有難苛責以淫奔也." 一人曰: "國初曾有內侍娶妻之禁, 而降自中葉, 不復關制, 今則無不娶妻, 又加以姬妾者, 間有之矣. 觀此, 姬之所自叙, 則其怨曠之恨, 迷鬱之氣, 足以感傷天和者. 國家宜申明舊禁, 而悉發其所家畜者, 給配於年少僧徒, 則男女各適其願, 而國家亦有添丁之益矣." 又一人曰: "昔卓文君, 以寡婦私奔馬卿, 至今爲風流話本. 今此姬, 跡雖私奔, 元非失節, 事極放佚, 實擇所從, 較之卓女, 固爲勝之." 四座捧腹.

上-6. 天緣

武宰相李公名某, 仁廟朝人也. 其子孫以武世其家, 今其後, 李義豊邦佐·邦一諸人, 皆專閫鉞, 世稱武弁大家. 公以宿朝重望, 掌刑局, 位判中樞. 諸子並列于朝, 而婿登宰, 列官侍從, 門闌燀爀, 一代尠比. 所居隔墻有鄭生者, 年五十再喪耦, 而貧窶甚, 公以隣相親, 時以財周給. 公退閑居, 輒邀之, 至與之對博, 鄭生亦感公厚款, 數與晨夕. 公有小女, 容貌端麗, 性質婉嫕, 特爲父母所鍾愛. 一日, 夫人語于公曰: "兒女今已長成, 公曾不留心求婚, 何也?" 公曰: "吾豈不念, 未聞可意處耳." 後數日, 公自摠府下直而歸, 語夫人曰: "吾於闕中見某令公家兒郎, 極佳, 某令與我同朝親友, 請與我結婚, 我以商量決定, 應之, 而心欲許之. 夫人之意, 何如?" 夫人曰: "郎子旣佳, 凡百形勢, 若無不可, 則許之無妨, 惟在公意耳." 公曰: "男女婚嫁大事也, 不可不慇懃三思也." 仍起出外, 女在傍, 問于夫人曰: "爺所云云者, 誰婚也?" 夫人曰: "兒何不伶俐? 汝父母所議婚, 非汝爲誰?" 女忽面發紅暈, 俛首移時, 曰: "爺孃不須他議." 夫人訝之, 曰: "汝何言?" 女咨且良久, 含糊而言曰: "疇夜." 仍住口不言. 夫人大以爲疑, 不復詰問, 待夜深人靜, 密問曰: "母女之間, 何語不可盡? 汝俄者之言, 何謂也?" 女囁嚅有間, 曰: "我夢甚異." 夫人曰: "維何?" 答曰: "夢兒以新婦裝束, 向新房, 其堂室庭宇, 俱非平日所見. 而月色滿庭, 庭畔大杏樹花方盛開, 室中新郎, 卽隔墻鄭生, 而以兩手掬物, 向我言, '急受! 此龍子兒.' 張紅裳前幅, 以承之, 狀類守宮者五也, 四散疾走, 忙手祮襭, 僅免其佚. 夢如是者三." 夫人曰: "夢是虛事, 何必認眞?" 女唏曰: "或者命數當爾耶?" 夫人曰: "汝何以夢關心? 勿復言." 仍以好言慰安. 明日, 以此從容語于公, 公嘆曰: "兒眞亂夢, 安有我家女子配于鄭生爲三室者?" 公曰: "夫人言之有理, 夢果妄也." 後數日, 公適閑居時, 暑雨方甚, 賓客不至. 公務于屛, 悄然無聊, 隱囊乍睡, 忽見家中大張設, 將迎新婚. 俄而, 下人入告新郎到門, 整冠帶出迎, 則乃隔墻鄭生也. 方行奠鴈之禮, 欻爾欠伸, 卽一場夢事, 而極其了然. 公惝怳莫測, 久而後, 始自語于心曰: "此與兒所夢相符, 無乃渠之天緣已定耶? 何爲而有此兆耶? 又何其炳然明白無異眞境也?" 旣又自語曰: "果是天緣已定, 何可以人力違也?" 卽命蒼頭傳語鄭生, 曰: "雨中無事, 盍來象戱?" 鄭生卽至, 與之對局, 數局旣罷, 出紫酒共酌, 仍問曰: "雨裡桂玉之愁, 貧家倍甚, 何以自那?" 鄭生曰: "尙何可言? 樊室爲忌日, 已數朝矣." 公曰: "何不相告? 朋友相周常也, 豈有所嫌?" 鄭生曰: "中饋無人, 米塩薪菜, 固不能一一自管也." 公曰: "尊之身世蕭瑟, 良可愍然, 何不求婚, 繼室以成家道, 而飽此苦況也?" 鄭生嘆曰: "公眞不解事耶? 如我五十窮措大, 賓寒到骨, 鬚髮頒白, 誰肯以我爲婿者?" 公曰: "苟有肯者, 尊將奈何?" 鄭生曰: "吾固未嘗生意於求婚, 而世必無肯者, 奈何?" 公曰: "今有求婚於尊者, 將許之乎?" 鄭生曰: "固當許之. 第未知誰家屬意於我, 而亦何可必信也?" 公曰: "元非別人, 吾有少女, 年方踰笄, 於尊意何如?" 鄭生正色而言曰: "公宰相也, 不宜向儒生加之戱言." 公曰: "吾非戱也." 鄭生怫然不悅, 曰: "此必公姬媵所育也. 我雖門祚衰薄, 亦不下於公, 何遽相侮之甚也?" 公曰: "若是賤産, 何敢擬議於尊? 我實老夫妻晩生少女也." 鄭生憮然有間, 曰: "然則想令愛若非盲哂[7]跛躄, 則必有風癩奇疾也, 豈以公之富貴隆顯, 而將千金少姐結配於老孱窮儒乎?" 公曰: "吾女無病, 尊如相疑, 可送人審矣." 鄭生曰: "古之李文靖以侄女, 嫁之孫明復, 爲敬其德也. 我無古人之道德, 而窮賤則過之, 公何所取之也?" 公曰: "吾自有主意, 尊勿疑也." 鄭生曰: "公果誠心發此言, 則實爲少生無望之福, 而公之意終不能無感也." 公喜曰: "尊已相許, 便可擇日." 卽於坐上問四柱, 復召日官涓吉, 期在九月. 自是, 公不復邀鄭生, 鄭生亦不復過公, 而終莫測李公之意, 疑慮百端. 鄭家只有一老婢, 時常出入李公家, 生召問: "李公家妻子果無病乎?" 婢曰: "何嘗有病? 眼如曙星, 聲如春鶯, 體度娟好, 且聞女工百事無不臻妙." 鄭生曰: "或者有隱疾, 未可知也." 終不能渙其疑也. 至七月末, 鄭生遭在鄉姑母之喪, 葬前不可行吉禮, 改卜日, 定於明年三月望間. 臨期, 李公家又有故, 移避於一親戚家, 行禮於寓所. 儐相導新郎, 卽醮席, 身軀略小, 顔貌枯黑, 短髯鬈鬆半白, 老態可掬. 滿堂女賓及各家婢僕, 莫不咨嗟, 曰: "彩鳳隨烏鴉!" 李公夫人幾乎隕淚. 是夜, 新婦將入靑廬, 其堂室庭宇, 杏花月色, 完是夢中景像, 自想, '我之命數前定, 果如此也.' 悽然慘唏者, 久之. 後生連生五子, 至七十後以侍從臣, 父升堂上, 享年九十餘, 連受壽爵, 而又以五子登科膺賞典, 進階崇政, 官知事. 李公女與生同稠四十餘年, 封一品夫人, 子孫曾玄極繁衍, 文之侍從·武之州閫, 相望也.

余聞此說於徐咸一氏, 徐卽李氏彌甥也. 後余就理金吾時, 鄭姓武弁, 以端川府使對吏, 李節度邦佐, 亦以事坐繫囹圄中. 時常過敍, 鄭李每相謔, 李卽曰: "汝家仰婚, 得齒於士大夫." 鄭卽曰: "汝家是吾祖三娶妻家, 敢與我爭門楣乎?" 余揣知之, 詢之以此, 果信然矣, 豈不異哉? 夫天生男女, 必有夫婦, 意其風絮落蘂偶然相値耳. 今以此觀之, 則似若有造化翁主張其柄, 而一一點定者然, 月老係繩之說, 果不虛耶! 天下之爲配耦者, 不勝其衆矣, 若使逐人分排, 不使或失, 則爲化翁者, 其亦勞矣, 是

7) 哂: 의미상 '啞'가 되어야 할 듯.

皆不可知也. 徐老饒氣岸, 善談笑, 當其傳此說也, 語䢆淋漓, 有客身當坐上而親聽其酬酌也. 追後記錄, 不無遺漏, 而亦欲盡述徐言, 不厭其煩燥也.

上-7. 劍技

龍蛇之亂, 有宗室子, 被掠於倭陣, 以所俘男女數百人, 連頸斬折. 宗室子年方十餘, 容貌娟秀, 次將受劍, 在傍一將倭, 突前挽住其劍, 曰: "且止! 此兒可愛, 我無子, 願丐我爲子." 其倭許之, 乃率置陣. 後竟携入蛮中, 育于家, 相呼爲父子, 撫愛如親生. 常使之坐必跪, 不許暫時盤膝, 曰: "人不跪坐, 心地解弛, 雖學藝業, 皆不能精." 數年後, 敎以劍術, 盡誠指導, 習之十餘年而藝成. 將倭謂之曰: "吾與爲父子, 且二十年矣, 今將有求於汝, 汝肯許之否?" 曰: "願聞之." 將倭曰: "吾有仇, 心懷必報者, 久矣. 只以彼之技贏於吾, 畏不敢發. 今汝足以制彼矣, 汝能冒一死, 爲我一報, 則死不忘恩." 答曰: "父有所命, 死安敢避?" 將倭以寶劍一雙授之, 曰: "以此予汝, 善爲之." 遂往與仇角於都市, 決之於萬人之中, 而截其脰以還. 倭俗, 以殺人報仇爲能事, 有仇而不能報, 謂之非夫, 人皆羞之. 於是, 將倭大喜, 攢手仰謝, 曰: "我今快洗羞恥, 名顯國中, 聲傳後世, 皆汝之恩也." 仍將金銀珠貝, 重寶雜貨, 堆積於前, 任其所取, 悉不取, 曰: "兒不願是也." 將倭曰: "汝不願是, 將何酬汝?" 伏地而請曰: "只願歸身本國." 將倭憮然有間, 曰: "汝旣從吾言, 吾何不從汝?" 遂許其還. 臨分, 抱持涕泣, 不忍相捨. 旣還, 現于朝, 書名屬籍, 職付宗爵, 以終其身. 常念將倭全活之德, 數十年養育之恩, 常以所予雙劍, 貼身佩持, 以寓戀戀不忘之意. 嘗過一族人家, 主人曰: "聞公子在薩摩, 學成劍術, 願一壯觀." 答曰: "自還本國, 劍未嘗拔鞘也. 今老矣, 當終於此一弄, 然此必飮酒而可爲也." 主人卽命酒, 一叉鬟以朱柒盤, 捧畵瓷甌, 滿斟紫酒以進, 一飮而盡. 時主人坐于奥, 數客左右隅坐, 捧甌叉鬟, 亦立于軒外, 以觀其所爲. 乃揭衣拔劍, 握之兩手, 徐徐運動, 劍花閃鑠, 初如流星曳芒，漸如隙月斜明．旣已，劒勢轉急，一團寒光遍照一室，而陰風颯颯，冷氣逼人．衆皆悚然，迸出戶外，俄頃之間，倏失其人，而但一丈銀瓮轉於堂室軒廡之間．紫電百道上下揮霍，光彙四塞，衆皆對面不相見，東立一隅，戰慄不敢息．忽聞鐵聲錚然，而捧甌叉鬟，急叫一聲，衆益驚駭，謂其被斫也．旣又轉下庭除，庭畔有大梨樹，密葉方敷，倏然隱藏，唯見枝梢搖颺，若受疾風者．當此之時，天地低仰，草樹披靡，有若風霆雷雹，一時驅至，雲垂霧匝，震盪晦冥也．俄然開霽，天淸日朗，而其人已坐軒端，噫呼長息，曰："無奈老何，喘如是也．" 小婢子驚仆昏絶，按摩之行自愈也．衆始收神魂，就視之，則朱盤與瓷甌，皆劈破中分，而叉鬟頭髮寸截，衣裳片片裂碎，肌膚則無一傷痕，庭梨一樹之葉，剪落皆空，而條枚則不少損矣．衆皆吐舌稱奇，以爲古未嘗有也．主人曰："以此神妙之技，何不傳授於人乎?" 答云："吾固非靳之，我國之人心不堅固，不能受也．吾審久之．" 久矣，此藝遂絶於世．

余覽史傳所載劒客，如荊聶之流，職其勇耳，非以藝見稱也．又如聶女韋娘之見於傳奇者，則其排空御風，度身針孔，亦只是方技異術，號爲劒仙耳．若其擊刺騰踔，奇壯如神，則古今記述，未嘗有及之者．無乃所謂劒術之奇壯如神，本自如此，無煩記述，而特東人刱見，咤異於此公子耶? 抑此藝獨傳於日本，而中華諸國未之有耶? 余曾於軍營，見技擊之比試倭劒者，虎躍而前，鼠伏而退，或倒或起，左右旋轉，亦頗可見．獨未見其有可以駭神慄魄者，意此特其法之糟糠，而惜乎！此公子得此藝，而傳授無人，絶使廣陵散絶響，可歎也哉!

上-8. 盜隱

鄭時應，故監司文翼之庶子也．兒時，跋扈橫甚，常爲隣里所苦．其父屢加箠撻，而終不悛，愈益甚，人皆畏之．其父亦不能制，仍置之，不復管束．鄭家在驪州梨津，同隣有民家子，與鄭同隊游嬉．而時與鄭爭鬩，以鄭之貴家子，不敢較於衆中，避數日，乃以山鳥山花之屬可玩者，啗之，請復與歡，誘至屛處，卽痛毆之，如是者數，鄭常爲其所欺．後鄭益長，更折節自勅，業弓馬，登武科．爲人魁岸饒計略，膂力過人．嘗步逐野獐，拳猗而獲之，其趫捷又如此．時去丙丁之亂不遠，朝右推轂，爲龍川府使，又議薦任濟府，以其無外家也，故格焉．後解官家居，朝庭不復省錄．乃家於西湖，每日挾弓矢，棹小舸，射雁於東湖，日以爲事．淸城金公判兵曹，欲邀致之，鄭午人也，意不悅淸城，不肯詣．公嘗出經漢江亭舍，伺鄭舟，使旗手邀於水畔，答曰："小人將何射雁？差晩則雁群飛散，不能止也．"及歸，又要之，托以日晏肚飢，終不見公．及庚申改紀，復失勢，托足無門，家益貧．統帥有與之相親者，以書邀之，曰："幕裨令必不肯，若以客適我者，當有以相周．"鄭乃以倦僕羸驂，間關作行，至晋州地方，則路左有大村．時日將暮，馬瘏不可趁，店欲止宿，於意赼趄未決．忽有一人，拜於馬前，曰："家主傳語也，日已迫勳，前路尙遠，何可趲程？弊舍雖陋，足以容僕馬，願賜枉顧．"鄭心訝然，自念行色如此，第從其言，迂轡入村中．及到，見一大莊院甚宏，入門則廣庭邃廈，儼然若大官府．主人鬚鬢半白，氣貌軒仰，肅容而坐，室宇華麗，姬侍羅列堂下，蒼頭趨走左右，而接賓之禮安頓，館穀之事，無不嗟惜而辨．鄭意謂，'晋州古稱多豪富，果然也．'晩饍旣罷，鄭請就客房，主人曰："不須別館，在此同宿何妨？"夜深，命侍者曰："吾將與尊客款語，爾等悉退．"乃謂鄭曰："令公省識我乎？"鄭熟視良久，曰："顔面依俙，豈相與尊相會乎？"主人曰："相別已久，宜公之不能記也．公之幼名非某也乎？"鄭曰："然．尊知我幼名，必是我童稚故舊，而終不能覺悟，不識尊果爲誰也？"主人曰："我是梨津某家之子某也．"鄭大驚曰："汝何以在此？又何以能得此也？"答曰："吾只爲夜客伎倆耳．"鄭駭然曰："是何言也？"主人逌爾而哂，曰："令公乃觀察使之令郎也，兼之以智勇絶倫，武藝超群，只緣有一名也．僅不過龍川府使，白首窮餓，行乞於百里之外，況我民家子，將何所施用於此世也！萬事快活，無過於蕉蒲之生涯也．"仍自敍曰："我父母早亡，爲人傭賃，一身靡托，生活無策，始發無賴之念．初入穿窬小黨，其徒十餘人，其才智皆出於吾下, 推吾爲帥. 因其徒, 入於巨黨, 則其數百人, 又皆出吾下, 亦以我爲帥. 轉相攀因, 又合他黨, 則其黨愈衆, 而亦皆非吾敵也, 仍爲其大帥. 如此而旣盡一道, 又延及他道, 咸受我節度, 卽今八路之內, 綠林豪客, 皆吾部曲也. 公試看我軍籍." 因出自樓上, 以示之, 巨編鐵裝腦者五六, 所書軍總, 無慮十餘萬. 鄭益驚駭, 問曰: "以此之衆, 將欲何爲?" 主人慨然長嘆曰: "若使國家南征北伐, 則吾不難率此前驅, 而今無所用, 只得用以爲不平事也. 自數十年來, 旣隱居於此矣, 足不出門外, 以其事悉委於各部將領, 而但每歲收財貨, 托謂外方奴婢身貢之收來者也. 至於發市行經, 亦不復關聽. 惟使之緩急來告, 彼八道營邑猾吏之用權者, 京城左右捕廳健校之任事者, 吾皆與之相結, 尋常問訊, 歲時饋遺, 深得其歡心. 苟有遭罹者, 託以解紛, 當今之世, 寧有行千金而不可頤使者乎! 故雖莫大之厄, 無不霧散氷釋, 而無復事矣. 今吾田園陂澤, 遍於隣境, 亭舍鍾鼓, 擬於公侯. 男女婚嫁, 悉聯士族, 子孫皆讀書爲儒, 我則掩門端坐, 惟對圖籍. 此邦之人, 反謂我理學先生, 公看我所施, 當果何如也?" 鄭聽罷, 大咤異曰: "子眞英雄也! 非尋常人所可測也." 因留鄭數日, 謂之曰: "令公之有此行, 吾久已聞知. 統帥資公, 必不過一所載, 何足爲有無? 我當與公周章, 不必遠涉前路, 可自此直歸也." 卽呼管使奴, 曰: "鄭龍川令公, 是少時親友, 一貧如此, 安可不相恤? 汝可備十疋馬, 裝銀錢布帛, 旣辦而告." 無何, 奴入告事辦, 鄭不得已受其賜而歸, 不敢以告人, 詭言統制手大如此. 及其老而將死, 始詳道之如此.

余嘗有言爲盜者, 其才亦必有過於人者. 此雖出於一時戲噱, 而今以此事觀之, 則豈不信哉? 我國用人, 專以門閥, 雖有絶人之材, 苟其出於下賤, 排擯不齒, 無所試用. 地之生材, 本不擇高下, 隴畝草萊之間, 安知無梟雄之姿軒然自負哉? 善者捫蝨悲吟, 藏名而玩世, 其惡者輟耕太息, 走潢池如騖者, 固其勢也. 夫使豪熊猛虎, 飢餓於窮林, 不得洩其咆哮磔裂之慾, 則其怫鬱不平之氣, 積之旣久, 終必積決, 一朝風塵, 葛榮·黃巢, 皆其徒也. 是可憂也!

上-9. 神劍

赴燕使臣之行，令列邑以其土産，資助盤纏，謂之求請．其物種中，有所謂靑鞘刀者，雜木柄，飾以豆錫，以靑黍皮爲鞘，制極草草，蓋爲彼地客店房錢之用也．其刃以不鍊主鐵，略加淬磨，僅堪一割．使臣聚此甚富，或以散給親戚，而以其無用也，人不甚收也．尹尙書鳳朝，常從人得其一，將爲裁剪紙札，貯之硯匣．數月後，忽亡之，遍搜終不得．意家間少兒輩，取以削木，仍致遺失，而失亦不足惜，置之不復尋矣．尹公家在長興坊南山下，忽於春夏之交有穢氣，隨風而聞，遍於家中．日以益甚，久而轉不堪．擧家疑怪，尋求其氣之所自起，則在內上堂饌房廳板底下，乃其燁鍬鹵钁，毁廳板而發之，未及尺有一大穴．從以掘之，則一頭巨蟒，死于穴中，而腐爛過半，此穢氣之所以聞也．其腦有物揷焉，摘出視之，卽所亡靑鞘刀也．尹公大異之，以爲神劒．於是，拭拂洒削，而改侈其飾，然依舊是鉛刀之無用者也．尹公之胤心宰氏，以此事，傳說於我先君，而余亦得聞焉，豈不異哉！然余因是而思之，金者，天地間純剛正氣也．古之寶劍寶鏡，皆極其鍛鍊之功，使查滓無一點之渾，而純剛正氣至粹而至精也．故能驚魑魅走妖魔，若有神物之憑焉，而其實則理當然也．至於凡鐵，則旣不能極其鍛鍊之功，而查滓與正氣相雜，隨其分散多寡，而或利或鈍．及其最下，則純是查滓而已，固無異於土礫．而然其純剛正氣，猶有一鍊之存者，故時或出而神其用，如此刀者，亦其理也．以此推之，則人之爲氣質物慾之所拘槩者，蠢蠢焉幾希於禽獸，而一段虛靈不昧之氣，霎時所發，必有與聖人無間者矣．人見其只是此人也，乃謂聖愚之分，如寶劍凡鐵之剡然，殊不知凡鐵之中亦有此刀，若極其鍛鍊，則是亦寶劍，人獨異乎哉？佛者之說有云："昔有一擔夫隨神僧行，忽有省悟，立地成佛．神僧膜[8]拜稽首，自荷其擔．俄見，擔夫威光頓滅，擲下其擔，曰：'汝復將此，依舊是擔夫．'"是知蠢動含靈，俱有佛性，而未嘗修道，乍

---

8) 膜: 저본에는 '暮'로 나와 있으나 의미상 바로잡음.

得旋失, 正如此刀之未經鍛鍊, 而一神其用, 還復凡鐵也. 人其可以自棄也哉?

上-10. 推數

鄭虛菴之死, 野史傳, 疑其說詳矣, 獨其推命之神異, 人稱之至今. 而並無記述之可稽者, 我國之無好事者, 亦可見矣. 世傳, 鄭公在湖堂, 與一儒生同坐梘上, 臨江看玩, 時湖當諸學士, 盛作江遊, 畵船簫鼓, 羅綺滿前, 中流而下. 儒生望見嘆, 曰: "嗟乎! 此神仙也." 鄭公曰: "子有羨於彼乎?" 儒生曰: "以我四十窮儒, 較之於彼, 不啻虫鵠, 那得不相羨?" 鄭公曰: "不然. 彼皆行尸也, 子之祿命, 百勝於彼, 何羨之有?" 儒生不信. 及至甲子之禍, 諸學士皆不免, 靖國後, 儒生登科爲太平宰相. 又傳, 龍山江村, 有一柁工, 親近於鄭公. 公爲之推命, 題贈五言四十字, 曰: '遇風莫停舟, 逢油莫梳頭. 一斗三升米, 青蠅船筆頭.' 柁工不省其何語, 然常記之在心. 後操舟過大洋, 遇逆風, 將落帆, 停泊於島嶼之間, 遽曰: "鄭公曾有云舟不當停也." 盡力挽艫, 遡風而行, 忽然風頭回轉, 而勢極壯猛, 驅海濤如山, 工張帆駕浪, 一瞬千里, 卽日到泊於京江. 其諸船之停泊者, 則爲風濤所盪, 未及收碇, 俱被覆溺, 而獨工免焉. 是後, 又遠商而歸, 及到家, 日已昏. 矮屋而低戶, 免冠俯而入, 楣上所掛油葫蘆, 觸于髻覆墜, 滿頭淋瀝. 解髮將篦, 忽念前事, 曰: "鄭公之言不可違也." 遂止不梳, 而髮油不可挽, 因收於腦後, 作稚髻. 是夜, 與其妻同寢, 妻有奸夫, 挾劍而至, 黑暗中兩平頭並臥, 不能辨男女, 聞油香, 以爲抹油者婦人也, 刺殺其妻而逸去. 工睡至曉, 忽聞腥氣逆鼻, 而其妻僵於血泊中, 大驚叫呼, 隣里一時哄集, 而竟不知爲何人也. 妻之父母兄弟群至, 而噪曰: "與汝同宿, 而被刃刺, 非汝而誰?" 直前絪縛, 告狀於刑曹, 刑官亦以告狀爲然, 訊治累年, 不勝拷掠, 自誣服. 文案旣成, 堂上方拈筆署押, 忽有蒼蠅營營而至, 集于筆尖. 擧筆揮之, 則旣去而還集, 如是不已, 久不得下筆. 工仰首言曰: "小人今當死矣, 有一段抱疑, 願盡一言."

堂上曰: “汝欲何言?” 工曰: “昔者, 鄭司諫公爲小人推命, 有如此如此之言. 其‘遇風莫停舟’, 則曾以其言獲免渰死矣, ‘逢油莫梳頭’, 則亦遵其言, 而反罹此奇禍. 至於‘一斗三升米’·‘青蠅抱筆頭’兩語, 則竟無所驗, 何鄭公之言神於初而無靈於後也? 小人以此懷疑, 而益增寃痛也.” 堂上聽罷, 顧諸郎僚, 曰: “怪哉! 適間有蠅集于筆端, 屢驅不去, 以爲偶然. 鄭公之前知, 一何神也?” 郞官中一人, 素以詳明稱, 卽進前, 密告曰: “鄭公推數之神異, 世皆傳之. 或者此獄有疑端, 其所云‘莫梳頭’者, 正示之免禍之道也. 當其時, 若使梳頭, 或不免於被刃, 然則操刃者, 果他人耶?” 堂上曰: “吾亦疑之, 但‘一斗云云’, 果何謂也?” 郞官曰: “獄之肯綮, 或在此中. 此不可容易覺得, 請容下官從頌尋究.” 堂上曰: “諾.” 遂罷而散. 郞歸, 數日深念, 忽然覺悟, 曰: “一斗之粟, 三升之米, 其糠七升, 無乃康七升者眞正犯耶?” 後日赴衙, 以‘康七升’三字, 書于掌中, 以示之堂上, 堂上卽悅然曰: “郞誠有見!” 卽發健差, 當廳授牌, 曰: “龍山上下村, 當有此人, 卽刻拘至!” 七升正是奸夫也, 獄事已久, 工定爲正犯, 放心不復慮, 問其被拘, 意謂法司因何推問也. 及其押到, 郞大喜, 曰: “此無可疑者.” 直加刑訊, 問以行凶情節, 七升如晴空霹靂, 不可掩耳, 一一首服, 以爲, ‘暗中不辨男女, 只以油香錯認, 誤中.’ 獄遂決, 工得免於罪云. 鄭公之術, 可謂神矣. 然竊疑公果能前知也, 何不先幾色, 斯於通籍之前, 嘉遯巖壑, 以保人倫之樂, 而乃返出身立朝, 與衆行尸競走也? 及其禍燄旣迫姤, 爲苟全性命之計, 甘心自受於父喪不奔之罪, 不亦晩乎? 若曰命數已定, 吉凶之道, 不可以人力趨避, 則又何用前知爲也? 易曰: “知幾其神.” 鄭公之術, 其未及於斯乎!

上-11. 發奸

都下之民所受貢物, 多者爲米數百石, 小亦近百石. 而富者兼有數名子, 其分給子女, 互相賣買, 同於田業. 或付諸人, 使之應供, 而以其所受價, 分給於本主. 若授田佃戶而收其稅者, 名之曰分, 實都民生業之大利也.

有破落戶某甲者, 以其世傳貢物, 賣之於某乙, 受價定銀五百兩, 而請爲其分. 至五六年, 甲之所以輸其分者, 多不如約, 乙將自供而奪其分. 甲患之, 與某丙者密謀曰: "若能許我分, 而永遠不奪, 則當以此貢屬之於若." 丙利而諾之, 乃詐與丙賣買, 詐作文券, 圖出斜案, 使丙訟於官, 曰: "與甲作此賣買已十年, 而甲無狀, 又復重賣於乙." 甲始則示抵賴狀, 末乃佯爲辭窮也者, 服曰: "果於十年前, 以此斥於丙, 而本券典於子錢家, 不得傳付矣. 五六年來, 貧窮益甚, 而子錢家責之急, 不得已又復賣於乙, 以償其債, 重賣是實." 官家治甲之罪, 以貢決付於丙. 乙又訟於官曰: "此爲甲世傳者, 諸貢人無不知, 五六年來, 未嘗斥賣, 諸貢人亦無不知. 甲與丙餙巧造作, 欲白奪人產業." 官家取考兩造文券, 則乙之買後於丙四五年, 而丙之斜案, 印跡署押, 昭然無可疑者. 以爲決訟當從文券, 右丙而落乙. 乙不服, 連訟於官, 經京兆秋曹, 皆被屈不勝憤, 又訴於京兆, 京兆以爲三度見決不許更理者, 法典所載也, 不復聽其訴, 扶以出之. 乙出, 止官門外, 搥胸頓足, 曰: "古今豈有如許孟浪? 我以雪白天銀五百兩, 買取明白無疑之產業, 而反被人白奪耶?" 號泣不止, 市人聚觀. 忽有一人, 自衆中出, 容狀頗似士族, 而破笠弊衣, 前問曰: "君何哀之甚也?" 乙方寃抑塡胸, 無處發泄, 卽以首末告之. 其人請見前後文案, 一閱而曰: "君誠寃矣, 然此易耳. 當告君以一言快捷之道, 將何以酬我?" 乙乘憤答曰: "果如君言, 當以此貢畀之." 其人唉曰: "君何言之過也? 我不多求, 只許我五十兩銀子, 可乎!" 乙攘臂進, 曰: "何但五十? 當以本價五百, 盡輸於君." 其人曰: "言不可若是過也, 第隨我而來." 因與偕之僻處, 附耳作數語, 乙大悟, 奔入官門, 當廳大呼曰: "丙之斜案僞造也! 其月日卽國忌也, 國忌日, 寧有各衙門開坐之例乎? 旣不開坐, 則誰爲開印使用也?" 衆官驚訝, 就檢壁上所揭國忌板, 則果然. 卽告于堂上官, 更加究覈, 乃本衙門老吏與甲丙符同, 以斜案乘訴狀紛紛[9], 衆官

9) 紛: 저본에는 공백으로 되어 있으나 문맥상 보충함.

頭烘之際, 混呈成出, 而衆官不能覺也. 遂治甲丙之罪, 處以僞造文記非理好訟之律, 以其貢決給於乙. 乙後尋其人, 終不復見, 其居住姓名, 亦不知誰何也.

余嘗爲京兆郎, 屢當詞訟, 訟者大抵皆傑黠奸刁, 言足以飾非者也. 每兩造對卞之際, 言辭瀾翻, 悉中條理, 閱其文案, 則左契詞澄, 具有依據, 察其氣色, 則又皆嗔目攘臂, 疾聲大呼, 實若有抱至寃而莫白者. 竟不知誰爲曲直, 周官五聽, 亦虛語耳. 自嘆古人之一言折獄者, 其神明彊察, 定何如也? 今觀某乙所遇之人, 能於猝乍之間, 摘發奸僞, 若數一二, 若使之主獄, 天下寧有寃民也? 惜乎! 其藏名潛蹤, 可觀於世也哉!

上-12. 義妓

出身張姓人, 京城富家子也, 隷禁旅, 爲駕後親軍. 年少美姿容, 又挾財, 日以鮮衣彩屐, 蕩遊於斜遊花房之間. 視銀錢如土, 與長城妓爲丘史者, 尤綢繆, 凡妓之衣服飾玩·錦綺珠玉之屬, 與家私日用之供, 一擲千金, 曾不少惜. 旣已, 家漸匱, 不能供, 鴇母稍益厭薄, 數對帳誶, 妓使聞之, 或使妓避匿不見. 及其家産蕩盡, 一身赤立, 而張亦自羞, 遂與妓相絶. 駕後親軍, 必錦緞戎裝, 駿馬琱鞍, 張以躬窶不合侍衛, 仍被汰黜. 其妻又迫於凍餒, 因病物故, 益無所賴. 日周行親戚家, 以水飯殘餘糊口, 夜則寄宿於人家廳宇, 積困飢寒, 丰彩消盡, 鵠形鶉衣, 貿貿然便一叫化子也. 其後鴇母死, 妓得自在, 而以容色才藝, 擅[10]名於靑樓, 門前之客, 常閙如市焉. 一日, 妓家適無客, 獨坐簾下, 若有所思者. 久之, 顧語小女使曰: “張先達何久不來? 屈指計之, 則今已幾年矣, 汝或栢上時相見耶?” 女使曰: “唉! 張先達乎? 有時逢着於鍾閣後小徑, 而衣服襤褸, 形容腌臢, 低垂僂而行, 見兒輒掩面而過也.” 妓曰: “嗟! 可怜哉! 我之故也. 後汝相見, 爲我請來, 愼勿忘也.” 後女使歸, 言張先達要請, 而不肯

10) 擅: 저본에는 '檀'으로 나와 있으나 의미상 바로잡음.

來也. 妓曰: "想汝不能於言也. 若善致我言, 則豈不肯來?" 妓卽入室, 裁紙作書細字數十行, 摺疊作龜形, 付女使, 曰: "汝藏帶身邊, 待張先達相見, 爲我傳之." 復申申叮囑, 愼勿遺失也. 後數日夜, 客十餘人櫱至, 皆禁旅捕校之類也. 妓張燈, 設酒肴, 歌以款之. 時正深冬, 北風嚴厲, 密雪撲地. 俄而, 女使至, 倚戶而言曰: "張先達來止門外, 不肯入, 言衆中慚惶." 妓卽起身, 促步而出, 張隱身門側, 而薄衣如葉, 緊抱兩肘, 婆咜而立. 妓直前挽其手以入, 坐之深處, 抱頸而泣, 曰: "可憐, 昔之千金美少年, 何遽作此狀也?" 啓朱柒洒金函, 取錦表白羊裘·銀鼠皮·貂尾大揮項, 手自披之, 曰: "此皆子所遺也. 我藏之以待君, 久矣, 而子終不來, 何也? 男女情愛, 不關貧富, 子何有歉於我而根絶如是也?" 因執手哽咽者移時, 而曰: "嗟呼! 昔也, 子室屋連雪, 銀錢如山, 身厭紈綺, 口飫粱肉, 人所艶看, 世所稱羨. 只爲與我相好, 許多財産, 一空如掃, 而妻亡家破, 身世至此, 一則妾也, 二則妾也. 我何忍負子乎? 今我一身錦繡, 日夕資用, 皆子之財也. 我當盡此以奉君, 雖剪頭上之髮, 刎心前之肉, 亦所不辭. 子毋復遐棄我也." 偎倚完轉, 淚垂言塞. 坐中皆感動歔唏, 其中一人曰: "我有一言, 吾輩從今, 不復入此門, 使此娘子專房於張君, 衆意如何?" 衆人咸曰: "此言極是." 遂相對發誓, 紛然而散. 妓自是不復接客, 與張同居, 而其所儲畜頗饒, 又善作家業. 張復成潤屋, 感妓之義, 仍不復娶妻, 與妓偕老云. 蓋妓館火坑也, 古今冶遊子弟, 到此而陷其身, 以至敗家亡身者, 何可勝道? 而厭貧逐得新忘舊者, 妓之常也, 故宿昔纏[11]綿, 忽若遺跡, 雖葛帔冒霜, 向門叫饑, 終無肯冷眼一顧也. 幸張之遇妓也, 此與傳奇所載沂國夫人者, 頗相似, 有足可尙, 故記之如此.

上-13. 嘲謔

韓山李公穡, 以名家冑胤, 早登科甲, 而與樹勳有釁, 仍以見排, 不得預

11) 纏: 저본에는 '纒'으로 나와 있으나 의미상 바로잡음.

淸顯, 官至承文判校, 時人惜之. 公平生癖於詩律, 日哦不輟, 而李公楚老, 常加貶駁, 逐句指瑕, 又排調之, 曰: "爾全無詩腸." 公卽曰: "爾全無詩眼." 二公以此相謔, 亦以此相競. 公或至發怒人鬨, 人多傳笑. 同時儕友中有某公, 謂李公曰: "汝何譏評某也詩爲? 我則常極口讚揚, 而飽其餠餌, 甚佳也." 蓋公不能酒愛, 噉餠餌而常獨亨, 不與人共. 李公曰: "某家餠餌何如?" 某公汩漉呑涎, 曰: "美何可言? 香濃甘軟, 天下之旨, 當無過者." 李公曰: "吾亦將爾." 後數日, 來見公, 問曰: "爾近日多吟咏否?" 公曰: "頗有數篇, 而若汝無詩眼者, 何用問爲?" 李公曰: "唯我知爾詩, 唯其知之深, 故其論之詳, 亦爲賢備責之義. 爾謂我不知者, 過也." 因嘆曰: "吾與某少相親, 今至數十年, 尙不知我心, 良可歎也!" 公有喜色, 乃出一稿, 曰: "此吾近作, 爾試看如何?" 卽七言律一篇, 而其頷聯, 曰: '跡遍漣麻楊積地, 口兼農圃酒詩談.' 李公略看纔罷, 正色曰: "爾胡相欺? 此豈爾所作乎?" 公愕然曰: "是吾昨日所賦, 爾何云云?" 李公曰: "看此, 一句之內, 漣川·麻田·楊州·積城, 農也·圃也·酒也·詩也, 四地名四段事, 摠以成之, 渾然無痕. 他人爲之, 當排於幾句, 今世無此手段, 汝何能辦? 若非少陵, 決是坡翁, 汝必弄鈍賊手也." 公笑曰: "若是佳乎? 此實吾所作, 汝果知詩也." 李公曰[12]: "果爾者, 爾或於近者大讀杜詩否?" 曰: "吾無是也." 李公曰: "然則汝之詩, 可謂高出今人, 追腫昔古, 我尋常敬服, 汝亦不圖至於斯也!" 因高聲吟諷者數回, 而擊節不已, 曰: "吾今日快竪降幡矣." 公喜色洋洋, 呼婢使曰: "吾適愸如速供晝饍, 有賓可別具一盤." 俄而進盤, 則白雪糕·粘米糕·菉豆豆糕·蜜糕·石餌餻, 各品餠餌, 滿覆棗栗, 香濃甘軟, 果若人言. 李公飽啖旣訖, 復引詩稿, 熟視之, 曰: "'跡遍'二字, 似不雅馴." 公瞠然曰: "何爲其然? 只是蹤跡遍踏之義, 寧有不雅馴?" 李公搖首, 曰: "終不雅馴, '漣麻楊積地'者, 何其重踏也?" 又曰: "口兼字音響, 近乎鈍濁." 又曰: "農圃者實用俗

12) 曰: 저본에는 빠져 있으나 문맥상 보충함.

談, 可欠.” 又曰: “酒詩也, 酒詩也, 詩家只有詩酒之語, 自古, 曾無倒下者.” 公始則逐口爭難, 及其韻字外無一免駁者, 恚而嗔, 曰: “爾何前褒而後貶也?” 李公曰: “吾只欲爾餠餌耳.” 公大怒奮擧, 欲毆之, 李公跳出戶, 手其履走, 且詬曰: “士大夫口吻中, 寧容發如許惡詩?” 公憤止頓足, 曰: “公然餉渠!” 忿忿者累日.

余謂李公之詩誠惡矣, 而譏之者, 反近於虐, 俱堪絶倒. 然二公之事, 抑文人氣習之所使也. 文人相輕, 自古而然, 弊箒千金, 亦人之情也. 且余嘗怪歐陽公以天人玉珮, 逈立空外, 無人之妄加庇議, 只見不自量, 而乃於師魯誌題後, 費辭分疏, 頗涉忿懟. 明之歸震川, 以高視一代之文章, 其應擧文字, 被人譏評, 則傳書於人, 深有不平之意. 文章佳惡, 具眼自當卞之, 小兒輩强解事, 何足以介諸方寸? 而二公不能免此, 信乎! 不知不慍, 果其難哉?

卷下

下-1. 報恩鵲

鳦知戊己，鵲知太歲，巢居知風，穴居知雨，人所不能，物反能之，可謂異哉！然賦受偏塞，而一線之明，偶通於此，故知有所專，卽其常也．間有懷恩不忘，圖報無窮，如雀環蛇珠，古人已記矣．是其知覺之靈，信義之性，實有與人不殊者，此又可異也．余觀世之享人之德而忘之者滔滔也，甚或擠之井，而又下石者有之矣．以此較彼，非特不殊於人，實爲人所愧者，亦多矣，是烏可以啁啾其音，羽毛其體而忽之哉？長湍校生有養鷹者，日取禽鳥以飼之，林巢屋栖，被探迨遍，而翅趁未全之轂尙滿筬也．校生有女，年十四五，取其一雛鵲，養於箱中，尋虫蟻哺之，益以飯餘殘肉．而愛之甚，常爲我鵲，鵲亦依而媚之，女托飯于掌而呼之，則搖頭鼓翼，張口而赴之，如受哺於其母者．羽毛旣成，晝則飛，食於外；暮必歸，宿於箱中．及女出嫁，則不復歸，而時至女所，或一月一至，或間月一至，女能卞識其形狀，欣然迎而呼之曰："我鵲來也!" 鵲輒投于懷中，嘴循其裾帶，或止肩胛，唼啑其髮，看歡愛之甚也．女亦撫玩，良久而復飛去，後來漸踈，逾數年而絕．未幾，女孀而遺腹子，纔三歲，患痘極重．夫家多小兒未痘者，女將病兒，出避隣村．鄕中無醫藥，病漸谻，熟極黑陷，終至不救．女以尸置室中，覆以衾，獨坐囪外，呼天而哭，忽聞籬間鵲聲唶唶．女揩淚眼視之，曰："我鵲又來也." 女方哀寃弸中，無處申愬，卽向鵲哭而訴之，曰："我薄命餘生，一子又不保，汝能知我窮天刻骨之痛乎?" 鵲飜飛入懷中，又飛上窓格，張翅拍拍，若欲入室者，女曰："汝欲入視耶?" 引手半開，則跳至尸傍，喙扯其衾伸，嘴揷鼻孔，連喙四五．俄而，流血紫黑色，如注一鍾許，而兒卽甦．鵲飛向外而逝，自是不復來矣. 余庶族兄遂, 居在長湍, 爲余道此. 余曾見醫家, 痘瘡黑陷, 治方衆矣, 未聞有刺鼻出血之法, 抑古方或有之耶? 然鵲何以知之? 是非特報恩, 又能於醫病, 豈非異中之尤異者也! 又聞水族之被叉者, 野鷄之中機折翼者, 或以松脂塗瘡, 人多驗之者, 然則是亦果有医藥也, 其孰知而孰敎之哉? 無乃鱗羽之間, 亦有天生神解如神農者耶? 夫天地含靈之類, 其智術技巧無不俱足, 彼崆峒無所知, 而獨以圓顱方趾, 自詑爲萬類之最靈者, 定何如也?

下-2. 淸寃

京城有良家婦寡居, 饒於財, 姿容亦艶. 有傭雇生心, 幷謀其人財, 乃爲婦幹家事, 盡誠力以奉之. 婦甚倚重之, 厚其衣食, 而有事必與相議. 傭因是, 每致其召議, 若有隣人入門者, 輒住口變色, 有異與之私語而見覺者. 晨早挾笤箒, 入掃庭內, 及出中門, 必隱身, 四顧闚覰, 有若瞰無人而跳出者, 以示于人, 人頗怪之. 久而時, 從一二隣姬, 以褻語略發言, 問之則又笑而不答. 以此, 人益疑之, 稍稍有傳說者. 如是四五年, 始告刑曹曰: "與婦私已久, 而今忽背約." 法文, '良女淫奔者, 幷罪男女, 而女則沒入爲孥, 仍給付奸夫.' 於是, 法司拘男女對質, 傭歷擧日月, 指數和奸之跡, 又以四五年來, 所備給衣服·鞋襪之屬, 皆收貯不服. 及是出之, 指以爲椳椒苟藥之具. 法司又拘問隣里, 則皆以爲不知其詳, 形跡之可疑, 目之熟矣; 聽聞之不淨, 耳之素矣. 婦雖極口叫屈, 而終無以自白也. 刑官將杖問取服, 婦告于刑官曰: "賤妾有一言密訴者, 請屛左右." 衙役旣退, 進立廳前, 低聲告曰: "賤妾幼時, 癈于爐炭, 小腹下横絞之間, 火瘡瘢痕, 大如手掌. 果若有私, 彼豈容不知? 請以此詰之." 刑官卽召傭, 問曰: "彼婦身上隱處, 有標可驗否?" 傭昻然對曰: "豈無其標? 其腹下近私處, 有大瘢痕. 小人常摩弄而問之, 則答云: '幼時火灼.'" 婦卽時起立, 脫褌裸體, 曰: "賤妾自此, 死得爲潔白鬼矣." 衆視之, 臍肚下瑩然白淨肥膚也. 蓋婦知傭之廣張賂囑, 而料其有竊聽漏通者也. 刑官乃杖傭以問, 果首服其誣, 婦得淸脫云. 諺曰: '盜賊之尙可白, 歡迎之累不可白也.' 男女嫌疑之際, 幽隱之事, 誠可疑而難明也. 傭之處心積慮, 設計極狡, 隣里旣爲其所欺, 刑官亦無以擿發, 婦雖有百口三尺之喙, 特不過死於栲掠. 不則名陷賤籍, 身從狂且, 兩逢之外, 萬無一幸. 而乃能料事情, 設機權, 使奸徒兇巧, 立見剖破, 快湔陋名, 身節俱完, 豈不奇乎哉? 當宁甲寅間, 有京士夫誣其妻, 曰: "娶之七朔而生男." 呈禮曹請離[1], 蓋以半產爲解娩, 而其家有妖妾, 爲之主證, 門中諸人, 皆信其言. 妻不能自明, 飮藥自盡, 臨死, 寄書其父, "願以初婚之夜, 親膚與否, 問于其郎." 父在湖南康津, 卽上京, 訴冤于刑曹, 及其兩造對卞之際, 以其書堅封納之, 刑官親手坼見, 卽以此問之, 其夫出於不意, 直對曰: "初婚之夜, 女人行經, 果不得同枕." 於是, 其妻之冤立白. 乃以此上達, 嚴加究覈, 重徵其妖, 幷治其夫, 與此事相類, 故幷記之.

下-3. 姦富

或傳, 月沙李公, 掌三銓時, 有一親友許生者, 貧寠甚, 將迫於死. 公愍之, 爲之薦授部參奉, 許生來謝曰: "幸賴公, 名掛仕籍, 又資斗祿, 公之念我至矣. 然從官者, 必有章服, 必有僕馬, 而俱同摘星, 恐未免虛公之惠也." 公以一奴一馬資之. 後數月, 來見公, 入坐而歎, 曰: "公必欲活我, 而天則必欲殺之, 奈何?" 問之則馬斃矣. 公又以一馬借乘之. 後數月又至, 謂公曰: "吾之得以從仕, 至今莫非公之賜也. 今奴又死矣, 此實天之所癈, 不可支也. 公雖欲相念, 亦於天何也? 吾已決計棄官, 將投杖出門, 餬口於四方." 公不勝錯愕, 而念無以繼之, 只以言語慰遣之. 去數日, 復來告辭, 則手瓢肩橐, 有遠行色. 公益嗟傷不已, 抑無可奈何, 泯默作別而送之, 自是, 絶無消息者. 數十年後, 公以史閣堂上, 奉安至帖於五臺山, 事竣還到大關嶺下, 見一老儒生, 立於途左, 向公擧手而揖,

1) 離: 문맥상 '難'이 되어야 할 듯함.

曰: “公無恙乎? 小生待於此, 久矣.” 公從轎中諦視, 卽許生, 而容貌騎從, 儼然財主也. 公驚曰: “子何以在此?” 生請曰: “暫許班荊.” 公歇駕地坐, 問曰: “觀公非復昔日, 何以至斯?” 生曰: “宿昔之恩, 銘之在心, 何日忘之? 今幸復奉光儀, 而積懷未可造次, 重逢又無前期, 弊居距此不遠, 願賜枉臨以永今宵.” 公意亦奇之, 乃簡其騶從而從之, 越重崗下峻岅, 行至一處, 高山四圍, 而中間曠然平陸, 原濕畇畇, 村家櫛比. 抵其家, 則人之迎拜於門者, 壯者少者, 殆百餘人. 公驚問之, 答曰: “皆賤豚也.” 又問: “何其多也?” 答曰: “尙未半也.” 入門, 則童孺孩提之迎拜堂下者, 又百餘人. 問: “此亦皆子男乎?” 答曰: “此外尙有未離襁褓者.” 坐定, 公又問曰: “君何以能富而多男女如是也?” 生曰: “一言難盡, 請從容細訴.” 仍進杯盤, 山家所供, 亦頗豊潔. 旣夜, 公又問之, 始自敍曰: “當吾之初別公也, 直出東城時, 國內凶歉孔慘, 而嶺東獨豊, 七道流丐之迤邐入東者, 載路也. 乃就流丐中, 盡捨其男子, 只以年少女婦, 誘聚百餘人, 日御十女, 十餘日而遍如循環然, 自是, 皆以我爲夫, 相隨不去. 朝則四散而出, 及昏而返, 則所叫化或盈斗, 少亦數升, 一無垂槖而歸者, 我則安坐而受其供, 果腹以度日. 轉而届于斯, 則無人空曠, 乃斫柴燒畬, 斲木爲耒. 使衆女墾以闢之, 以所化各種播之. 至秋而穫粳粱豆菽, 足以支一歲. 逐年墾闢, 皆成甫田, 今則歲收穀, 至數千斛. 衆女競迭生産, 一歲所育, 或至三四十, 及其旣壯, 咸使力之田養親, 今此閭壑之內大村, 皆是也.” 公大笑曰: “人各有一能, 君之所能, 特與人別, 良可異也.” 翌朝歸, 遂不復相聞云.

余覽太史公「貨殖傳」, 其用貧求富之術, 多矣. 如賣漿販脂, 屠沽灑削, 雖極簡微賤薄, 而亦無非謀生之方也. 若此生所能者, 只可用之於房中而已, 初何關於用貧求富之術, 而終以此得力信乎? 人有一能, 皆可以爲生也. 「貨殖傳」所稱姦富者, 乃掘塚姦治之類也, 而古文以爲宣淫者, 亦謂之姦. 此以宣淫致富, 故以姦富目之.

下-4. 免禍

我國奴婢之法, 在麗時極嚴, 名在賤籍者, 不得與平民齒. 至本朝, 其法之嚴, 雖不如麗代, 而亦不得仕宦爲吏, 良賤不得相婚嫁. 以此, 奴婢之富豪而族黨强盛者, 百計隱漏, 至有殺害其主者. 近世以來, 法網解弛, 至于今日, 則良賤之界限, 幾蕩然矣. 余聞百餘年前, 貧幣士夫, 爲推奴而遭害者, 比比也. 湖西有窮儒, 世傳奴婢, 在關西淸北, 其麗或繁, 而路遠家貧, 不能收管者, 已過一周甲矣. 適有親戚爲淸北邑守, 而距奴婢所居, 爲數日程. 生欲因之而推其奴, 偕其子, 間關西行, 托其子於邑守. 又請簡以通關節, 躬至其處, 則奴婢之散居各處者, 殆百餘戶, 皆以富厚, 雄於鄕里. 生旣有關節藉官威, 按籍而悉推之爲奴, 其貢贖盤桓者, 數旬, 忽見奴數十人, 擧一部白木棺, 置之前, 噪曰: "吾徒之隱漏居生, 將近百年, 行身婚嫁, 已成平民. 今生員之來, 吾徒之前程枳矣, 不得而已作此不良計. 今有一襲送終衣兼備一其淨棺, 請衣此衣, 入此棺." 生心膽隕墜, 淚湧如泉, 攢手哀乞, 曰: "我當盡燒賤籍空手而歸, 乞丐此縷命." 衆奴不許, 曰: "吾徒■■■此言, 不可放虎遺患." 生萬端哀乞而終不許, 將有迫脅之狀. 生方悽惶, 亡知所措, 衆奴曰: "今有一言, 生員從之則相捨, 不從, 當擁以納之棺." 生曰: "願聞之." 奴曰: "請召小生員來." 生知爲幷除計, 欲不從, 則禍已剝膚, 從之, 則將父子幷命, 緘口久不答, 衆脅之, 曰: "從不從間, 速決一言!" 生欲延晷刻之命, 許之. 奴皆識字能文, 自屬草, 使生書之, 曰: "吾之來此, 奴婢數百人, 一齊順伏, 今方徵貢, 其願贖者, 亦過半, 已收綿布十同, 將待汝面商區處, 掃萬事跋來." 衆環坐臨視, 俾不得忝入一句別語, 生肝腸如裂, 而生不得不依以書之. 忽生一計, 寫訖就紙末, 書'徽欽'二字, 衆奴雖能識字, 亦不解其意, 認以爲父子間書札日月下例用之語也. 使其徒傳之其子, 其子接書見徽欽二字, 驚疑不定, 持以示主人邑守, 曰: "老父有書謂來, 而紙末二字, 極涉殊常, 此何故也?" 邑守覽之大駭, 曰: "子不知趙宋徽欽事乎?

是必有大變，直答以不去，則今尊將不免卽地遭變，當以計緩之指揮."裁書以復之，曰:"兒方有主人公所屬之事，請俟數日，了當而進去."仍卽成秘密關文送于本邑，掩捕其黨，加以治盜之刑，得其實，盡磔之，生之父子幸免於死云．古語曰:"人急則智生."生之所値如此．落阱之虎，剝害在卽，一死之外，更無幸矣，而能以二字眞傳消息，此非常時智慮有過於人者．特以身臨必死之地，一念求活，精神一到，而心靈自啓，苟使世之學道者，用心求獲，一皆如此，則萬理明盡，夫豈爲難哉?

下-5. 癡儂

有年少書生，爲瞻動駕，偕數三儕友，立於道左，人叢紛還，失其同伴蝺蝺焉．彷徨交衢，天又急雨，趍避於路傍一閭家，其客堂空虛，中門深閉，寂然若無人．有頃，一美婦自門內嗔，曰:"何人闖入婦女獨居之家?"生曰:"避雨休坐."婦從門隙，頻頻窺覰，旣而半啓門扉，倚身而言曰:"外舍寒陋，請入于內."生從之入，婦邀之室中，室僅尋丈，男女接膝而坐．問:"居在何處，年紀幾何?"自藏中出酒壺，以畵鍾滿斟香醞，以勸之，曰:"雨中陰冷，請此暖熱."生受而飮之，婦忽微笑曰:"室中想應艶醨."又斜眄移時，而笑曰:"郎貌若是，其都必內外交相愛也."又笑曰:"琴瑟情重，曾不作別徑行步否?"又笑曰:"若然則宅上婢使必眼熱，多害相思病也."如是喃喃以情趣話，百端調戲，而生但隨問而答之而已．婦俛首穆然者半餉，忽嚬眉，曰:"許久和衣而睡，虱兒侵起."解前襟而反之，作覓虱狀，露出白雪胸膛，略鬆肚帶，酥乳圓圓，軟紅微亞，將手搔摩低聲，癢也癢也．生瞠眼熟視，不覺失口，曰:"乳美也!"婦急掩襟巧笑，曰:"美也，將欲奈何奈何?"生又默然．俄而雨霽，生起身辭歸．翌日，語諸友曰:"吾昨者，避雨於一閭家，其家空無人，只有一少婦，邀我入室，酌之酒，發如此說話，作如此擧止，甚可怪也."諸友咸笑，曰:"諒其情態，正欲私汝."生怳然大悟，拍手歎曰:"果然果然，吾正不覺也."人皆絶倒．余謂此生誠癡絶矣，然若以此倡於人，曰:"古人之坐懷不亂，吾亦能之，亦足以欺無人, 曾不知出, 亦可見其純然赤子心也. 視世之厭然巧飾以自賢者, 何趐百勝?"

下-6. 妄人

鄕曲儒生有姓高者, 與一宰相相親, 每歲來謁. 一日, 於席上忽軒眉, 而請曰: "某幸與公相熟, 久矣, 願得一職名." 宰相曰: "子欲何官?" 答曰: "願爲大司馬." 宰相笑曰: "君有何才能, 敢爾望此?" 高咈然曰: "某雖不才, 亦能解見檢田文書, 有子年十五, 能讀千字文, 如此而不可爲大司馬乎?" 宰相微哂, 曰: "大司馬實非人人所堪也." 高憮然移時, 曰: "大司馬公旣靳之, 抑其次節度使, 可乎?" 宰相知其遇蠢, 不可以解說, 亦欲資戱劇, 卽快許之, 曰: "此則當如戒." 仍使胥吏, 成出一差除文字, 曰: "以某人爲烏有郡節度使, 愚極郡兼巡使者." 遍使印爛如也, 以給之, 高大樂, 卽日發行還家, 未抵家百許步, 高聲呼其妻, 曰: "夫人! 今吾爲節度使, 自此不患貧矣." 及到家, 又對其妻稱賀. 每日整衣冠, 端坐土坑上, 苦待官人之來迎者. 及其久而無形影也, 則獨自呵罵下人, '怠慢何敢如是? 當重治之.' 自是, 常自稱高節度使, 人有呼以高生者, 輒大怒. 又不肯自理田疇, 曰: "節度使何可躬鄙事也?" 亦禁其妻, 不得至田疇, 曰: "節度使夫人, 何可出門也?" 遂餓而死, 藁葬山側. 一村之人, 咸指笑以爲'高節使墓'云. 以余觀之, 人以斗筲之智, 妄談天人性命之理, 人以賢者之名奉之, 則晏然居之而不疑者, 與此人相去, 幾希矣.

下-7. 數奇

世傳, 宣陵時, 有康衢之遊, 以採取民情, 搜訪人才. 嘗夜出, 立於人家門外, 其主人出戶便旋, 仰視天星, 有頃而曰: "初何不賦其才也? 吾實有恨於造化也." 余應之曰: "此正造化之所以神也. 夫大鈞播物, 块軋無垠, 紛綸糾錯, 參差不齊. 故或賢而賤, 或愚而貴, 其貴其賤, 多出於下民常情之外. 若使金榜之上, 才俊者必掛, 如執左契而責之償, 則人皆可以窺側而豫期之矣. 天地之大, 豈如是淺陜乎? 是以, 君子修身而俟之, 小人行險而僥倖."

下-8. 天報

當宁丙午式年, 湖南儒生發解者六人, 將赴會闕[2], 作伴北上. 有一校生全不識字, 而受人之走筆, 偶參解額, 亦隨其行, 而其呈券裂寫, 專恃於六人也. 六人相與謀, 曰: "夫也, 無文無筆, 同入試闕, 只爲吾輩之陋累, 彼實蠢愚可誑也." 仍競誘之, 曰: "王城試場, 不似外邑, 呵禁至嚴, 小失容色, 輒被加鎖, 眞可畏也. 汝之呈券, 吾儕當爲之盡誠, 汝不必自陷可畏之地也. 若或蹉跌, 一被下問, 代述發露, 則罪律至重, 汝將奈何?" 以此, 更迭慫慂, 校生信而從之. 及入闕, 六人者呈券已訖, 以校生試紙, 屏棄隱處, 出而言曰: "汝之試券[3], 吾儕合力而成之, 甚得意也. 吾放心揮毫筆, 畫飛動, 衆競相倡曰: '文固佳矣, 當以取筆高中!'" 校生亦信之. 及其柝號, 六人者皆黜, 而校生反獨中焉. 蓋其中一人誤換用校生之紙, 而其屛棄者, 眞己物也, 實亦首發其謀者也. 六人旣失志, 意氣沮喪, 情懷凄切, 含淚而歸, 自知其負心, 不敢以告人. 後稍稍語泄, 人皆以爲是爲天所厭. 曾見道家書, 以慢驀愚人爲大戒, 以爲損折福力, 此誠至論也. 六人者, 於此宜其及矣, 而天之所以反之者, 又何其巧也? 然世之負心背義造孼至大者, 反或邈然無報應者, 何哉? 余嘗論此, 以爲, "此正如善爲國者, 禁網疎濶, 呑舟或漏, 而一有懲威, 雷電皆至. 若數罟繁密, 則民且玩而不畏之矣." 故天之可畏者, 正在邈然也.

下-9. 困境

傳曰: "男子六十, 好色未已." 世或有常賤婦女, 老而彌耽者, 甚可笑也. 有年少士子, 其父爲遠邑守宰, 自京省覲, 路經一村, 因日暮止宿. 其家

---

2) 闕: 의미상 '闈'가 되어야 할 듯함.

3) 券: 저본에는 '卷'으로 나와 있으나 의미상 바로잡음.

有老嫗，龘陋甚垢，膩胗汁與鼻涕·涎沫之痕，交絡面頰．又有少女數人，其一稍姝，旣夜，男丁皆宿於外處，生與衆女共處一室，中間隔壁，開一戶而無扉．生戀其姝者，頻頻注視，諦察所臥處，乘人熟[4]睡，赤身潛入，女與嫗，易處而臥，而生不知也．將犯之，忽鷄皮烏骨之臂膊，緊抱生腰，曰：“誰歟？我有壯子三人，若一叫，則汝死無地也．”乃缺齒訛語也．生驚慌欲脫而不得，嫗曰：“汝欲無死，當從吾言，不則吾將叫．”生惧而從之，嫗情興未洽，又使復之，生惧其叫，又强而從之．而想其晝日所見，幾乎殼也．嫗摟抱不放，曰：“汝明日不得行．”生辭以行忙，嫗曰：“若爾吾當叫．”生曰：“無事而留，人必怪之．”嫗曰：“可托病．”生不得已許之，將乘曉逃去，嫗已知之，隨之以行，惧之以叫，生又不得．臨行，稱腹痛猝發，如是留數日，不勝其苦，百端懇乞曰：“非久將復路，必重尋，不爽約．”嫗始聽去．生見放，如脫兔之走林，自是，不敢復從此路也．後生父沒於官，當返柩，路由於此，停喪于村中，喪人與護喪諸客，環坐柩傍．下人入告曰：“門外有醜婆，披散寸短絲髮，自言奔喪而至，將闖入，禦之，則方肆惡不休．”喪人大驚，又大慚，莫知所以應之，衆客齊言，是必狂癲也，使屛而遠之．嫗極力相掙，滾於土中，而呼曰：“無賴子！汝潛刦我爲妾，而今不許奔舅喪耶？”叫罵不已，路傍過者，莫不駭愕齒冷，聞之者，亦莫不絶倒，以爲世間困境，無過於此．余以爲人之困境，皆自取之也．若使生謹守少年之戒，則寧有是哉？人家子弟，當視此爲戒，推之萬事，無不跬步之頃，折施蟻封，則眼前路逕，無非坦途．

下-10. 驕武

尤菴文正先生，每當還山，朝野競爲陳章請留，史官承宣，相繼捧御札論曰[5]，先生常患之．嘗潛身出城，行至果川店舍，繼而有年少武弁爲守宰者，亦至其店．衆騶從擁護以入，厲聲呵其屬，曰：“下處胡不屛人？”先

4) 熟：저본에는 '塾'으로 나와 있으나 의미상 바로잡음.

5) 曰：문맥상 빠져야 할 듯함.

生告以炊飯方熟，少間當起，始曰："年老姑已." 旣而飯具，武守之飯尋亦至，手其盤中炙雉，嗅之，卽嚬眉縮鼻，曰："臭腐不堪." 捽入廚吏，嚴加呵責，以其雉投諸先生，曰："鄕老豈得嘗此?" 先生受而不食，武守曰："胡不食？豈以其臭腐耶？唉！鄕老此亦未爲得也." 先生曰："非也. 今日是孝廟忌時，不忍肉也." 守啞然哂曰："可笑哉！鄕諳也. 國忌何必行素，素當其時?" 及唱奴悶甚，從傍側，向其守無數拜起，曰："懷德大監也，懷德大監!" 守略不置之耳也. 俄而，店外喧鬧，傳言史官奉御札臨到，守始大驚，走下庭，伏地請罪. 先生不答，仍啓行，守隨至一息，始招而責之，曰："君之慢侮老人，殊可駭也. 然此由於素不相面，吾不深咎. 若國忌何必行素之說，身爲國家臣子，何敢向人發此口乎？此後當認君臣義重，勿復存心如此." 守但僅僅稱死也. 武守驕傲之態，誠可笑也. 然先生之責之也，不數其驕傲之罪，而只以君臣倫義，挑發其秉彛之天，眞有德君子之言也. 余曾見退漁金公，公方飯，而具素膳. 坐上有親黨後生，怪問之，公曰："今日乃仁顯后諱辰也." 後生曰："國忌甚多，行素莫不難乎?" 公曰："諸陵吾亦不能遍，自吾生以後，所逮事大王王后諱辰，自覺怵然，不能肉也." 余聞而有動于心，自是亦效而爲之. 後生亦或有怪問者. 又余聞諸長老，五六十年前，闕內入直諸官，每値國忌，必具素膳，近世無此規，亦已久矣. 此不但國綱之解弛也，實末世人情薄於倫義之漸也，深可憂也!

下-11. 談命

金生麗，京城盲卜也，以善推命，噪於一時. 時有宰相，晩而有獨子，甚奇愛之. 嘗以朝正使赴京，以其命問於算人曲顚子，曲顚子者，精於命課者之號也. 以爲年止十五，以某月日午時而終，宰相大惡之，仍棄置不復省矣. 後兒年十五，而果病，展轉深重. 用俗說，禳災方避，寓於路傍閭家，病浸僦，方待變，而明日卽曲顚子所指某日. 宰相不任焦迫，邀致金生麗占病，金卜擲錢作卦，而謂宰相曰："小盲曾算此命，已言其壽限甚短, 公必記有之, 今病已至此, 直說無妨. 觀此卦繇, 明日午時, 極不吉." 宰相曰: "吾曾聞算人, 其言亦如此, 君亦精於卜也, 天乎奈何?" 適有賣卜瞎子, 叫'問數'而過門者, 宰相方心昏然無所托, 漫爾召入, 問以子命. 盲輪指掌中良久, 掬嘴向人, 曰: "此命將盡明日日中." 宰相顧金卜, 而噓唏曰: "大恨也, 人言皆同." 盲俯首運指, 口中吶吶獨語者, 半餉而忽曰: "呀! 此命更有可觀." 宰相忙問曰: "可觀者云何?" 盲曰: "此命絶於午時, 當至戌時, 而復續." 又問: "其後何如?" 答曰: "自是病當漸差, 來年後年當小成." 又沉思少間, 曰: "小成後, 又當有大厄, 雖一縷未絶, 殆無異於死矣." 又少間曰: "如此十年, 則災運已過, 數復大通, 科甲仕宦, 前路洞然." 金卜前席軒眉, 而言曰: "吾不識, 君是何人乎? 我卽金生麗也. 吾則屢算此命, 而終不能見其如此也." 盲跼蹐失色, 曰: "名卜在坐, 敢爾妄言." 急起身出走, 宰相曰: "病無可望矣, 道盲何知?" 金卜亦告辭而退. 至翌日午時, 病竟不救, 皐復發喪. 至於戌時, 忽然脈道微動, 夜深稍稍舒展, 家人驚喜, 靜而俟之, 及鷄鳴而漸有氣息, 天旣曙, 快生回甦. 宰相不勝奇幸, 復求其盲, 而竟無蹤可尋也. 自是, 病漸大差, 久而得蘇已. 再明年, 登上庠時, 當專朝, 以儒生疏頭, 極論金墉事, 逮繫獄, 編配絶島, 直[6]十年. 至癸亥, 長陵改玉, 而始得歸. 後數年, 登科官, 至宰列, 盲之言, 果信矣. 夫術數之理, 微矣, 人之賦命, 貴賤壽夭之終始一定者, 或可以易推也. 至於糾紛錯互, 如當刑而王, 富而餓死, 貴而斃於牛角者, 唯精於其術者, 稍能言之. 況死者命之終也, 數至於此, 無可以復算. 若生之死而復甦, 其必有絶處逢生之理也, 而斯理尤極微眇, 其不能窺測者, 固也. 盲之術, 果神於諸人耶? 抑諺所謂直門者耶? 然觀於此, 則術數之可以前知, 信有其理, 而人自不能盡其情耳. 或云曲顚子者, 中國談命者之稱, 如我國盲卜之通稱爲誦經也.

---

6) 直: 의미상 '置'가 되어야 할 듯함.

下-12. 東方異蹟

嶺南, 我東之勝地, 而晉州嶺之最巨邑也. 山川磅礴, 人物亦多淑靈. 晉州有士人, 姓李名某字某, 號玄虛子, 爲人慷慨不羈, 平生有三癖焉, 劒一馬一色一. 時嘗自謂曰: "人生在世, 如良駟之過隙, 丈夫第一之勝事, 不如佩寶劒·乘駿馬·挾佳人, 優遊以自樂. 吾聞倭國素多寶刀, 當自求之." 乃盡賣其家藏田民, 價近巨萬. 將以擇日起行, 以銀子換倭人之所貴物件, 粧船數隻, 候風登棹, 發浦三日, 始抵倭境. 逢倭之老者, 而問其賣劒之所, 卽馳入劍主家, 揖其主人曰: "我自朝鮮而來, 欲求寶劍, 尊果有之否?" 倭曰: "有則有之, 而但價本非朝鮮人之所能辦也." 李不豫, 曰: "尊所云云, 未知何謂也? 古人有云: '寶刀直千金.' 吾所持來者, 將過屢萬金, 吾則謂尊家無當價之寶劍也." 倭怡然起拜, 曰: "公其恕罪. 倭與朝鮮地境相接, 熟知彼此人品, 故俄果率口而發, 得罪於公矣. 第言其概, 公其聽之. 朝鮮每多欲買刀, 而無論劍之好否, 不過數金而止. 今公獨發此言, 吾豈愛一劍哉?" 乃携李手, 同入藏劍樓中, 搜得十襲之中, 出示一劍, 曰: "此劍何如也?" 李捧而摩之, 光射一室. 李曰: "此劍果好矣, 然不無小欠處." 乃指某劍甚好, 某劍甚不好, 倭失色良久, 曰: "公果神眼也!" 遂登第一層樓上, 開櫝而出一劍, 劍光凝紫, 星文燦爛, 眩人之眼眸. 李復摩之數三, 曰: "此眞寶劍也! 若以論價, 不啻十萬, 請以帶來二隻船所儲者, 換之." 倭笑曰: "公眞丈夫也. 吾雖碌碌島中, 豈愛一劍乎? 何必價也?" 因欲與之, 李曰: "寶劍而空取傷廉, 價而不捧傷義." 二人相與讓者再三, 倭不得而已, 受其十金, 設酒饍以供之. 李旣得寶刀, 而歸欲求千里馬, 遍八道而求之, 不得. 乃持乾糇, 入北京求之, 時則大明時也. 有一長者, 問曰: "君得馬何爲?" 對曰: "吾平生苦癖, 在於駿馬, 故如是耳." 其人曰: "吾有一馬, 而不可羈絡, 足躡雲際, 而不見其跡, 眸若明珠, 鬣如蜎毛, 不人敢近, 嘶風雨, 好蹄齧, 君其能御之乎? 君若駕御, 則何必價也?" 李心固疑畏, 而請見之, 其人與李入園麓草長處, 大呼一聲. 俄而, 有一不羈之馬, 長嘶一聲, 聲動山谷, 忽然逸蹄而來, 疾如飛鷹. 李與主人, 驚遑相顧, 曰: "果名駒也. 然而悍蹄逸性, 吾何以馴之乎?" 馬也若聞之, 立而若趨而跼之者, 昔之跋扈者, 今忽良馴焉. 李乃手縶其鬣而梳之, 則馬順受不逸. 主人歎曰: "物各有主! 此馬也, 吾喂之已過五年, 而性惡好囓, 故人不敢近前, 放之園中, 而時亦悍逸, 不能制也. 君今一御, 而易如牽羊, 非主而何?" 乃不受一錢而與之. 李乃羈絡之, 跨其背而鞭其腹, 其疾如飛, 儘乎千里駒也. 遂乘馬佩刀, 欲遂平生之癖, 願見一美娥. 中原自古文明大地, 青樓朱箔之間, 如玉如花者, 不可千百數也. 李歷覽無遺, 終未見動人表儀之女, 李喟然歎曰: "從古絶代佳人, 世不有之. 西子之後千有餘年, 而有玉眞諸人, 此必罕有, 而不可得見也." 因廣求搜問, 終不得一玩, 悄悵而歸, 到洛下, 求問不已. 忽聞湖南錦城地, 有羅姓班家副室女子, 以麗艶名動一世, 李曰: "今吾欲見佳人者, 非欲有陰事也, 只欲以一瞻美姿而已. 今聞羅家女子, 雖是班也, 而瞻望佳容, 亦何所妨?" 卽馳至錦城, 尋問羅女消息, 則有人指其家. 李入其村, 有大家, 畵柱雕梁, 朱甍燦燦, 眞富家貌樣也. 羅宅深邃, 村下閭閻櫛比, 皆是羅家奴僕輩也. 李始到村下, 無一人知面, 方徘徊之際, 中有一老嫗, 年可六十餘, 自大家門內, 歸于其第, 見素昧男子躊躇於村底, 怪而問之曰: "何許兩班, 欲尋那村那家耶?" 李曰: "我是嶺南之人, 偶尋一親知, 未能詳知其居住, 今方使他人推尋其所在處, 而來會於此村爲約, 故方此遲回. 嫗家若在此村, 吾將住店, 接應之道, 吾自有粮矣." 嫗辭曰: "妾家果在此村, 而室廬甚陋, 不可以容兩班." 李曰: "何陋之有?" 固請數三, 嫗許之. 李遂與嫗, 偕入其第廬, 繫馬于廐中, 立坐于廳上, 披其行橐, 探天銀一掬而與嫗, 曰: "此可以供朝夕乎!" 銀重可十餘兩, 嫗大喜過望, 受而入廚下, 精其供具以進. 李食畢, 日已夕矣. 招嫗, 從容問曰: "嫗年幾何?" 嫗曰: "年今六十七矣." 李曰: "嗟呼! 我先妣同庚, 今而後, 倍覺悽悵." 乃探行橐, 出銀五錢而給之, 曰: "此雖微物, 請爲嫗壽." 嫗感其厚意而受之. 日以爲常, 深得嫗誠心, 留連近一旬, 李言無不道, 嫗亦如之. 一日, 李將發還, 語嫗曰: “吾偶然來此, 與嫗情熟, 今將離去, 彼此缺然, 不可形言.” 嫗曰: “執事之言至當, 不能遽別, 願留三四日而去.” 李曰: “第當依嫗言, 而切有衷言, 言而不敢吐矣. 明將相別, 而彼此情義, 無異至親, 言何所不可? 而第所欲言者, 實難發口, 故有意而未吐.” 嫗曰: “何不早言之? 局有至重至難之事, 豈可含默不言耶? 賤人雖無識下賤, 而旣受執事無限恩遇, 雖結草而報之, 恐不足以當. 萬一入水赴火之事, 固不敢避之, 何有難發口之理乎? 敢請無隱而盡之.” 李再三囁喋[7], 而若開口而復止者, 至四至五, 終不肯言之. 嫗曰: “何執事之薄於我也? 同鼎旬餘, 主客之誼切矣, 受賜又多, 恩豈敢忘耶? 未知執事所欲言者, 顧何等重也? 因不指教, 則妾雖死, 不能瞑目而抱無涯之恨矣.” 李曰: “嫗之心, 如此則吾當言之. 吾平生所願見者, 天下第一佳人, 求之中華, 終不能一接, 問諸東方, 又得未一問[8], 來此近地, 聞此村羅宅, 有絶代佳人之故, 願一瞻仰其光. 不敢辱諸閨中, 嫗若指示可望之道, 則吾死無恨, 君恩倍常矣.” 嫗曰: “公之所聞, 果是矣. 羅宅卽此村中最大家, 而村底衆家, 都是羅宅之僕輩, 妾亦婢也. 大上典死, 已數十年, 而上典生時, 有別房而生女, 女果賢淑, 有姿容, 適同鄕金姓兩班家矣. 不幸而早孀, 歸于本家, 而年方三十一歲, 姿色罕古無比. 妾雖無知, 猶能知靑天白日之明矣.” 李曰: “何以得接淸光於望裏■耶?” 嫗沉吟良久, 曰【以下缺落】

---

7) 喋: 의미상 ‘嚅’가 되어야 함.
8) 問: 문맥상 ‘聞’이 되어야 할 듯함.

其他

○人家婚喪宴集大事, 外具借用於公家矣. 一宰以公家什物之借私家, 爲不可而禁之, 遂爲例規, 一切阻塞. 凡百外具, 旣不能盡自備置, 則不能得用. 然猶有勢家如前借用, 而於無勢者獨然, 甚可慨也. 肅廟朝, 閔判書鎭厚, 以排設房遮帳行下防禁爲請, 上曰: "雖有君臣之分, 莫非世交, 於我不借用, 而更於何處借之?" 下教, 大哉聖意!

○孝廟在瀋館時, 江南名畵來到, 諸人多請山水, 孝廟獨無所言. 畵師問曰: "王子胡無請?" 孝廟給扇面, 曰: "願畵會稽山." 師是明人, 會聖意, 揮涕而去.

○麟坪大君, 嘗宴集, 柳參判道三, 醉中言語之際, 妄稱臣字. 大君掇宴, 座客各散, 物論洶洶. 尤庵宋夫子, 白于孝廟曰: "殿下豈不保一弟乎?" 仍以無事.

○英廟在潛邸, 李果齋世煥爲師. 上有送物輒密裹, 每以御筆細書'謹封'二字, 而未嘗倩手.

○綾川, 自統營任所, 升府院君遞歸, 本道監司亦遞歸. 兩行俱發, 聞慶縣監以行次, 一時到邑, 客舍難便之意報來. 監司題以別星則一也, 而統不過節度也, 使道則乃巡察使兼節度使, 體重自別, 本倅以其題報于統營, 公題曰: "監司旣遞之後, 不過爲李僉知, 而使道遞職之後, 乃是府院君, 行次相考施行." 本邑又以此題, 報于巡營矣. 監司俟綾川行次過去, 始來, 時人以綾川爲豪快. 監司是李姓, 而品秩堂上也云耳.

○閔老峰家, 在三淸洞. 季氏驪陽, 提擧掌苑, 本署貶坐, 盤果甚盛, 不爲下箸, 送納伯氏. 蓋伯氏宅, 近署故也. 老峰啖之, 親手分給家人, 復命囚署吏. 驪陽惶恐, 請故, 答曰: "我乃大臣, 盤果是該署提調所食, 無論下箸與否, 卽是提調之退物, 則豈可坐公座, 送退物於相位耶? 何不送君家, 使私人送于我乎? 在私室雖食餘, 相分無妨, 在公座不可.” 驪陽服之, 曰: “罰已行矣, 請放署吏.” 答曰: “此雖微細, 以本署退物饋大臣, 甚無嚴, 不可以兄弟之間言矣.” 翌日始釋. 古人重公體, 當如此也.

○閔止齋, 剛直守法. 刑判時, 往妹氏洪參奉禹疇家, 止齋素嗜酒, 妹氏進酌, 肴只沈菜. 止齋飮而喜, 曰: “貧家, 何以有此好酒?” 蓋昨日是洪參奉大人辰日, 釀酒推犢, 而憚公守法, 故不敢出肉也. 答曰: “尊舅辰日, 故有此小釀.” 止齋復索之, 曰: “必有餘瀝他物.” 繼進之, 公曰: “眞所謂有酒無肴也.” 妹氏見此, 思肴十分, 趑趄仰謂曰: “有甚事, 勿咎否?” 公曰: “第言之.” 妹氏猶復慮之, 囁嚅不發. 公笑曰: “有何事而如是多心? 佳肴須典釵速辦.” 妹氏始告其由, 曰: “尊堂素知男兄性度, 故不敢出肉矣.” 止齋曰: “催炙來!” 妹氏大喜炙進, 止齋復飮噉肉, 將起, 妹氏牽衣更懇, 曰: “願勿察.” 止齋笑之. 已而, 及出門, 命吏曰: “此家犯屠, 捉囚奴子.” 妹氏無顔廢食涕泣. 單奴見囚, 二十八兩贖錢, 無以備納, 止齋以其驅價納之. 洪之大人問曰: “不撓法可尙, 然食而反禁, 何也?” 止齋曰: “以至情妹旣勸之, 何可不食, 而旣入耳, 則亦豈可拘私耶? 妹若不言其由, 雖全牛, 我可只啖而已, 何至論罪?” 公之如此事甚多, 雖至親, 少不饒貸. 若其浮費, 必自擔當, 以此莫敢咎之矣.”

○張旅軒承召入侍, 孝廟敎曰: “儒臣須往見我獨子.” 時顯廟在冲年, 旅軒進謁, 講『中庸』鳶飛章, 以南鄕方音告釋文義, 顯廟初聞南音, 有微笑色. 旅軒掩卷, 而告曰: “當歸白大朝.” 卽起, 宮僚請留, 旅軒正色, 曰: “君輩不可輔導, 如此耳.” 復命於上, 上曰: “果何如耶?” 對曰: “天表岐嶷, 第不知待老之禮.” 王色甚憮然. 旅軒出, 上召問宮僚, 宮僚對以實, 孝廟笑曰: “兒輩聞其語音暫笑, 不足怪, 而儒臣之勁直, 推此可知.” 蓋公之峭直, 且置父子之間, 敢言如此, 又況冲年乎! 聖朝不以爲咎, 反加奬許, 豈不爲聖德之光耶?

○端宗大王昇遐後, 李東皐朝天, 禮部尙書問曰: “汝國之舊君何去?” 對曰:“爲尋建文皇帝, 乘彼白雲而去.” 禮部不敢更問矣.

○昔時華使往來也, 遊賞山川, 每與我人酬唱, 以强韻難對等語爲勝事. 故選文士, 豫待於義州應接, 號曰從事官. 朱天使之蕃, 到漢上濟川亭, 許筠爲從事官, 而漢水有分還合襟處, 朱使作詩, 詩曰:‘二水分爲坎.’ 以此爲聯, 和必得對可用卦, 對尤難. 筠未能對, 卽罷宴, 歸家廢食思索, 終無如對. 蘭雪問曰:“今日有何詩篇, 而兄何故煩悶?” 答云其故, 蘭雪曰:“彼詩云何?” 筠曰:“妹縱粗解文字意, 然吾所不能, 君何能之? 方寸撩亂, 勿復多言.” 蘭雪强問不已, 筠始言之, 蘭雪曰:“對語非難, 內隻旣以水, 宜對以山, 何不以此思得? 此亭之眼界, 入望諸山, 須歷歷詳道.” 筠曰:“遠近層巒中, 仁王·白岳·木覔, 此三山相距均獻, 如畵裡看也.” 卽曰:‘三山斷作坤.’ 筠大驚歎羨不已, 卽以此酬之, 華使大奇之, 後知蘭雪所作, 尤加稱賞. 蘭雪集, 朱使序之, 偏邦女人文集, 華人弁卷, 古無今無之事也.

○梁君益豹, 大俠也. 嘗路逢一倅, 梁醉批其頰, 倅大怒, 跪數之, 納供曰:“天子腹上, 尙加處士之足, 太守鬢邊, 何嫌壯士之手?” 倅知其爲梁, 釋之. 又嘗夜過通街, 暫憩假家, 見一僵尸在傍, 驚欲還起之際, 爲巡卒所捉. 幷其尸故, 告于刑曹, 以梁爲元犯. 自明無路, 納供曰:“弑義帝於江中, 江中何罪?” 亦以此免之. 其後辛壬寃死, 其人數難免也.

○三淵遊山寺, 有數三士子, 方讀書, 執禮敬謹. 翁留數日, 轉向他處, 洞口水石佳處, 倚笻而立, 自山下眇一目少年上來, 卽是寺儒同接也. 不知淵翁者, 而時時睨視甚, 忽作詩浪吟. 淵翁戱題曰:‘遠客來山寺, 秋風一杖輕. 直入寺門裡, 丹靑四壁明.’ 仍曰:“生員似是文士, 故以此相贈.” 仍分路, 眇目者到寺, 誦道其詩, 細傳翁言, 諸人大笑曰:“此是三淵, 而詩語無非嘲也. 遠客之遠字, 以意解之盲也, 一笻云者, 乃盲者之一笻, 丹靑云者, 俚談盲者之翫賞丹靑, 此譏君之盲也.” 其人大慚矣. 又嘗往一寺, 僧風甚惡, 題法堂, 曰:‘問爾塔上佛, 何事坎中連. 此寺僧風惡, 西歸擠吉年.’ 僧徒大悶, 來乞改題. 傳爲笑談矣.

○梧陰月汀, 最少時, 嘗步往某處. 月汀先之, 足下有蹴物, 拾見之, 數百兩銀子. 封還故處, 梧陰殿後, 拾置袖中, 月汀心非之. 及到家, 梧陰以若有失銀子人, 尋來吾家, 書揭榜子於得銀處, 本主果推去. 兄弟規模見之, 於此可知. 月汀淸高, 梧陰厚德, 子孫至今繁盛, 軒冕傳世照爛, 皆梧陰之後也.

○綾川相公, 與伯氏都正公, 約同作楸行, 綾川公過期不來, 都正公使人催之, 則綾川公已發. 蓋公時以訓將兼兵判, 且帶各衙提擧, 將屢日離京, 故臨發, 公務十分煩擧自致, 日晩, 倥傯未及通告而先發矣. 都正公繼發行, 未及數里, 綾川公思其先發之失, 促馬還, 竢於路傍, 拱手而立. 都正公不顧而行, 及到墓幕. 綾川公免冠解帶, 俯立階下, 都正公嘿然不答, 只於飯時, 命坐食畢, 卽復下庭. 如此三日, 都正公還家, 綾川公不得拜墓, 屛去騶從而陪歸. 都正公始責之, 曰: "事父兄若此, 國家重任, 何可當?" 綾川公卽日尋單, 朝廷不知有此事, 以公爲無端控辭, 甚怪之. 鄭相太和, 聞其由, 陳白顚末, 上嘉歎之, 卽許其辭, 過數日後還任之. 家法至嚴, 聖朝使臣以禮之意, 可知矣.

○綾川少時, 謁白沙相公. 俄有, 金進士者入來, 相公甚敬待, 命進晝啖, 而是閑良, 必多盛來, 俄爾進來其饌極豊. 金略爲下箸, 綾川睥睨故久, 問於金曰: "喫之厭乎?" 仍取而幷食之, 金甚侮視之. 綾川及金, 一時罷歸, 傍人讚金而笑綾川, 白沙戒之曰: "汝曹, 奚知金早年少科才且富? 非久當登第, 若將大有爲而非遠大者, 具君位登吾席, 將爲柱石, 具君豈貪食者耶?" 其意有在矣. 後綾川, 大拜焚黃, 楊山平邱察訪, 陪到中火, 呈公狀, 謁伏楹外, 遜言問候. 公熟視, 則昔時金進士也, 白髮種種, 驕氣消鑠. 公驚問曰: "無乃白沙座上客耶? 吾是其席喫退物者也." 金以大臣賜顔, 猶以自幸, 曰: "大監之尙今記憶, 爲感萬萬." 金妙齡登科, 聲望藹蔚, 進道方闢有罪, 癸丑廢棄, 幾至餓死, 幸得此任者也. 白沙知人如此.

○慶尙都事, 巡到某邑, 講校生, 落講之生, 當降定軍役, 百端哀乞. 都事曰: "汝若作詩, 可以續罪." 落講生本無文, 然以姑息之計, 對曰: "謹當如教矣!" 都事曰: "今已日暮, 明朝待令." 生請借作於隣居士人, 答曰: "不知出韻何字, 何以預作?" 生猶請之不已, 士人書之曰: '平生不識一字, 豈意今日韻呼. 使道案前小生恸, 末句終難更着.' 以此給之, 曰: "明朝無論韻之某字, 以所出字, 書塡■於三空處." 生果如其敎, 得免軍役.

○麗朝李益齋, 入科場, 納試券, 有風飛捲, 不知去處. 其券飛入中朝, 落於皇極殿, 考其日字, 乃二日間也. 中朝出送麗朝, 益齋因得第, 未久爲相國. 當忠順王北拘時, 行七年王事, 爲麗朝名臣.

○趙參判嘉錫, 徐判書必遠, 竹馬相好, 同入翰院. 趙爲上番, 徐爲下番, 上番之侵謔下番, 雖是古風, 趙之侵, 徐實多難堪. 徐不勝其苦, 一日作詩, 曰: '今年厄會最難言, 偶與邯鄲【姓趙】作上番. 荒手過處藏筆盡, 亂髯掀處雜談繁【趙多髯】. 形容醜惡看如鬼, 胸腹彭盈望似豚【趙腹大】. 可惜密陽纖弱女【趙妻朴氏姓貫】, 一生相對奈煩寃.' 進呈于上番, 趙大怒, 伏徐於暴陽下, 責之曰: "焉有如許事體乎?" 徐曰: "一時妄作, 知罪知罪!" 趙曰: "無非可痛, 而辱說尤該." 徐曰: "元無辱說." 趙曰: "望似豚三字, 豈非辱乎?" 徐曰: "愚意, 此非辱也. 曾拜尊丈前語, 到上番, 每下敎曰'豚兒'爲號, 故以此知豚字, 是上番稱號也." 趙聞此言, 尤益憤痛, 而無奈何, 溫言說之, 曰: "從今更不侵謔, 詩可勿傳於人乎!" 徐曰: "作詩已極未妥, 幸蒙見赦, 安敢傳播?" 趙復申申言之, 徐對以如敎矣. 卽歸番所書數本, 潛通于儕類, 一時大播. 趙益大憤, 亦無奈何. 蓋古風之例, 銀臺·翰院·金吾宣傳官廳, 尤最者, 故昔時多有如此, 可笑可聞之事矣. 近來人輒怒之, 古風之廢已久也.

○肅廟當科時, 夢見李慶億三字, 刻在大明殿樑木龍額上. 李某果魁捷是科, 以有夢兆, 寵擢, 官至領議政.

○戊申之變, 連日親鞠, 夜深姑罷. 上使人視諸臣之直所, 皆困憊就睡, 然獨張判書鵬翼, 不脫戎服, 燭下見兵書.

집필진 소개

• 연구책임자

정환국 성균관대학교에서 박사학위를 받았으며, 현재 동국대학교 국어국문문예창작학부 교수로 있다. 한문학과 고전서사를 연구하고 있으며, 저역서로 『초기소설사의 형성과정과 그 저변』, 『교감역주 천예록』, 『역주 유양잡조 1·2』, 『역주 신단공안』 등이 있다.

• 공동연구원

이강옥 서울대학교에서 박사학위를 받았으며, 현재 영남대학교 명예교수로 있다. 고전산문을 연구하고 있으며, 저역서로 『죽음서사와 죽음명상』, 『한국야담의 서사세계』, 『구운몽과 꿈 활용 우울증 수행치료』, 『일화의 형성원리와 서술미학』, 『청구야담』 등이 있다.

오수창 서울대학교에서 박사학위를 받았으며, 현재 서울대학교 국사학과 교수로 있다. 문학작품을 포함한 넓은 시야에서 조선시대 정치사를 연구하고 있으며, 저역서로 『조선후기 평안도 사회발전 연구』, 『춘향전, 역사학자의 토론과 해석』, 『서수일기-200년 전 암행어사가 밟은 5천리 평안도 길』 등이 있다.

이채경 성균관대학교에서 박사학위를 받았으며, 현재 성균관대학교 한문학과 초빙교수로 있다. 조선후기 야담을 주로 연구하고 있으며, 저역서로 『철로 위에 선 근대지식인(공역)』과 논문으로 「『어우야담』에 담긴 지적경험과 서사장치」, 「『금계필담』에 기록된 신라 이야기 연구」 등이 있다.

심혜경 동국대학교에서 박사학위를 받았으며, 현재 동국대학교 국어국문문예창작학부 강사를 맡고 있다. 고전소설을 연구하고 있으며, 논문 「조선후기 소설에 나타나는 여성과 불교 공간」, 「윤회에 나타나는 정체성 바꾸기의 의미」, 「〈삼생록〉에 나타나는 애정문제와 남녀교환 환생의 의미」가 있다.

하성란 동국대학교에서 박사학위를 받았으며, 현재 동국대학교 이주다문화통합연구소 연구초빙교수로 있다. 고전소설을 연구하고 있으며, 저역서로 『포의교집(역서)』, 『절화기담(역서)』, 『한국문화와 콘텐츠(공저)』 등이 있다.

김일환 동국대학교에서 박사학위를 받았으며, 현재 동국대학교 국어국문문예창작학부 교수로 있다. 조선후기 실기문학을 연구하고 있으며, 저역서로 『연행의 사회사(공저)』, 『조선의 지식인들과 함께 문명의 연행길을 가다(공저)』, 『삼검루수필(공역)』 등이 있다.

한국문학연구소자료총서

정본 한국 야담전집 3

2021년 8월 30일 초판 1쇄 펴냄

책임교열 정환국
펴낸이 김흥국
펴낸곳 도서출판 보고사

책임편집 이경민
표지디자인 손정자

등록 1990년 12월 13일 제6-0429호
주소 경기도 파주시 회동길 337-15 보고사
전화 031-955-9797(대표), 02-922-5120~1(편집), 02-922-2246(영업)
팩스 02-922-6990
메일 kanapub3@naver.com / bogosabooks@naver.com
http://www.bogosabooks.co.kr

ISBN 979-11-6587-225-0 94810
979-11-6587-222-9 (set)

정가 26,000원

이 저서는 2016년 대한민국 교육부와 한국학중앙연구원(한국학진흥사업단)의
토대연구지원사업의 지원을 받아 수행된 연구임(AKS-2016-KFR-1230005)